BIRGIT LOISTL

W0413319

A Tale of False VILLAINS

IMPRESS

© Marcus Vetter

Birgit Loistl wurde 1977 geboren. Trotz ihrer Ausbildung zur Bankkauffrau galt ihre Liebe schon immer mehr den Buchstaben als den Zahlen. 2015 veröffentlichte sie ihren ersten New-Adult Roman im Self-Publishing, seitdem folgten viele erfolgreiche romantische Wohlfühlromane mit starken Heldinnen. Die Autorin lebt mit ihrer Familie und dem Familienhund in der Nähe von München.

Für meine Emma.
Dieses Märchen ist für Dich.

Märchen, Substantiv, Neutrum (das)
Definition: Erzählungen, in denen wundersame oder fantastische Begebenheiten eine Rolle spielen und das Gute am Ende gewinnt und das Böse verliert.
Meistens.

Prolog

Ein Märchen ohne Happy End ist kein Märchen.
Artikel 1, Absatz 1 – Auszug aus dem Gesetz der Märchenchroniken

In der Märchenstadt Kolis, vor 7 Jahren
»Einst lebten in einem fernen Königreich ein König und eine Königin, die liebten einander sehr. Ihre Liebe war so groß und mächtig, dass das Königspaar sie mit allen Lebewesen im Königreich teilte und so gaben sie jedem, der darum bat, ein Stück davon ab. Mit den Jahren wurde die Liebe der beiden immer größer und stärker und als die Königin eines Tages einen Sohn gebar, konnte nichts ihr Glück trüben. Doch dann starb der König unverhofft und die Königin fiel in tiefe Trauer. In ...«

»Hör endlich auf, Alma. Ich will nicht schon wieder dieses doofe Märchen hören!« Ari ließ sich rücklings auf ihr Bett fallen und starrte zur Decke.

Alma blickte auf und drückte das schwere in Leder gebundene Buch an sich. »Aber warum denn nicht?«

»Weil es immer dieselben Geschichten sind.« Missmutig drehte Ari den Kopf und sah ihre ältere Schwester an. »Und wenn sie nicht gestorben sind, dann leben sie noch heute. Bla, bla, bla«, äffte sie die Stimme ihrer Schwester nach und verdrehte die Augen. »Entweder wird das Mädchen von einer hässlichen alten Frau entführt und lebt in einem dämlichen Turm, bis ein Prinz sie rettet. Oder sie leidet unter ihrer bösen Stiefmutter, verliert ihren bescheuerten Schuh und letztendlich ist es wieder ein Prinz, der sie heiratet und sie aus ihrer misslichen Lage befreit. Was total dämlich ist, denn niemand trägt Schuhe aus Glas und niemand schneidet sich die Ferse ab, um dort hineinzupassen. Schon gar nicht, um die Braut eines Prinzen zu werden.« Ari holte tief Luft und sprach weiter. »Oder aber, die böse Königin versucht das Mädchen zu vergiften und weil es ihr beim ersten Mal nicht gelingt, versucht sie es gleich noch mal und noch mal, aber selbstverständlich überlebt das Mädchen, weil wieder ein Prinz auf seinem weißen Pferd sie rettet und wachküsst wie bei ...«

»Mir«, seufzte Alma.

Sofort bekam Ari ein schlechtes Gewissen. Es war nicht fair, Alma ihre eigene Geschichte so abfällig unter die Nase zu reiben. Ihre Schwester hatte wirklich genug durchgemacht.

Glücklicherweise schien ihr Alma das aber gar nicht übel zu nehmen. »Aber so sind Märchen nun mal und zum Schluss gibt es ein glückliches Ende. Ich finde, wenn man es aus dieser Perspektive betrachtet, ist es gar nicht mehr so schlimm. Und ich weiß, wovon ich spreche. Ich bin schließlich dreimal auf Mutters Trick hereingefallen.« Alma zwinkerte ihrer kleinen Schwester zu.

Ari jedoch ließ den Kopf hängen. »Ich weiß ...«, flüsterte sie. »... es tut mir leid.«

Alma griff nach ihrer Hand und drückte sie. »Es muss dir nicht leidtun. Was ich dir damit sagen will: Jeder hat seine eigene Geschichte und letztendlich führt alles zu einem guten Ende. Vertrau mir!«

Ari biss sich auf die Lippe und schüttelte den Kopf. »Nein, nicht jeder.« Sie hob den Kopf und sah ihre Schwester traurig an. »Ich habe keine.«

Ihre Schwester lächelte. »Du wirst auch noch ein Märchen bekommen. Warte nur ab.« Die Zuversicht in Almas Worten versetzte ihr einen Stich.

»Woher weißt du das?«, flüsterte sie und die Angst vor der Antwort ihrer Schwester ließ ihr Herz schneller schlagen.

Alma strich ihr eine schneeweiße Haarsträhne aus dem Gesicht. Die Berührung war so sanft und federleicht, dass Ari sie kaum spürte. »Weil du etwas ganz Besonderes bist.«

Ari presste die Lippen zusammen. »Das sagst du immer. Aber ich bin jetzt schon zehn Jahre alt und noch immer hat niemand nach mir gefragt. Erst letzte Woche waren die Wächter hier und haben sich nach Madeira erkundigt. Kannst du dir vorstellen, dass sie ein eigenes Märchen erhält? Sie hat abstehende Ohren und faule Zähne. Außerdem sabbert sie, wenn sie isst. Das ist nicht gelogen, ich habe es gesehen.«

»Hab Geduld. Eines Tages wirst du auch eines bekommen und es wird fantastischer sein als jedes andere davor. Du musst nur ganz fest daran glauben.«

»Manchmal denke ich, dass sie mich vergessen haben.« Das war Aris größte Angst. Vielleicht wartete dort draußen eine magische Geschichte auf sie und man hatte es einfach übersehen, sie zu benachrichtigen. Was sollte sie dann tun?

Alma legte lachend den Kopf in den Nacken. »So läuft das nicht. Du musst das Märchen nicht suchen. Es kommt zu dir.«

Ari zuckte mit den Schultern. Sie versuchte, gelassen zu reagieren, aber es gelang ihr nicht. »Bei mir vielleicht nicht.«

Alma hielt inne und kniete sich vor ihrer Schwester hin. »Du wirst eine Heldin sein. Ich weiß es.« Alma legte die Hand unter Aris Kinn und hob es hoch, sodass sie ihrer Schwester in die Augen sehen musste. »Es gab eine Zeit, da habe ich auch gezweifelt. Du weißt gar nicht, wie oft ich Isis damit auf die Nerven gegangen bin. Aber sie hat genau dieselben Worte an mich gerichtet und ich habe ihr vertraut.«

Ari zog die Augenbrauen zusammen. »Hast du deswegen Mutters Versuche, dich zu töten, nicht ernst genommen? Weil du gewusst hast, dass du ein Happy End bekommst?« Sie erinnerte sich an den vergifteten Kamm oder den Gürtel, den Alma von Aris Mutter gekauft hatte. Und an den Apfel, der sie letztendlich beinahe getötet hätte. Manchmal konnte sie über den Leichtsinn ihrer Schwester nur den Kopf schütteln.

Traurig sah Alma sie an. »Nein.« Sie stand auf und strich ihr Kleid glatt. »Ich habe immer gehofft, dass sie mich nicht so sehr hassen könne, um mich wirklich töten zu wollen.« Schmerz zeichnete sich in Almas Gesicht ab, aber noch ehe Ari etwas darauf erwidern konnte, lächelte ihre Schwester. »Aber wir wissen beide, wie meine Geschichte zu Ende gegangen ist, also wollen wir uns nicht beklagen.«

Missmutig presste Ari die Lippen zusammen. Sie konnte die Zuversicht ihrer Schwester nicht verstehen. Niemals, nicht eine Sekunde lang hatte Alma böse Worte über ihre Mutter gefunden.

Wie war es nur möglich, niemals die Hoffnung zu verlieren? Alma hatte so viel durchstehen müssen, mehr als die anderen Märchenfiguren, und trotzdem nie den Glauben an das Gute verloren.

Wenn ich doch nur etwas mehr von ihr hätte, dachte Ari. Sie hob den Kopf und betrachtete Alma, die das Buch wieder aufgeschlagen hatte und sanft über die alten, vergilbten Seiten strich. »Liest du das Märchen zu Ende?«

»Aber natürlich.« Alma lächelte und dann begann sie zu lesen. »... die Königin fiel in tiefe Trauer. In ihrer Verzweiflung beschloss sie, ihr Kind vor dem Schmerz des gebrochenen Herzens zu schützen und bat den mächtigsten Zauberer des Landes um Hilfe. Er versprach, ihr zu helfen, im Gegenzug verlangte er, sie heiraten zu dürfen, um neuer König des Landes zu werden. In ihrem Schmerz versprach es die Königin. Da riss der Magier dem Kind das Herz aus dem Leib und legte ihm stattdessen einen Stein in die Brust.

Die Königin war so erschrocken über die schreckliche Tat des Zauberers, dass sie sich weigerte, eine solch grausame Kreatur zu heiraten. Da wurde er sehr wütend und legte einen Fluch über das Kind. Erst wenn es jemandem gelingen sollte, das Herz aus Stein zu brechen, würde der Fluch von ihm abfallen und der Stein wurde sich in sein wahres Herz verwandeln. Bis dahin würde das Land nur aus Eis und Stein bestehen, so kalt und hart wie das Herz des Prinzen. So soll es sein, rief er aus und noch ehe er die Worte gänzlich ausgesprochen hatte, verfiel das Land in Dunkelheit und eine Eiseskälte legte sich darüber. Kein Mensch, kein Tier, kein Lebewesen, das die Nacht unter freiem Himmel verbrachte, überlebte sie.«

»So ein schrecklicher Mann«, platzte es aus Ari heraus. »Wie kann er so etwas nur tun? Ich würde ihn bestrafen für seine Tat.«

Fragend blickte Alma sie an. »Was würdest du tun?«

Darüber musste Ari erst nachdenken. Was würde sie tun? Schließlich besaß sie keinerlei magische Kräfte, noch verfolgte sie das Glück, wie es bei den anderen Märchenfiguren oft der Fall war. »Man müsste ihm seine Magie nehmen. Ein Zauberer ohne Zauberkraft ist keine Gefahr mehr, oder?«

»Das ist kein schlechter Ansatz. Aber es dürfte schwierig werden. Magie ist immer an einen Körper gebunden und kaum jemandem gelingt es, sie zu bündeln oder gar zu vernichten.«

Aufgeregt setzte Ari sich auf. »Vielleicht müsste man den Zauberer schwächen oder seine Magie gegen ihn verwenden, damit er gar nicht mehr auf die Idee kommt, anderen zu schaden. Bestimmt gibt es einen Trank oder ein magisches Artefakt, das gegen ihn verwendet werden kann.«

Alma tippte ihr an die Nasenspitze. »Siehst du? Du bist klug und mutig. Du würdest sogar mit einem Drachen kämpfen, um jemanden zu retten. Genau deshalb wirst du eines Tages dein eigenes Märchen bekommen.«

Alma kicherte und Ari verdrehte die Augen. »Lies weiter, Alma. Ich will wissen, wie es ausgegangen ist.«

Ein Lächeln breitete sich auf Almas Lippen aus, dann blätterte sie um und blickte verwirrt auf.

Sofort spürte Ari, dass etwas nicht stimmte. »Was ist denn los? Du wirst ja ganz blass.«

Alma schüttelte den Kopf, dann sah sie Ari bestürzt an. »Hier hört das Märchen auf.«

Ari sprang auf und setzte sich neben ihre Schwester auf den Boden. »Du täuschst dich bestimmt. Das kann nicht sein. Es gibt kein Märchen ohne ein gutes Ende.«

»Die Seiten sind verschwunden.« Alma zeigte Ari das Buch und tatsächlich konnte sie genau sehen, dass jemand die Seiten herausgerissen hatte.

»Was bedeutet das?« Sie hob den Kopf, blickte ihre Schwester an und ein eiskalter Schauer rann ihr über den Rücken.

»Das weiß ich nicht.«

1

Jedes Wesen, dem bis zu seinem vollendeten 17. Lebensjahr nicht sein eigenes Märchen zugewiesen wurde, hat das Recht, die Märchenstadt zu verlassen und die Menschenwelt zu betreten.
Allerdings wird davon ausdrücklich abgeraten (...)
Artikel 25, Absatz 1 – Auszug aus dem Gesetz der Märchenchroniken

In der Märchenstadt Kolis, Gegenwart
Ari schlüpfte in ihre Lederstiefel, raffte ihren Rock und sprang die letzten Stufen der breiten Steintreppe, die zum Schloss führte, empor. Die kühle Lederscheide, in der ihr Dolch steckte, der einst ihrem Vater gehört hatte, presste sich versteckt unter ihrem Rock gegen die nackten Schenkel. Sie konnte nur hoffen, dass keiner der Wachen heute auf die Idee kam, sie zu durchsuchen. Hauptmann Arrick würde ganz bestimmt kein Erbarmen mit ihr haben.

Sie bringen das Königreich noch in Verruf, Ariana. Für die Tochter der bösen Königin gehört es sich nicht, eine Waffe bei sich zu tragen.

Für die Tochter der toten bösen Königin hätte Ari am liebsten erwidert, stattdessen hatte sie die Worte hinuntergeschluckt. Nach der grausamen Ermordung ihrer Mutter und den Aufständen, die es in Kolis gegeben hatte, war sie der Meinung, sich selbst verteidigen zu müssen. Quentin, Wächteranwärter ersten Grades und ihr bester Freund, hatte sich bereit erklärt, mit ihr zu trainieren. Aber Hauptmann Arrick hatte sie nur ausgelacht, als er von ihrem Vorhaben erfahren hatte.

Sie müssen sich keine Gedanken machen, Ariana. Niemand, der klar bei Verstand ist, würde Ihnen etwas antun. Wer ist schon so töricht, den Galgen zu riskieren, um eine Märchenlose zu verletzen? Glauben Sie mir, sie benötigen keinen Schutz. Ihre Schwester ist diejenige, um die ich mir Sorgen mache.

Märchenlose. Noch immer versetzten ihr seine Worte einen Stich.

Ari verdrängte die Erinnerung an das Gespräch mit dem Hauptmann und strich ihren Rock glatt. Die Schlammspritzer und die unzähligen Grasflecken würden Arrick sofort auffallen, aber mit ein wenig Glück würde sie ihm gar nicht begegnen. Ansonsten würde sie sich eine verdammt gute Ausrede einfallen lassen müssen.

Sie hatte den ganzen Morgen mit Isis auf dem Gewürzmarkt im Hahnenviertel verbracht. Zusammen mit der alten Hexe hatte sie dort Ausschau nach Lavendelsamen, Eisenhut und exotischen Früchten gehalten, die Isis für ihre Salben und Kräutertinkturen benötigte. Auf der Suche nach frischen Froschbeinen, Schwarzhaarwurzeln und getrockneten Mandelfischschuppen waren sie an einen zwielichtigen Händler geraten, der Ari genauso unheimlich war wie die Zutaten, die Isis ihm abkaufte. Die schwarze Lederklappe, die er über seinem linken Auge trug und seine verfaulten Zähne sorgten nicht gerade dafür, dass Ari sich sicher fühlte. Aber Isis hatte ihr versichert, dass sie sich keine Gedanken machen musste.

Ich habe einen Ruf zu verlieren, Kind. Glaubst du wirklich, jemand geht das Risiko ein und legt sich mit der bösen Hexe an?

Ari hatte überlegt, Isis darauf aufmerksam zu machen, dass sie doch schon ein stattliches Alter auf dem Buckel hatte, es dann aber doch sein gelassen. Isis hatte recht, es war ein ungeschriebenes Gesetz, dass es nur eine böse Hexe in Kolis gab und das war nun mal sie.

Schließlich war die Geschichte von Hansel und Gretchen kein Mythos und auch die Tatsache, dass Isis kannibalistische Vorlieben hatte, war nicht an den Haaren herbeigezogen. Aber auch dieses Märchen hatte ein Happy End erhalten und daher beschwerte sich niemand in Kolis. Im Gegenteil, es gab sogar noch andere Bewohner dort, deren Geschichten weitaus grausamer waren. Allerdings war in der Stadt niemand so gefürchtet wie Isis.

Isis hatte Ari nie etwas Böses gewollt und seit dem Tod ihrer Mutter hatte die alte Hexe sich um sie und Alma gekümmert und die Schwestern ins Herz geschlossen. Was in Isis' Fall bedeutete, dass sie bisher noch kein einziges Mal versucht hatte, Ari, Alma oder eine ihrer Freundinnen zu verspeisen.

Nachdem sie den Morgen mit Isis verbracht hatte, trainierte sie mit Quentin am Fluss. Wenn einer der Wachen sie näher betrachtete, musste er nur eins und eins zusammenzählen und Hauptmann Arrick Bericht erstatten. Er war imstande, sie für den Rest des Tages zur Strafe in einem der Schattenzimmer einzusperren. Was so viel bedeutete wie vollständige Dunkelheit, permanenter Hunger und unglaubliche Kälte. Sie konnte gar mehr zählen, wie viele Tage und Nächte sie dort schon verbracht hatte.

Nein, heute würde er sie auf gar keinen Fall dort hineinstecken.

Die schwere Holztür knarzte, als sie sich stöhnend dagegenstemmte. Es kostete Ari alle Kraft, sie zu öffnen. Verdammt! Sie würde ein ernstes Wort mit Quentin reden müssen. Das viele Training hatte überhaupt nichts gebracht. Was nutzte es ihr, mit einem Schwert kämpfen zu können, wenn ihr die notwendige Kondition dafür vollkommen fehlte?

Schweiß brannte auf ihrer Stirn und ihre Lunge schmerzte von der Anstrengung.

»Alma«, keuchte sie, noch ehe sie die große Halle betreten hatte und strich sich eine verirrte weiße Haarlocke aus dem Gesicht, die sich aus ihrem Zopf löste. Die Absätze ihrer Stiefel klapperten über den glänzenden Marmorboden. Sie blieb einen Moment stehen, holte tief Luft und blickte sich suchend nach ihrer Schwester um. Ari hatte das Schloss schon immer geliebt, während die meisten Bewohner der Märchenstadt Kolis aus Angst vor ihrer verstorbenen Mutter einen weiten Boden darum gemacht hatten. Verzierungen aus Stuck waren an den hohen Decken angebracht. Der mächtige Kronleuchter, der in der Mitte hing und dessen Glastropfen im Sonnenlicht wie Diamanten glitzerten, verlieh dem Raum eine wahrlich königliche Ausstrahlung. Ari warf einen Blick auf die Wachleute, die starr geradeaus blickten, so als würden sie Ari nicht bemerken. Aber sie wusste, dass sie sie beobachteten und später ihrem Vorgesetzten Bericht erstatten würden. Wenn es jemanden gab, dem die Wachen loyal gegenüber waren, dann dem ersten Hauptmann der Königswache. Auch wenn es schon seit Jahren keinen König mehr gab.

Das Rascheln des Blatt Papiers unter dem Bund ihres Rocks machte ihr nur allzu deutlich, dass sie jetzt keinen Rückzieher mehr machen konnte. Ihr Traum würde in Erfüllung gehen. Sie musste es nur noch ihrer großen Schwester schonend beibringen.

Aus der Küche drang der Duft von gebratenen Hühnchen, Buttermaiskolben und Zitronensoufflé. Augenblicklich knurrte ihr Magen. Später. Erst die Arbeit, dann das Vergnügen, wie ihre Mutter immer so schön gesagt hatte. Sie musste zuerst mit Alma sprechen. Ari legte den Kopf in den Nacken und betrachtete die prächtige Treppe, die in die oberen Stockwerke führte. Als kleines Mädchen war sie zusammen mit Alma das Geländer hinuntergerutscht, wenn sich ihre Mutter mit Hauptmann Arrick in ihr Arbeitszimmer zurückgezogen hatte. Bei dem Gedanken daran überkam Ari ein wehmütiges Lächeln.

Vielleicht sollte ich es heute noch einmal versuchen. Ein allerletztes Mal.

»Verdammt, Alma, wo steckst du?«, murmelte Ari und widerstand dem Drang, nach ihrer Schwester zu rufen. Das Letzte, was sie wollte, war schlafende Hunde zu wecken. Oder in ihrem Fall den schlafenden Hauptmann.

Plötzlich hörte sie Schritte, dann erschien das Gesicht ihrer Schwester an der Balustrade hoch über ihr.

Auf ihrem Arm hielt sie ihre neugeborene Tochter fest an ihre Brust gedrückt. »Ari, da bist du ja. Ich habe schon nach dir suchen lassen.« Ein entschuldigendes Lächeln huschte über Aris Lippen, aber sie konnte es sich nicht nehmen lassen, die Augen zu verdrehen. Seit Alma Mutter geworden war, benahm sie sich noch fürsorglicher als zuvor. Wie eine Katze schlich Ari über den grauen Marmorboden bis zum Fuße der geschwungenen Treppe. So schnell sie konnte, sprang sie die Stufen empor, bis sie schließlich vor ihrer Schwester stehen blieb. Mit ihren achtundzwanzig Jahren ähnelte Alma auf erschreckende Weise ihrem Vater, der kurz nach Aris fünftem Geburtstag an einer Lungenentzündung gestorben war. Sie besaß dasselbe ebenholzschwarze, glänzende, glatte Haar, die schneeweiße Haut und die blutroten Lippen, dazu noch die weichen Züge in ihren milchschokoladenbraunen Augen und die hoffnungsvolle Überzeugung, dass sich alles zum Guten wenden würde.

Alma sah genauso so aus, wie die Welt sie unter ihrem Märchennamen Schneewittchen kannte. Ari hingegen wirkte wie die jüngere Version ihrer Mutter. Zu klein, zu zierlich. Dazu weiße, widerspenstige Locken und eisblaue Augen, vor denen so mancher Bewohner der Märchenstadt angsterfüllt zurückschreckte. Genau wie sie es bei ihrer Mutter getan hatten. Sie verdrängte die Erinnerung daran und zog das Blatt Papier unter ihrem Rock hervor. Grinsend wedelte sie damit vor Almas Gesicht herum. »Du errätst nie, was ich hier habe.«

Alma betrachtete sie mit einem tadelnden Blick. Aber als Ari keine Anstalten machte zu antworten, seufzte Alma tief. »Du wirst es mir sicher gleich verraten.«

»Willst du es wirklich wissen?«, neckte Ari sie. »Es ist eine sensationelle Neuigkeit.«

»Mach es nicht so spannend.«

»Ein bisschen mehr Begeisterung, große Schwester. Die Nachricht ist von außergewöhnlich großer Wichtigkeit.«

Alma lachte und schüttelte den Kopf. »Jetzt spuck's schon aus!«

»Okay, aber du musst versprechen, dich zu beherrschen. Versuch ja nicht, in Jubel auszubrechen oder gar vor Freude zu schreien. Du weißt, wie empfindlich die Ohren der Wachen sind. Hauptmann Arrick hält vermutlich gerade seinen wohlverdienten Mittagsschlaf. Er wird sehr erzürnt sein, wenn er geweckt wird.« Ari grinste und konnte sich vor Begeisterung kaum bremsen.

Alma verdrehte die Augen. »Versprochen.«

»Nun ...« Ari holte tief Luft. »Meinem Antrag wurde stattgegeben. Ich muss noch heute bei Sonnenuntergang am Götterhain sein.«

Jegliche Farbe wich aus Almas Gesicht. Sie keuchte auf und schlug sich die Hand vor den Mund. »Was?«

»Es ist unfassbar, nicht wahr? Ich kann es selbst kaum glauben. Isis sagt, das gab es schon lange nicht mehr. Seit mehr als zehn Jahren wurde kein Antrag mehr genehmigt.« Ari griff nach der Hand ihrer Schwester und drückte sie. Damals hatten die Wächter Hans Mutter die Möglichkeit gegeben, die

Märchenstadt zu verlassen. Nachdem ihr Sohn sein Glück gefunden hatte, hatte seine Mutter die Bitte geäußert, die Märchenstadt verlassen zu dürfen.

»Endlich bin ich frei, Alma.«

»Aber …« Alma schluckte und drückte Lisbeth noch ein wenig fester an sich. »Weiß Quentin schon davon?«

Schnell schüttelte Ari den Kopf. »Nein. Er war schon fort, als Isis mir die Nachricht überbracht hat. Ich werde es ihm später erzählen.« Obwohl Ari vor Freude am liebsten schreiend durchs Schloss gelaufen wäre, verspürte sie einen Stich in ihrer Brust, wenn sie an ihren besten Freund dachte. Allein der Gedanke daran, Quentin zurückzulassen und ihn niemals wiederzusehen, zerriss ihr fast das Herz.

Erst jetzt bemerkte Ari die Tränen, die in den Augen ihrer Schwester schimmerten. *Das waren keine Freudentränen.*

Lisbeth wimmerte und Alma streichelte ihr sanft über den Rücken.

Mit einem Mal verflog Aris Freude. »Freust du dich gar nicht für mich?«

»Doch … natürlich«, flüsterte Alma und strich sich das ebenholzfarbene Haar aus der Stirn. »Aber … aber was wird denn dann aus mir?«

Ari schnaubte und verschränkte ihre Arme vor der Brust. »Du hast einen höllisch heißen Ehemann an deiner Seite, der dich vergöttert und eine kleine Tochter, die dich liebt. Außerdem, schau dich um!« Ari gestikulierte wild mit ihren Armen. »Du lebst in einem verdammten Schloss und die ganze Welt liegt dir zu Füßen. Du bist Schneewittchen. Du brauchst mich nicht.«

So sehr Ari sich auch bemühte, sie konnte nichts dafür, dass ihre Stimme ein klein wenig eifersüchtig klang.

Obwohl Alma Tränen in den Augen standen, warf sie Ari einen strengen Blick zu. »Wie oft habe ich dir schon gesagt, dass du aufhören sollst zu fluchen? Das schickt sich nicht für eine Prinzessin.«

Alma verzog die Lippen zu einem schmalen Strich und wirkte plötzlich wie ein trotziges Kind. »Außerdem ist das nicht wahr.« Sie hielt inne, dann senkte sie den Kopf. »Du wirst mich vergessen.«

Ari hätte ihrer Schwester gerne widersprochen. So viele Worte lagen ihr auf der Zunge, doch keines entsprach der Wahrheit. Daher nickte sie nur. Sie konnte ihrer Schwester keine Versprechungen schenken, aber wenigstens würde sie ehrlich sein. »Das werde ich.«

Diese Tatsache ließ ihr Herz bluten. Nun konnte auch Ari ihre Tränen nicht zurückhalten.

Sie würde ihre Schwester vergessen. Nein, nicht nur Alma. Sie würde alles vergessen. Quentin, ihren besten Freund. Ihre Familie. Ihre Freunde. Ihr gesamtes Leben. Die Erinnerungen an die Märchenstadt würden komplett verschwinden.

Aber sie hatte gewusst, was es bedeuten würde, den Antrag auf Verbannung den Wächtern vorzutragen. Schon so viele Male hatte sie mit dem Gedanken gespielt, ihr altes Leben hinter sich zu lassen, um neu anzufangen. Und jetzt war diese Möglichkeit zum Greifen nah. Sie konnte sich diese Chance nicht entgehen lassen, auch wenn Ari nicht wusste, was sie erwartete. Sie würde ihr Leben selbst in die Hand nehmen. Ganz egal, was ihre Zukunft für sie bereithielt, endlich war sie selbst für ihr Glück verantwortlich.

Genau das war das Aufregende daran. Bei allen guten Geistern, Ari fühlte sich, als würde sie träumen.

Sie hatte den Brief schon so viele Male gelesen und dennoch konnte sie es immer noch kaum glauben. Ihre Hände zitterten, als sie ihn zusammenfaltete und wieder unter ihren Rock steckte. Sie spürte Almas Blick auf sich und hob den Kopf. Tränen rannen ihrer Schwester über die Wangen, aber sie lächelte. »Vater wäre so stolz auf dich.«

Ari schluckte. »Glaubst du wirklich?«

Alma nickte. »Ich weiß es. Er hat immer gesagt, Ari ist zu etwas Größerem geboren.«

Traurig ließ Ari den Kopf hängen. »Das hat er zu mir nie gesagt«, flüsterte sie.

»Weil er nicht wollte, dass du eine eingebildete Schnepfe wirst. Er wusste immer, dass du die Mutigste von allen bist.« Sie legte Ari die Hand auf die Schulter und zog sie in eine Umarmung. Lisbeth wimmerte leise in ihrem Arm. »Nimm Mutters Zauberspiegel mit. Vielleicht können wir so in Kontakt bleiben.«

Ari presste die Lippen zusammen. »Ich glaube nicht, dass er außerhalb von Kolis funktioniert.«

Auch wenn ihre Mutter außerhalb der Märchenstadt den Ruf einer furchteinflößenden Hexe gehabt hatte, so waren ihre Zaubereien eher Glück statt wirkliches Können gewesen. Was dieser bescheuerte Zauberspiegel bewies. Schon allein die Tatsache, dass er ihrer Mutter jeden Tag aufs Neue immer wieder denselben Spruch vorjammerte:

»Meine Königin, Ihr seid die Schönste im ganzen Land. Aber Schneewittchen hinter den sieben Bergen, bei den sieben Zwergen ist tausendmal schöner als Ihr.«

Bei dem Gedanken daran verdrehte Ari die Augen. Jeder in Kolis hatte gewusst, dass Alma sich damals nicht bei den sieben Zwergen aufgehalten hatte. Außerdem gab es in ganz Kolis überhaupt keine sieben Berge. Aber ihre Mutter war zu stolz gewesen, um zu bemerken, dass ihre Zauberkunst ein paar Fehler aufwies.

»Einen Versuch ist es wert, nicht wahr?«, sagte Alma und schenkte ihr ein gequältes Lächeln.

Ari nickte, zu mehr war sie nicht mehr Lage, während ihr die Tränen über die Wangen liefen.

Und so sehr sie sich auch auf ihr neues Leben außerhalb der Märchenstadt freute, so sehr fürchtete sie sich auch davor.

Denn die einzige Person, die ihr sagen konnte, was sie außerhalb von Kolis erwarten würde, war nicht mehr am Leben.

2

»Um ein guter König zu sein, bedarf es mehr als nur königlichem Blut und einer großen Ahnenreihe. Aber wenn ich mich zwischen Herz und Verstand entscheiden müsste, würde ich immer den Verstand wählen.«
Interview mit König Tychon vor seiner Krönung

Im Königreich Linnea, zur selben Zeit

»Er ist tot.« Vaarus stieß mit der Stiefelspitze gegen den Leichnam des Mannes und verzog angewidert das Gesicht. »Sieh dir nur das Bein an. Bis auf den Knochen abgenagt. Diesen elenden Kreaturen gehört das Fell abgezogen, ihre Kadaver gehören auf dem Nachtmarkt für tausend Silberlinge verkauft. Tote Eiswölfe sind ein kleines Vermögen wert, habe ich mir sagen lassen.«

Ob es wirklich Wölfe gewesen waren, die den Wanderer so zugerichtet hatten? Der Tote lag bäuchlings im Schnee, getränkt in seinem eigenen Blut. Ridon schätzte ihn auf siebzehn, vielleicht achtzehn Winter. Er konnte den goldenen Falken auf seinem Handrücken erkennen. Das Zeichen, mit dem alle Bewohner der Nachtstadt gezeichnet worden waren und das auch Ridons Hand zierte. Auch wenn er schon seit vielen Jahren nicht mehr dort lebte.

Wer einmal in der Nachtstadt gelebt hatte, war für immer gezeichnet.

Es war der vierte Tote, den sie heute aufgefunden hatten. Auf den ersten Blick schienen sie alle von einem wilden Tier getötet worden zu sein. Vaarus' Vermutung ließ ihm allerdings keine Ruhe. Eiswölfe töteten ihre Opfer mit einem einfachen Biss in die Kehle, zerrten sie ins Unterholz, um sie ausbluten zu lassen und dann bei Dunkelheit aufzufressen. Sein Vater hatte ihm Bücher vorgelesen, in denen es um Legenden über die Tiere ging. Eine schauriger als die andere. Manche sprachen davon, in ihren Augen spiegelte sich der eigene Tod. Andere behaupteten, das Blut der Tiere hätte magische Kräfte. Ein Grund, warum sie so teuer gehandelt wurden. Selbst ein toter Wolf war sehr begehrt.

Er war sich nicht sicher, was davon stimmte, aber sein Vater hatte erwähnt, dass diese Tiere ihre Beute immer von vorne angriffen. Auge in Auge. Noch dazu waren ihre Opfer ihnen immer ebenbürtig. Jäger, Soldaten, Krieger. Niemals griffen die Tiere Kinder oder Kranke an.

Deshalb nannten die Leute in den Dörfern sie auch Ehrenwölfe.

Sie waren größer als Pferde, mit messerscharfen Zähnen und schneeweißem Fell. In den Legenden hieß es sogar, wer das Fell eines Eiswolfes berührte, wurde selbst zu Eis. Zudem waren es ausgesprochen scheue Tiere, die sich in den Schattenbergen versteckt hielten. Es gehörte also auch noch eine große Portion Pech dazu, ihnen zu begegnen.

Eine Leiche am Tage am Wegesrand liegen zu lassen, noch dazu so zugerichtet, sprach nicht unbedingt für sie. Noch dazu war der Mann von hinten angefallen worden. Das konnte Ridon anhand der Kratzspuren auf seinem Rücken erkennen. Sein Hemd hing in Fetzen an ihm herab, sein Lederwams war keine Sekunde lang ein Schutz gewesen.

Vielleicht waren es Räuber oder Vagabunden gewesen? Ridon zog sich den schwarzen Umhang über die Schultern und blickte sich um. Der Geruch von feuchter Erde und Fäulnis lag in der Luft. Unbehagen machte sich in ihm breit. Er wusste nicht, wie lange der Tote hier schon lag, aber es waren keine Fußspuren im Schnee zu sehen.

Es schien, als wäre seit Stunden niemand mehr hier entlanggegangen.

Aber vielleicht etwas, das keine Fußspuren hinterließ?

Ein eiskalter Schauer jagte ihm über den Rücken und die Nackenhaare sträubten sich. Seit fünfundzwanzig Tagen waren Vaarus und er nun schon unterwegs. Von Norden aus waren sie durch die silbernen Wälder in den Westen Linneas' geritten, an den vergessenen Seen vorbei, durch die Bärenschlucht und den trauernden Witwen über das Flachland durch die Sümpfe von Santos, um dem Prinzen in der Nachtstadt einen Besuch abzustatten. Er zuckte zusammen, als er an Damian dachte. Weder Wind noch Schnee oder gar Eis hatten ihm in den letzten Tagen zugesetzt, aber der Gedanke an seinen ehemals besten Freund jagte ihm eine Höllenangst ein.

Er hatte ihn so viele Jahre nicht mehr gesehen und erinnerte sich noch allzu lebhaft daran, dass sie nicht im Guten auseinandergegangen waren. Aber das spielte jetzt keine Rolle mehr. Er war der Einzige, der ihm noch helfen konnte. Wenn der Nachtprinz auch nur einen Funken Gnade im Körper hatte, dann würde er ihn anhören. Aber wenn nicht, dann würde Ridon Schreckliches erwarten. Schrecklicher als der Tod. Er rieb sich die Hände und blickte noch mal zu dem jungen Toten.

Kalter Wind wehte, die Blätter zitterten und gaben Ridon das Gefühl, die Bäume sprachen zu ihnen und warnten sie, weiterzugehen.

Er hatte das Flüstern schon oft gehört und sich immer zurückgezogen.

Auf ihre Worte war Verlass.

Du kannst in diesem Land nur den Bäumen trauen, sonst niemandem, hatte sein Vater ihn schon als kleinen Jungen gelehrt und Ridon hatte immer auf seine Worte gehört.

Er würde es auch heute tun.

Er sprang vom Pferd und betrachtete seine Umgebung. In diesem Teil von Linnea hatte er sich schon eine ganze Weile nicht mehr aufgehalten. Aber die Zeit hatte das Land hier verändert. Die Wälder waren dichter bewachsen, der Winter war kälter und die Bewohner waren mürrischer und zurückgezogener geworden.

Einen Augenblick lang sehnte er sich nach Lamos, dem Dorf, in dem er seit vielen Jahre lebte. Selbst jetzt, während des ewigen Winters, war es dort wärmer als hier. Es war, als würde die Sonne sich besonders viel Mühe geben, diesen Teil des Landes zu erwärmen. Was würde er dafür geben, jetzt dort zu sein. Zusammen mit Magda am Feuer zu sitzen, bei einem Becher Wein und eine lange leidenschaftliche Nacht zu verbringen. Nach gut einem Jahr hatte er fast schon vergessen, wie ihr Lachen klang. Anfangs hatte Ridon sich oft dazu gezwungen, die Erinnerungen an sie aufleben zu lassen. Ihren Duft, den Geschmack ihrer Lippen, das Leuchten ihrer Augen. Aber mit der Zeit gingen die Erinnerungen verloren und jetzt, nach so langer Zeit, konnte er sich nicht einmal mehr richtig an ihre Stimme erinnern. Vielleicht wäre jetzt der geeignete Zeitpunkt, selbst zu sterben. Was nützte schließlich ein Leben ohne Erinnerungen? Er war des Kämpfens müde.

Ein guter Krieger weiß, wann er das Schwert senken muss, wie ein altes Sprichwort in Linnea sagte. Aber Ridon wusste, dass er kein guter Krieger war. Er war überhaupt kein Krieger mehr. Nur noch ein Jäger.

Aber vielleicht kann Damian mir helfen. Sofort wollte er die Hoffnung im Keim ersticken. Je näher die Nachtstadt kam, desto mehr Zweifel plagten ihn. Der Nachtprinz würde ihm helfen, aber zu welchem Preis?

»Der Tote kann hier nicht bleiben. Sobald die Nacht hereinbricht, kommen die Schatten aus ihren Verstecken.« Ridon sah sich um. Es war eine Sache, sich vor den Eiswölfen zu fürchten, aber die Schatten waren weitaus angsteinflößender.

Irgendwo heulte eine Eule. Vaarus kaute an einem Pfefferminzstängel und zuckte mit den Schultern. Ridon kannte den alten Mann noch nicht lange, aber er hatte ihm schon unzählige Geschichten von sich erzählt. Wenn er ehrlich war, hatte er nicht zugehört. Vaarus hatte schon siebzig Winter auf dem Buckel und in einigen Kriegen unter der Herrschaft von König Tychon gekämpft, bis dieser vor zwanzig Jahren an rotem Fieber gestorben war. Wie eine Welle war es über Linnea hergefallen und hatte Männer, Frauen und Kinder mitgerissen.

Es hatte das Land fast ausgerottet.

Nur wenige Tage vor König Tychons Tod war sein Sohn Damian zur Welt gekommen und noch im Kindbett war seine Frau Elinora plötzlich spurlos verschwunden. Man hatte sie im ganzen Land jenseits der silbernen Wälder gesucht, aber niemand, weder die Wachen noch ihre Vertrauten, hatte sie gesehen. Die Leute glaubten, die Königin war über den Tod ihres geliebten Mannes nicht hinweggekommen, dem Wahnsinn verfallen und lebte seitdem bei den trauernden Witwen. Andere wiederum dachten, sie hätte sich vor lauter Trauer im Fluss Lyros ertränkt, aber Ridon glaubte nicht daran. Welche Mutter nahm sich das Leben und ließ ihr Neugeborenes alleine zurück?

Nein, bei all den Geschichten von König Tychon und seiner Gemahlin konnte er sich nicht vorstellen, dass sie zu so etwas fähig gewesen wäre.

Aber was wusste er schon? Er hatte auch nicht geglaubt, dass Magda ihn verlassen würde.

»Ich habe schon viele Tote gesehen. Manchen sind dem Tod freiwillig gefolgt und mit anderen hatte er kein Erbarmen. Dieser hier wurde gewaltsam aus dem Leben gerissen, aber was macht es schon, wenn ihn die Schatten erwischen? Er bekommt es ja doch nicht mehr mit«, murmelte Vaarus.

Ridon ging einen Schritt auf den alten Mann zu. »Die Schatten sehen alles. Auch Dinge, die wir verstecken wollen. Sie werden uns mit den Leichen in Verbindung bringen. Ich habe keine Lust, heute Nacht schon zu sterben.«

»Wenn man bedenkt, wen sie töten, könnte man fast sagen, sie seien gerecht. Sie sind aufgetaucht in jener Nacht in der König Tychon gestorben ist und haben dem Krieg ein Ende gesetzt.« Vaarus seufzte und griff nach seinem Beutel Eiswein. Er trank einen Schluck und wischte sich den Mund mit dem Handrücken ab. »Ein guter König. Der beste, den Linnea je hatte. Wäre er nicht gestorben, wäre vielleicht alles anders gekommen. Man mag gar nicht glauben, dass Prinz Damian sein Fleisch und Blut ist.«

»Es war schon immer falsch, jemanden aufgrund seines Geburtsrechts König zu nennen. Es wird Zeit, dass Linnea seinen König wählt und ihn sich nicht aufzwängen lässt.«

Er war dein bester Freund. Die Stimme in seinem Kopf ließ Ridon zusammenzucken.

Ist es fair, dass du ihm jetzt so in den Rücken fällst? Wo du doch seine Hilfe so dringend benötigst?

Der alte Mann lachte laut auf. »Gefährliche Worte, mein Freund. Wahr, aber gefährlich.« Vaarus hielt ihm den Beutel hin.

Ridon griff danach und nahm einen kräftigen Schluck. Der Wein brannte in seiner Kehle, dann hinterließ er ein warmes Gefühl in seinem Bauch.

»Die Wahrheit ist immer gefährlich. Deswegen spricht sie niemand aus. Niemand will wegen ihr sein Leben lassen.« Ridon wischte sich mit dem Handrücken über den Mund.

»Außer Euch.«

Ridon zuckte mit den Schultern. »Ich habe nichts mehr zu verlieren.« *Ich habe meinen besten Freund und die Liebe meines Lebens verloren. Was soll mir noch geschehen?*

»Was ist aus Eurem Eifer geworden, Eure Verlobte zu finden? Wenn man Euch hängt, werdet Ihr sie wohl nie wieder sehen.« Ridon blickte in die Dämmerung. Nicht mehr lange und die Sonne wäre hinter den Bergen verschwunden. Dann würden die Schatten aus der Dunkelheit kriechen. Man sagte, dass sie mit Bedacht töteten, aber Ridon glaubte nicht daran. Jedem unterlief irgendwann ein Fehler. »Ich suche schon so lange nach ihr und niemand hat sie gesehen. Ich habe alles getan, was in meiner Macht steht, um sie zu finden. Vielleicht ist es ja an der Zeit loszulassen.«

»Ach so ist das«, sagte Vaarus und nickte. »Ihr habt aufgegeben und reißt deshalb das Maul so weit auf. Nun, ich hätte Euch für schlauer gehalten.«

Instinktiv griff Ridon nach seinem Schwert. »Vorsicht. Passt auf, was Ihr sagt, alter Mann.«

Vaarus zog eine Augenbraue nach oben. »Ihr wollt mich töten, weil ich das Offensichtliche ausgesprochen habe?« Er trat einen Schritt näher an Ridon heran. »Ich habe meine Frau im Feuer brennen sehen. Während unser Haus abgefackelt ist, bin ich hineingelaufen, um sie zu holen.« Vaarus zog sich die Fellmütze vom Kopf und entblößte seinen verbrannten Hinterkopf. Der Hals war ebenfalls mit Brandnarben übersät und Ridon wollte gar nicht wissen, wie der Körper des alten Mannes wohl aussah.

»Die Flammen haben nach mir gegriffen, dennoch bin ich weiter hinein. Immer weiter, bis ich sie an mich gerissen und aus dem Haus geschleppt habe.« Vaarus setzte sich die Mütze wieder auf und richtete seinen Mantel.

»Sie starb in meinen Armen.« Er hob den Blick und funkelte Ridon gefährlich an. »Sagt mir also nicht, Ihr hättet alles getan, was in Eurer Macht steht, solange Ihr nicht ihren toten Körper in den Händen haltet.«

Vaarus seufzte und holte ein Stück Brot aus seinem Beutel. Er brach ein Stück davon ab und reichte es Ridon. Einen Augenblick zögerte er, dann griff er danach.

»Und wegen der Schatten. Wir sind nichts weiter als zwei Wanderer, die auf dem Weg zum Schloss sind und die einen Toten auf der Lichtung entdeckt haben.«

Vier Tote. Zu viel für einen Tag.

Vaarus griff nach seinem Stock. »Macht Euch nicht so viele Gedanken, Ridon. Sattelt das Pferd und lasst uns aufbrechen. Wenn wir uns beeilen, werden wir in weniger als einer Stunde im Goldenen Falken eintreffen. Vielleicht haben sie auch noch einen Teller Brotsuppe für uns übrig.«

Ridon nickte, dann ging er zurück, packte den Leichnam an den Armen und zog ihn ins Gebüsch. Er würde verdammt sein, wenn er den Mann einfach am Wegesrand liegen lassen würde. Wenn die Schatten aus ihren Verstecken kämen, dann würde er gegen sie kämpfen. »Ich werde ihn trotzdem nicht hier liegen lassen.«

Vaarus betrachtete ihn stumm. »Ihr wärt ein guter Schattenjäger. Habt Ihr mal darüber nachgedacht?«

Ridon wischte sich die Hände an seinem Mantel ab und schüttelte den Kopf. »Früher einmal. Bevor ich mich auf die Suche nach Magda gemacht habe. Aber nachdem ich das halbe Land nach ihr abgesucht hatte, habe ich meine Träume begraben. Jetzt will ich nur noch mein Mädchen wiederfinden.«

»Wie ist sie eigentlich verschwunden?«, fragte Vaarus und schnalzte mit der Zunge.

»Auf dem Gewürzmarkt von Lamos. Sie ging hinter mir und als ich mich zu ihr umgedrehte habe, war sie weg. Ich habe die ganze Stadt nach ihr abgesucht, aber keiner hatte sie gesehen. Es war, als wäre sie vom Erdboden verschluckt worden.«

»Ich bin mir sicher, Ihr findet sie. Gebt nur nicht die Hoffnung auf.«

Nachdem er den Leichnam im Unterholz versteckt hatte, ging Ridon zurück zu seinem Pferd.

Vaarus schüttelte den Kopf. »Ihr seid ein anständiger Kerl.«

Ridon zuckte nur mit der Schulter, schwang sich auf das Pferd und hielt dem alten Mann die Hand hin, aber dieser schüttelte nur den Kopf.

Er hatte darauf bestanden, den ganzen langen Weg zu Fuß zu gehen. Buße hatte er es genannt, auch wenn Ridon nicht wusste, von was der alte Mann sprach. Es hatte ihn auch nicht interessiert. Fünf Tage war er schon unterwegs gewesen, als sie sich an der Seenbucht getroffen hatten. Sie hatten sich ein Feuer und ein Eichhörnchen geteilt und sich dann zusammen auf den Weg gemacht.

Es war nicht mehr weit bis zum Schloss. Einen halben Tagesritt, vielleicht auch etwas mehr. Wenn sie morgen bei Morgengrauen losritten, konnten sie bereits mittags dort sein. Ridon wusste nicht, was er sich von dem Besuch beim Prinzen versprach, aber es war seine letzte Chance. Er hatte ganz Linnea nach Magda abgesucht.

Langsam trabte er neben Vaarus her, da hörte er plötzlich ein Knacken. Es kam aus dem Unterholz. Er hielt inne und sein Blick glitt zur Seite. Er hatte die Dunkelheit unterschätzt. Der Mond kroch bereits über den schwarzen Himmel. Das war das Beängstigende an Linnea. Diese verdammte Dunkelheit. Nichts als Schwärze, so dicht, dass man nicht einmal die Hand vor Augen sah. Kalter Wind blies ihm ins Gesicht. Sein Mantel wehte im Wind wie ein Gespenst.

»Warum geht Ihr nicht weiter?«, fragte ihn Vaarus, der ebenfalls stehen geblieben war. »Wenn wir hier noch länger stehen, bekommen wir keine Unterkunft mehr für diese Nacht.«

»Hört Ihr das auch?«

Vaarus hielt inne, dann schüttelte er den Kopf »Nein. Es ist totenstill.«

»Genau. Kein Rascheln der Blätter. Kein Heulen der Eulen. Nichts.«

»Bei allen guten Geistern. Ihr könnt einem alten Mann wirklich einen Schrecken einjagen.«

Aus den Augenwinkeln nahm Ridon eine Bewegung wahr.

Schatten krochen aus dem Unterholz und sammelten sich zu Vaarus' Füßen wie ein Schwarm Ameisen. Der alte Mann schrie, dennoch bewegte er sich keinen Meter, fast als wäre er am Boden festgefroren. Die Augen panisch aufgerissen stieß er qualvolle Schreie aus, die Ridon das Blut in den Adern gefrieren ließen.

Er sprang vom Pferd, versetzte ihm einen Hieb, sodass es davon galoppierte und lief zu Vaarus, der den Mund nun zu einem stummen Schrei weit aufgerissen hatte.

Starr vor Schreck blieb Ridon stehen und voller Grauen beobachtete er, wie die Schatten Kreise um Vaarus' Beine zogen und dann langsam an seinen Beinen nach oben waberten.

Jetzt oder nie. Ridon griff nach Vaarus' Hand, um den alten Mann hinter die Bäume zu ziehen.

»Verdammt seid Ihr, kommt mit«, schrie Ridon und packte den alten Mann am Arm.

»Geht ohne mich! Sucht Eure Frau.«

»Ich lasse Euch nicht hier. Wir müssen uns verstecken.«

»Es ist zu spät.«

Vaarus musste die Worte nicht aussprechen, um Ridon die Wahrheit dessen mitzuteilen. Den Schatten war kein Fehler unterlaufen. Vaarus hatte jemanden getötet. Nur deshalb holten sie ihn.

Starr vor Schreck blickte Ridon den alten Mann an und ließ ihn los, als hätte er sich verbrannt. Vaarus bewegte sich immer noch nicht. Stocksteif stand er am Wegesrand und blickte auf die Schatten, die sich um seine Stiefel kräuselten. Panik machte sich in Ridon breit. Was sollte er machen? Den alten Mann seinem Schicksal überlassen?

Oder ihn retten?

***

Schwer atmend saß Ridon im Gebüsch und blickte starr auf den Fleck, an dem Vaarus vor wenigen Minuten noch gestanden hatte. Bis auf seinen zerfetzten Mantel war von ihm nichts übriggeblieben.

Er wusste, dass der Tod schmerzhaft sein konnte. Aber ihm war nicht bewusst gewesen, welch entsetzliche Qualen es ihn kostete zu überleben. Diese Bilder würden ihn sein Leben lang verfolgen.

Die Schatten waren schon längst verschwunden, aber Ridon wagte es immer noch nicht, sein Versteck zu verlassen. Dabei hatte er nichts zu befürchten. Er hatte noch nie jemanden getötet. Trotzdem ließ ihn die Angst nicht los.

Sie hatten ihn gewarnt. *Geh nicht zurück in die Nachtstadt,* hatten sie ihm gesagt. *Dort lauert der Tod.* Aber Ridon hatte ihnen nicht geglaubt. Aber jetzt wusste er es besser.

Er musste hier weg. Mühsam rappelte er sich auf und das Knirschen des Schnees unter seinen Stiefeln hallte durch die Dunkelheit.

Er musste sich auf den Weg machen. Vaarus hatte recht gehabt. Solange er nicht mit Bestimmtheit wusste, dass Magda nicht mehr am Leben war, würde er nicht ruhen und sie suchen. Vaarus hatte gelacht, als er ihm von seinem Vorhaben erzählt hatte, Damian um Hilfe zu bitten.

»Ich habe schon so viele Geschichten über den Prinzen gehört. Aber in keiner einzigen wurde erzählt, dass er hilfsbereit ist.«

»Unterschätzt ihn nicht.«

»Jeder weiß, dass er kein Herz besitzt. Er ist nicht in der Lage, jemandem zu helfen.«

»Aber er besitzt einen klaren Verstand. Der ist manchmal wichtiger als ein Herz.«

Erst einmal brauchte er eine Unterkunft für die Nacht. Er tastete nach seinem Beutel und stellte zu seinem Entsetzen fest, dass er diesen am Sattel seines Pferdes befestigt hatte.

Fluchend rappelte er sich auf. Ohne ein paar Silberlinge würde er weder eine Unterkunft noch einen Teller Suppe bekommen. Und in dieser Finsternis wäre es auch sinnlos, nach seinem Pferd Ausschau zu halten. Bestimmt war es schon über alle Berge oder die Eiswölfe hatten es gefunden. Nein, er musste einen Weg finden, in die Nachtstadt zu gelangen. Dort lebte eine Cousine zweiten Grades, die ihm Unterschlupf gewähren und ihm ein neues Pferd zur Verfügung stellen konnte.

Als er sich auf den Weg machte, fiel ihm auf, dass Vaarus nie erwähnt hatte, warum er sich eigentlich auf den Weg in die Nachtstadt gemacht hatte.

Und er wusste auch nicht, wen der alte Mann getötet hatte.

3

»Helden werden vollkommen überbewertet. Die meisten von ihnen haben einfach nur Glück und eine starke Faust.«
Hauptmann Arrick, Königswache der Märchenstadt Kolis

In der Märchenstadt Kolis
»Wie kann man nur so etwas freiwillig anziehen?« Ari deutete auf die Kleidung, die auf ihrem Bett bereit lag und die Isis ihr vorbeigebracht hatte: Eine hautenge Jeans, dazu knöchelhohe schwarze Schnürstiefel mit Absätzen so hoch, dass Ari sich sicher war, sie würde damit keinen Meter laufen können und einen violetten Spitzenbüstenhalter. Ari griff danach und hielt ihn sich an die Brust.

»Der passt mir auf keinen Fall.« Sie blickte zu Alma, die auf dem Bett saß und Lisbeth stillte. »Und die Bluse ist viel zu durchsichtig.« Allein der Gedanke, dass jeder ihre Unterwäsche zu sehen bekam, bescherte ihr ein mulmiges Gefühl.

Auch wenn Isis gemeint hatte, dass dies der letzte Schrei in der Menschenwelt wäre, hatte Ari sich bisher noch nicht dazu durchringen können, sie in die Tasche zu packen. Stattdessen zog sie wahllos ihre Kleidung aus dem Schrank heraus.

»Du siehst darin bestimmt wunderschön aus«, sagte Alma. »Ich wünschte, ich könnte auch so etwas tragen. Ich bin mir sicher, Godrick würde es gefallen.«

»Du würdest heiß darin aussehen«, sagte Ari und hielt ihrer Schwester den Büstenhalter hin, die bei ihren Worten errötete.

»Für mich ist das nichts. Aber für dich ist er perfekt. Ich bin mir sicher, du wirst einen netten jungen Mann kennenlernen, der Gefallen daran findet, ihn dir auszuziehen.« Almas neckischer Ton ließ Ari die Augen verdrehen.

»Du weißt, dass das nicht mein Ziel ist.« Stöhnend ließ sie sich zu ihrer Schwester auf das Bett fallen. »Ich will Kolis nicht verlassen, weil ich auf der Suche nach einem Mann bin. Ich glaube nicht, dass mein Happy End aus einem Ehemann und einer Scharr Kinder besteht. Vielleicht wartet dort draußen etwas viel Größeres auf mich.« Hoffnungsvoll sah sie ihre Schwester an. »Außerdem muss ich nicht von einem Prinzen gerettet werden. Ich will mich selbst retten.«

»Das eine schließt doch das andere nicht aus. Du kannst doch trotzdem einen scharfen Kerl kennenlernen und dein Leben selbst in die Hand nehmen. Vielleicht rettet ihr euch sogar gegenseitig.« Alma streckte die Hand aus und strich Ari eine Strähne aus der Stirn. »Ich bin mir sicher, du wirst die Welt aus den Angeln heben, Ari.« Alma seufzte laut auf. »Ehrlich gesagt macht mir der Gedanke ein wenig Angst.«

Ari schluckte und Traurigkeit spiegelte sich in Almas Augen. »Weil es dich an meine Mutter erinnert?«

Ihre Schwester nickte. »Du bist ihr sehr ähnlich.« Gedankenverloren strich Alma über Lisbeths seidiges Haar.

»Hat dir Vater je davon erzählt, dass unsere Mütter befreundet waren?«

Mit weit aufgerissenen Augen schüttelte Ari den Kopf. »Nein, das wusste ich nicht.«

»Sie waren sogar beste Freundinnen. Aber nachdem meiner Mutter ein Märchen zugewiesen worden war, brach die Freundschaft auseinander.«

Ari schluckte und umklammerte Almas Hand. Ari sprach das Offensichtliche aus. »Meine Mutter bekam keines.«

Alma nickte. »Je länger sie darauf wartete, dass man ihr ein Märchen zusprach, desto verbitterter wurde sie und ihr Zorn wurde mit jedem Tag mehr. Sie war so versessen darauf, ihr eigenes Happy End zu bekommen, dass ...«

Alma sprach nicht weiter und Ari wartete. »Was?«

Alma schluckte, es fiel ihr merklich schwer, weiterzusprechen. »Sie hat meine Mutter getötet.« Eine Träne rann über Almas Wange.

Erschrocken wich Ari zurück. Nein. Das konnte nicht stimmen. Niemals. Warum erzählte Alma so etwas? Bisher hatte Alma kein böses Wort über Aris leibliche Mutter verloren, warum ausgerechnet jetzt? »Nein, das stimmt nicht. Sowas hätte meine Mutter niemals getan.« Aris Stimme brach. »Deine Mutter ist im Kindbett gestorben.«

Bist du dir sicher? Das hat man dir erzählt, aber ist es auch die Wahrheit? Sie hat auch versucht, Alma zu töten, erinnerst du dich? Mutter war zu allem fähig.

Dieser Gedanke erschreckte Ari so sehr, dass sie zusammenzuckte.

»Das war eine Lüge, richtig?«, wisperte sie.

Die Träne, die Alma über die Wange lief, bestätigte ihre Vermutung. Entsetzen machte sich in Ari breit. Immer wieder schüttelte sie den Kopf. Ihre Hände zitterten, während Ari die Decke fest umklammerte. »Nein«, stammelte sie. »Das glaube ich nicht.« Aber tief in ihr wusste sie, dass Alma die Wahrheit gesagt hatte. Ihre Mutter war eine Mörderin gewesen.

Unzählige Gedanken wirbelten ihr durch den Kopf. »Aber warum hat unser Vater sie dann geheiratet?«

Alma schenkte ihr einen mitleidigen Blick. »Er wusste es nicht. Er hatte nicht vor, noch einmal zu heiraten. Aber er wollte nicht, dass ich ohne Mutter groß wurde und genau das hatte Miranda beabsichtigt. Sie hat es darauf angelegt. Und dann kamst du.« Alma lächelte und so viel Liebe lag in ihrem Blick, dass Ari der Atem stockte. »Erst viel später hat er davon erfahren. Aber egal, wie sehr sie mich gehasst hat, dich hat sie geliebt. Auf ihre Art. Aber sie hat sich verändert und ist nie wieder die Frau geworden, die sie früher einmal war.«

Ja, Miranda hatte sich in eine Hexe verwandelt und immer wieder versucht, Alma zu töten. Manipulation, Intrigen und perverse Machtspiele waren das Markenzeichen ihrer Mutter gewesen. Aber je länger Ari darüber nachdachte, so sehr machte das alles einen Sinn. Ihre Mutter hatte niemals ein eigenes Märchen bekommen, war nur eine Nebenrolle in Almas gewesen und ihre Eifersucht hatte sie fast aufgefressen.

»Sie hat kein Happy End bekommen«, wiederholte Ari und blickte auf ihre Hände. Während der Aufstände in Kolis war ihre Mutter von den Rebellen grausam ermordet worden. Alma griff danach und drückte sie. »Nein. Hat sie nicht.« Dann atmete sie tief ein. »Es tut mir leid, Ari. Ich wollte es dir nicht erzählen. Du solltest sie gut in Erinnerung behalten, aber ich habe Angst. Schreckliche Angst, dass du dich in den Gedanken verrennst, ein eigenes Märchen haben zu müssen. Wenn du sogar bereit bist, alles hinter dir zu lassen und Kolis verlässt – mich verlässt, uns alle verlässt – dann weiß ich nicht, zu was du imstande bist.«

Der Gedanke jagte Ari einen Schauer über den Rücken. Alma kannte sie besser als jeder andere. Traute sie ihr das wirklich zu? Würde sie so böse werden wie ihre Mutter? Getrieben von Neid und Missgunst? Wäre sie in der Lage, denen zu schaden, die sie am meisten liebte? Sogar über Leichen gehen, um ihr Glück zu finden?

Ari schluckte und nickte zögernd. »Ich habe sie geliebt, Alma, und sie war immer gut zu mir. Aber ich bin nicht sie.« Ihre Mutter hatte falsche Entscheidungen getroffen.

Schnell nickte Alma. »Das weiß ich.«

Aber Ari konnte die Zweifel in den Augen ihrer Schwester sehen.

Sie ist meine Mutter. Mein Fleisch und Blut. Ist es so verwerflich, dass Alma denkt, ich könnte wie sie werden?

Schnell umarmte Ari ihre Schwester.

Ist das den Preis wert? Muss ich alles zurücklassen, alle die ich liebe, um mein eigenes Glück zu finden? Und was, wenn es mir nicht gelingt? Wie kann ich annehmen, dass ich in einer anderen Welt, vollkommen alleine, zurechtkomme?

Mit einem Mal verlor sie jeglichen Mut und Tränen stiegen in ihr hoch. Vielleicht war es töricht von ihr gewesen. Sie hatte gedacht, ihre Entscheidung wäre mutig, aber jetzt kam sie sich unendlich dumm vor.

Was habe ich mir nur dabei gedacht?

Sie löste sich von ihrer Halbschwester und wischte sich mit den Handrücken die Tränen von den Wangen. So lange hatte sie diesen Wunsch in sich gespürt. Den Drang, ihren eigenen Weg zu gehen. Herauszufinden, was die Welt noch für sie bereitstehen hatte. Aber sie hatte ihr ganzes Leben hier verbracht. Wie fühlte es sich wohl an, wenn sich niemand mehr an einen erinnerte? Wenn niemand wusste, dass sie jemals existiert hatte?

Alma griff um ihren Hals, löste die silberne Kette und reichte sie Ari. »Nimm die hier mit. Wenn du dich nicht mehr erinnern kannst, dann hast du mich so wenigstens immer bei dir.«

Ari starrte das Schmuckstück an, das Alma schon so lange um ihren Hals trug, wie sie sich erinnern konnte. Sie hatte es von ihrer eigenen Mutter kurz vor ihrem Tod geschenkt bekommen. Vorsichtig öffnete sie das Medaillon und betrachtete die Bilder. Auf einer Seite war Ari zusammen mit Alma zu sehen, auf dem anderen Alma, Godrick und Lisbeth. Ari schluckte, als sie den Kopf hob und ihrer Schwester in die Augen sah.

»Das kann ich nicht annehmen.«

»Doch, kannst du. Damit du mich erkennst, wenn wir uns wiedersehen.«

Wenn, nicht falls, dachte Ari und lächelte Alma an. An diesen Gedanken klammerte sie sich. Auch wenn es unwahrscheinlich war, dass sie sich eines Tages wiedersahen, schließlich war noch niemand zurückgekehrt, der Kolis verlassen hatte. Schon so manche märchenlose Figur hatte die Märchenstadt verlassen, aber Ari konnte sich nur an Lana erinnern, die vor vielen Jahren ebenfalls darum gebeten hatte, von hier zu verschwinden. Soweit sie wusste, hatte Lana ebenfalls mit ihrem Schicksal gehadert, aber Ari hatte den wahren Grund für ihren Weggang nie erfahren.

»Du hast nie mehr von Lana gehört, oder?«

Alma erstarrte, dann schüttelt sie langsam den Kopf.

»Lana? Nein. Wie kommst du darauf?«

»Ich weiß nicht. Sie kam mir nur gerade in den Sinn.«

Alma zupfte an einem losen Faden, der sich am Saum ihres Kleides befand. »Ihr ging es ähnlich wie dir. Noch dazu wollte ihr Vater sie mit einem Schweinebauern verheiraten. Sie sah keinen anderen Ausweg, als von hier zu verschwinden. Aber ich bin mir sicher, dass es ihr gut geht. Wo immer sie jetzt auch sein mag.« Ari hörte das leichte Zittern in Almas Stimme. »Lana war wie du. Wollte immer ein Abenteuer erleben. Hinaus in die Welt ziehen und dort ihr Glück finden. Die Pläne ihres Vaters haben sie fast zerstört.«

»Sie hätte sich gut mit Hans verstanden«, sagte Ari und dachte an Noras Sohn, der sich auf die Suche nach seinem Glück gemacht hatte.

»Ganz bestimmt. Aber Lana wollte kein Märchen. Für sie war es nur wichtig, etwas zu erleben.«

»Glaubst du, Isis weiß, wo sie sich aufhält?« Sie wollte Alma nicht erzählen, dass sie bereits selbst recherchiert und nichts darüber gefunden hatte. Das war das Erschreckendste daran. Lana existierte nicht mehr. Ihr Name tauchte nirgends mehr auf. Als hätte es sie nie gegeben und Ari vermutete, dass im Laufe der Zeit viele Bewohner Kolis' Lana einfach vergessen hatten.

Vielleicht wäre es bei ihr auch so. Der Gedanke schnürte ihr fast die Luft ab.

»Nein und wenn, dann wird sie dir nichts verraten. So nett Isis manchmal zu sein scheint, du darfst nicht vergessen, wer sie ist.« Alma seufzte tief. »Im Grunde genommen ist sie nicht besser als deine Mutter. Man muss bei ihr auf der Hut sein.«

»Du glaubst, dass die Gerüchte wahr sind? Dass sie Gretchens Bruder ...« Ari verstummte und schluckte. Sie konnte die Worte nicht aussprechen.

»Aufessen wollte?«, flüsterte Alma. »Ja.«

Ein Schauer lief Ari über den Rücken. Das konnte sie sich einfach nicht vorstellen. Klar, jeder in Kolis kannte Isis als böse Hexe, aber Ari hatte sie stets gut und freundlich behandelt. Ihrer Meinung nach waren sie sogar so etwas wie Freunde.

Der Gedanke daran, dass sich die Geschichte der Geschwister tatsächlich so abgespielt haben konnte, verursachte Ari Übelkeit. »Gibt es denn wirklich keine Möglichkeit, Kontakt mit Lana aufzunehmen?« Noch ehe Ari den Gedanken laut ausgesprochen hatte, wusste sie, dass sie Unsinn sprach.

Alma warf ihr einen mitleidigen Blick zu. »Sie ist weg, Ari. Genauso wie du einfach weg sein wirst. Und genau wie du kann sie sich nicht an uns erinnern. Warum hätte sie also nach uns suchen sollen? Und selbst wenn wir uns auf die Suche machen und etwas herausfinden, wird es für dich zu spät sein. Es sind nur noch ein paar Stunden bis Sonnenuntergang.« Alma schluckte und strich Lisbeth über das Haar. »Dann wirst du für immer fort sein.«

Ari wusste, wie sehr dieser Gedanke ihre Schwester verletzte. Alma hatte nicht nur ihre Mutter und ihre beste Freundin verloren, sondern verlor jetzt auch noch ihre kleine Schwester.

»Weißt du, was mich verrückt macht?«, murmelte Alma. »Der Gedanke, dass du Lisbeth nicht aufwachsen sehen wirst. Niemals ihre Stimme hören. Sie wird niemals ihre Tante kennenlernen.«

Traurig ließ Ari ihr Lieblingskleid aus weinroter Seide sinken. »Aber ich werde ihre Geschichte lesen können.«

Alma schnaubte. »Das wird dir genügen?«

Ari ließ den Kopf sinken und blickte auf ihren überfüllten Koffer.

Ja. Aber sie wusste, dass diese Antwort ihrer Schwester nicht gefallen würde. Einen Augenblick lang lag eine bedrückende Stille in der Luft und Ari spürte Almas strengen Blick. Aber wie sollte sie ihr erklären, was in ihrem Innersten vor sich ging? Bisher hatte Ari es nicht übers Herz gebracht, Alma ihre Wünsche zu offenbaren.

Niemals hatte sie auch nur eine Sekunde daran geglaubt, dass die Wächter ihren Antrag befürworten würden. In den letzten Wochen hatte Ari nachts stundenlang in der Bibliothek die Bücher studiert, um alles über ihre bevorstehende Reise herausfinden zu können, aber kaum etwas darüber gefunden. Es war fast so, als wollten die Wächter nicht, dass etwas darüber festhalten wurde.

»Ich verstehe dich nicht. Warum kannst du nicht hierbleiben und sehen, was das Schicksal für dich bereithält?«

Ari wusste nicht, wie sie ihrer Schwester klarmachen sollte, was sie empfand. »Ich glaube, dass hier kein Platz für mich ist.« Es war ein schreckliches Gefühl, nicht dazuzugehören. Früher hatte ihre Mutter ihr einmal ein Kleid aus eisschimmerndem Stoff genäht und zum ersten Mal hatte Ari sich wie im Märchen gefühlt. Aber ihr Vater hatte nur gelacht und gesagt: »Spar dir die Mühe, meine Königin. Nicht aus jeder Raupe wird ein Schmetterling.«

Noch heute schmerzten sie die Worte.

Alma schüttelte traurig den Kopf. »Du blickst immer nur nach oben und betrachtest die Bäume, anstatt die Blumen auf der Wiese anzusehen. Du könntest hierbleiben und ein gutes Leben führen und ganz bestimmt bekommst auch du eines Tages ein Märchen. Du musst nur Geduld haben.«

Alma wusste nicht, wie oft Ari sich das selbst versucht hatte einzureden.

Aber irgendwann ging es nicht mehr. Jetzt war der Zeitpunkt gekommen, etwas zu ändern. Sie wollte ihr eigenes Leben führen. Eigene Entscheidungen treffen. Nicht in eine Rolle gezwängt werden und danach handeln zu müssen, wie es ihr vorherbestimmt war.

»Aber das ist mir nicht genug.« Sie wollte sich nicht mehr erklären müssen. Immer wieder packte sie das schlechte Gewissen und Ari fragte sich, ob sie undankbar war, dass sie mehr vom Leben erwartete. Aber Alma würde es nicht verstehen.

Wie auch. Dein Leben ist perfekt.

Aber noch bevor Alma etwas erwidern konnte, riss jemand die Tür zu ihrem Zimmer auf. Quentin stand keuchend im Türrahmen und tiefe Falten bildeten sich auf seiner Stirn. »Ist es wahr, was ich gehört habe? Du gehst weg?«

»Quentin!« Sie warf das Kleid auf ihr Bett, lief auf ihn zu und fiel ihm um den Hals. »Es ist unglaublich, nicht wahr?«

»Bei allen guten Geistern«, fluchte Quentin, stieß Ari von sich und boxte mit der Faust gegen die Holztür, sodass Alma und Ari vor Schreck aufschrien. Lisbeth wimmerte und Alma drückte sie noch fester an ihre Brust.

»Du kannst nicht von hier verschwinden!«

Ari hörte den Schmerz aus seiner Stimme und es brach ihr das Herz. Sie blickte ihren besten Freund an, der vollkommen verloren am Türrahmen lehnte. Sein rostrotes Haar stand wie so oft wild zu Berge und Ari ignorierte den Drang, mit beiden Händen hineinzufahren und es zu glätten. Stattdessen griff sie nach seiner Hand und drückte sie.

»Ich möchte aber.« Er wollte ihr die Hand entziehen, aber Ari hielt sie weiterhin fest. »Versteh doch. Das ist meine Chance auf einen Neuanfang.«

Quentin schluckte. »Ohne uns.«

Entschuldigend zuckte Ari mit der Schulter. »Ich möchte euch nicht verlassen.«

»Dann lass es. Bleib hier.«

Ari presste die Lippen zusammen und schüttelte langsam den Kopf. »Das kann ich nicht.«

Quentin starrte sie einen Moment lang an, dann reckte er das Kinn. »Dann werde ich dich begleiten.«

Wäre die Situation nicht schon bedrückend genug gewesen, hätte Ari gelacht, aber stattdessen war sie nun den Tränen nahe. »Du wirst hier gebraucht.«

»Du auch.«

Ari seufzte schwer. »Du musst mich gehen lassen.«

»Aber wer soll dich dann beschützen?«

»Du bist nicht mein Wächter, Quen.« Nur wer ein eigenes Märchen besaß, bekam einen Wächter an die Seite gestellt. Das wusste auch Quentin.

Seine Augen wurden groß, dann schüttelte er den Kopf. »Nein!« Mit einem Ruck entriss er ihr seine Hand und ging einen Schritt zurück. »Ich werde nicht tatenlos zusehen, wie du in dein Unglück rennst. Das kannst du nicht von mir verlangen.«

Ihre Lippen zitterten. »Du bist mein bester Freund.«

»Anscheinend nicht. Du hast ganz alleine beschlossen, mich zu verlassen. Uns alle zu verlassen. Ich werde es mir jedenfalls nicht antun, zuzusehen, wie du vor meinen Augen für immer verschwindest.« Er drehte sich um und so schnell, wie er gekommen war, polterte er die Treppe hinunter. Das Krachen der zugeschlagenen Holztür ließ Ari zusammenzucken. Tränen brannten in ihren Augen und liefen über ihre Wangen. Bei allen guten Geistern, sie wusste nicht, wann sie das letzte Mal so viel geweint hatte.

»Gib ihm Zeit«, flüsterte Alma. Erst jetzt bemerkte Ari, dass sie direkt hinter ihr stand. »Er wird es schon noch verstehen.«

»Und wenn nicht?« Sie drehte sich zu Alma um. »Was, wenn er mir nicht verzeiht?«

Alma strich ihr mit dem Daumen über die Wange. »Das wird er. Du wirst schon sehen.«

4

Jedes Wesen, dem ein Märchen zugewiesen wurde, gilt als unsterblich. Nur diejenigen, die kein eigenes Märchen besitzen, altern und sterben eines Tages.

Artikel 2, Absatz 8 – Auszug aus dem Gesetz der Märchenchroniken

Ari tastete nach dem nassen Moos und atmete ein letztes Mal den Duft von Tannennadeln und der warmen Abendsonne ein. Sie legte den Kopf in den Nacken und betrachtete den rotorangefarbenen Himmel. Das Zwitschern der Vögel würde sie genauso vermissen wie Violets Schokoladenkuchen.

In der Menschenwelt gibt es sicherlich auch Tiere und mit Sicherheit auch Schokoladenkuchen, schalt sie sich selbst. Aber sie wusste, dass das nicht dasselbe sein würde.

»Hey.«

In ihren Gedanken versunken, hatte Ari ihre Schwester nicht bemerkt, die hinter einem Weidenbaum mit einem Korb in der Hand erschien. »Aufgeregt?«

Betreten lächelte Ari. Aufgeregt war kein Ausdruck für die Gefühle, die in ihr tobten. Angst traf es viel besser. Aber sie würde Alma nicht damit behelligen. Sie machte sich schon genug Sorgen. »Ein wenig.«

Alma lächelte, griff in den geflochtenen Korb und holte ein Päckchen heraus. »Das soll ich dir von Violet geben.«

»Für mich?«, flüsterte Ari und starrte auf das in braunes Papier eingepackte Bündel.

Alma lächelte. »Ein Abschiedsgeschenk.«

Ari schluckte und der Schmerz durchzuckte sie wie ein scharf geschossener Pfeil.

Ein Abschiedsgeschenk. Diese Geste von Violet sorgte dafür, dass Ari ihr Entschluss, Kolis zu verlassen, noch deutlicher bewusst wurde.

Jetzt ist es tatsächlich so weit.

Sie roch an dem Päckchen und der Duft von warmer Schokolade, Vanille und Zimt drang ihr in die Nase. Wehmut überkam sie, als ihr bewusst wurde, was Violet ihr geschenkt hatte.

»Mein Lieblingskuchen.« Ari schluckte und langsam wickelte sie das Bündel auf. Violet besaß die einzige Bäckerei in ganz Kolis und nicht nur die Kinder verbrachten ihre Zeit dort damit, Violets köstliche Naschereien zu verschlingen. Auch Ari konnte den Kuchen und dem Gebäck kaum widerstehen.

»Sie hat ihn extra für dich gebacken, kann ihn dir aber leider nicht selbst vorbeibringen. Leia und Sali hat es übel erwischt – sie sind übersät mit roten Pusteln und nicht einmal Isis weiß, was es sein kann. Jedenfalls ist Violet gerade dabei, einen Trank für die beiden herzustellen. Soweit ich das mitbekommen habe, muss er drei Stunden durchgehend gerührt werden, sonst verliert er seine Kraft. Ich soll dich schön grüßen und dir sagen, falls du es vermasselst, wird sie mit dem Kochlöffel auf dich warten.«

»Ich hätte mich so gerne selbst von ihr verabschiedet.«

Vorsichtig brach sie ein Stück ab und biss hinein. Genussvoll ließ sie sich jeden Bissen auf der Zunge zergehen. Er schmeckte himmlisch und Ari wollte keinen Gedanken mehr daran verschwenden, dass sie heute zum letzten Mal ihren Lieblingsnachtisch von Violett aß. Sie wischte sich die Kuchenkrümel aus dem Gesicht. »Sag ihr vielen Dank. Er schmeckt wie immer fantastisch. Ich werde ihn vermissen.«

Alma ließ sich neben Ari ins Moos sinken und verflocht ihre Finger mit denen ihrer Schwester. Einen Augenblick lang sahen sie sich nur an.

»Erinnerst du dich, wie ich hier früher auf den Bäumen herumgeklettert bin?«, flüsterte sie und versuchte das Thema zu wechseln.

Alma blickte sie an, dann lächelte sie. »Und von Isis vertrieben wurdest?« Sie richtete sich auf, verzog ihre Lippen zu einer hässlichen Fratze und flüsterte: »Knusper, Knusper, Knäuschen, verschwindet von meinem Häuschen.«

»Ihr Lebkuchen war wirklich köstlich. Niemand konnte da widerstehen. Ein Jammer, dass sie das Backen eingestellt hat.«

Aus vollem Hals lachte Alma. »Du warst so wütend auf sie. Danach hast du ihre Fensterbretter mit Entendreck beschmiert.« Sie griff nach Aris Hand. »Weißt du, für deinen Mut habe ich dich immer bewundert. Und Isis wäre niemals so zahm, wenn du deine Finger nicht im Spiel gehabt hättest.« Missmutig runzelte Alma die Stirn. »Wobei ich das in ihrer Gegenwart nie erwähnen würde. Sie ist immer noch furchteinflößend, findest du nicht?«

Ari schmunzelte. »Die meisten von uns missverstehen Isis. Nicht jeder hat nur eine Seite, gut oder böse. In jedem von uns stecken beide.« Sie drückte die Hand ihrer Schwester. »Nach Mutters Tod hast du dich um mich gekümmert«, flüsterte sie. »Dafür habe ich dir nie gedankt.«

Alma lächelte. »Ich habe es gerne gemacht.«

Aris Kehle wurde eng und hastig schluckte sie. »Danke.«

Ihre Schwester blinzelte, Tränen schimmerten in ihren Augen. Dann schluckte sie und holte hinter ihrem Rücken eine Leinentasche hervor, die sie Ari reichte.

Überrascht sah sie ihre Schwester an. »Was ist das?«

»Ein Geschenk. Damit du dich in der Menschenwelt nicht so allein fühlst.«

»Du meinst, Mutters Zauberspiegel reicht mir nicht?«

Alma schmunzelte nur und zuckte mit den Schultern.

»Lass uns auf Nummer sicher gehen.«

Neugierig öffnete Ari die Tasche und stutzte, als sie eine Ausgabe der Märchenchroniken darin sah. Vorsichtig zog sie das alte Buch heraus und als sie erkannte, um welches es sich handelte, zog sie scharf die Luft ein.

»Das Märchen des Nachtprinzen«, flüsterte Ari ehrfürchtig und strich über den dunklen Ledereinband. So viele Male hatte Alma ihr daraus vorgelesen. Sie kannte das Märchen über den Prinzen mit dem Herzen aus Stein auswendig und trotzdem freute sie sich ungemein über Almas Geschenk. Einen Augenblick lang widerstand sie dem Drang, die Augen zu schließen und daran zu riechen. So viele Erinnerungen, die Ari kaum zu fassen bekam, prasselten auf sie ein. Sie schluckte, dann sah sie ihre Schwester mit weit aufgerissenen Augen an. »Du hast es immer noch«, murmelte sie und sah sich um, ob sie jemand belauschte. Ihre Mutter hatte damals einige Ausgaben der Chroniken gestohlen, unter anderem, um Almas Märchen zu verändern. Mit Schaudern dachte Ari an den Skandal zurück, als der Diebstahl entdeckt worden war. Erst danach hatten die Wächter spezielle Zauber angewendet, um weitere Diebstähle zu verhindern. Seltsamerweise hatte niemand gefordert, das Buch des Nachtprinzen zurückzugeben. Ari hatte sich damals nichts dabei gedacht, aber jetzt, während sie darüber nachdachte, kam es ihr eigenartig vor.

»Ich dachte, du hättest es nach Mutters Tod zurückgegeben.«

Alma zuckte mit den Schultern. »Sagen wir so, es ist mir entfallen, dass es immer noch in unserem Besitz ist.« Dann wurden ihre Gesichtszüge weich. »Es war immer dein Lieblingsmärchen und es hat uns verbunden. Ich weiß noch, dass es kaum einen Tag gab, an dem ich dir nicht daraus vorgelesen habe. Wenn du dich also einmal einsam fühlst, dann lies es und denk an mich. Zwar ist es immer noch unvollständig, aber bei dir ist es besser aufgehoben.«

Ari schluckte und drückte das Buch fest an sich.

»Wenn jemand erfährt, dass ich es mitgenommen habe, dann ...«

Alma verdrehte die Augen. »Niemand wird etwas erfahren. Keiner kennt diesen Nachtprinzen. Und selbst wenn sie es herausfinden, was wollen sie tun? Mich aus Kolis rauswerfen? Dann komme ich zu dir und wir machen gemeinsam die Menschenwelt unsicher.«

Bei dem Gedanken daran schüttelte Ari den Kopf. »Du würdest niemals von hier weggehen.«

»Für dich würde ich es tun.«

Ari schluckte und der Schmerz des Vermissens in ihrer Brust war kaum zu ertragen. Dabei hatte sie Kolis noch gar nicht verlassen. Sie hob den Kopf und sah Tränen in Almas Augen schimmern. Ari zwang sich zu einem Lächeln, dann bückte sie sich und steckte das Buch in ihren Koffer.

»Außerdem war es auch mal ganz schön, gegen die Regeln zu verstoßen.«

»Wer bist du und was hast du mit meiner Schwester gemacht?«

Alma schlug Ari leicht auf die Schulter. »Ach, hör auf. Ich möchte meiner kleinen Schwester etwas geben, damit sie mich in Erinnerung behält.«

Jetzt war es Ari, der Tränen in den Augen standen. »Ich könnte dich niemals vergessen. Egal, was sie mir geben werden, ich weiß, dass ich mich an dich erinnern werde.«

Ari beugte sich über das Gras und drückte Alma einen Kuss auf die Wange. »Darf ich dir noch eine Frage stellen?«

Ari nickte. »Natürlich.«

»Ist es wegen mir?« Nervös blickte Alma zu Boden. »Willst du deshalb weg?«

»Wegen dir?« Ari sah ihre Halbschwester erschrocken an.

Alma kniff die Lippen zusammen und Ari seufzte tief. Es hatte keinen Zweck, es zu leugnen, aber sie schämte sich ein wenig für ihren Gedanken.

»Ein wenig, ja. Du weißt nicht, wie es ist, in deinem Schatten zu stehen. Wenn jeder in dir nur Schneewittchens kleine Schwester sieht. Dein Promistatus ist manchmal schrecklich erdrückend. Und ich kann es ihnen noch nicht einmal übelnehmen, denn wer bin ich denn schon?«

Almas Blick wurde sanft und sie zog Ari in eine Umarmung. Ihr Kinn auf ihrem Kopf lehnend wisperte sie. »Du bist Ariana. Du bist etwas ganz Besonderes und es …«

Gerade als sie noch etwas sagen wollte, verstummte das Zwitschern der Vögel.

»Die Wächter sind hier«, flüsterte Alma.

Ari zögerte einen Moment, ehe sie aufstand. Ihr Herz trommelte wild in ihrer Brust. Bisher hatte sie vom Rat der Wächter nur in Geschichten gehört, aber nun würde sie ihm zum ersten Mal gegenüberstehen. Alte Männer in roten Kutten, die sie mit Augen schwarz wie Kohlestücke mustern würden. Der Geruch von Rauch, Feuer und verbranntem Fleisch lag in der Luft. Schleichend näherten sie sich ihnen. Alma ließ ihre Hand los. Sie sprang auf und versteckte sich hinter einem Baumstamm, während Ari nur dastand und ihnen entgegensah.

Einer von ihnen, der sich vorne an der Spitze befand, blieb stehen, hob den

Kopf und musterte Ari. »Ariana aus dem Hause des Winters.« Wie ein Donnerschlag hallte seine Stimme durch den verwunschenen Wald. »Leibliche Tochter der bösen Königin. Halbschwester von Schneewittchen. Märchenlos. Status: Unbedeutend.«

Ihr Herz zog sich zusammen.

Status: Unbedeutend.

Ari hatte nicht gewusst, dass man ihr diesen Stempel verpasst hatte.

Der Wächter blickte Ari fragend an.

Langsam nickte sie und knetete dabei ihre schweißnassen Hände.

Aus den Augenwinkeln sah sie ihre Freunde, die stehengeblieben waren und sie mit weit aufgerissenen Augen musterten. Aber niemand sagte ein Wort.

»Ihr habt einen Antrag auf Verbannung gestellt und diesem wurde stattgegeben. Seid Ihr bereit, die Märchenstadt zu verlassen?«

Ari nickte schnell und konnte in der Stille Almas lautes Schluchzen hören. Ihr Herz blutete, wenn sie an den Kummer ihrer Schwester dachte.

»Jemand hat Euch über die Konsequenzen Eures Handels aufgeklärt?«

»Ja«, antwortete Ari und lächelte zaghaft. Sie warf Isis einen dankbaren Blick zu, die ihr zuzwinkerte. Ari hatte der alten Hexe über die Menschenwelt Löcher in den Bauch gefragt.

»Nun denn …«, antwortete der Wächter und sein Blick fiel auf den Koffer, den sie bei sich trug. Überrascht runzelte er die Stirn. »Ihr wollt Gepäck mitnehmen?«

Ari nickte und hielt den Koffer fest in ihrer Hand.

»Es ist nicht möglich, Dinge aus unserer Welt in die Menschenwelt mitzunehmen.«

»Wir könnten es doch versuchen?« Ari biss die Zähne zusammen und schenkte dem Wächter ein Lächeln, auch wenn ihr nicht danach zumute war.

Er atmete tief aus. »Na schön, in Ordnung. Aber beschwert Euch nicht, wenn Euer Gut in der Unendlichkeit verschwindet.«

Der Wächter holte ein Fläschchen, in dem sich eine goldene Flüssigkeit befand, aus seiner Tasche. »Dies müsst Ihr trinken. Der Trank sorgt dafür, dass

Ihr alles vergesst. Erst danach wird es möglich sein, Eurem Wunsch zu entsprechen.«

Ari nickte. Ihr Herz schlug wild in ihrer Brust und obwohl sie so gerne stark sein wollte, konnte sie nichts gegen die Tränen tun, die ihr über die Wangen liefen. Verstohlen blickte sie sich um. Keiner der anderen hatte einen Laut von sich gegeben. Der Schreck stand allen ins Gesicht geschrieben.

»Verabschiedet Euch.«

Bevor Ari auch nur ein Wort sagen konnte, fiel ihr Alma um den Hals und drückte sie fest an sich.

»Pass auf dich auf«, schluchzte sie.

»Mach ich.«

»Hast du Mutters Zauberspiegel?« Ari deutete auf die Leinentasche, die sie zusammen mit der Ausgabe der Märchenchroniken und ihrem Koffer bei sich trug. »Natürlich.«

Erleichterung war in Almas Gesicht zu sehen, als glaubte sie tatsächlich daran, mit ihr so Kontakt halten zu können.

Ari wischte sich mit dem Handrücken die Tränen von den Wangen. »Kümmere dich gut um Lisbeth. Ich möchte wundervolle Geschichten von ihr lesen.«

Schluchzend hielt Alma sich eine Hand vor den Mund und nickte.

Dann wich Alma zurück und nach und nach kamen die restlichen Freunde zu Ari, küssten und umarmten sie. Isis drückte ihre Hand und zog sie zu sich herab. Die jadegrünen Augen der alten Frau funkelten trotz der Dunkelheit. »Was hat deine Mutter zu dir gesagt, als du noch ein kleines Mädchen warst? Erinnerst du dich?«

Sofort hörte Ari die Stimme ihrer Mutter, als würde sie neben ihr stehen. *»Du darfst niemals vergessen, wer du bist. Du bist Ariana aus dem Hause des Winters, mit dem Auge im Herzen.«*

Ari hatte nie verstanden, was ihre Mutter damit gemeint hatte und sie war nie dazu gekommen, sie danach zu fragen.

Isis nickte und zwinkerte ihr zu. »Genauso ist es. Vergiss das nie. Egal, was geschieht.«

Ari nickte und küsste Isis ein letztes Mal, dann ging sie weiter und stand vor Hauptmann Arrick, der sie mit zusammengepressten Lippen ansah. Aber in seinen Augen standen so viel Wärme und Zuneigung, dass es ihr die Sprache verschlug. So oft hatten sie und der Hauptmann sich in die Haare gekriegt und oftmals hatte Ari ihn verflucht, aber jetzt wusste sie, dass sie ihn schrecklich vermissen würde. Ohne lange zu zögern, fiel sie ihm um den Hals und drückte ihn an sich.

Der Hauptmann erstarrte, erwiderte aber sogleich die Umarmung und schlang die Arme um sie. »Passt auf Euch auf. Ich bin mir sicher, dass mich der Geist Eures Vaters heimsuchen wird, sollte Euch etwas zustoßen.«

Ari presste die Lippen zusammen. »Kümmert Euch bitte um meine Schwester. Versprecht es mir.«

Er nickte schnell und Ari konnte Tränen in seinen Augen schimmern sehen. »Natürlich.«

Ari schluckte und blickte sich nach Quentin um. Aber er war nirgends zu sehen. Konnte es sein, dass sie ihn so sehr verletzt hatte, dass er seine Drohung wahr gemacht hatte und sich nicht von ihr verabschieden wollte? Ihr Herz hämmerte in ihrer Brust, als ihre Augen durch das Dickicht wanderten, sie Quentin aber nirgends zu sehen bekam.

Er war nicht gekommen, um sich von ihr zu verabschieden. Der Schmerz, der sich in ihrem Inneren breitmachte, brachte sie fast zum Verzweifeln. Sie hätte ihm gerne noch ein paar Dinge mit auf den Weg gegeben. Ihm gesagt, dass sie die goldenen Münzen hinter dem Brunnen versteckt hatte, die Quentin seit Jahren suchte. Ihm erzählt, dass sie es damals gewesen war, die seine Initialen zusammen mit Rotkäppchens Namen in den Weidenbaum am Göttergrund geritzt hatte. Ihm mitgeteilt, dass er immer ihr bester Freund bleiben würde, egal, in welcher Welt sie sich beide befanden. Dass keine Dimension sie würde trennen können. Aber all die Worte musste sie nun herunterschlucken. Sie hob den Kopf, straffte den Rücken und drehte sich um. Ein letztes Mal ließ sie den Blick über den Götterhain gleiten. Hier, außerhalb von Kolis, am Rande zum verwunschenen Wald, spürte man die magischen Schwingungen der Wächter am meisten. Voller dichter Bäume, die mit Moos bewachsen waren, schimmerte noch ein wenig Sonnenlicht durch das Blätterdach. Ari hörte das zarte Flüstern des Windes, als wollte auch er sich von ihr verabschieden. Ihr Herz begann schneller zu schlagen. Jetzt war die Zeit gekommen, um Lebewohl zu sagen und obwohl sie sich auf ihre Zukunft freute, vermisste sie ihre Heimat schon jetzt. Sie wischte sich eine Träne aus dem Gesicht und holte tief Luft. Jetzt gab es keinen Weg mehr zurück. »Ich bin bereit.«

Ari griff nach dem Fläschchen, zog den Korken heraus und führte es an ihre Lippen. Einen Moment zögerte sie. Sie betete, dass sie keine Schmerzen würde erleiden müssen. Ihre Gedanken rasten, ihr Herz trommelte in ihrer Brust. Traf sie gerade die richtige Entscheidung?

Der Wächter legte ihr die Hand auf die Schulter. »Es ist Zeit.«

Sie nahm ihren ganzen Mut zusammen, legte den Kopf in den Nacken und trank. Leise hörte sie die Stimme des Wächters. »Ariana aus dem Hause Winter. Hiermit wirst du aus der Märchenstadt verbannt. Eine Umkehr ist ausgeschlossen.« Augenblicklich strömte Adrenalin durch ihre Adern, aber der Schmerz war viel schlimmer. Wie eine Lawine breitete er sich in ihr aus. Das glühende Stechen in ihrer Brust, das sich über ihre Arme und Beine erstreckte und ihr das Gefühl gab, innerlich zu verbrennen, ließ sie aufschreien und Ari fiel zu Boden. Etwas krachte, dann ertönte ein dumpfer Schlag. Ari wagte nicht, sich umzusehen. Ihr Kopf dröhnte und etwas Feuchtes lief ihr über das Gesicht und streifte ihren Mund. Sie leckte sich über die Lippen und der Geschmack von altem Eisen ließ sie zusammenzucken.

Blut.

»Ari!«

Wie in einen dichten Nebel gehüllt hörte sie aus der Ferne Quentins verzweifelte Rufe und Almas lautes Schreien, kurz darauf wurde alles um sie herum schwarz.

5

»Der Freund deines Feindes ist dein Feind.
Allerdings sollte man in der Lage sein, Freund und Feind voneinander zu unterscheiden. Andernfalls könnte es ein Problem geben.«
Interview mit König Tychon vor einigen Jahren

Als Ari die Augen aufschlug, spürte sie eine Veränderung. Zum einen lag der Geschmack von Honig auf ihren Lippen. Süß und cremig erinnerte er sie an die Honigschnecken, die ihre Mutter ihr als Kind immer vom Gewürzmarkt mitgebracht hatte. Sie hörte das Zwitschern der Vögel und das Schreien der Marktfrauen. Der Geruch von frischem Brot lag in der Luft und Ari genoss die warmen Sonnenstrahlen auf ihrer Haut. Es war schon so lange her und die Erinnerung daran versetzte ihr einen Strich. Als wäre sie in die Vergangenheit katapultiert worden.

Aber dann wurde ihr schlagartig klar, dass das alles nur Einbildung war. Denn jedes gute Gefühl, das sie mit den Erinnerungen verband, verflog. Stattdessen peitschte ihr eisiger Wind ins Gesicht, ihre Hände fühlten sich eiskalt an und sie spürte ihre Zehen nicht mehr. Aber seltsamerweise fror sie nicht. Sie zitterte nicht einmal. Die Kälte legte sich um ihren Körper wie eine kalte Dusche am Morgen. Erfrischend, belebend, vielleicht ein wenig ungemütlich. Aber noch mehr setzten ihr diese entsetzlichen Kopfschmerzen zu, die plötzlich auftraten. Als hätte etwas sie mit aller Kraft niedergedrückt. Ganz zu schweigen von dieser Stimme, die in ihrem Kopf herumwirbelte.

Weit entfernt drang sie durch die Dunkelheit. Wie durch eine Nebelwand erkannte sie dennoch die Stimme. Quentin schrie nach ihr. Spielte ihr Verstand verrückt? Vielleicht bildete sie sich das alles aber auch nur ein.

Mühsam rappelte sie sich auf. Jeder einzelne Knochen schmerzte. Dunkelheit hüllte ihre Umgebung ein, nur der Mond spendete ein wenig Licht, sodass sie sich orientieren konnte.

Sie befand sich in einem dichten, dunklen Wald, so viel konnte sie erkennen. Das Rauschen der Bäume hatte sie anfangs gar nicht wahrgenommen, aber jetzt wurde sie sich dessen immer mehr bewusst. Es war, als würde der Wind ihr etwas in einer anderen Sprache zuflüstern. *Wo zur Hölle bin ich hier gelandet?*

Ein Stich über ihrem Auge ließ Ari zusammenzucken. Sie tastete nach ihrer Stirn und fühlte eine walnussgroße Beule. An Arznei hatte sie in ihrer Aufregung natürlich nicht gedacht. Isis hatte in den Vollmondnächten Kräutersalben aus Heilerde, Arnikatinktur und Johanneskrautblüten, die vor dem Morgengrauen gepflückt worden waren, angesetzt. Vielleicht sollte sie es auch versuchen. Sie hatte der alten Hexe oft über die Schulter geschaut. So schwer konnte es ja schließlich nicht sein.

Langsam stand sie auf und betrachtete ihre Umgebung. Nüchtern betrachtet hätte es sie schlimmer treffen können. Sie hätte in einem Raum-Zeit-Kontinuum landen können, irgendwo im Nirwana, verschwunden auf Nimmerwiedersehen. Oder ihr Körper hätte sich materialisieren können, aufgelöst wie Zucker in warmem Wasser. Oder man hätte sie entzweireißen können. Dann würde ein Teil von ihr noch immer auf dem Göttergrund stehen, während der andere Teil sich hier befand. Allein der Gedanke daran jagte ihr einen Schauer über den Rücken.

Das Knirschen des Schnees unter ihren Stiefeln ließ sie erstarren. Wann hatte sie zum letzten Mal Schnee gesehen? Sie konnte sich nicht erinnern. Obwohl sie ein Kind des Winters war, hatte man diesen in Kolis schon eine ganze Weile nicht mehr zu Gesicht bekommen.

Langsam bückte sie sich und tastete nach ihrem Koffer. Aber er war nicht da. Irritiert blickte sie sich um, aber in der Schwärze der Nacht konnte sie kaum etwas erkennen. Panik kam in ihr auf. Hatte sie ihn etwa vergessen? Immer wieder drehte sie sich im Kreis, aber egal, wie oft sie den Boden absuchte, sie fand ihn nicht. Ari ließ die Schultern hängen. Das fing ja gut an.

Ein schlechter Start bedeutet nicht eine schlechte Geschichte, pflegte Isis immer zu sagen. Dennoch war Ari sich sicher, dass hier irgendetwas falsch gelaufen war.

Wo bin ich hier nur gelandet?

Als sie den Kopf drehte, drang ein stechender Geruch in ihre Nase. Angewidert verzog Ari das Gesicht. Es roch nach faulen Eiern und als sie an ihrer Bluse schnupperte, wurde ihr bewusst, dass sie selbst danach stank. *Bei allen guten Geistern! Ich bin in einem fremden Land und stinke wie ein Troll.*

Am liebsten wäre sie vor sich selbst davongelaufen. Sie brauchte heißes Wasser, eine Seife und neue Kleidung, sonst würde sie einen schrecklichen ersten Eindruck hinterlassen. Das war ihre Chance, neu anzufangen. Ihr Leben war auf einmal ein weißes Blatt Papier und Ari hatte nicht vor, alles aufs Spiel zu setzen, nur weil die Wächter bei ihrer Verbannung ein wenig mehr Schwefel eingesetzt hatten.

Seufzend strich sich Ari eine Haarsträhne aus dem Gesicht und blickte sich um. Sie würde sich später darum Gedanken machen. Jetzt musste sie erst einmal aus diesem Wald herauskommen.

Jeder Baum, jeder Ast glich dem anderen. Wie sollte sie nur einen Weg aus diesem Labyrinth finden?

Alma hätte bestimmt eine Idee. Sie hätte einen Kompass mitgenommen und ein komplettes Survivalpaket gepackt, damit sie in der Menschenwelt überleben konnte. Warum hatte sie nur nicht daran gedacht?

Ihr Hals war trocken, ihre Haut brannte von der Kälte und sobald sie ausatmete, bildeten sich kleine Dampfwolken. Ari sehnte sich nach einer warmen Hütte. Die Müdigkeit steckte immer noch in ihren Knochen. Was würde sie jetzt für eine heiße Tasse Tee und Violets Schokoladenkuchen geben?

Eine beängstigende Stille lag in der Luft. Fast schien es, als hätte sogar der Wind eine Pause eingelegt. Nur die Eiseskälte drang durch jede Pore ihres Körpers. Sie zitterte am ganzen Körper. Mit steif gefrorenen Fingern umklammerte sie sich selbst, so gut es ging, und stapfte durch den kniehohen Schnee.

Warum hatte sie nicht daran gedacht, einen Mantel und Handschuhe anzuziehen?

Aber es spielte keine Rolle. In ihrem Koffer befanden sich nur Kleider und vermutlich stand er immer noch an derselben Stelle am Göttergrund. Wehmut machte sich in Ari breit. Sie hatte Quentins Stimme gehört. Er war doch noch gekommen. Was würde er jetzt wohl zu ihr sagen?

Mach dir wegen ein paar Kleidungsstücken nicht ins Hemd, Ari.

Ja, das würde er sagen. Ari schnaubte. Er musste auch nicht mit nur wenig Stoff am Körper durch den Schnee marschieren.

Ich werde erfrieren, noch ehe ich überhaupt einen Tag in der Menschenwelt verbracht habe. Das ist wohl mein verdammtes Schicksal.

Seufzend presste sie ihre Lippen zusammen.

Sie musste sich eingestehen, dass sie sich viel zu wenig mit der Menschenwelt auseinandergesetzt hatte. Die paar Stunden in der verbotenen Abteilung waren nicht genug gewesen. Sie hätte sich viel ausführlicher mit den Aufzeichnungen der Wächter auseinandersetzen müssen.

Ein dunkler, kalter Wald hatte dort auf jeden Fall keine Rolle gespielt.

Hör auf zu jammern, schalt sie sich selbst und marschierte weiter. So lange hatte sie davon geträumt, der Märchenwelt zu entkommen, sodass sie sich jetzt über ein wenig Kälte nicht beschweren durfte. Und wenn sie jetzt den ewigen Winter für ihre Freiheit ertragen musste, dann würde sie auch damit klarkommen.

Sie war Ariana aus dem Hause Winter. Das bisschen Schnee war kein Weltuntergang. Sie würde mit allem zurechtkommen.

Ari blickte sich immer wieder um, als sie gegen die Kälte kämpfte. Isis hatte in ihren Geschichten von Städten mit Häusern erzählt, die sich bis in den Himmel erstreckten. Sie hatte von fremden Ländern gesprochen, Menschen mit unterschiedlicher Hautfarbe und fremder Sprache. Sie hatte von Elektrizität und fließendem Wasser berichtet.

Hier schien es nichts davon zu geben.

Ari biss sich auf die Lippe und stolperte weiter durch den Wald. Wenn sie wenigstens ein paar glühende Augen eines Wolfes oder einer Eule sehen würde, dann konnte sie diese vielleicht um Rat fragen. Allerdings war sie sich nicht sicher, ob sie sich mit den Tieren in der Menschenwelt unterhalten konnte. Vielleicht hätte sie den Wächter doch besser danach fragen sollen.

Sie legte den Kopf in den Nacken und betrachtete die Baumkronen, die im Mondlicht unheimlich wirkten.

Noch nie hatte sie einen so toten Wald gesehen. Es schien, als wäre kein Lebewesen darin unterwegs. Keine Wildschweine, keine Marder. Nicht einmal eine Maus kreuzte ihren Weg.

Ein schweres Atmen riss sie aus ihren Gedanken. Nein, kein Atmen. Eher ein Schnaufen. Erschrocken drehte Ari sich um und erstarrte, als sie in die glühenden Augen eines Pferdes sah. Bei allen guten Geistern, was war das für ein Monster? Viel größer als alle, die sie bisher gesehen hatte. Mit einer mächtigen glänzenden Mähne, breiten, weichen Nüstern und Augen rot wie Blut. Ari schluckte und starrte den Mann an, der auf dem Ross saß und ihr den Weg versperrte. Wo war er hergekommen? Wie konnte es sein, dass sie ihn nicht gehört hatte?

Er trug eine Kapuze, die seine Augen verdeckte, aber auch so spürte Ari seinen Blick auf ihr. Er verursachte ein Kribbeln in ihrem Nacken und Ari spürte, wie ihr ein Schauer über den Rücken lief.

Anmutig stieg er ab und kam langsam auf sie zu.

Nervös trat sie einen Schritt zurück. Vorsichtig tastete sie nach ihrem Dolch, bis ihr einfiel, dass sie diesen ja in ihren Koffer gepackt hatte. Genervt verdrehte Ari die Augen. *Da kann ich ihn ja so gut gebrauchen!*

»Wen haben wir denn da?« Die eisige Stimme bohrte sich wie ein Messer in ihre Brust. Jetzt war er so nah, dass Ari sein Gesicht erkennen konnte. Erschrocken schnappte sie nach Luft. Bei allen guten Geistern. Niemals zuvor hatte sie solche Augen gesehen. Wie geschmolzenes Eis. Kalt. Gefährlich. Fast schon tödlich. Ganz langsam betrachtete er sie, fast als wollte er sich jeden Zentimeter von ihr einprägen, dann zog er spöttisch eine Augenbraue nach oben.

»Na? Bist du stumm oder sprichst du nicht mit jedem?«

Ari gab ihm keine Antwort, aber sie zuckte bei seinen Worten ein wenig zurück. Der Fremde wirkte wie ein Krieger. Anmutig und furchtlos. Was man von ihr nicht behaupten konnte. Ihr Herz polterte wie eine Buschtrommel in ihrer Brust.

Sie musste sich beruhigen, sonst würde sie keinen einzigen klaren Gedanken fassen können. Außerdem erinnerte sie sich an Isis' Worte.

Erzähle niemandem, woher du kommst. Es ist keine gute Idee, den Menschen zu erzählen, dass du aus einer Märchenwelt kommst.

Er würde niemals glauben, dass sie von hier war, wenn sie sich so auffällig verhielt.

Ari blinzelte und bemühte sich, ihr wild schlagendes Herz unter Kontrolle zu bekommen. Sie würde sich nicht einschüchtern lassen. Niemals. Nicht, wenn sie endlich eine Chance hatte, ihre Geschichte zu ändern. Sie war so nah an einem Happy End. Daran würde auch er nichts ändern. Vielleicht bestand ja die Chance einer Flucht? Aber als Ari den Blick herumschweifen ließ, wusste sie sofort, dass der Gedanke absurd war. Er würde sie sofort einholen.

Ihr blieb also nichts anderes übrig, als sich dem Fremden zu stellen. Sie reckte das Kinn und ließ ihn nicht aus den Augen. Er musste ein wenig älter als sie selbst ein. Ganz langsam nahm er die Kapuze ab und Ari wagte kaum zu atmen, als sie ihn näher betrachtete. Es wäre untertrieben, ihn als attraktiv zu bezeichnen. Ja, selbst in Kolis wäre er zu schön für eine Märchenfigur. Nicht einmal Godrick, Almas Ehemann, war so anziehend und verboten gutaussehend. Und seinem arroganten Grinsen nach zu urteilen, wusste dieser Fremde das ganz genau.

Ganz in Schwarz gekleidet stand er vor ihr und beobachtete sie wie ein Wolf ein verletztes Reh. Er trug Lederhandschuhe, weite Hosen und kniehohe Lederstiefel. Scharfe Wangenknochen, markantes Kinn, volle Lippen. Seine wirren tintenschwarzen Haare, die ihm in die Stirn hingen, standen im starken Kontrast zu seinem akkuraten Auftreten. Augenblicklich musste sie an Quentins Haare denken und wie sie mit ihren Fingern darin herumgewühlt hatte. Schmerz breitete sich in ihrer Brust aus. Seit ihrer Verbannung waren erst wenige Minuten vergangen und trotzdem vermisste sie ihn schon schrecklich. Oder waren es Stunden? Ihr Zeitgefühl hatte sie komplett im Stich gelassen. Wie sollte sie nur ein ganzes Leben ohne ihn auskommen?

Ein lautes Kreischen ließ sie zusammenzucken. Als sie aufsah, stürzte ein Falke von einem der Bäume auf sie herab. Weiße Flocken wirbelten auf, als er wild mit den Flügeln schlug. Als wäre sie seine Beute, fixierte er sie. Ari warf sich zu Boden und schlang beide Arme um ihren Kopf. Die Kälte des Schnees brannte in ihrem Gesicht. Ihr Körper zitterte und sie kniff die Augen zusammen, während sie immer noch auf dem Boden kauerte.

Zaghaft hob sie den Kopf. Der Fremde stand direkt vor ihr und hielt ihr die Hand hin, während der Vogel auf seinem rechten Arm saß. Fast schien es, als würde der Falke sie beobachten.

Was für ein unheimliches Tier. Ari wurde das Gefühl nicht los, dass hier irgendetwas vollkommen falsch lief. Einen Moment zögerte sie, dann ergriff sie seine Hand und stand auf.

»Nun? Wie ist dein Name?« Er betrachtete sie mit so viel Neugier, dass Ari unbehaglich wurde.

Röte schoss in ihre Wangen, aber sie würde sich von dieser Peinlichkeit nicht unterkriegen lassen. »Nun, ich bin …« Sie verstummte und biss sich auf die Lippe. Was sollte sie erzählen? Sie konnte ihm ja schlecht sagen, dass sie unter dem Promistatus ihrer Schwester Alma gelitten und deshalb die Wächter gebeten hatte, sie hierherzuschicken? Dass sie unter den Menschen leben wollte? Nein. Selbst wenn sie nur ein wenig bei der Wahrheit bliebe, hörte es sich verrückt an. Verdammt! Sie hatte sich nicht einmal eine plausible Geschichte zurechtgelegt. Einen Moment grübelte sie weiter, dann traf sie die Erkenntnis mit voller Wucht. Wie hatte sie es bisher übersehen können? *Himmel, Ari! Wie kann man nur so dumm sein?*

Sie kam aus der Märchenwelt und war Schneewittchens kleine Schwester. Die leibliche Tochter der bösen Königin, der meist gefürchteten Frau in der gesamten Märchenstadt.

Sie hatte nichts vergessen! Die Worte des Wächters wirbelten durch ihren Kopf. Der Trank des Vergessens. Dadurch sollte sie sich an nichts mehr erinnern, aber anscheinend hatte es nicht funktioniert. Sie fühlte sich nicht anders als vor ihrer Abreise.

Was hatte das alles zu bedeuten?

Der Fremde zog eine Augenbraue nach oben. »Nun? Hast du deinen Namen etwa vergessen?« Ungeduld schwang in seiner höhnischen Stimme mit.

Sie musste sich etwas einfallen lassen. So lange, wie ihr nichts Besseres einfiel, hielt sie die Informationen möglichst gering. Ihren Namen zu nennen, würde wohl kaum schaden.

Sie holte tief Luft, dann nahm sie ihren ganzen Mut zusammen. »Ich bin Ariana und habe mich verlaufen. Und wer bist du?«

Nachdenklich sah er sie an. Ein Schauer lief ihr über den Rücken, aber Ari wusste nicht, ob vor Aufregung oder vor Angst.

Er kam noch einen Schritt auf sie zu und stand nun so nahe vor ihr, dass sie eine Narbe erkennen konnte. Sie war kaum sichtbar und befand sich an seinem rechten Mundwinkel. Fast sah es so aus, als hätte ihm jemand ein Lächeln ins Gesicht geschnitten.

»Du kennst mich nicht und hast dich verlaufen?« Auf dem letzten Wort lag ein seltsamer Unterton, den sie nicht so recht verstand. »Das ist interessant.«

Der samtige Ton in seiner Stimme sorgte dafür, dass in ihrem Bauch ein ganzes Bataillon von Schmetterlingen wild mit den Flügeln schlug. Ari verstand weder die Reaktion ihres Körpers auf diesen Fremden noch seine Worte. Das hier fühlte sich so seltsam an. »Warum?«

Er schien selbst in Gedanken versunken gewesen zu sein, denn er sah sie fragend an.

»Warum ist es interessant?«, wiederholte Ari.

»Nun ... Weil jeder mich hier kennt.«

Ari schluckte und Panik machte sich in ihr breit. Wenn ihn jeder kannte, dann wusste er zwangsläufig, dass sie nicht von hier sein konnte. Zugeben würde sie es trotzdem nicht. Sie verschränkte die Arme vor der Brust. »Nun, ich nicht.«

»Sieht so aus«, murmelte er und grinste.

Verdammt! Das machte alles noch viel schlimmer. Mit einem schlecht gelaunten Mann kam sie klar, damit hatte sie sich in Kolis des Öfteren herumärgern müssen. Hauptmann Arrick, ihr Vater, die Wächter. Aber ein gutaussehender Mann, der sie angrinste, war brandgefährlich.

Sie wollte gerade noch etwas sagen, da hörte sie plötzlich eine Stimme. »Herr!« Aus dem Nichts tauchte eine weitere Gestalt auf einem Pferd auf.

Ari fuhr erschrocken zusammen. Bei allen Geistern! Was war das nur für ein verrücktes Land? Wie konnte es sein, dass sie auch dieses Pferd weder gesehen noch gehört hatte?

Langsam glitt ein Reiter von dem Rücken des edlen Tieres herunter. Es war nur ein wenig kleiner als das andere Pferd, aber genauso imposant. »Ich habe Tajas Kreischen gehört, Herr. Ist Euch etwas zugestoßen?«

»Alles in Ordnung, Meister Paelle.« Der gutaussehende Fremde ließ Ari keine Sekunde aus den Augen, was ihr ein seltsames Gefühl im Magen bescherte. »Seht nur, was ich gefunden habe.«

Meister Paelle musterte Ari mit zusammengekniffenen Augen. Sie meinte, Abscheu darin erkennen zu können. Mit gebücktem Rücken humpelte er langsam näher, dann streckte er die knochige Hand aus und zog an ihrem Haar. Sofort wich Ari zurück.

»Fasst mich nicht an.« Ihre Stimme zitterte – vor Wut, aber auch Angst.

»Wer ist das?« Der alte Mann rümpfte die Nase.

»Ein Mädchen. Ihr Name ist Ariana. Sie hat sich verlaufen. Verrückt, nicht wahr?« Hörte sie da Spott aus seiner Stimme? Und noch etwas anderes, das sie nicht genau benennen konnte.

»Verlaufen?«, wiederholte der alte Mann, dann runzelte er die Stirn und trat ein wenig näher an Ari heran. Sein Blick wich keine Sekunde von ihr und Ari fühlte sich unwohl in seiner Gegenwart. Es war, als könnte er in sie hineinsehen.

Sie reckte das Kinn und funkelte den jungen Mann an. »Ich bin kein Mädchen mehr.« Was bildete er sich ein?

Der alte Mann schüttelte den Kopf, als könnte er es nicht fassen. »Wie alt bist du denn?«

»Was geht Euch das an?«

Sie warf einen Blick auf den Fremden, der sie mit einem Schmunzeln ansah. Er schien sich tatsächlich zu amüsieren.

Plötzlich griff Meister Paelle nach ihrer Hand und drehte ihr Handgelenk nach oben, sodass ein Stück ihrer blassen Haut zu sehen war.

Empört schlug Ari seine Hand weg und ging einen Schritt zurück. Heiße Wut brodelte in ihrem Inneren. »Ich sagte, fasst mich nicht an!«

Angewidert verzog der Meister das Gesicht, als hätte er seine Nase in einen Haufen Pferdeäpfel gesteckt. Als sie den jungen Mann ansah, konnte sie so etwas wie Belustigung in seinen Augen sehen – und Respekt.

»Sie kommt auf keinen Fall aus der Nachtstadt. Seht Euch nur das lange, schneeweiße Haar und die knabenhafte Figur an. Viel zu schwach zum Kämpfen.« Der alte Mann starrte sie eine Weile an und legte dann fragend den Kopf zur Seite. »Sie ist noch jung, keine zwanzig Winter.«

Ich bin tatsächlich eine schlechte Kämpferin. Unwillkürlich musste sie an ihre Trainingsstunden mit Quentin denken. Aber auch wenn ihre Technik nicht ausgefeilt war, so galt sie als flink. Und dies würde hier sicherlich auch hilfreich sein. Aber sie würde einen Teufel tun und das jemandem verraten.

Sie zog sich den Umhang fester um die Schultern, als könnte er sie vor diesen zwei Fremden schützen.

Der junge Mann nickte und hob den Arm. Der Falke flatterte mit seinen Flügeln und flog davon. Er schlug weite Bögen über den Baumkronen, ehe er sich wieder auf einem Ast niederließ. Es war ein solch schönes Tier.

Unheimlich, aber wunderschön.

Trotzdem wurde Ari das Gefühl nicht los, dass es sie beobachtete. Aber nicht wie ein Raubtier seine Beute, sondern eher, als würde er sie abschätzen.

Ich werde hier noch verrückt. Wenn das die Menschenwelt ist, dann ist das ein sehr seltsamer Ort.

Der junge Mann räusperte sich und riss Ari aus ihren Gedanken. Schmunzelnd lehnte er sich gegen einen Baumstamm, die Arme vor der Brust verschränkt und die Fußknöchel übereinander gekreuzt.

Ihre Kehle wurde trocken. Ihre Hände strichen über ihre Kleidung und krallten sich in ihre Bluse. Sie zitterte wie Espenlaub.

Himmel, ist das kalt hier. Warum habe ich nicht an einen Mantel gedacht?

Als Ari den Kopf hob, bemerkte sie, wie der Fremde sie ansah. Sein Blick wanderte langsam über ihren Körper und Ari fühlte sich, als würde er jeden Zentimeter genau betrachten.

Gerade als sie etwas sagen wollte, stieß er sich ab, ging auf sie zu, zog seinen Umhang herab und legte ihn ihr um die Schultern.

»Du frierst«, sagte er barsch. Erst wollte Ari ihn abwehren, aber er sah sie mit einem Blick an, der jeden Widerspruch abwürgte.

Also seufzte sie und zog das Stück Stoff enger um ihre Schultern. »Danke«

Er nickte nur, dann trat er einen Schritt zurück, als wollte er Abstand zwischen sie bringen. »Verrätst du uns, woher du kommst? Es ist schon eine Weile her, dass sich jemand wie du in der Gegend verlaufen hat.«

»Jemand wie ich? Was soll denn das heißen?«, fuhr Ari ihn an und bereute es sofort wieder. Sie war nicht hier, um sich gleich mit den erstbesten Bewohnern anzulegen. Außerdem hatte er ihr seinen Umhang gegeben. Auch wenn er hier lebte, so konnten ihn die Temperaturen ja nicht vollkommen kalt lassen.

»So ein junges Ding«, murmelte der alte Mann, aber nicht seine Worte jagten ihr einen Schauer über ihren Rücken. Es war sein durchdringender Blick. Als versteckte sich hinter den fast schwarzen Augen etwas Unheimliches.

Das Gefühl, von hier verschwinden zu müssen, wurde immer stärker.

»Es tut mir wirklich leid, aber ich muss leider weiter.« Noch ehe sie die Worte ausgesprochen hatte, wurde ihr schmerzlich bewusst, dass sie den wärmenden Umhang wieder hergeben musste. Sie streifte ihn ab und hielt ihn dem Fremden hin, der allerdings kein Interesse daran zeigte. Stattdessen wirkte sein Blick plötzlich härter als zuvor. Er presste den Kiefer zusammen, die Sehnen an seinem Hals kamen stärker zum Vorschein. Augenblicklich wich Ari einen Schritt zurück.

»Es war nett, Euch kennengelernt zu haben«, murmelte sie, drehte sich um und ohne noch weiter auf die zwei Fremden zu achten, marschierte sie davon. Jedoch kam sie nicht weit.

»Halt!«

Wie angewurzelt blieb Ari stehen. Das Herz schlug ihr bis zum Hals. Der eisige Ton des jungen Mannes jagte ihr eine Heidenangst ein. Langsam drehte Ari sich um.

Er stand immer noch an Ort und Stelle, aber sein ernster Blick verursachte ihr Unbehagen. Jegliche Funken von Sorge oder Freundlichkeit waren daraus verschwunden. Genau wie seine überhebliche Arroganz oder das amüsierte Grinsen. Seine Iriden glichen nun gefrorenem Eis, als er sie nicht aus den Augen ließ. Jeder Gedanke wich aus Aris Kopf. Sie konnte nicht anders, als ihn anzustarren.

»Ja?« Ihre Stimme krächzte und sie musste all ihren Mut zusammennehmen, um nicht zusammenzucken.

»Wie unhöflich von mir.« Seine Stimme klang immer noch samtig weich, aber Ari konnte einen gefährlichen Unterton daraus hören. Langsam wie eine Katze schlenderte er auf sie zu. »Ich habe mich noch nicht vorgestellt. Ich bin Damian. In Linnea nennt man mich den Nachtprinzen. Und du ...«

Er warf einen Blick zu Meister Paelle, auf dessen Gesicht ein ekelhaftes Grinsen erschien.

»... bist jetzt meine Gefangene. Willkommen in Königreich Linnea.«

6

»Für gewöhnlich wird in Linnea niemand gefangen genommen. Nachdem wir herausgefunden haben, dass die Schatten die Arbeit übernehmen, sind wir zu dem Entschluss gekommen, dass es unnötig ist, Gefangene durchzufüttern und sie auf Kosten des Königs am Leben zu halten. Die tägliche Angst, von den Schatten heimgesucht zu werden, ist grausamer als ein Jahrzehnt im Verlies des Nachtschlosses.«

1. Kommandant der Königswache von Linnea

Willkommen im Königreich Linnea.

Ari hatte den Namen schon einmal gehört, da war sie sich sicher. Etwas kratzte an ihrem Unterbewusstsein, aber sie konnte sich nicht genau erinnern, was es damit auf sich hatte. Hatte Isis ihn erwähnt? Oder hatte er in einem der Bücher gestanden? Aber noch etwas anderes ließ sie stutzen und der Gedanke jagte ihr eine Heidenangst ein. »Ich bin was?« Eine Gefangene? Das konnte doch nicht deren Ernst sein! Was hatte sie denn verbrochen?

Der alte Mann ging auf sie zu und noch ehe Ari reagieren konnte, packte er sie und band ihr die Hände auf dem Rücken zusammen. Dabei wusste Ari nicht einmal, wie es dem alten Mann gelungen war, sie zu überwältigen. Er wirkte gebrechlich und nicht mehr Herr seiner Sinne, aber er war flink wie ein Wiesel.

»Wenn Ihr schreien wollt, dann schreit ...«, flüsterte er und sein Atem hinterließ den Gestank von Fäulnis. Ari hielt die Luft an und drehte den Kopf zur Seite. »... Euch wird nur niemand hören.« Sein ekelhaftes Lachen triefte nur so vor Grausamkeit.

Als Ari den Mund öffnete, kam kein Laut über ihre Lippen. Panisch riss sie die Augen auf, aber so sehr sie sich auch bemühte, kein Wort verließ ihren Mund. Meister Paelles Augen blitzten wissend auf, dann drehte er sich um und ging zurück zu seinem Pferd.

Dieser Mistkerl! Was hat er mit mir gemacht? Verloren blickte Ari sich um. Immer wieder öffnete sie ihren Mund, schnalzte mit der Zunge, aber es half alles nichts. Sie konnte nicht sprechen. Es war, als hätte man ihr die Stimme genommen.

Damian griff nach den Zügeln seines Pferdes und kam auf sie zu. Sein selbstgefälliges Grinsen machte sie noch viel wütender. Sie hätte ihm am liebsten ins Gesicht gespuckt, aber sie wusste, damit würde sie nur noch mehr Ärger bekommen.

Ihre Chancen standen sowieso recht schlecht.

Das lag nicht nur an diesem Pferd, das sie immer noch anfunkelte, als wäre es seine persönliche Aufgabe, jede ihrer Bewegungen zu verfolgen, sondern auch an Prinz Damians Statur.

Seinem Körperbau nach zu urteilen, war er noch zu ganz anderen Dingen fähig.

»Du erlaubst?« Er wartete ihre Reaktion gar nicht erst ab. Warum auch? Sie konnte sowieso nicht antworten.

Damian trat einen Schritt vor, legte die Hände um ihre Taille, hob sie hoch, als wäre sie leicht wie ein Blatt Papier und setzte sie auf den Rücken des Tieres. Dabei nahm sie seine Berührung viel zu intensiv wahr. Seine Hände an ihrem Körper raubten ihr für einen Moment den Atem.

Mit Quentin hatte sie stundenlang trainiert und sich mit ihm im Schlamm gewälzt. Kein einziges Mal hatte sie in ähnlicher Art auf seine Berührung reagiert. Und jetzt bekam sie kaum Luft, weil dieser Prinz sie anfasste? Ari wollte protestieren, allerdings schien Prinz Damian nicht der Typ zu sein, der die Belange und Bitten einer Frau ohne Murren akzeptierte. Nein, er würde es wohl noch als Aufmunterung sehen und seine Hände ein wenig länger auf ihrem Körper lassen. Dabei hatte er anfangs gar nicht so auf sie gewirkt. Wie hatte sie sich nur so täuschen können?

Nur allzu gerne hätte sie ihm alle möglichen Schimpfwörter an den Kopf geworfen und fluchte in Gedanken laut vor sich hin.

Oh, ich verfluche dich, du Mistkerl!

»Meister Paelle, nehmt ihr Gepäck und folgt uns aufs Schloss.«

Gepäck? Verblüfft blickte Ari zu dem alten Mann, der sich bückte und den Koffer aufhob, um ihn auf seinem Pferd zu befestigen. Erleichterung gepaart mit Verwirrung machte sich in ihr breit. Wo kam er denn auf einmal her? Drehte sie langsam durch?

Damian betrachtete sie eine Weile. Sie spürte seinen Blick auf ihr, aber Ari weigerte sich, ihn anzusehen. Denn obwohl er sich unhöflich und spöttisch ihr gegenüber verhalten hatte, so konnte sie nicht leugnen, dass seine Anwesenheit ein seltsames Gefühl in ihr wachrief. Kein tiefes, vertrautes wie bei Quentin. Dieses hier war roh. Ungebändigt. Als würde es unkontrolliert unter der Oberfläche brodeln.

Quentin hatte ihr während ihrer Trainingsstunden erklärt, dass es Mittel und Wege gäbe, einen männlichen Angreifer unschädlich zu machen, wenn man ihm gezielt in den Schritt trat. Allein bei der Erzählung hatte Quentin schmerzhaft das Gesicht verzogen und Ari war sich ziemlich sicher, dass dieser Tritt seine Wirkung nicht verfehlen würde. Vielleicht, wenn sie sich anstrengte, konnte sie mit der Stiefelspitze genau den richtigen Winkel treffen. Oder sie hob ihr Knie etwas an und konnte ihn damit treffen?

Dazu musste sie erst einmal wieder herunterkommen. Aber ohne dass Prinz Damian ihr dabei half, würde es schwer für sie werden, mit gefesselten Händen auf ihrem Rücken. Der Prinz trat näher heran und streichelte den Hals des Pferdes, während er ihm etwas ins Ohr flüsterte.

Ari konnte nicht verstehen, was er dem Tier sagte, aber sie hätte schwören können, dass der Hengst die Ohren spitzte und nickte.

Anschließend stieg Damian hinter ihr auf sein Pferd. Verdammt! Das war noch viel schlimmer, als sie angenommen hatte.

Ich könnte mich vom Pferd fallen lassen. Die Idee verwarf sie sofort wieder. Die Gefahr war zu groß, dass sie sich verletzte.

Vielleicht konnte sie weglaufen, sobald sie im Schloss ankamen? Nein, auch das konnte nicht funktionieren. Bestimmt gab es überall Wachen. Seufzend schüttelte sie den Kopf. Das alles war so nicht geplant gewesen.

Plötzlich spürte sie Prinz Damians warmen Atem an ihrem Nacken und Ari zuckte zusammen. Genau das hatte ihr jetzt noch gefehlt. Sie konnte seine Brust an ihrem Rücken und seinen Geruch nicht einfach ignorieren. In den Geschichten, die Alma ihr immer vorgelesen hatte, dufteten die Prinzen nach Zedernholz, Zitronen und gefallenem Schnee, auch wenn Ari keine Ahnung hatte, wie dieser roch. Vielleicht sollte sie es ausprobieren, immerhin lag hier eine ganze Menge davon. Fast schon zu viel. Aber egal wie sehr sie schnupperte, es roch nach nichts.

Aber Prinz Damian roch nach Seife und Leder. Ein wenig erinnerte er sie an Quentin. Nur dass ihr bester Freund fast einen Kopf kleiner als Damian war. Außerdem konnte sie schwören, dass sein Körper nicht so muskulös war. Sie hatte mit Quentin schon viele Male am Fluss trainiert, manchmal hatten sie so innig gekämpft, dass er über ihr gelegen und sie nur mühsam unter seinem Körper nach Luft geschnappt hatte, aber sie wusste sicher, dass sein Körper nicht so kraftvoll war wie Damians.

Wieder spürte sie seinen Atem an ihrem Hals und ihr Herz schlug immer schneller, als er ihr etwas ins Ohr flüsterte. »Meister Paelle hat dich mit einem Zauber belegt. Er hat dir die Stimme genommen. Nimm es als seine gute Tat für heute an. Er will dich damit beschützen.«

Unwillkürlich musste Ari an die kleine Meerjungfrau denken. Auch ihr hatte man auf grausame Weise die Stimme genommen.

»»Ariana?««

Verblüfft zuckte sie zusammen. Sie war so in Gedanken versunken, dass die Worte des Prinzen an ihr vorbei gerauscht waren.

»Hast du mich verstanden? Du hast zwei Optionen. Verhalte dich ruhig und reite mit mir ins Schloss, dann besteht die Möglichkeit, dass ich Meister Paelle davon überzeugen kann, dir deine Stimme zurückzugeben und dir diese Fesseln abzunehmen. Oder aber du tust das Gegenteil von dem, was ich sage, dann werde ich mich für einen längeren Weg zurück entscheiden. Die Dunkelheit bricht bald herein, dann kommen die Schatten aus ihren Verstecken. Ich bin mir sicher, dass du ihnen nicht begegnen willst.« Dann beugte er sich noch ein bisschen näher zu ihr, sodass sie seinen Atem an ihrer Wangen spüren konnte und ihr Herz schlug noch ein wenig schneller.

Die Schatten? Was meinte er damit? Erschrocken riss sie die Augen auf. Sie hätte ihm so gerne einige Fragen an den Kopf geworfen, stattdessen starrte sie ihn nur mit offenem Mund an.

»Und da du dich ja nur verlaufen hast, muss ich dir ja nicht erzählen, was die Schatten anrichten können. Schließlich kennt jeder in Linnea die Legenden.« Als hätte er ihre Gedanken gehört, zog er sich grinsend zurück.

Ari wurde es eiskalt. Anscheinend bedeutete es in Linnea nichts, ein Prinz zu sein. In Kolis waren Märchenprinzen wohlerzogen, höflich, charmant und nur die Schurken übellaunig, angsteinflößend und ungehobelt. Aber in Linnea schienen andere Gesetze zu gelten.

Prinz Damian legte die Arme um ihre Taille, griff die Zügel locker und ritt los.

»Wenn du damit einverstanden bist, dann nicke einmal. Falls nicht, dann schüttle den Kopf. Ist ganz einfach.« Der Spott triefte nur so aus seiner Stimme.

Seufzend nickte sie. Was blieb ihr denn auch anderes übrig?

»Ob du es mir glaubst oder nicht …«, hörte sie seine Stimme ganz dicht an ihrem Ohr und Ari hätte am liebsten geschrien, er solle sie in Ruhe lassen.

»… dies geschieht nur zu deinem Besten. Weißt du, wie Lügen in meinem Land bestraft werden?«

Ari versteifte sich. Sie hatte nicht gelogen, aber ihm auch nicht die Wahrheit erzählt. Zählte das genauso? Allerdings war es jetzt zu spät zurückzurudern. »Man bringt sie in die Schattenberge und lässt die Lügner laufen.«

Ari schloss die Augen und unterdrückte das Zittern ihres Körpers. Auch wenn sie die Schattenberge nicht kannte, ließ allein Damians Tonfall sie frösteln.

»Sie werden gejagt. Schatten haben eine Schwäche für Gesetzesbrecher. Es gibt nichts Grauenhafteres als die Rache eines Wesens, das belogen, betrogen oder gar ermordet wurde.«

Die Stille, die darauf folgte, war fast noch schlimmer als seine Worte. Ari spürte seinen Körper ganz dicht an ihrem. »Willst du wissen, woher ich noch weiß, dass du dich nicht einfach nur verlaufen haben kannst?«

Ari biss sich auf die Unterlippe. Sie konnte sowieso nichts sagen und hatte somit noch nicht einmal die Möglichkeit, sich zu verteidigen. »Seit zwanzig Jahren wurden in Linnea keine Töchter mehr geboren.«

Ari schluckte. Was genau sollte das bedeuten?

»Und auch wenn du kein *Mädchen* mehr bist, so bist du doch noch nicht alt genug, dass dies nicht auf dich zutreffen würde.«

Unzählige Gedanken wirbelten durch ihren Kopf. Meinte er das ernst? Es gab im ganzen Land kein einziges Mädchen?

»Du verstehst also meine Überraschung, als ich dich gesehen habe.«

In der Tat. Außerdem musste sie sich etwas einfallen lassen. Zumindest sobald sie wieder sprechen konnte. Vielleicht war es doch eine glücklich Fügung, dass sie noch ein wenig länger darüber nachdenken konnte, was sie ihm auf die Nase binden würde. Sie hatte nicht vor, ihm von der Märchenstadt zu erzählen. Zumindest nicht, solange sie nicht mehr über dieses Königreich und ihren Prinzen wusste.

Ari gab ein Schnauben von sich und rutschte ein wenig nach vorne, um von Damian Abstand zu bekommen. Sein tiefes Lachen verbesserte die Situation nicht. Im Gegenteil. Ihr Herz schlug noch einen Takt schneller.

Bei allen guten Geistern. Nicht nur seine Nähe raubte ihr den Atem. Auch sein dunkles, raues Lachen machte sie wahnsinnig.

»Die Nächte in Linnea sind kalt und gefährlich«, sprach er weiter. »Entweder du wärst erfroren oder gefressen worden. Mit den Eiswölfen ist nicht zu spaßen. Diese Kreaturen verspeisen dich mit Haut und Haar. Sie reagieren auf laute Stimmen. Ein Schrei von dir und du bist dem Tode geweiht. Das wollte ich dir ersparen.«

Wie edel von dir. Ari blickte weiterhin stur geradeaus. Stattdessen würde er sie in ein Verlies sperren und sie dort verhungern lassen. Genau in diesem Moment knurrte ihr Magen. Ari rutschte auf dem Sattel unruhig hin und her.

»In wenigen Minuten erreichen wir mein Schloss. Wenn du dich anständig benimmst, bitte ich Meister Paelle, den Zauber aufzuheben. Aber versuch nicht zu fliehen. Rasmus sieht aus wie ein gewöhnlicher Hengst, aber lass dich von seinem hübschen Antlitz nicht täuschen. Sobald du nur mit dem Gedanken spielst fortzulaufen, wird er dich jagen.«

Ari hatte nicht vor zu fliehen. Zumindest nicht heute. Sie würde den Prinzen und seinen widerlichen Gefährten erst einmal in Sicherheit wiegen und keinen Widerstand leisten.

Damian zog an den Zügeln und Rasmus blieb stehen. Der Blick, den er Ari zuwarf, jagte ihr einen Schauer über den Rücken. Er beinhaltete eine unmissverständliche Warnung.

»Bereit?«

Nein. Auf keinen Fall. Aber das würde sie ihm nicht auf die Nase binden. Zögernd nickte sie und wie auf Kommando begann das Pferd zu rennen. Ari klammerte sich an den Sattel und betrachtete die Landschaft, die an ihr vorbeizog. So weit das Auge reichte, lag das Land unter eine Schneedecke begraben. Die Bäume ließen unter der schweren Last des Schnees die Äste hängen. Nur wenige Sonnenstrahlen bahnten sich einen Weg durch den wolkenverhangenen Himmel. Dieses Königreich schien vom Winter beherrscht zu sein. Gedanklich notierte sie sich diese Information gemeinsam mit den vielen anderen, die ihr durch den Kopf gingen.

Dennoch musste sie zugeben, dass sie neugierig auf dieses fremde Königreich war. Sie schloss die Augen, lehnte sich ein wenig nach hinten, sodass sie die Brust des Prinzen an ihrem Rücken spürte.

Ari hatte jegliches Zeitgefühl verloren. Sie wusste nicht, wie lange sie unterwegs gewesen waren, aber als sie den imposanten Torbogen der Nachtstadt erreichten, spürte sie, wie sich ihr Magen verkrampfte. Rasmus wurde langsamer und Ari spürte die Kälte, die sie umgab, als sie durch die Gassen der Nachtstadt trabten. Diese hatte nichts mit den kühlen Temperaturen zu tun, sondern mit der Atmosphäre, die diese Stadt mit sich trug. Einige Bewohner streckten misstrauisch ihre Köpfe aus den Häusern und starrten Ari mit weit aufgerissenen Augen an. Manche von ihnen begannen zu flüstern, andere zeigten mit dem Finger auf sie und wichen erschrocken zurück.

Sie hatten Angst. Ob vor ihr oder dem Prinzen oder Meister Paelle konnte sie nicht recht ausmachen.

Manche Häuser wirkten verlassen mit zerbrochenen Fensterscheiben und Dachschindeln, die auf dem Boden lagen. Kalter Wind blies ihr ins Gesicht und der Gestank nach Fäulnis lag in der Luft. Fensterläden wurden geschlossen, Vorhänge zugezogen. Eine Stille breitete sich aus, die Ari einen Schauer über den Rücken jagte.

Niemand freut sich, ihn zu sehen.

Damian sagte kein Wort und als sie ihn durch die Augenwinkel beobachtete, sah sie seinen finsteren Blick. Sein Kiefer wirkte angespannt, seine Augen sahen wachsam umher. Sogar seine Hände umklammerten so fest die Zügel, dass die Knöchel weiß hervortraten.

Warum wirkt er noch furchteinflößender als bei unserer Begegnung? Das hier ist seine Stadt, sein Volk. Sollten sie ihm nicht mit Freundlichkeit begegnen?

»Wir sind da.«

Ari drehte den Kopf und stellte fest, dass Damian recht hatte. Bedrohlich ragte das Schloss vor ihr auf. Königlich erhoben sich die verwitterten Mauern in den Himmel. Mit einem Krächzen öffneten sich die massiven Tore und langsam trabte Damian weiter. An beiden Seiten des Tors standen königliche Wachen, deren Brust ein goldener Falke zierte. Ihr stockte der Atem, als sie den Schlosshof erreichten. Was auch immer Ari sich vorgestellt hatte, das sicherlich nicht.

Das graue Gemäuer wirkte bedrohlich. Zwei Türme, die mit Efeu bewachsen waren und wild wucherten, ragten über der Stadt. Spitze Giebel blickten wie gruselige Fratzen auf sie herab und augenblicklich versteifte sich Ari.

Dunkle Magie lag über dem Schloss. Sie spürte es ganz deutlich. Genauso wie sie es immer in Isis' Hütte gefühlt hatte.

So viele Worte lagen ihr auf der Zunge, aber kein einziges davon kam über ihre Lippen.

Stattdessen zuckte sie zusammen, als Damians kalte Stimme erklang. »Meister Paelle! Hebt den Zauber auf.«

»Aber Herr ...«

»Sofort.«

Noch ehe Ari etwas sagen konnte, traf sie ein Schlag auf den Kopf und schon wieder wurde alles um sie herum schwarz.

7

Es ist Gesetz in Linnea, dass der Kronprinz an seinem 20. Geburtstag gekrönt wird. Ganz egal, ob der amtierende König tot oder lebendig ist.
Artikel 4, Absatz 1 – Auszug aus dem Gesetz von Linnea

Als Ridon das Wirtshaus Zum goldenen Falken betrat, spürte er bereits die Blicke der anderen Gäste auf sich. Einige von ihnen trugen weiße Gewänder, bestickt mit dem Wappen des Prinzen. Ein goldener Falke, der sie als Gefolgschaft von Prinz Damians auszeichnete. Andere wiederum waren nichts weiter als gewöhnliche Bauern oder Handwerker. An einem Tisch konnte Ridon einen Mann erkennen, der auf den ersten Blick gewöhnlich gekleidet war. Ein braunes Hemd, einfache Hosen und schwere Stiefel. Auffallend war jedoch das Schwert, das neben ihm auf dem Tisch lag.

Entweder der Kerl war noch nicht lange im Geschäft oder er besaß ein ungesundes Maß an Vertrauen in die Bewohner der Nachtstadt. Ein Krieger war dieser Kerl ganz bestimmt nicht. Sein rostrotes Haar hing ihm wirr ins Gesicht und er starrte auf seinen Teller Suppe, als wäre es ein Barren voll Gold. Einen Moment zögerte Ridon, ging dann aber an dem Mann vorbei und setzte sich an einen Tisch, der sich im hinteren Bereich des Wirtshauses befand.

Nur nicht auffallen. Und auf keinen Fall mit jemandem ins Gespräch kommen. Das waren die zwei Regeln, die sein Vater ihm schon früh eingebläut hatte. *Nur so verhinderst du, dass du den Leuten Dinge erzählst, die gefährlich für dich sein könnten. Und für alle, die du liebst.*

Noch während er die Gäste betrachtete, kam der Wirt zu ihm und stellte ihm einen Korb voll Brot, einen Teller Suppe und einen Becher mit Eiswein auf den Tisch. »Ich nehme an, Ihr seid hungrig. Mehr gibt es nicht. Die Köchin ist krank.« Damit drehte der Wirt sich um und ging davon.

»Danke«, murmelte Ridon und sah ihm nach. Dann zog er den Teller zu sich.

Während Ridon in sein Stück Brot biss, beobachtete er eine Horde Vagabunden, die am Fenster saßen und eine Partie Karten spielten. Er kannte einen von ihnen. Ihm waren er und Vaarus auf ihrem Weg in die Nachtstadt begegnet, aber Ridon konnte sich nicht mehr an seinen Namen erinnern. Spielte auch keine Rolle, dachte er und tunkte das letzte Stück Brot in den Teller Suppe, der vor ihm stand. Der alte Mann fehlte ihm. Auch wenn er ihn nicht lange gekannt hatte, so musste Ridon zugeben, dass sein Tod ihm nahe ging. Zuzusehen, wie die Schatten ihn geholt hatten, war das Schrecklichste gewesen, was er je mitansehen musste. Schwarze, dichte Nebelschwaden, die über den Boden waberten, als wären sie auf der Suche nach einer Beute. Sobald sie fündig wurden, lichtete sich der Nebel und der Schatten entfaltete sich zu seiner wahren Größe und verschlang sein Opfer mit Haut und Haaren. Zum Schluss blieb nichts weiter, als seine Kleidung von ihm übrig.

Wenn er die Augen schloss, hörte er noch immer Vaarus' Schreie und roch die Angst, die ihm aus den Poren gestiegen war. Niemals würde er diesen Augenblick vergessen. Wen hatte der alte Mann wohl getötet? Nicht, dass es noch eine Rolle spielte.

Ridon schob den Teller beiseite und schloss die Augen. Der Appetit war ihm vergangen. Sein Vorhaben, Magda zu suchen, kam ihm aussichtslos vor. Er hatte sie im ganzen Land gesucht und niemand hatte sie gesehen. Als wäre sie vom Erdboden verschluckt worden. Vielleicht musste er der Tatsache ins Auge sehen, dass er sie niemals wiedersehen würde. Aber Vaarus hatte recht gehabt. Solange er nicht den Beweis für ihren Tod vor Augen hatte, würde er sie nicht aufgeben.

Seufzend ließ er den Kopf hängen. Es war ein langer Tag gewesen und er konnte ein wenig Schlaf gebrauchen.

»Bist du fertig?«

Der Wirt deutete auf den leeren Brotkorb. In der einen Hand hielt er eine frische Karaffe mit Eiswein, in der anderen stapelten sich einige Teller.

Ridon nickte müde. Gerade als der Wirt sich umdrehte, hielt Ridon ihn auf. »Habt Ihr noch ein Zimmer frei für eine Nacht?«

»Nein, alles besetzt. Aber du kannst bei den Pferden im Stall schlafen, wenn dir das genügt.«

Einen Moment dachte Ridon darüber nach, aber er hatte keine andere Wahl. Es war bereits spät und ihm fielen die Augen zu. Außerdem musste er sich noch ein neues Pferd besorgen.

»Das ist in Ordnung. Was bekommt Ihr dafür?« Hoffentlich würde der Wirt nicht Kapital aus seiner ausweglosen Lage schlagen und ihm den letzten Silberling aus der Taschen ziehen. Ridon wusste nicht, wie lange er in der Nachtstadt bleiben musste, um mit dem Prinzen sprechen zu können. Ein paar Münzen musste er sich noch aufheben.

»Nichts. Ich bin kein Unmensch. Im Stall gibt es ein paar Decken, nimm dir, was du brauchst. Nicht, dass du mir erfrierst.« Damit drehte er sich um und verschwand in der Küche.

Dankbar sah Ridon ihm nach. Er brauchte erst einmal etwas Geld, ein neues Pferd und vermutlich ein paar Tage Schlaf. Die Müdigkeit steckte ihm in den Knochen. Danach musste er sich ein paar gute Argumente einfallen lassen, erst dann würde er den Mut aufbringen, Damian um Hilfe zu bitten. Der Gedanke an ein Wiedersehen mit ihm machte ihm eine Höllenangst. Ob er sich an ihn erinnern würde? Wenn die Gerüchte um den Nachtprinzen stimmten, die er in den letzten Jahren gehört hatte, dann wäre die Chance groß, dass er vor dem Läuten der Mittagsglocke im Verlies sitzen würde.

Oder am Galgen hängen. Je nachdem, in welcher Laune der Prinz war.

Ridon lehnte sich zurück. Sein Magen knurrte immer noch.

Er war so in Gedanken, dass es eine Weile dauerte, bis er das Gespräch mitbekam, das die Vagabunden führten.

»Ich schätze, da hat man dir einen Bären aufgebunden, Silas. Nie und nimmer veranstaltet der Nachtprinz ein Fest.«

»Glaub es oder lass es bleiben, aber eine der Waschfrauen hat es mir erzählt. Sie sind alle ganz aufgeregt und laufen herum wie kopflose Hühner. Du wirst dir wohl einen neuen Lederwams zulegen müssen, Leander, damit eine der Damen auf dich aufmerksam wird.«

»Meine Lydia wartet zu Hause auf mich. Ich bin an keiner dieser Damen interessiert. Aber was ist mit dir? Ich bin mir sicher, dass sie dir schöne Augen machen werden.«

»Nicht nur Augen, wie ich hoffe. Aber was ist der Anlass?«, fragte ein anderer von ihnen. Er trug eine Lederklappe über seinem rechten Auge, was ihn unheimlich aussehen ließ.

Silas, wie der Mann wohl hieß, beugte sich über den Tisch nach vorne, drehte den Kopf und sah sich im Raum um. Seine Augen trafen auf Ridons, der vor Schreck den Kopf herumriss und auf seinen Teller starrte.

»Der Geburtstag des Nachtprinzen. Prinz Damian wird zwanzig Jahre alt und das soll gefeiert werden.«

Sein Geburtstag. Wie hatte Ridon das nur vergessen können? Er erinnerte sich an Blaubeertorten und gezuckerte Äpfel, den Duft von Vanille, der sich im ganzen Schloss verbreitet hatte, während die Köchin Prinz Damians Lieblingskuchen zubereitet hatte.

Leander schnaubte und lehnte sich in seinem Stuhl zurück. »Glaubt der Palast wirklich, dass die Bewohner der Nachtstadt Prinz Damians Geburtstag feiern möchten?«

»Die Waschfrauen jedenfalls waren ganz außer sich. Jeder, der das Siegel der Nachtstadt trägt, ist eingeladen.«

Leander blickte auf seinen Unterarm und Ridon fragte sich, wie der Mann zu dem Siegel gekommen war. Aber vielleicht täuschte er sich auch und die vier waren gar keine Vagabunden, sondern ganz normale Bürger der Stadt.

»Vielleicht ist es gar keine schlechte Idee. Es wird bestimmt ein Spaß. Außerdem wird es Zeit, dass ich mir ein eigenes Bild von Prinz Damian mache.«

Ridon schreckte zurück, starrte wieder auf seinen Teller und schluckte. Der hässliche Unterton war ihm nicht verborgen geblieben. Vielleicht sollte er den Prinzen warnen? Schließlich waren sie einmal Freunde gewesen.

Aber dann erinnerte er sich, dass Damian ihm die Freundschaft gekündigt hatte.

Aber vielleicht sollte er die Chance wahrnehmen und auch an dem Fest teilnehmen. Dann könnte er Damian ganz ungezwungen nach Magda fragen, ohne dass er sich zu erkennen geben musste.

Er wird wissen, wer ich bin und dann werde ich ihm Rede und Antwort stehen müssen.

Allein bei dem Gedanken daran wurde Ridon übel. Aber er hatte keine andere Wahl. Er musste sich dem Zorn des Nachtprinzen stellen, wenn er Magda wiederfinden wollte. Mit einem wütenden Damian konnte er leben, aber nicht ohne seine Magda.

8

Ich brauche keinen bescheuerten Prinzen. Ich werde mich selbst retten.
Auszug aus Aris Tagebuch

Ari? Ari, hörst du mich? Verdammt noch mal, warum reagiert sie denn nicht?

Keuchend fuhr Ari auf. Ein stechender Schmerz in ihrem Kopf ließ sie zusammenfahren. Nichts als Finsternis umfing sie. Die Stimme, die nach ihr gerufen hatte, war verstummt, aber sie hatte sich so real angehört. So nah.

War es Quentins Stimme gewesen? Hatte er nach ihr gerufen? Ari konnte sich nicht mehr erinnern. Es war ein seltsamer Traum gewesen, aber sie hätte schwören können, dass sie warmen Atem an ihrer Wange gespürt hatte. Aber vermutlich hatte sie es sich nur eingebildet. Langsam tasteten ihre Hände über die kalten Wände. Sie waren aus grobem Stein gemauert und mit feuchtem Moos überzogen. Ein modriger Gestank lag in der Luft und Ari verzog angewidert das Gesicht.

Mühsam rappelte sie sich auf und versuchte, in der Dunkelheit etwas zu erkennen. Sie hatte weder Ahnung, wo sie sich befand noch wie sie dort hingekommen war. Ihr Magen knurrte und Ari sackte ein wenig zusammen.

Noch immer hallte Quentins Stimme in ihren Gedanken nach. Sie war so echt, so lebendig gewesen. Fast als hätte er neben ihr gestanden. Aber das konnte nicht sein.

Wo bin ich nur?

Ihre Wangen waren feucht und Ari fragte sich, ob sie wohl geweint hatte. Allerdings konnte sie sich nicht daran erinnern.

Kalter Wind ließ sie frösteln.

Sie konnte sich nur daran erinnern, wie Prinz Damian sie von seinem

Pferd gehoben und dem alten Mann befohlen hatte, den Zauber von ihr zu nehmen. Danach war alles schwarz geworden.

Ihr Kopf und jeder einzelne Knochen schmerzte. Ari schmeckte Blut auf ihren Lippen.

Wenn ich nur wüsste, wo ich bin!

»Im Schlossverlies des Nachtprinzen.«

Erschrocken wich sie zurück, bis sie mit dem Rücken gegen eine Wand stieß. Die weibliche Stimme musste sich in der Nähe befinden. Hatte sie vielleicht versehentlich laut gesprochen?

»Wer ist da?«, rief sie. Ihr ganzer Körper zitterte.

»Spielt das eine Rolle?«

»Ich schätze schon ...« Auch wenn sie sich dessen nicht ganz sicher war. Schließlich kannte sie niemanden hier. Aber es würde sie beruhigen, wenn sie wüsste, wer sich in ihrer Nähe befand.

»Nun, dann muss ich dich enttäuschen.«

Ari schluckte. »Du willst mir deinen Namen nicht verraten?«

Sie hörte ein lautes Schnalzen. »Das habe nicht gesagt.«

Das stellt sich schwieriger heraus als geplant. »Warum verrätst du ihn mir dann nicht?«

Stille trat ein und Ari konnte nur ein leises Zischen hören. Langsam, aber ruhig. Kein nervöses Zittern wie bei ihr.

»Ich kann nicht.«

»Warum nicht?« Himmel, ihr wurde ganz schwindelig durch ihre vielen Fragen. »Weil ich ihn nicht kenne.«

Warum nicht? Ist sie schon so lange hier, dass sie ihn vergessen hat?

Angst machte sich in ihr breit. Würde es ihr auch so ergehen? Was, wenn Prinz Damian sie hier für immer festhielt?

Ari versuchte sich zu beruhigen. Sie würde bestimmt einen Weg finden, von hier zu verschwinden. Ganz sicher.

Panik nützt niemandem etwas.

»Es ist dunkel. Ich kann nicht mal meine Hand vor Augen sehen. Verrätst du mir, wo du bist?«, fragte Ari die Fremde.

»In einer Zelle, direkt nebenan. Ich habe gehört, wie sie dich gebracht haben.« »Als ich zu mir kam, hast du mit mir gesprochen. Kannst du Gedanken lesen?«

Die Fremde schnaubte. »Nein, aber ich habe gehört, wie du dich bewegt hast und da lag der Gedanke nahe, dass du dich gefragt hast, wo du bist. Oder etwa nicht?«

Ari musste einräumen, dass das durchaus nachvollziehbar klang. Außerdem wollte sie nicht weiter darauf eingehen. Dafür hatte sie zu viele Fragen und vielleicht würde sie hier eine Antwort bekommen. »Als ich geschlafen habe, hast du da mit mir gesprochen?«

»Warum hätte ich das tun sollen? Wie du so schön selbst gesagt hast, du hast geschlafen.«

Ja, warum, Ari? Die Fremde kennt doch noch nicht einmal deinen Namen.

Ari? Ari, wo bist du?

Noch immer hörte sie die Stimme in ihrem Kopf. Es musste eine logische Erklärung dafür geben. Obwohl sie sich so sehr nach Quentin angehört hatte, konnte Ari nicht glauben, dass er es wirklich gewesen war. Wie hätte er das anstellen sollen? Quentin war nicht hier. Selbst unter den Märchenfiguren gab es nicht so etwas wie Telepathie. Vermutlich hatte ihr Verstand ihr einen Streich gespielt.

Einen Augenblick war es totenstill. Nicht einmal das Rascheln einer Maus war zu hören. Ein widerlicher Gestank lag plötzlich in der Luft. Nach Eiter und verwestem Fleisch. Ihr Atem ging immer schneller und Ari hielt sich die Nase zu.

Als Kind hatte Isis ihr immer erzählt, dass man das Böse riechen konnte.

»Pass gut auf, Ariana. Das Böse stinkt wie ein Haufen verfaulter Eier. Wenn jemand vom Bösen beherrscht wird, beginnt sein Körper, im Inneren zu faulen.«

Auch ihre Mutter hatte manchmal so gerochen. Bis zu ihrem Tod.

Misstrauisch drückte Ari sich gegen die Wand.

»Bin ich in der Menschenwelt?« Ihre Stimme zitterte und sie verfluchte sich dafür, dass sie so ängstlich klang.

»Du willst zu den Menschen?« Sie konnte die Ungläubigkeit der Fremden heraushören. »Ich befürchte, da bist du falsch abgebogen. Du bist in Linnea.«

Genau das hatte ihr Prinz Damian schon gesagt, aber damit konnte Ari nichts anfangen.

Angst breitete sich in ihr aus, gepaart mit einer großen Portion Wut. Was war bloß schiefgelaufen?

»Was meinst du mit falsch abgebogen?«

»Linnea ist ein Königreich auf einem der drei Kontinente, die nur durch ein Portal betreten werden können. Es befindet sich in einer Parallelebene zur Menschenwelt. Wir haben eine winzig kleine Zeitverschiebung, die du kaum bemerken wirst. Manche sind ein paar Tage erschöpft und müde, aber sobald sie sich daran gewöhnt haben, kommen sie mit dem neuen Rhythmus gut zurecht. Aber das meinte ich mit falsch abgebogen. Zur Menschenwelt hättest du dich etwas mehr links halten müssen. Hat dir das keiner gesagt?«

»Nein«, murmelte sie und versuchte sich an die Worte des Wächters zu erinnern. Hatte er es vielleicht doch erwähnt und Ari war zu aufgeregt gewesen, ihm genau zuzuhören? Augenblicklich wurde ihr übel. Konnte es tatsächlich sein, dass ihr Plan geplatzt war, weil sie nicht aufgepasst hatte?

»Gibt es auf den anderen Kontinenten auch Königreiche?«

»Nur in Arkana, wenn ich mich nicht täusche. Es liegt auf dem südlichen Kontinent, allerdings kann ich dir keine genauen Informationen darüber geben. Durch das Portal sind wir von der Außenwelt abgeschieden. Was in Linnea geschieht, bleibt in Linnea.«

Ari runzelte die Stirn. Irgendwas störte sie an dieser Aussage, aber sie konnte nicht genau sagen, was es genau war.

»Aber genug von hier. Woher kommst du?«

Nervös umklammerte Ari ihre Hände. Vielleicht konnte die Fremde ihr helfen? »Aus der Märchenstadt Kolis.«

Die Fremde schnappte überrascht nach Luft. »Wow. Im Ernst? Du bist eine Märchenfigur?«

Ari nickte, dann fiel ihr ein, dass die Fremde sie ja nicht sehen konnte.

»Sozusagen.« Sie hatte nicht vor, auf Einzelheiten einzugehen. Die Fremde musste nichts von Aris Status als Märchenlose wissen.

Leise hörte Ari einen Pfiff. »Dann hast du ja eine ganz schöne Reise hinter dir. Hab noch nie mitbekommen, dass jemand wie du es geschafft hat, durch das Portal zu kommen.«

»Was meinst du damit?«

Einen Moment blieb es ruhig, dann räusperte sich die Fremde. »Ähm … nun … Es ist eher selten, dass sich jemand nach Linnea verirrt.« Irgendwie wurde Ari das Gefühl nicht los, dass sie etwas anderes hatte sagen wollen.

»Dann ist es also schon mal vorgekommen?«

»Ja.«

Aufregung machte sich in ihr breit. Vielleicht fand sie jemanden, der ihr sagen konnte, wie sie wieder von hier verschwinden konnte.

»Ehrlich gesagt habe ich keine Ahnung, wie du das angestellt hast.«

Das wüsste ich auch gerne.

Ari schloss die Augen. Die Müdigkeit wurde immer schlimmer. Was würde sie für ein warmes Bett und ein Glas heiße Milch geben.

»Vermutlich ist den Wächtern ein Fehler unterlaufen. Irgendwie lief es nicht wie geplant.« Aber Ari konnte sich das nicht vorstellen. Die Wächter hätte ihrem Antrag nie stattgegeben, wenn auch nur der Hauch einer Möglichkeit bestanden hätte, dass sie nicht in der Menschenwelt landete.

»Und warum willst du in die Menschenwelt?« Die Stimme der Fremden riss sie aus ihren Gedanken.

»Das ist eine lange Geschichte«, murmelte Ari.

»Lass dich davon nicht abschrecken. Ich habe alle Zeit dieser Welt und so wie ich das verstehe, dürfte es dir genauso ergehen.«

Ari dachte einen Moment darüber nach, dann beschloss sie, der Fremden ein wenig von sich zu erzählen. Was konnte es schon schaden? Ari erzählte von ihrem Leben in der Märchenstadt, von ihrer Schwester Alma, ihrem Wunsch, in die Menschenwelt zu reisen und dort endlich neu anzufangen. Aber je mehr sie darüber sprach, desto mehr wurde ihr bewusst, dass sie keine Ahnung hatte, was sie jetzt tun sollte.

Als Ari damit fertig war, herrschte eine seltsame Stille. Sie wurde das Gefühl nicht los, dass ihre Wangen kälter wurden. Als hätte sich die Temperatur um einige Grad reduziert.

»Das ist ganz schön verrückt«, sagte die Fremde. »Ich weiß ehrlich gesagt nicht, wer dir weiterhelfen kann. Aber ich könnte mir vorstellen, dass du Antworten bei Meister Paelle findest.«

»Nein, danke. Kein Bedarf. Mit dem alten Mann habe ich schon Bekanntschaft gemacht.«

»Er mag höllisch gruselig sein, aber das Zaubern hat er echt drauf. Wenn jemand die Antwort drauf kennt, von hier zu verschwinden, dann er.«

Der Gedanke gefiel Ari ganz und gar nicht. Vom ersten Augenblick an misstraute sie dem alten Mann. Das lag hauptsächlich daran, wie er sie angesehen hatte, ganz zu schweigen von seinen Zaubern, die er ihr gegenüber eingesetzt hatte. Noch immer tat ihr der Kiefer weh.

»Ehrlich gesagt finde ich ihn unheimlich.«

Die Fremde lachte laut auf. »Das sind in Linnea alle. Aber er ist Prinz Damians engster Vertrauter und war vorher schon der seines Vaters. Wenn es jemanden in Linnea gibt, dessen Treue der Krone gilt, dann den alten Mann.«

Ari dachte über ihre Worte nach. Vielleicht sollte sie ihn doch um Hilfe bitten? Obwohl alles in ihr sich dagegen sträubte, musste sie wohl in den sauren Apfel beißen, wenn sie diesen Ort wieder verlassen wollte.«

»Weißt du, es gibt nur zwei Arten von Bewohnern, das kannst du dir schon mal merken. Die einen, die den Prinzen vergöttern und der Krone stets zu Diensten sind – allerdings sind diese in der Vergangenheit ziemlich rar geworden. Dann sind da noch die anderen, die den Prinzen verfluchen und sich endlich wünschen, er möge von seinem Amt zurücktreten.« »Sie haben Angst vor ihm, nicht wahr?«

»Das ist dir aufgefallen?«, fragte die Fremde erstaunt. »Nun, der Prinz hat ein paar fragwürdige Entscheidungen in den letzten Jahren getroffen und wann immer jemand zu ihm kommt und um Hilfe bittet, verlangt er eine Gegenleistung. Ein Vater, der ein paar hungrige Mäuler zu stopfen hat, dessen Frau im Kindbett verstorben ist und der nicht weiß, wie er den Winter überstehen soll, ist vielleicht nicht der Lage, mit dem Prinzen über eine Gegenleistung zu verhandeln. Außerdem …« Sie verstummte augenblicklich.

»Was ist?«, fragte Ari alarmiert. »Warum sprichst du nicht weiter?«

»Die Wände haben hier Augen und Ohren. Wer weiß, ob du nicht in Wirklichkeit der Prinz bist, den der alte Paelle in eine Frau verwandelt hat und der hier ist, um mich auszuhorchen.«

»Im Ernst?«, fragte Ari gekränkt. »Das glaubst du?«

»Etwas zu wissen und etwas zu glauben kann manchmal über Leben und Tod entscheiden.«

Sie musste der Frau recht geben. Sie kannten sich schließlich nicht. Sie würde das Risiko wohl auch nicht eingehen.

»Warum bist du hier?«, fragte Ari die Fremde so unbekümmert wie möglich.

»Das weiß ich nicht«, seufzte sie tief. »Ich kann mich nicht erinnern.«

Seltsam. »Und der Prinz hat dir nicht gesagt, was du verbrochen hast?«

»Der Prinz ist nicht besonders mitteilsam.« Die Bitterkeit in ihrer Stimme entging Ari nicht. »Manche von uns verbringen Jahre hier unten, bis einer der Wachen auftaucht, um uns mitzuteilen, was uns vorgeworfen wird.«

Manche von uns. War der Prinz denn tatsächlich so grausam?

Natürlich. Ich habe seine Augen gesehen. Sie gaukeln einem Freundlichkeit vor, aber das ist alles nur Täuschung. Wie konnte ich nur darauf reinfallen?

»Gibt es keine Gerichtsverhandlung?«

Die Fremde lachte auf. »Du bist wirklich witzig. Aber nein. Das Wort des Prinzen ist Gesetz.«

Er hatte nicht so einen Eindruck auf Ari gemacht. *Du kennst ihn doch überhaupt nicht.*

Vielleicht sollte sie das ändern.

Genau in diesem Moment hörte Ari etwas rascheln und kurz darauf spürte sie etwas Pelziges, das an ihren Waden strich. Unwillkürlich schrie sie auf, zog ihre Beine nach oben und umklammerte sie mit ihren Armen.

»Nur die Ruhe, das war eine Ratte. Die armen Biester sind ziemlich hungrig. Jeden Tag schicken sie einen Späher vorbei, um zu sehen, ob etwas Essen liegen geblieben ist.«

In diesem Moment knurrte Aris Magen. Vielleicht hätte sie besser Prinz Damian um etwas zu essen bitten sollen, aber bei ihrem Glück vergifteten er oder Meister Paelle noch ihr Essen.

Vielleicht bin ich einfach paranoid? Oder vorsichtig?

»Es besteht ein schmaler Grat zwischen Intelligenz und Wahnsinn«, sagte Isis immer und augenblicklich verspürte Ari eine schreckliche Woge voller Heimweh. Warum war sie nur auf die Idee gekommen, Kolis zu verlassen? Warum nur hatte sie diese Entscheidung getroffen und den Wächtern ihren Antrag vorgetragen? Aber dafür war es jetzt zu spät. Sie würde das Beste daraus machen müssen.

»Erzähl mir ein wenig von Linnea«, bat sie die Fremde und lehnte sich gegen die kalte Steinmauer. Sie spürte Steine, die sich in ihren Rücken drückten und ihr bestimmt ein paar blaue Flecken beschweren würden.

»Da gibt es nicht viel zu erzählen. Prinz Damian herrscht über das ganze Land. Er ist der Kronprinz und wird seinem verstorbenen Vater auf den Thron folgen. Fast jeder Bewohner von Linnea verfügte früher über eine besondere Fähigkeit, die dem Zweck diente, sich gegenseitig zu unterstützen.«

»Jetzt nicht mehr?«

»Nein, schon eine Weile nicht mehr. Seit dem Ausbruch des roten Fiebers gibt es kaum jemanden, der noch eine besitzt. Als hätte die Epidemie nicht nur die Menschen, sondern auch die Magie dahingerafft.«

»Das hört sich schrecklich an.«

»Das ist es auch. Es zerstört das ganze Land. Niemand von uns hatte eine Gabe zu seinem persönlichen Nutzen. Wenn jemand über besonders gute Sehkraft verfügte, dann konnte er im Wald jagen und die Tiere auf dem Markt verkaufen. Ein anderer war ein ausgezeichneter Fährtenleser, dem es somit möglich war, verstecktes Wild aufzuspüren. Niemand von uns nutzte seine Gabe nur für eigene Zwecke.« Irgendwie hörte sich das seltsam an. Sie hatte noch nie gehört, dass eine Magie einfach so verschwand. Schon gar nicht in Zusammenhang mit einer Krankheit.

»Gibt es denn keine Möglichkeit mehr, diese Gaben zurückzuerlangen?«

Die Fremde atmete schwer aus. »Wenn es sie gibt, dann bin ich noch nicht auf darauf gestoßen.« Ari fühlte die Verzweiflung in der Stimme der fremden Frau. Sie wollte sich gar nicht vorstellen, was in Kolis geschehen würde, wenn manche von ihnen einfach ihre magischen Fähigkeiten verloren.

»Aber ein paar von ihnen haben sie nicht verloren, richtig?«

Einen Moment war es still. »Nun, Meister Paelle ist noch im Besitz all seiner Fähigkeiten.«

»Fähigkeiten? Plural? Tatsächlich?« Was kann der alte Mann noch als zaubern und absolut furchteinflößend zu sein?

»Du würdest dich wundern, was er drauf hat. Manch anderer Zauberer würde Gift und Galle spucken.«

So genau wollte sie es auch gar nicht wissen. Es reichte schon, wie er sie angesehen hatte. »Hat der Prinz auch eine Gabe?«

Einen Augenblick lang herrschte Stille, dann drang wieder die Stimme der Fremden an ihr Ohr, diesmal allerdings viel näher als zuvor. »Nein, es sei denn, man zählt seine Schnelligkeit und seine Skrupellosigkeit dazu. Man sagt, dass er hundert Eiswölfe bekämpfen kann, ohne sich dabei zu verletzen. Niemand in ganz Linnea ist gefährlicher und unberechenbarer.«

Ari schluckte schwer. Sie erinnerte sich an den Blick in seinen Augen. Die Kälte darin. Die Fremde hatte recht.

»Vermutlich kann er nicht einmal etwas dafür.«

Sofort riss Ari den Kopf zur Seite und starrte in die Richtung, aus der die Stimme ertönt war.

»Warum?«, fragte Ari, als die Fremde nicht weitersprach.

»Sein Vater ist gestorben und kurz nach seiner Geburt ist seine Mutter spurlos verschwunden. Tragisch, wirklich sehr tragisch.«

Aris Mund wurde ganz trocken. »Sie ist einfach verschwunden?«

»Man hat sie im ganzen Königreich gesucht, aber niemand hat sie gefunden. Von den trauernden Witwen bis oberhalb der silbernen Wälder. Manche sagten, sie sei von den Schatten geholt worden, andere waren davon überzeugt, die Eiswölfe wären über sie hergefallen. Manche erzählen, sie hätte sich im See ertränkt, andere, sie wäre vor Wahnsinn in die Schattenberge geflüchtet. Der Prinz wuchs allein heran, nur der Meister kümmerte sich um ihn. Aber ohne die Liebe einer Mutter verkümmert das Herz, auch wenn es das eines Prinzen ist.«

»Wie schrecklich«, murmelte Ari. Sie wollte kein Mitleid mit dem Prinzen haben. Schließlich hatte er sie gefangen genommen. Aber sie konnte nichts dafür, dass sie über die Worte der Fremden nachdachte.

»Der Prinz«, flüsterte Ari, »... was wird er mit mir anstellen?« »Das kommt darauf an, was der Meister ihm raten wird. Prinz Damian hält große Stücke auf ihn.« Die Fremde schnaubte und wieder hörte Ari das unheimliche Kratzen.

Eine Mischung aus Angst und Panik ließ Ari zusammenzucken. Wenn sie wenigstens etwas sehen könnte, aber diese Dunkelheit brachte sie noch um den Verstand. Sie musste einen Weg finden zu verschwinden. Verzweifelt kaute sie auf ihrem Fingernagel und versuchte, einen klaren Gedanken zu fassen. Sie hatte nicht die Verbannung in Kauf genommen, um dann in einem Verlies zu sterben.

Bei allen guten Geistern, das konnte doch nicht ihr Ende sein.

»Schließ die Augen.«

Verwirrt blickte Ari sich um. »Was?«

»Schließ die Augen und warte ab, was geschieht.« Die Stimme der Fremden klang benommen, als würde sie schlafen. Auch wenn sich Ari der Sinn nicht erschloss, in völliger Dunkelheit die Augen zu schließen, tat sie, wie ihr geheißen.

»Du bist ein gutes Kind. Mutig und mit Liebe im Herzen«, murmelte die Fremde, dann plötzlich explodierte etwas vor Aris innerem Auge. Sie ließ einen Schrei los und zuckte zurück. Farben wirbelten in einem Strudel an ihr vorbei, so schnell, dass sie keine Möglichkeit hatte, einer zu folgen. Dann wurden sie langsamer, bis sich aus den Farben plötzlich ein Bild materialisierte. Ari keuchte auf, als vor ihr eine Karte entstand.

Eine Art Wegweiser durch das Schloss.

Sie riss die Augen auf, glitt zur Seite und kroch über den kalten Boden auf die andere Seite der Zelle, wo sie die Fremde zu finden glaubte. »Was ist das?«, keuchte sie.

»Sie zeigt dir den Weg. Befolge sie weise.«

»Aber –«

»Geh«, flüsterte die Fremde, dann lag wieder Totenstille in der Luft.

Ari schluckte. Was, wenn sie die Augen schließen würde, und die Karte nicht wieder auftauchte? Sie nahm ihren ganzen Mut zusammen, ballte die Hände zu Fäusten und schloss die Augen.

Sofort tauchte die Karte wieder auf. Diesmal noch etwas klarer.

Direkt neben ihr befand sich eine Tür. Sollte das Glück doch noch auf ihrer Seite sein? Sie stand auf, drückte sich mit dem Rücken zur Wand und tastete über den rauen Stein. Da! Was war das? Vorsichtig versuchte sie, nur durch ihren Tastsinn etwas zu erkennen, aber sie hatte sich geirrt. Es war nichts weiter als ein abgebrochenes Stück Stein in der Wand. Wie sollte sie in dieser Schwärze etwas entdecken? Wut überkam sie. Auf Prinz Damian, der sie eingesperrt hatte. Auf die Wächter, denen ein Fehler unterlaufen war. Auf Quentin, weil er sich nicht verabschiedet hatte. Auf sie selbst, weil sie auf diese dämliche Idee gekommen war.

Was soll ich denn jetzt tun? Ari seufzte, lehnte sich gegen die Wand, und ließ den Kopf sinken. Sie würde hier sterben. Allein in einem Verlies, in einem Land, das sie nicht kannte.

Wo blieb nur die Gerechtigkeit, wenn man sie brauchte? In diesem Moment vernahm sie wieder dieses geheimnisvolle Kratzen, dann gab die Wand hinter ihr nach und Ari fiel.

9

Eiswölfe sind in Linnea vom Aussterben bedroht.
Die Erlaubnis, sie zu töten, obliegt nur dem Thronfolger.
Artikel 8, Absatz 23 – Auszug aus dem Gesetz von Linnea

Wenigstens brennen hier Fackeln. Ari blickte sich um. Noch bevor ihr bewusst gewesen war, dass sich besagte Tür hinter ihr befunden hatte, fiel sie auch schon und kurz darauf schlug sie auf dem Boden auf. Sie hatte unsagbares Glück gehabt und landete auf ein paar Säcken mit Stroh, dennoch hatte es wehgetan. Ari wusste nicht, wie die Frau es geschafft hatte, ihr den Grundriss des Schlosses in ihren Kopf zu schicken, aber Ari vermutete, dass es sich hier wohl um einen Zauber handelte. Aber ganz egal wie, Ari war ihr unendlich dankbar dafür. Allerdings wurde es unheimlich, denn zu der Karte in ihrem Kopf gesellte sich nun auch noch eine Stimme. Sie gehörte der Fremden. Ein Schauer jagte Ari über den Rücken. Wie zur Hölle machte sie das?

»Folg dem Gang, bis du am Ende des Lichts stehst. Dort befindet sich eine Treppe. Warte einen Moment, bevor du sie betrittst und dann lauf, so schnell du kannst. Bleib niemals stehen. Niemals.

Sobald du die Burg verlassen hast, geh nach Norden. Dreh nicht um und sprich mit niemandem. Lauf, so schnell du kannst, niemand darf dich finden. Niemand. Schon gar nicht Prinz Damian.«

Wurde sie allmählich verrückt? Vielleicht war bei der Verbannung noch viel mehr schiefgegangen?

Ari fluchte und folgte den Anweisungen. Egal was hier vor sich ging, sie musste das Schloss verlassen.

Als Ari die Treppe erreichte, blieb sie kurz stehen. Ihr stockte der Atem, als sie sah, was sich direkt vor ihr befand. Zwei Treppen. Eine führte nach oben, die andere nach unten. Davon hatte die Stimme nichts gesagt. Oder hatte sie es vielleicht nicht gehört? Ari war sich nicht mehr sicher. Mist! Wo würde sie landen, wenn sie den falschen Weg ging? Plötzlich ertönten hinter ihr Stimmen. Wachen. Suchten sie bereits nach ihr?

Ari zögerte. Ihr Herz hämmerte wild in ihrer Brust. Sie musste eine Entscheidung treffen, bevor sie jemand fand.

Los, Ari. Jetzt.

Sie presste die Augen zusammen, in der Hoffnung, die fremde Stimme noch einmal zu hören.

Nichts.

Nicht ein Wort.

Verdammt!

Verzweifelt überlegte sie, was sie tun sollte. Hoch. Runter. Hoch. Runter. Hoch. Runter.

»Geh nach unten.«

Dem Himmel sei Dank!

Erleichterung machte sich in ihr breit. Wieder diese Stimme. Ohne weiter zu warten, lief Ari die Treppe hinab und es schien fast, als würde sie niemals enden.

Unten angekommen, befand sich am Ende des Ganges eine alte Holztür. Erleichtert tastete sie sich an den feuchten Mauern entlang und zog am Türriegel.

Verschlossen.

Bei Isis' Buckel! Das kann doch jetzt nicht wahr sein!

Panisch rüttelte sie daran, aber es rührte sich nichts.

Vielleicht hatte sie die Stimme falsch verstanden? Hätte sie nach oben laufen sollen? Ari drehte sich um, um den Gang zurückzulaufen, aber sie hielt inne. Die Treppe war verschwunden. Sie war einfach weg. Als hätte es sie nie gegeben.

Das kann doch nicht sein.

Nur noch ein dunkler, langer Gang lag vor ihr.

War das alles hier verhext?

»Der Schlüssel.«

Da. Wieder diese Stimme. Panisch blickte Ari sich um, aber sie konnte nirgends etwas entdecken. Sie war allein – bis auf ein paar Ratten, die sich durch die Gänge schlängelten.

Wo sollte sie denn nur einen Schlüssel auftreiben? Ihre Hände tasteten über die feuchte Wand, aber nichts war zu spüren.

Erschöpft ließ sich Ari zu Boden sinken. Verzweifelt blickte sie den langen Gang entlang. Sie würde hier einsam sterben. Als Rattenschmaus enden. Eines Tages würde man hier ihre abgenagten Knochen finden.

Warum war sie nur auf diese bescheuerte Idee gekommen, die Märchenwelt zu verlassen?

Tränen traten in ihre Augen, aber sie wischte sie mit dem Handrücken weg.

»Ari, der Schlüssel.«

Genau in diesem Moment entdeckte sie ihn. Als wäre er die ganze Zeit da gewesen, steckte er im Schloss.

Das gibt es doch nicht.

Ari sprang auf, lief zur Tür, drehte den Schlüssel und noch ehe sie sich versah, öffnete sich die Pforte.

***

Zweige peitschten ihr ins Gesicht. Dornen und Nadeln hinterließen schmerzhafte Kratzer auf ihrer Haut, aber Ari rannte weiter. Blut lief ihr über den Rücken und sie spürte einen stechenden Schmerz in ihrer Wade.

Mühsam biss sie die Zähne zusammen, sprang über Wurzeln und Steine, duckte sich, um einem hängenden Ast auszuweichen und hörte das Schnauben, das immer näherkam.

Die Kreatur jagte sie. Zweige knackten und das Rascheln der Büsche versetzte Ari in Panik. Sie würde es nicht schaffen. Verzweifelt blickte Ari sich um, aber sie hatte immer noch keinen Weg aus dem Dickicht des Waldes gefunden.

Die anfängliche Freude über die angenehme Wärme des Waldes verschwand und machte purer Verzweiflung Platz. Aus dem Schnauben wurde ein Fauchen und Ari glaubte nicht mehr, dass es sich nur um eine einzelne Kreatur handelte.

Es war ein ganzes Rudel.

Ari biss die Zähne zusammen und versuchte, schneller zu rennen. Auf keinen Fall würde sie aufgeben. Sie hatte die Märchenstadt nicht verlassen, um jetzt von wild gewordenen Tieren gefressen zu werden.

Das Fauchen wurde leiser und Ari durchfuhr Erleichterung, die allerdings im nächsten Moment blankem Entsetzen wich.

Wie aus dem Nichts tauchte vor ihren Augen eine efeuberankte Mauer auf.

Wie zur Hölle war das möglich? Dieses Land schien tatsächlich verhext zu sein. Selbst im verwunschenen Wald waren solche Zaubereien nicht möglich. Dort, wo soeben noch ein Baum gestanden hatte, befand sich nun eine etwa drei Meter hohe Steinmauer. Ruckartig blieb Ari stehen. Ihr Herzschlag donnerte in ihrer Brust. Wie sollte sie denn jetzt darüber klettern?

Plötzlich vernahm sie ein leises Schnauben. Es hörte sich fast so an, als würde sie etwas auslachen. Ein seltsames Gefühl kribbelte in ihrem Nacken, als sie sich langsam umdrehte. Das Blut gefror ihr in den Adern, als sie die Tiere bemerkte, die sich langsam heranschlichen.

Sie hatte sie nicht abgehängt. Diese Kreaturen hatten gewusst, was geschehen würde.

Sie hatten sie gejagt.

Geschmeidig pirschten sie sich an Ari heran. Dabei funkelten ihre Augen wie Saphire. Ari schauderte, als sie die spitzen Zähne bleckten und Blut von ihren Lefzen tropfte. Sie waren so groß wie Pferde und ihr langes, weißes Fell passte sich perfekt an die Umgebung des Waldes an. Ohne ihr ohrenbetäubendes Knurren und die leuchtenden Augen würden sie überhaupt nicht auffallen. Für einen kurzen Augenblick waberte ein Gedanke durch ihren Kopf, zu kurz, um ihn richtig fassen zu können. Aber es hatte etwas mit dem Fell der Kreaturen zu tun. Es erinnerte Ari an irgendwas.

Langsam, fast als würden sie schweben, näherten sie sich ihr und reckten ihre Schnauzen gen Himmel. Ein grauenhaftes Heulen drang aus ihrer Kehle.

In diesem Moment schienen die Tiere wie in einem Bann gefangen zu sein und nahmen ihre Umgebung kaum noch wahr. Ihr Schwanz peitschte im Schnee, sie fletschten die Zähne und reckten die Schnauze zum Himmel, fast als riefen sie jemanden. Oder Etwas. Ein Schauer jagte Ari über den Rücken, als ihr bewusst wurde, dass diese Bestien in diesem Moment vielleicht andere Tiere auf sich aufmerksam machten. *Wer weiß, was für Kreaturen es in diesem Land noch gibt.*

Schnell sah sie sich um. Solange sie in diesem Zustand waren, hatte sie vielleicht eine Chance, von hier zu verschwinden. Ari nutzte den Augenblick, schlich auf Zehenspitzen zur Seite. Schnee knirschte unter ihren Schuhen und sie betete, dass keines der Tiere etwas bemerkte. Wenn sie jetzt angriffen, wäre Ari verloren. Immer noch die Bestien beobachtend ging sie einen Schritt zurück, dann noch einen, so leise, wie es nur möglich war, bis sie im Rücken einen Baumstamm spürte. Sie wagte nicht, die Kreaturen aus den Augen zu lassen, aber die Angst, sie könnte über eine Wurzel stolpern oder auf dem Schnee ausrutschen, verfolgte sie. Dann wäre sie eine leicht verdiente Beute. Aber so einfach würde sie es diesen elenden Biestern nicht machen. Die Tiere blickten immer noch gen Himmel, fletschten nun die Zähne und heulten noch ein wenig lauter. Sie schienen so gefesselt zu sein, dass sie nichts um sich herum wahrnahmen. Erleichterung machte sich in ihr breit.

Langsam drehte Ari ihnen den Rücken zu und in Sekundenschnelle schätzte sie ihre Chancen ab. Als Kind war sie viele Male auf den Baum vor Isis' Pfefferkuchenhaus geklettert. Dieser Baum war jedoch um einiges höher und Ari aus der Übung. Dennoch musste sie es wagen – schätzungsweise stellte das ihre beste Chance dar, einem Angriff zu entgehen. Es sei denn, diese Tiere konnten auch noch flink wie Raubkatzen klettern – was Ari bei ihrem Pech nicht wundern würde. Ohne sich ein einziges Mal umzudrehen, begann sie auf den Baum zu klettern.

Ari erreichte den ersten Ast genau in dem Moment, als das Heulen aufhörte. Sie sah über ihre Schulter und in diesem Moment riss eines der Tiere seinen Körper zur Seite und begegnete ihrem Blick. Sie liefen los. Aris Hände griffen um das Holz. Die Rinde kratzte über ihre Handflächen. Mit aller Kraft zog sie sich nach oben und noch ehe eines der Bestien angekommen war, hatte sie es bereits auf einen weiteren Ast geschafft. Die Kreaturen stiegen auf die Hinterbeine, schnappten nach ihr und gaben zischende Laute von sich. Eine Gänsehaut jagte über ihren Körper, aber Ari kletterte weiter nach oben, ohne auch nur einen Blick auf die Angreifer zu werfen.

Wenn diese Ungeheuer auf Bäume klettern können, bin ich verloren. Erst als sie sich bereits in der Baumkrone befand und die übrigen Äste über ihr zu dünn zum Weiterklettern waren, wagte Ari einen Blick nach unten.

Dreizehn Tiere.

Sie wusste nicht, wie lange sie hier ausharren musste, aber fürs Erste hatte sie es wohl geschafft, ihnen zu entkommen.

Müde lehnte sie sich gegen den Baumstamm und betrachtete die Schrammen an ihrem Handgelenk. Zum ersten Mal seit ihrer Flucht war es ihr möglich, einen klaren Gedanken zu fassen. Sie dachte an die Fremde, die sie zurückgelassen hatte. Ein Gedanke kam ihr in den Sinn, der sie stutzen ließ. Wenn sie ihr den Weg nach draußen hatte zeigen können, warum war sie dann bisher nicht selbst geflohen?

***

Einige Zeit später saß Ari immer noch auf dem Baum und überlegte fieberhaft, wie sie diese Kreaturen überlisten konnte. Sie zitterte. Wenn diese Tiere nicht bald verschwanden, würde sie hier oben erfrieren. Ari hatte so sehr gehofft, dass sie müde werden würden, aber stattdessen saßen sie immer noch mit dem Kopf gen Himmel gerichtet und schienen sie ununterbrochen zu beobachten.

Mittlerweile knurrte ihr Magen und auch ihre Blase machte sich bemerkbar. Ari reckte sich und ein ziehender Schmerz drang durch ihren Körper. Ihre Glieder waren bereits steif wie Eisklumpen. Ari versuchte, eine andere Position einzunehmen, da hörte sie etwas knacken.

Erschrocken hob sie den Kopf und erblickte einen schwarzen Hengst, der wie aus dem Nichts aufgetaucht war. Rasmus. Sie würde ihn immer wieder erkennen. Noch nie zuvor hatte sie so ein stolzes und schönes Pferd gesehen. Und so ein furchteinflößendes. Obwohl er im Schatten des Baumes stand, funkelte sein Fell wie tausend Diamanten. Die Kreaturen schienen ihn nicht zu bemerken, denn ihre Köpfe blickten weiterhin zähnefletschend zu ihr. Auf dem Rücken des Pferdes erkannte sie Damian, der ein Schwert aus der Scheide zog.

Der Hengst bäumte sich auf und ließ sich auf die Wesen herab, die knurrend zur Seite wichen. In diesem Moment sprang der Prinz vom Pferd.

»Verschwindet!«, schrie Damian. Rasmus warf wiehernd den Kopf zurück, dann drehte er sich um und noch ehe sie sich versah, hatte Damian bereits das Schwert in den Körper eines der Kreaturen gestoßen. Es sank zusammen und unter seinem Körper bildete sich eine schwarze Blutlache. Rasmus trat zurück, neigte den Kopf, als er nun einem der Eiswölfe gegenüberstand. Die Ohren angelegt stand er still und fixierte die Bestie, die ihre Zähne fletschte und laut knurrte.

Mit zitternden Knien kauerte Ari zwischen den Ästen und verfolgte jeden von Damians Schritten. Wäre es nicht so grauenvoll mit anzusehen, wie er gegen die Kreaturen kämpfte, hätte sie seine Art, sich zu bewegen, fast als anmutig bezeichnen können. Er wusste genau, was er tat. Gezielt wich er den Tieren aus und stach im entscheidenden Moment zu. Niemand beherrschte ein Schwert so gut, wenn er nicht ein langjähriger Krieger war. Es gehörte zu ihm wie ein Arm oder ein Bein.

Als alle dreizehn Tiere blutüberströmt im Schnee lagen, hob Damian den Kopf und blickte zu ihr hinauf. Ari stockte das Herz. Was würde er jetzt mit ihr anstellen? Sie zurück in das Verlies stecken?

Wut funkelte in seinen Augen. Und noch etwas anderes, das sie nicht recht einordnen konnte.

Kälte machte sich in ihr breit, ihr Körper zitterte. Unpassenderweise knurrte genau in dem Moment ihr Magen.

Damians Augen funkelten sie an.

»Was zur Hölle hast du dir dabei gedacht, einfach so wegzulaufen? Diese

Kreaturen hätten dich töten können.« Er drehte sich um, streichelte Rasmus' Nüstern und murmelte etwas, das Ari nicht verstand. Der Hengst spitzte die Ohren, hob den Kopf und trabte davon.

Hatte er mit Rasmus gesprochen? Damian blickte nach oben. Seinen Gesichtsausdruck konnte sie nicht recht deuten, aber seiner Stimme nach war er wütend. Sogar sehr wütend.

»Komm herunter. Sofort!«, befahl er. »Ich habe es dir schon mal gesagt. Die Nächte in Linnea sind kalt. Du wirst erfrieren.«

»Damit du mich wieder in dieses grauenhafte Verlies stecken kannst? Nein, danke. Da sterbe ich lieber.«

»Ich will dir nicht zu nahe treten, aber wäre es nicht klüger, in einem warmen Verlies mit trockenem Brot zu sterben, anstatt in einem verlassenen Wald zu erfrieren oder gefressen zu werden?«

»Nein, ist es nicht. Ich habe meine Zellennachbarin kennengelernt. Sie stinkt nach verdorbenem Fisch und weiß noch nicht einmal, warum man sie eingesperrt hat. Ich will gar nicht wissen, wie lange sie schon dort unten verrottet. Du bist ein grauenhafter Prinz, wenn du deine Gefangenen so sterben lässt.«

Damian runzelte die Stirn und neigte den Kopf zur Seite. »Von wem sprichst du?«

»Hast du bei deinen vielen Gefangenen etwa den Überblick verloren?«

Damian schüttelte den Kopf. Für einen Augenblick lang meinte Ari, Verwirrung auf seinem Gesicht zu erkennen.

Oh, er ist ein guter Schauspieler. Aber sie durchschaute ihn. Instinktiv hob Ari stolz das Kinn. Sie würde sich von ihm nicht täuschen lassen. Und sie würde diesen Baum auf keinen Fall verlassen.

»Ich weiß nichts von einer Gefangenen.«

»In diesem Land scheint jeder unter Gedächtnisverlust zu leiden. Sie sitzt wohl schon sehr lange in deinem Verlies, denn sie kann sich nicht einmal mehr an ihren Namen erinnern. Und du scheinst sie auch vergessen zu haben.«

Jetzt konnte Ari eine Furche auf seiner Stirn erkennen. »Ich wiederhole mich nur ungern, aber ich habe keine Gefangenen in meinem Verlies.«

Ari zog eine Augenbraue nach oben und beugte sich ein wenig über den hervorstehenden Ast. Er war mit Schnee bedeckt und sie musste aufpassen, dass er nicht unter dem Gewicht nachgab. »Und was ist mit mir?«

Er verdrehte die Augen. Ari starrte ihn ungläubig an. Machte er sich gerade über sie lustig? »Du bist eine Ausnahme gewesen.«

Spöttisch lachte sie auf. »Nun, anscheinend machst du häufig Ausnahmen.« »Ich hätte dich schon bald wieder freigelassen.«

»Genauso wie die Frau?«

»Ich sagte es doch bereits, für gewöhnlich habe ich keine Gefangenen. Ich weiß noch nicht einmal, wer diese Frau ist, von der du sprichst.«

»Nun, dann mach dich doch auf den Weg zurück ins Schloss und lerne sie kennen. Ich bin mir sehr sicher, dass sie nicht oft Besuch dort unten bekommt. Von etwas heißem Wasser, Seife und zu essen ganz zu schweigen.«

Er schien wirklich über ihren Vorschlag nachzudenken. »Du kannst sie mir gerne vorstellen, sobald wir ins Schloss zurückkehren.«

Ari verschränkte die Arme vor der Brust, passte aber auf, dass sie das Gleichgewicht nicht verlor. »Ich werde ganz bestimmt nicht mitkommen.«

Damian seufzte und schüttelte den Kopf, als wäre sie ein Kind, das den Ernst der Lage nicht verstand.

»Wenn du glaubst, dass ich dich hier allein zurücklassen werde, dann bist du ziemlich dumm.«

Wütend schnaubte sie. Stur, widerspenstig, anstrengend hatte sie schon oft zu hören bekommen, aber dumm hatte sie noch niemand genannt.

»Nun, und wenn du denkst, dass ich dir nach allem, was geschehen ist, noch folge, dann zweifle ich an deiner Intelligenz.«

»So kommen wir nicht weiter.«

»Ganz genau. Deshalb wirst du jetzt von hier verschwinden und ich kann endlich meiner Wege gehen.«

Damian legte den Kopf zur Seite und blickte sie nachdenklich an. »Wie hast du es überhaupt geschafft zu fliehen?«

»Spielt das eine Rolle? Wo ich doch so dumm bin?«

Seine Worte hatten sie wirklich verletzt und obwohl Ari wusste, dass sie sich kindisch verhielt, so konnte sie doch nichts gegen ihre Gefühle tun. Der Prinz starrte sie an, beide lieferten sich ein stilles Wortgefecht, ehe er schwer aufatmete.

»Nun gut, es tut mir leid.«

Überrascht sah sie ihn an. Damit hatte sie nicht gerechnet.

Aber so leicht wollte sie ihn nicht vom Haken lassen.

»Was genau tut dir denn leid?«

Seine Augen zogen sich zu Schlitzen zusammen. »Du lässt nicht locker, oder?«

Auffordernd zog sie eine Augenbraue nach oben und wartete ab.

»Na schön. Es tut mir leid, dass du in meinem Verlies gelandet bist.«

Ari dachte einen Moment über seine Worte nach. Dann beschloss sie, die Entschuldigung anzunehmen.

»Immerhin.« Sie machte es sich auf dem Ast ein wenig bequem. Was würde sie jetzt für eine Tasse heißen Kakao tun. »Wie hast du mich überhaupt gefunden?«

»Sagen wir so: ich habe meine Methoden.«

Ari legte den Kopf zur Seite und wartete, ob er noch mehr sagen würde.

»Taja«, seufztze er.

Ari dachte kurz darüber nach, dann erinnerte sie sich an den Falken, den Meister Paelle so genannt hatte. »Der Vogel spioniert mir nach?« »Spionieren würde ich es nicht direkt nennen. Aber sie hat ein Auge auf Dinge, die mir wichtig sind.«

»Ich bin dir wichtig? Tatsächlich? Seltsame Art, das zu zeigen.« Damian seufzte. »Du bist die einzige unter Zwanzigjährige in ganz Linnea. Natürlich bist du wichtig. Außerdem war Taja auf der Jagd. Sie hat dich entdeckt und mir Bescheid gegeben.«

»Okay, du besiegst dreizehn Monsterwölfe, führst Gespräche mit deinem Pferd und kannst dich mit deinem Falken unterhalten. Sonst noch etwas?«, fragte Ari sarkastisch.

Damian schnaubte und verschränkte die Arme vor der Brust. »Ich bin der zukünftige König von Linnea. Es wird von mir erwartet, dass ich solche Dinge kann.« Seufzend ließ er die Schultern hängen. »Die Wölfe waren geschwächt. Sie hatten seit Tagen nichts mehr zu fressen bekommen, jedes Kind hätte es mit ihnen aufnehmen können. Und ich kommuniziere nicht mit meinem Pferd. Er achtet nur auf meine Laute. Ähnlich wie ein Hund. Somit kann er einen Befehl erkennen und ausführen. Alles eine Sache der Dressur. Und Taja, nun sie war schon immer ein sehr schlauer Vogel. Zufrieden?«

Damian starrte zu ihr hinauf und zu ihrer Überraschung ließ er sich plötzlich unter dem Baum im Schnee nieder.

Ari runzelte die Stirn. »Was tust du da?«

»Nun, du wirst es mir nicht übelnehmen, aber ich werde es mir hier ein wenig gemütlich machen, bis du dich entschlossen hast, mit mir zu kommen. Falls die anderen Eiswölfe das Blut riechen, werden sie in Rudeln hier auftauchen.«

Damian lehnte sich gegen einen Baum und schloss die Augen. Schnee rieselte auf ihn herab und die Flocken glitzerten in seinem schwarzen Haar.

»Du kannst dort unten nicht sitzen«, rief sie hinunter.

»Wie du siehst, klappt es ganz gut.«

»Was ist mit deiner Gefangenen?«

Er gab ein seltsames Geräusch von sich. Eine Mischung aus Knurren und Schnauben. »Wie ich bereits sagte, habe ...«

»Ja, ich weiß. Du hast keine Gefangenen.«

Eine Weile sagte niemand etwas. Damian hatte die Augen geschlossen und die Arme vor seiner Brust verschränkt, während er im Schnee lag. Die Kälte schien ihm nichts auszumachen. Ari hingegen musste zugeben, dass es mittlerweile fürchterlich kalt war.

»Dann bist du also öfter im Wald?«, versuchte sie die Stille zu durchbrechen. Keine Ahnung, warum sie sich unbedingt mit ihm unterhalten wollte. Aber sie wollte mehr über ihn erfahren. Noch immer hatte sie die erschrockenen Gesichter der Bewohner der Nachtstadt nicht vergessen.

»Ich glaube nicht, dass dich das etwas angeht.« Mit einem Mal klang seine Stimme wieder kühl und distanziert.

Eine Tatsache, die Ari nicht gefiel. »Du hast recht. Das war unhöflich von mir. Es interessiert mich auch gar nicht. Wie gesagt, du musst nicht bei mir bleiben. Ich komme sehr gut alleine zurecht.«

»Das habe ich gesehen. Du hast sehr erfolgreich gegen die Eiswölfe gekämpft.« Seine Stimme triefte nur so vor Sarkasmus. »Hast du gewusst, dass sie auch klettern können? Es wäre nur eine Frage der Zeit gewesen, bis sie es versucht hätten.« Er öffnete die Augen und Ari sah an seinem wachen Blick, dass er keine Sekunde geschlafen hatte. »Ehrlich gesagt siehst du nicht aus wie jemand, der sich zu helfen weiß.«

»Arroganter Mistkerl«, brummte Ari und erschrak, als Damian zu lachen anfing. Sie hatte nicht damit gerechnet, dass er sie gehört hatte und noch weniger, was dieses Lachen in ihr auslöste.

»So hat mich noch niemand genannt. Du bist zwar ein wenig hilflos, aber mutig und vorlaut, das muss man dir lassen.«

»Warum? Weil du alle, die dich beleidigen, in dein Verlies steckst und sie dort verrotten lässt?«

Da! Das hatte gesessen. Damian presste die Lippen zusammen und funkelte sie wütend an.

Am liebsten wäre Ari vom Baum gesprungen und hätte dem arroganten Kerl ihre Tasche auf den Kopf geschlagen. Aber sie wusste, wie lächerlich das klang. Sie konnte nichts gegen ihn ausrichten. Er war nicht nur viel größer und stärker als sie, sondern kannte sich hier aus. Er kannte jeden Baum, jeden Ast, vermutlich sogar jedes Blatt, während Ari ständig das Gefühl hatte, im Kreis zu laufen.

»Im Grunde genommen hattest du Glück. Viel schlimmer wäre es gewesen, wenn die Schatten aufgetaucht wären.« Ein spöttisches Grinsen umspielte seine Lippen.

Ari beugte sich nach vorne, um ihn näher betrachten zu können. Dabei hielt sie sich an dem dicksten Ast fest, den sie finden konnte.

»Die Schatten?«

Damian sagte nichts weiter, sondern schloss die Augen. Sein Brustkorb hob und senkte sich langsam. Er schlief nicht, das wusste sie, aber er hatte auch nicht vor, weiterzusprechen. Einen Moment überdachte sie ihre Situation, dann kletterte sie hinab, genau darauf bedacht, keinen dünnen Zweig zu erwischen, um nicht abzustürzen. Auf einem schwereren Ast setzte sie sich schließlich hin und betrachtete Damian aus sicherer Entfernung. Sie war ihm nun nah genug, um die Narbe an seinem Mundwinkel betrachten zu können. Ein dünner weißer Strich, der nach oben verlief und in der Mitte seiner Wange aufhörte. Sie hielt sich fest und beugte sich noch ein wenig weiter nach unten. In diesem Moment öffnete er die Augen und sein Blick ließ sie zusammenzucken. Er sah sie an, als würde er etwas sehen, das bisher noch niemandem aufgefallen war. Unbehagen machte sich in ihr breit. Sie war sich nicht sicher, wie sie darauf reagieren sollte.

»Woher hast du diese Narbe?« Die Worte sprudelten nur so aus ihr heraus und Ari ärgerte sich, dass sie sich so wenig unter Kontrolle hatte.

»Du bist ganz schön neugierig.«

Sie zuckte mit der Schulter. »Sie hat einen seltsamen Verlauf. Am Ende ist sie wenig gezackt, außerdem wirkt es, als wäre sie dir absichtlich zugefügt worden.«

»Neugierig und aufmerksam, eine gefährliche Kombination.«

»Es war ein Jagdmesser, nicht wahr? Derjenige ist ausgerutscht, deswegen besitzt die Narbe einen Schwung nach oben. Ansonsten hätte er dir das ganze Gesicht aufgeschlitzt.«

Damian grinste, aber sie konnte auch Verwunderung in seinem Blick erkennen und Respekt. Augenblicklich spürte Ari, wie sie errötete.

»Du bist neugierig, aufmerksam und besitzt ausgesprochen gute Jagdkenntnisse. Ehrlich gesagt macht mir das ein wenig Angst.«

Ari reckte das Kinn. »Sollte es auch. Ich kann gut mit einem Dolch umgehen und ich hätte auch keine Skrupel, ihn einzusetzen, wenn ich einen in die Finger bekäme.«

»Davon bin ich überzeugt.« Da war keinerlei Sarkasmus in seiner Stimme zu hören. »Ich werde dafür sorgen, dass die Waffenkammer im Schloss weiterhin gut verschlossen bleibt. Du bist definitiv eine Gefahr für die Bewohner von Linnea.«

Schnaubend richtete sie sich auf. »Also verrätst du mir jetzt, woher du sie hast?«

Einen Moment schien er tatsächlich darüber nachzudenken und Ari wartete gebannt auf seine Antwort. Aber dann schüttelte Damian den Kopf. »Nein.«

Sie riss die Augen auf. »Nein? Warum nicht?«

Der Prinz schenkte ihr ein spitzbübisches Grinsen. »Dafür kennen wir uns noch nicht gut genug. Die Gefahr ist zu groß, dass du dieses Wissen gegen mich verwenden könntest.«

Stirnrunzelnd beobachtete sie ihn genauer. Meinte er das ernst? Aber dann entdeckte sie, wie sich seine Mundwinkel zu einem Lachen verbogen und funkelte ihn an.

»Es ist schon lange her. Wenn ich ehrlich bin, kann ich mich kaum noch daran erinnern.«

»Du lügst. So etwas vergisst man nicht.«

Damian runzelte die Stirn. »Du bezichtigst den Prinzen als einen Lügner? In Linnea wird man dafür in den Schlosskerker gesteckt.

Ari schnaubte. »Dort war ich schon. Glaub mir, es ist nicht so furchterregend, wie es sich anhört. Ganz besonders, wenn man sich mit den Gefangenen dort unterhält.«

»Es wird Zeit, dass wir uns gemeinsam ein Bild davon machen. Diese ominösen Häftlinge scheinen wirklich sehr interessant zu sein.« Damian zwinkerte ihr zu und verschränkte die Arme vor der Brust.

Dieser Schlagabtausch machte ihr Spaß und sie fragte sich, warum die Fremde sie so sehr vor ihm gewarnt hatte. »Ich kann es kaum erwarten, Eure Hoheit.«

Allmählich tat ihr der Rücken weh. Vielleicht war es an der Zeit aufzugeben. Aber zuvor wollte sie noch wissen, was es mit diesen Schatten auf sich hatte. Sie räusperte sich und Damian öffnete die Augen.

»Na? Hast du endlich genug?«

»Mitnichten. Es macht jetzt erst so richtig Spaß.«

»Das versteht ihr unter Spaß, dort, wo du herkommst? Dann wird es Zeit, dass du Linnea kennenlernst.«

Ari biss sich auf die Unterlippe.

»Was?« Fragend zog er eine Augenbraue nach oben.

»Vorhin, als wir zu deinem Schloss geritten sind, haben die Leute sich vor dir erschrocken.«

Einen Moment lang sah sie Traurigkeit in seinem Blick, aber schon nach einem Wimpernschlag verschwand diese und machte Gleichgültigkeit Platz. Damian zuckte mit den Schultern, als würde ihn diese Tatsache nicht stören. »Nun ja, ich bin der Nachtprinz. Sie sollten Angst vor mir haben.«

»Und das gefällt dir?«

»Es ist notwendig«, sagte er scharf.

Ari glaubte ihm nicht, aber sie wusste, dass jetzt nicht der richtige Zeitpunkt dafür war, ihn damit zu konfrontieren. Sie beschloss, das Thema ruhen zu lassen und ihn ein anderes Mal darauf anzusprechen.

»Was hat es mit den Schatten auf sich?«

Sein Blick ruhte noch immer auf ihr. Er betrachtete genau ihr Gesicht, als würde er alles in sich aufnehmen. Aber kurz darauf schüttelte er seufzend den Kopf.

»Mein Königreich ...«, fing er an und griff nach etwas Schnee, den er zwischen seinen Finger rieseln ließ. Er trug keine Handschuhe.

»... Linnea wird auch das Schattenreich genannt. Wenn jemand getötet wird, dann verschwindet sein Körper und seine Seele wandert hinter die verlorenen Berge. Manchmal aber bleibt sein Schatten zurück.«

Ari runzelte die Stirn. Sie war sich nicht sicher, ob sie die Frage stellen sollte, aber sie brannte ihr auf den Lippen. »Warum bleibt er zurück?«, flüsterte sie.

Damian sah in die Ferne. Ari folgte seinem Blick, aber sie konnte nichts erkennen.

»Aus Rache.«

Ari schluckte und ein ungutes Gefühl machte sich in ihr breit. War das nur eine dieser Geschichten, die man sich erzählte, um anderen Angst einzujagen oder entsprach sie der Wahrheit?

»Sie bleiben so lange, bis sie denjenigen gefunden haben, der sie getötet hat. Dann erst verschwinden sie. So lange leben sie in den Bergen und sobald die Dämmerung einsetzt, beginnen sie wie Bluthunde zu suchen.«

Unsicherheit machte sich in Ari breit. Diese Schatten waren ihr unheimlich. Zwar hatte sie noch keinen von ihnen gesehen, aber sie war sich sicher, dass Damian sie nicht vor ihnen beschützen könnte. Und alleine würde sie hier niemals überleben. Sie befand sich in einem fremden Land, ohne eine vertraute Seele an ihrer Seite. Sie blickte ihn an, aber er hatte die Augen bereits wieder geschlossen.

»Was geschieht, wenn man ihnen begegnet?«, fragte Ari unsicher und blickte über ihre Schulter in den dichten Wald hinein. Totenstille lag in der Luft. Was, wenn jeden Moment einer dieser Schatten hier auftauchen würde? Kämpfen könnte sie nicht und sie wollte ganz sicher nicht hier sterben. Nicht, nachdem sie nicht einmal die Chance gehabt hatte, außerhalb der Märchenstadt zu leben. In der Menschenwelt. Dort, wo sie eigentlich sein sollte. Sie atmete tief ein und stieg so vorsichtig wie möglich den Baum hinab, bis sie endlich wieder festen Boden unter ihren Stiefeln spürte. Ari drehte sich um und starrte auf Damian hinab. Er öffnete die Augen und ein schelmisches Grinsen tauchte auf seinem Gesicht auf.

»Wenn du dir nichts zuschulden hast kommen lassen, dann hast du nichts zu befürchten. Aber ich würde es nicht drauf ankommen lassen.«

Damian stand auf und ging zu seinem Pferd. Als sie ihm nicht folgte, warf er ihr über seine Schulter einen fragenden Blick zu. »Was ist? Kommst du?«

Ari zögerte, aber sie wusste, dass ihr keine andere Möglichkeit blieb.

Ein Schmunzeln machte sich auf seinem Gesicht breit. »Fast könnte man meinen, du sorgst dich um mich.«

Sofort reckte sie das Kinn und funkelte ihn wütend an. »Warum sollte ich?«

Er zuckte mit den Schultern. »Nun, für mich hat sich das so angehört. Aber ich kann dich wirklich beruhigen. Schatten greifen keine Unschuldigen an.«

»Und wenn sie sich täuschen?«

Damian legte den Kopf in den Nacken und lachte.

Es klingt schön, wenn er lacht. Auch wenn sein Lachen auf ihre Kosten ging.

Damian rappelte sich auf und wischte sich den Schnee von der Hose.

Er blickte sie an und sofort erlosch sein Lachen. »Noch nie hat sich ein Schatten geirrt. Sie wittern ihre Beute. Sie sind wie Tiere. Nur schlimmer.«

»Wie beruhigend«, murmelte Ari.

»Ja, ich denke, das ist es. Töte einfach niemanden, dann musst du dich auch nicht fürchten. Ganz einfach.«

Damian ging an ihr vorbei zu seinem Pferd, während Ari stehen blieb und ihm nachsah.

»Hast du schon mal jemanden getötet?«, rief sie ihm nach.

Damian erstarrte. »Gewissermaßen.«

Ari stockte der Atem. »Dann musst du dich vor den Schatten in Acht nehmen.«

»Nein, muss ich nicht.«

Langsam ging sie auf ihn zu. Er blickte sie immer noch an, ließ sie nicht aus den Augen. Sie konnte ihn nicht wirklich einschätzen.

»Aber du sagtest doch ...?«

Einen Augenblick lang zögerte er. »Ich muss mich nicht vor ihrem Schatten fürchten.«

Er griff um sie, hob sie hoch, damit sie im Sattel Platz nehmen konnte. Anschließend schwang er sich ebenfalls auf das Pferd.

Seine Brust presste sich dicht an ihren Rücken, seine Hände umschlagen ihre Taille. Sie spürte seinen Atem an ihrer Wange und hörte, wie er tief Luft holte. Seine Stimme klang ganz leise, als er weitersprach. »Weil sie keinen Schatten besaß.«

10

Das Königreich Linnea erstreckt sich von Norden aus über die silbernen Wälder nach Westen an den vergessenen Seen vorbei, durch die Bärenschlucht und den trauernden Witwen entlang über das Flachland zu den Sümpfen von Santos bis zur Nachtstadt. Es besteht keine Möglichkeit, die Grenzen zu verschieben. Obwohl darüber schon verhandelt wurde. Allerdings kam es dabei zu keinem eindeutigen Ergebnis.
Auszug aus dem Protokoll des Königsrats von Linnea

»Ist dir bewusst, wie gruselig sich das anhört?«, murmelte Ari. Ihr Rücken schmiegte sich an seine Brust. Vielleicht sollte er in Erwägung ziehen, ihr ein eigenes Pferd zu besorgen. Auch auf die Gefahr hin, dass sie dann abhauen würde. Aber lange konnte er diese Position nicht weiterführen, ohne dass sein Körper darauf reagierte.

Sie roch so verdammt gut. Nach frischen Mandarinen. Wie ein Frühlingsanfang. Mit aller Kraft widerstand er dem Drang, die Augen zu schließen und seine Nase in ihrem Haar zu vergraben. Er konnte sich nicht erinnern, dass es ihm jemals zuvor so ergangen war. Die Frauen, denen er bisher nähergekommen war, waren alle aufgrund der Epidemie und der fehlenden Geburten in den letzten zwanzig Jahren in seinem Alter gewesen. Manche von ihnen auch ein wenig älter und bisher hatte ihn das auch nicht gestört. Aber Ariana hatte etwas an sich, das ihn verwirrte.

Ari gähnte lautstark, sodass er aus seinen Gedanken gerissen wurde. Augenblicklich begann er zu lachen. Sofort drehte sie den Kopf und Röte schoss in ihre Wangen.

»Verzeihung«, murmelte sie.

»Du bist müde.«

»Es war alles ein wenig anstrengend und …« Ari verstummte und er wusste, was sie sagen wollte.

»Im Verlies war es nicht sehr gemütlich.«

Schnaubend blickte sie wieder nach vorne. »So kann man es auch ausdrücken.«

Vielleicht war es ein Fehler gewesen, Meister Paelle die Entscheidung zu überlassen. Er konnte sie genauso gut in seinem Schloss wohnen lassen, bis er den wahren Grund ihrer Anwesenheit in Linnea erfuhr. Er hatte nicht oft Besuch. Nicht, weil er ihn nicht genoss, sondern weil kaum jemand den Kontakt zu ihm suchte. Sie gaben der Krone die Schuld, dass die Kälte Linnea heimgesucht hatte. Und für die Epidemie, dass keine weiblichen Nachkommen mehr gezeugt wurden. Sein Königreich starb und er konnte nichts dagegen tun.

Ari räusperte sich.

Worüber hatten sie noch mal gesprochen? Verdammt! Er war so in Gedanken versunken, dass er den Faden verloren hatte. »Wo waren wir stehen geblieben?«

»Ich sagte, dass sich diese Geschichte gruselig anhört.«

Geschichte? Er runzelte die Stirn, bis ihm wieder einfiel, worüber sie sich unterhalten hatten. »Es hört sich nicht nur so an. Es ist tatsächlich so.«

Sie drehte den Kopf und willkürlich inhalierte er ihren Duft. Niemand in ganz Linnea roch so. Noch ein Indiz, dass sie nicht von hier stammen konnte.

»Was ist mit ihr geschehen?«

Er atmete tief ein und rückte ein wenig von ihr ab. Auf keinen Fall wollte er ihr so nahe sein, wenn er das Gefühl hatte, jeden Moment die Kontrolle über seinen Körper zu verlieren. Jeder seiner Muskeln war angespannt und er nahm jede Bewegung von ihr überdeutlich wahr.

Vermutlich lagt es nur daran, dass er sie nicht kannte. Fremdes schien immer begehrter zu sein als Altbekanntes. Noch dazu war sie jünger als die anderen Frauen im Land. Vielleicht setzte ihm das so zu. Schließlich gab es seit zwanzig Jahren keine weiblichen Neugeborenen in Linnea. Die jüngste Bewohnerin, mit der Damian ab und zu das Bett geteilt hatte, war Rebekka, eine Tänzerin in der Nachtstadt. Sie war vierundzwanzig Jahre alt und Damian war mit ihr aufgewachsen. Aber Rebekka hatte niemals diese Wirkung auf ihn gehabt.

»Sie war eine der trauernden Witwen.«

Ari warf ihm über die Schulter einen fragenden Blick zu.

»Hinter einer Bergkette, im Osten von Linnea, liegt ein Dorf. Die meisten Bewohner sind bereits weggezogen, aber ein paar alte Frauen leben noch da.« Er sah sie unverwandt an. »Allein.«

»Alles Witwen?«

»Richtig. Anfangs hieß es, die Ehemänner hätten sich alle selbst umgebracht.«

Entsetzt zog Ari die Luft ein. »Wie schrecklich.«

»Man vermutete einen Fluch, der auf dem Land lag. Der die Männer in den Wahnsinn trieb und sie dazu brachte, sich selbst zu töten. Aber dann hat man herausgefunden, dass es eine Witwe war, die sie umgebracht hat. Jeden einzelnen von ihnen.«

Ari schluckte und ihre Hände gruben sich noch ein wenig fester in Rasmus' Mähne. Damian wusste, wie sehr Rasmus dies verabscheute, aber zu seiner Überraschung reagierte der Hengst überhaupt nicht. Fast als wisse er, dass sie diese Geste brauchte.

»Warum?«

Damian zuckte mit den Schultern. »Das hat nie jemand herausgefunden. Als ich sie darauf ansprach …«

Jetzt war es an Ari, ihn überrascht anzustarren. »Du hast mit ihr geredet?«

»Natürlich. Ich wollte den Grund erfahren und ihr den Prozess machen. Schließlich hat sie ein Dorf, das unter meinem Schutz stand, fast niedergemetzelt.«

Langsam nickte Ari und schien über seine Worte nachzudenken.

»Aber dazu kam es nicht«, sagte sie leise.

»Nein.« Allein der Gedanke daran machte ihn wütend. Er hätte schneller reagieren müssen. Schneller handeln sollen. »Noch bevor ich mit ihr sprechen konnte, hat sie sich selbst getötet. Niemand weiß, warum sie das getan hat. Aber seitdem leben die restlichen Witwen alleine dort oben. Sie sind scheu und selten bekommt man eine von ihnen zu Gesicht. Aber nachts, da hört man sie weinen.«

Damian hatte sie selbst gehört und es gab kaum etwas, das schrecklicher klang. Schon früher war er der Überzeugung gewesen, dass sein Königreich unter einem Fluch stand. Nur so ließe sich erklären, warum jedes Glück wie eine Seifenblase zerplatzte. Warum sich alles in Leid und Elend verwandelte. Aber egal wie lang er recherchierte, er fand keine Antwort.

11

Es ist vollkommen gleich, wie ich lebe. Ob in einem Schloss oder in einer einfachen Hütte. Ob ich schöne Kleider trage oder schmutzige. Ob ich ein Festmahl zu mir nehme oder gebratenes Eichhörnchen am Lagerfeuer. Deshalb bleibe ich immer noch Ariana, Tochter der leiblichen Königin.
Märchenlos.
Unbedeutend.
Auszug aus Aris Tagebuch

Ein Bett mit goldenem Baldachin stand mitten im Raum und wirkte so pompös, dass Ari Hitze in die Wangen schoss. Unzählige in einem sanften Blau gehaltene Kissen und Decken waren darauf angerichtet und augenblicklich verspürte Ari den Drang, sich hineinzulegen und zu schlafen. Aber noch lieber hätte sie zuvor gerne ein warmes Bad genommen.

Gemächlich sah sie sich im Zimmer um. Große Fenster ließen Sonnenlicht herein und tauchten den Raum in ein warmes Orange. Als Ari nähertrat und einen Blick hinauswarf, entdeckte sie den königlichen Schlosshof, der zu den Stallungen führte, in denen Damian bestimmt Rasmus untergebracht hatte. Nach außen wirkte das Schloss kalt und ein wenig abweisend mit seinen hohen Mauern und dem Schlosstor, aber hier drinnen war davon nichts zu spüren. Im Gegenteil, im Kamin prasselte ein Feuer, auf einem Mahagonitisch lag frisches Gebäck und eine Kanne Tee stand bereit und auf der Kommode hatte jemand einen Stapel Bücher platziert. Allerdings machte die heimelige Ausstattung nicht die Einsamkeit wett, die in der Luft hing.

So gesehen glich es nicht im Geringsten dem Schloss ihrer Eltern. Dort war ständig gelacht worden, sie und Alma waren gemeinsam durch die große

Halle gelaufen und hatten Verstecken gespielt und fast jeden Abend waren sie als Kinder – sehr zum Leidwesen ihrer Mutter – an dem Geländer heruntergerutscht. Damian hingegen war alleine ohne seine Eltern aufgewachsen. Nur mit einem alten Zauberer und ein paar Bediensteten an seiner Seite. Sie verspürte Mitleid mit ihm und wollte sich gar nicht vorstellen, wie einsam er sich gefühlt haben musste.

Die Erinnerung an ihre Zeit in Kolis versetzte ihr einen Stich und Ari wurde bewusst, wie sehr sie ihre Schwester vermisste. Dabei war sie noch nicht einmal zwei Tage hier. Wie sollte sie da ein ganzes Leben aushalten?

»Entzugserscheinungen«, hatte Isis sie genannt. *»Du wirst dich vielleicht nicht an dein Zuhause erinnern können, aber dein Herz wird es nicht vergessen. Es wird ziehen und piksen, verkrampfen und dir die Luft abschnüren, wie wenn man eine Überdosis Schlafkraut zu sich nimmt und du wirst dich fragen, woher dieser unsagbare Schmerz kommt. Es wird eine Weile dauern, bis du darüber hinweg bist. Tage, Wochen, manchmal vergehen Jahre, bis man wieder leben und lachen kann, ohne das Gefühl zu haben, ein kleines bisschen zu sterben. Aber irgendwann wird es vorbei sein.«*

Seit ihrer Ankunft in Linnea hatte sie den Schmerz gespürt, aber ihn immer erfolgreich verdrängt. Doch nun, da sie alleine war – nur sie und ihre Gedanken – brach er auf wie eine eitrige Wunde und vergiftete ihr Herz.

Ari setzte sich auf das Bett, lehnte sich zurück und schloss die Augen. Sie wollte nicht noch mehr sehen. Obwohl sie eigentlich nichts hier an Kolis erinnerte, hatte sie das Gefühl, ihrer Heimatstadt so nah wie niemals zuvor zu sein. Aber wie sagte Isis immer: *»Knapp vorbei ist auch daneben.«*

Auch wenn sie sich ihrem alten Zuhause nah fühlte, war sie trotzdem eine ganz Welt von Kolis entfernt. Irgendwas musste falsch gelaufen sein, aber sie konnte sich nicht erklären, was. Und der Gedanke daran machte ihr Angst. Denn sie hatte keine Ahnung, welche Konsequenzen es für sie hatte, dass sie hier in Linnea gelandet war.

***

Ariana aus dem Hause Winter. Was ist nur los mit dir?

Ari schreckte hoch und einen Moment dauerte es, bis ihr einfiel, wo sie sich befand. Die Vorhänge waren zugezogen, aber einzelne Sonnenstrahlen fanden ihren Weg durch den Stoff. Ari zog die Decke von sich und richtete sich auf. Neben ihrem Bett stand auf einem Nachttisch eine Karaffe mit frischem Wasser und süßem Gebäck.

Ich bin im Schloss des Nachtprinzen.

Ari würde nicht so weit gehen und behaupten, sie sei in Sicherheit, aber auf jeden Fall hatte sie die Nacht in einem wundervollen Bett verbracht und ihrem Bauchgefühl nach hatte sie erst einmal nichts zu befürchten.

Aber ihr fiel ein, dass sie dringend den Rat der Fremden annehmen und mit Meister Paelle sprechen musste. Vielleicht konnte er ihr ja tatsächlich helfen, damit sie diesen Ort wieder verlassen konnte. Allerdings durfte sie auf keinen Fall etwas von sich erzählen. Sie traute dem alten Mann nicht, die Gefahr war zu groß, dass sie wieder im Verlies landete.

Erschrocken hielt Ari inne. Die Fremde aus dem Verlies. Was, wenn sie es sich wirklich eingebildet hatte? Vehement schüttelte sie den Kopf. Nein, sie hatte eine Stimme gehört. Außerdem war es ihr nur so gelungen, aus dem Verlies zu fliehen.

Sie sprang aus ihrem Bett und stellte überrascht fest, dass jemand ihren Koffer abgestellt hatte.

Sofort griff sie danach, hob ihn hoch und öffnete ihn. Erleichterung durchfuhr sie, als sie feststellte, dass die wenigen Dinge, die sie eingepackt hatte, alle noch vorhanden waren. Allerdings stellte sie zu ihrem Bedauern fest, dass ihre Kleidung in Linnea vollkommen nutzlos war. Sommerkleider und Röcke mit luftigen Blusen waren hier komplett fehl am Platz. Sie griff nach dem Buch, das Alma ihr noch mitgegeben hatte und schnupperte daran. So verrückt es sich anhörte, aber der Geruch des alten Ledereinbandes erinnerte sie sofort wieder an ihre Heimat. Heimweh überkam sie. Wie gerne würde sie jetzt mit Alma und Isis sprechen. Sie würden ihr Mut zusprechen und wüssten vielleicht sogar eine Möglichkeit, wie sie Linnea wieder verlassen konnte.

Schluss jetzt! Ich werde nicht jammern. Es wird einen Weg geben. Ganz bestimmt.

Sie packte das Buch und überlegte einen Moment. Wo konnte sie es am besten aufbewahren? Am besten an einem Ort, der nicht auf den ersten Blick ersichtlich war. Wer weiß, ob derjenige, der in ihr Zimmer gekommen war und den Koffer hier platziert hatte, nicht auch neugierig auf ihre Habseligkeiten war?

Ari beschloss, das Buch unter ihrer Matratze zu verstecken. So hatte sie es als Kind schon immer vor ihrer Mutter versteckt, die es für Zeitverschwendung hielt, wenn Alma Ari Märchen vorgelesen hatte. Jetzt erkannte Ari, dass ihre Mutter nur eifersüchtig auf ihre große Schwester gewesen war.

Seufzend strich sie das Bettlaken glatt und richtete die Kissen ordentlich zurecht, dass niemand auch nur auf die Idee kam, sie könnte hier etwas versteckt halten.

Vorsichtig griff sie nach der Karaffe, goss sich ein Glas Wasser ein, nahm ein Stück Gebäck und steckte es sich in den Mund. Ihr Magen knurrte und vermutlich war es an der Zeit, dass sie sich auf den Weg in die Küche machte und ein wenig frühstückte. Außerdem stank sie immer noch fürchterlich. Peinlich berührt ging sie ins Badezimmer und stellte dann zu ihrer Überraschung fest, dass sich Wasser in der Wanne befand.

Vielleicht gibt es hier eine Magd, die mir den Koffer aufs Zimmer gebracht und das Wasser eingelassen hat. Trotzdem machte sich ein mulmiges Gefühl in ihr breit. Sie hatte es gar nicht bemerkt. Ari beschloss, Prinz Damian danach zu fragen und ihn um einen Schlüssel für ihre Zimmertür zu bitten.

Sie steckte ihren Zeigefinger in die Wanne und seufzte laut auf, als sie das warme Wasser spürte. Dieses Bad würde sie in vollen Zügen genießen. Augenblicklich zog sie die Bluse über den Kopf und schlüpfte aus ihrer Jeans. Kurz darauf glitt sie in die große Wanne und wusch sich den Dreck von der Haut.

Ihre nassen Haare band sie zu einem unordentlichen Knoten, stand auf und trocknete sich ab, ehe sie zurück ins Schlafzimmer ging und fieberhaft überlegte, was sie anziehen sollte. Vielleicht konnte ihr Prinz Damian weiterhelfen. Bestimmt gab es in Linnea einen Schneider, der ihr etwas anfertigen konnte und bei der Gelegenheit würde sie direkt mit ihm ins Verlies gehen und nach der Gefangenen schauen.

Fürs Erste musste es aber wohl das Kleid sein, bis Ari mit dem Prinzen gesprochen hatte. Gerade als sie dabei war, es sich über den Kopf zu ziehen, hörte sie eine männliche Stimme, die ihr bekannt vorkam. Sie hatte sie schon mal gehört, aber Ari konnte sich nicht daran erinnern, wo das gewesen war.

»Ariana! Bei allen guten Geistern. Was muss ich noch machen, damit du dich endlich meldest?« Erschrocken keuchte Ari auf. Woher kam diese Stimme? Blitzschnell drehte sie sich um und blickte sich im Raum um, aber es war niemand zu sehen.

Ob sie langsam verrückt wurde? Aber die Stimme war ganz klar und deutlich gewesen. Als wäre die Person, die sie ausgesprochen hatte, nicht weit von ihr entfernt. Wie konnte das sein?

»Was zögerst du denn noch? Hast du mich etwa schon vergessen? Bei Isis' Buckel, ich kann nicht glauben, dass ich auf diese Art gefoltert werde.«

Langsam näherte sich Ari dem Bett. Von hier kam die Stimme. Ganz eindeutig. Sie betrachtete die Kissen, die sich auf dem Bett türmten, schlug die Decke zur Seite und kniete sich hin, um auch einen Blick darunter zu werfen, aber außer ein paar Wollmäusen fand sie nichts.

Sie war verrückt. Ganz eindeutig.

»Ariana ...« Da fiel ihr Blick auf die Leinentasche, die auf ihrem Nachttisch lag. Etwas am Klang ihres Namens ließ sie aufkeuchen. Es gab nicht viele, die sie Ariana nannten.

Zögerlich ging sie auf den Nachttisch zu, griff nach der Tasche und öffnete sie. Das Herz schlug wild gegen ihre Brust. Immer wieder hielt sie inne und warf einen Blick auf die Tür, aus Angst, einer der Wächter könnte einfach so hereinspazieren.

Sie atmete tief ein und holte den Gegenstand heraus, an den sie gar nicht mehr gedacht hatte. Zu ihrem Leidwesen blickte zu ihr eine grässliche grüne Visage desjenigen auf, den Ari so oft verflucht hatte.

Erschrocken wich sie zurück. Sie hatte tatsächlich gehofft, dass er außerhalb Kolis' nicht funktionieren würde.

»Poseidys?« Ari konnte es gar nicht fassen, dass er es tatsächlich war.

»Wurde aber auch Zeit. Ich schreie mir hier noch die Seele aus dem Leib. Seid gegrüßt, Ariana aus dem Hause Winter.«

Allein von seiner Stimme bekam sie eine Gänsehaut.

In diesem Moment überfluteten sie Erinnerungen an ihre Kindheit und in jeder kam ihre Mutter und ihr heiß geliebter Zauberspiegel vor.

»Ich bezweifle, dass du eine Seele hast.«

Poseidys legte den Kopf in den Nacken begann zu lachen. Ein Schauer lief ihr über den Rücken. Wie oft hatte sie das Lachen in den Gemächern ihrer Mutter gehört, wenn sie gemeinsam wieder Intrigen gesponnen hatten.

Ari hatte angenommen, dass der Geist des Spiegels mit dem Tod ihrer Mutter ebenso gestorben war. Soweit das für einen Geist überhaupt möglich war.

Offensichtlich ein Irrglaube, denn nun sprach er mit ihr. Dieser alte Zauberspiegel, der ihre Mutter in den Wahnsinn getrieben hatte. Derjenige, der so manche falsche Aussage getroffen hatte.

»Wieso bist du hier?«

Der Zauberspiegel warf ihr einen gelangweilten Blick zu. »Ich versuche schon den ganzen Morgen, Kontakt mit dir aufzunehmen.«

Vehement schüttelte Ari den Kopf und ließ sich auf dem Bett nieder. »Das meine ich nicht. Ich will wissen, wie es sein kann, dass du mit mir sprichst.«

Der Zauberspiegel zog zynisch eine Augenbraue in die Luft. »Ich war Eigentum der bösen Königin. Du bist ihre direkte Nachfahrin und somit bin ich nun in deinem Besitz. Was mich dazu bringt, dir die Spielregeln zu erklären. Es ist ganz einfach: Mit der richtigen Frage erhältst du die richtige Antwort.«

Nun war es Ari, die eine Augenbraue nach oben zog. »Das ist alles? Und du denkst, dass du dafür qualifiziert genug bist? Wenn ich mich recht erinnere, hast du meiner Mutter Almas falschen Aufenthaltsort gesagt.«

Der Geist sah sie nur unberührt an. »Ich gebe zu, es liegt mir nicht im Blut, eine falsche Fährte zu legen. Aber einen Versuch war es wert, findest du nicht?«

Aris Augen wurden groß, als sie begriff, was seine Worte bedeuteten.

»Das war Absicht?« Sie erinnerte sich gut daran, wie ihre Mutter getobt hatte, als sie Alma nicht finden konnte. »Bist du lebensmüde? Sie hat dich vor Wut gegen die Wand geworfen.«

Beleidigt verzog er das Gesicht. »Natürlich nicht. Mir gefällt mein Dasein als Zauberspiegel. Außerdem bin ich für gewöhnlich sehr gut in meiner Arbeit. Auch wenn man es nicht vermutet, so bin ich durchaus in der Lage, Gut und Böse zu unterscheiden. Es war für einen guten Zweck.«

»Soweit ich weiß, ist es deine Aufgabe, Anweisungen zu befolgen, nicht sie zu hinterfragen.«

»Nun, da muss ich dir widersprechen, Ariana aus dem Hause Winter. Auch wenn ich nur der Geist aus einem Zauberspiegel bin, so habe ich durchaus meinen eigenen Willen.«

Ari biss sich auf die Unterlippe. Das alles war so verrückt. »Mutter ist schon so lange tot. Warum erscheinst du erst jetzt?«

»Weil du bisher meine Hilfe nicht benötigt hast. Abgesehen davon habe ich die letzten Jahre in einem Schuhkarton in Almas Kleiderschrank gehaust. Zusammen mit einer absolut hässlichen Federboa. Du solltest deiner Schwester mal ins Gewissen reden. Heutzutage trägt niemand mehr so etwas. Deshalb verzeih, wenn ich ein wenig aus der Übung bin. Wo wir zum eigentlichen Grund meines Erscheinens kommen. Es gibt ein Problem.«

Bevor Ari fragen konnte, was der Spiegel damit meinte, verschwand der Geist, ein milchig trüber Schleier erschien, eingetaucht in einen Nebel, ehe er wieder verschwand und plötzlich Quentins Gesicht auftauchte. Ari keuchte laut auf.

Eine rostrote Haarsträhne hing ihm in die Stirn und wehmütig verspürte Ari den Drang, sie zu berühren. Wie sehr sie ihn vermisste.

»Quen?«, flüsterte sie. Fast als hätte sie Angst, dass er verschwand, wenn sie lauter sprach.

Ihr bester Freund drehte den Kopf und sah sich suchend um. Dann öffnete er den Mund, seine Lippen bewegten sich und Ari konnte nur ahnen, wie er etwas schrie, aber sie hörte ihn nicht.

Ob es bei Zauberspiegeln wohl so eine Art Verbindungsstörung gab?

»Quentin?«, sagte sie diesmal etwas lauter. »Quen? Hörst du mich?« Er stand am Götterhain, genau an der Stelle, an der Ari sich verabschiedet hatte. Immer wieder sah er sich um und fuhr sich verzweifelt mit der Hand durch das wuschelige Haar. Dann nahm sie hinter ihm eine Bewegung wahr. Abrupt drehte er sich um und lief davon.

»Nein, Quen. Bleib hier«, rief sie. Suchte er nach ihr? Himmel, wie gerne hätte sie mit ihm gesprochen. Augenblicklich bereute es Ari, dass sie nicht auf ihn gewartet hatte. Wie hatte sie ihm das nur antun können? Sie war eine schreckliche Freundin. Sie hätte sich von ihm verabschieden müssen.

»Ich muss hier kurz einlenken.« Quentins Bild verschwand, der Geist tauchte auf und schüttelte den Kopf. »So leid es mir tut, dass ich deine Selbstbemitleidungsphase unterbrechen muss, aber er dreht gerade nicht wegen dir durch.«

Irritiert sah Ari den Geist an. »Warum dann?«

»Das kann ich dir nicht sagen.«

Misstrauisch kniff Ari die Augen zusammen. »Du kannst nicht oder du willst nicht?«

»Nun, wie ich bereits sagte, für die richtige Antwort benötigst du die richtige Frage.«

»Willst du mich auf den Arm nehmen?«

»Mitnichten. Aber so funktioniert es nun einmal. Ist ein Sicherheitsmechanismus. Sonst könnte ja jeder kommen und mir Löcher in den Bauch fragen.«

Stöhnend ließ sich Ari zurück aufs Bett fallen.

Das ist jetzt einfach nicht wahr.

»Wie soll ich herausfinden, was die richtige Frage ist?«

»Nun, ich bin ein Geist in einem Spiegel. Lösungsvorschläge dieser Art stehen nicht in meiner Arbeitsbeschreibung.«

Ari rappelte sich auf und zog langsam eine Augenbraue nach oben. »Sollte das komisch sein?«

»Das war es tatsächlich, Ariana.«

Ari musste ihm recht geben und schmunzelte. »Du musst an deinem Humor arbeiten.«

»Ich werde es mir merken. Vielleicht gelingt es mir eines Tages, deinen Ansprüchen zu genügen. Aber jetzt lass uns zu den ernsten Dingen kommen. Wie gesagt, du musst die richtige Frage stellen. Erst dann kann ich dir Antworten geben. Leider handelt es sich hier um eine sehr eilige Angelegenheit.«

Ari hatte keine Ahnung, wovon er sprach. »Was meinst du mit eilig?«

»Das bedeutet, dass du wenig Zeit hast.«

»Was?«

»Gefahr ist in Verzug.«

»Könntest du bitte aufhören, ständig um den heißen Brei herumzureden. Was ist los, Poseidys?«

»Stell endlich deine verdammte Frage, damit ich dir die richtige Antwort geben kann! Sonst sitzen wir morgen noch hier herum und ich befürchte, dass es dann zu spät ist.«

Ari funkelte den Geist wütend an. Genauso nervtötend hatte sie ihn in Erinnerung. Aber wenn er so hartnäckig darauf beharrte, dass sie diese verfluchte Frage stellte, dann schien es doch wichtig zu sein.

»Na schön.«

Poseidys schnaubte und verdrehte die Augen. »Ich warte.«

Was für eine dämliche Angewohnheit. Er sprach seine Worte auf diese hochnäsige, gelangweilte Art, dass Ari sich sicher war, dass er seine frisch lackierten Fingernägel betrachten würde, wenn er welche hätte.

»Eine Frage.« Aris Stimme klang ein wenig zittrig und sie ärgerte sich dafür. Ihre Mutter hatte ihr immer erzählt, dass es wichtig war, eine Autoritätsperson zu sein, wenn man mit dem Spiegel in Berührung kam.

»Poseidys ist wie ein junger Hund. Du musst ihm zeigen, wer der Herr im Haus ist, sonst spielt er mit dir. Außerdem hat er eine Schwäche für Reime. Lass ihm einfach seinen Spaß, dann erledigt er seine Arbeit ein wenig schneller.«

Ari reckte das Kinn und funkelte ihn an. »Poseidys, antworte mir: Spieglein, Spieglein, dass ich dich rufe, nach was ist Quentin auf der Suche?«

Poseidys' Augen weiteten sich und Ari stellte fest, dass ihre Mutter wohl recht gehabt hatte. Und prompt verschwand der Geist und Quentins Bild tauchte wieder auf. Immer noch ein wenig unscharf, aber gut genug, dass Ari seine Umgebung wahrnehmen konnte.

Nun befand sich Quen in einer Bibliothek.

»Bei allen guten Geistern.« Ari kannte diesen Ort. Sie selbst hatte ganze Tage dort verbracht. Inmitten der alten Bücher, eingepfercht zwischen Lederbänden und dem Geruch von altem Papier.

»Die verbotene Abteilung.« Wie war er dort hineingekommen? Und viel wichtiger: was machte er dort? Sie sah, wie er in einem Buch las. Konzentriert blätterte er durch die vergilbten Seiten.

Sie konnte verwitterte Schriftzeichen erkennen, die Ari zuvor noch nie gesehen hatte. »Poseidys, zeige dich.«

Sofort erschien der Geist und schenkte ihr ein missmutiges Lächeln. »Bist du jetzt schlauer?«

»Ich weiß es nicht. Quentin scheint in diesem Buch nach etwas zu suchen, aber deswegen weiß ich immer noch nicht, warum er nach mir gerufen hat. Und warum du behauptet hast, dass es eilig wäre.«

In diesem Moment hörte sie von draußen Schritte und noch ehe Ari eine Antwort von ihm erhielt, verschwand Poseidys und Ari steckte den Zauberspiegel zurück in die Tasche.

Konnte es sein, dass Quen nach ihr suchte, weil er sich nicht verabschieden hatte können? Wollte er in einem der Bücher einen Weg finden, zu ihr zu gelangen? Aber je länger sie darüber nachdachte, desto mehr wusste Ari, dass das nicht stimmte. Niemals würde Quen die Märchenstadt verlassen. Außerdem hatte Poseidys gesagt, dass sein Verhalten nichts mit ihr zu tun hatte. Nein, wenn er Kontakt mit Ari aufnehmen wollte, dann musste das einen anderen Grund haben. Einen sehr wichtigen, sonst hätte Poseidys ihn nicht eilig genannt. Und sie würde herausfinden, welchen.

12

»Jeder von uns trägt eine Maske. Die Kunst besteht nicht darin, sie zu erkennen, sondern das Gesicht dahinter zu sehen.«
Interview mit König Tychon von Linnea

Ein Klopfen riss sie aus ihren Gedanken und noch ehe Ari sich umdrehen und herein sagen konnte, öffnete sich die Tür und Damian stand vor ihr. Er betrat das Zimmer nicht, blieb nur im Türrahmen stehen und lächelte sie zaghaft an. »Du bist tatsächlich schon wach. Die Wache meinte, sie hätte Schritte gehört.«

Ari reckte ihr Kinn. »Und da dachtest du, du siehst nach, ob ich nicht eine Bettlakenkette bastle und aus dem Fenster klettere, um zu verschwinden?«

Er lachte und seltsamerweise freute Ari sich darüber. »Nein, aber der Gedanke gefällt mir. Ich würde es dir tatsächlich zutrauen. Aber eigentlich muss ich gestehen, dass ich gekommen bin, weil ich dir etwas zeigen möchte.«

Oh. Ari hielt die Luft an. Damit hatte sie nicht gerechnet. Dieser Damian schien ganz anders zu sein als bei ihrer ersten Begegnung. Freundlicher, charmanter. Die kühle Fassade war verschwunden.

»Hast du schon etwas gegessen?«, sagte er und rieb Daumen und Zeigefinger aneinander, als wäre er nervös.

»Nein. Ich habe einen Bärenhunger.« Ari verstummte und dachte an die Worte ihrer Mutter. *»Niemand möchte eine Gemahlin, die Fleisch von der Keule wie ein Tier abnagt. Iss wie ein Vögelchen, dann wird aus dir eine Königin.«* Aber Ari wollte keine Gemahlin und auch keine Königin sein, also verdrängte sie die Worte ihrer Mutter.

Damian lächelte. »Das trifft sich gut. Ich habe der Köchin aufgetragen, alles zu kochen, was ihr zur Verfügung steht. Ich kann das auf keinen Fall alles alleine essen, du wirst mir helfen müssen.«

»Das dürfte kein Problem sein«, lachte Ari und schlüpfte in ihre Schuhe.

»Gibt es in der Nachtstadt einen Schuster?«, fragte sie.

»Sicher. Möchtest du ihn aufsuchen?«

Sie nickte und blickte auf ihre Schuhe mit den schrecklichen Absätzen. »Ich fürchte, ich habe mich für das falsche Schuhwerk entschieden. Ein Paar Stiefel wären wohl bei dieser Jahreszeit besser geeignet.«

»Dann lass uns zusammen hingehen.«

Sie sah ihn von der Seite fragend an. »Das heißt, ich bin jetzt wirklich dein Gast?« Der Gedanke, dass er sie wieder in das Verlies stecken könnte, nagte noch immer an ihr.

»Bist du.«

»Und was sagt Meister Paelle dazu?«

Überrascht sah Damian sie an. »Wieso sollte er etwas dagegen haben?«

Ari verschränkte die Arme vor der Brust. »Ich hatte den Eindruck, er kann mich nicht besonders gut leiden.«

Damian zuckte mit der Schulter. »Und wenn schon. Ich bin der Prinz. Seine Meinung spielt keine Rolle.«

Sie sagte nicht gleich etwas dazu, aber Damian schien ihr Schweigen richtig zu interpretieren.

Seufzend sah er sie an. »Ja, ich gebe zu, dass ich seinem Vorschlag, dich in das Verlies zu sperren, zugestimmt habe. Aber ein bisschen Misstrauen Fremden gegenüber kann nicht schaden. Ganz besonders, wenn man in Linnea lebt.« Er drehte sich um und sah sich in ihrem Zimmer um.

»Hast du gut geschlafen?«

»Ja, danke.« Einen Moment hielt sie inne. »Hast du jemanden zu mir geschickt, der mir ein Bad eingelassen hat?«

»Ja, war das ein Fehler? Ich dachte mir, ein wenig Entspannung nach der Aufregung täte dir gut.«

Er ist aufmerksam. Gar nicht so kalt und arrogant, wie er sich zuerst benommen hat.

»Das war sehr nett von dir. Und danke für das Zimmer. Es gefällt mir.«

»Kein Problem. Ich möchte dir einen guten Eindruck von Linnea vermitteln, nachdem unser Zusammentreffen etwas unglücklich verlief. Du sollst dich hier schließlich wohlfühlen.«

Etwas zog sich in ihrem Magen zusammen. Vielleicht sollte sie ihm sagen, dass sie nicht vorhatte, lange hierzubleiben. Weder auf dem Schloss noch in Linnea. Ihr Plan, in die Menschenwelt zu reisen, stand immer noch an erster Stelle, auch wenn sie zugeben musste, dass der Zauberspiegel ihr einen Strich durch die Rechnung gemacht hatte. Erst einmal musste sie herausfinden, was mit Quentin los war. Anschließend würde sie sich mit der Menschenwelt befassen. Was konnte es also schaden, eine Weile hier zu verbringen und das Land ein wenig kennenzulernen?

»Was hältst du davon, wenn wir uns nach dem Essen auf den Weg in die Nachtstadt machen?«

Ari blickte an sich herunter. In diesem dünnen Kleid zusammen mit ihren Schuhen würde sie dort mit Sicherheit erfrieren. »Hast du vielleicht etwas zum Anziehen für mich?«

Langsam wanderten seine Augen über ihren Körper und Ari spürte, wie ihre Haut unter seinem Blick zu prickeln begann. Dann lächelte er. »Ich denke, da lässt sich etwas machen. Aber vorher zeige ich dir noch etwas.«

***

Sie hatte nicht damit gerechnet, dass Damians Schloss so groß war. Sie gingen etliche Flure entlang, stiegen Treppen hinab und bogen so oft ab, dass Ari schon bald die Orientierung verlor. Ein paar Fackeln hingen an den Wänden und spendeten etwas Licht.

Wo auch immer wir sind, es gibt keine Fluchtmöglichkeiten, fuhr es ihr durch den Kopf. Nicht, dass sie vorgehabt hatte zu fliehen, aber noch immer fühlte sie sich ein wenig unwohl.

»Wir sind unter dem Schloss«, sagte er, als hätte er ihre Gedanken gelesen und wollte sie ein wenig beruhigen, aber das Gegenteil war der Fall. Jetzt fühlte sie sich noch ein wenig ängstlicher. Der Geruch von Schwefel und

Moder hing in der Luft, als sie den Gang entlang gingen. Wie bei ihrer Ankunft spürte Ari auch hier dunkle Magie.

Sie sah zu Damian, der ihr aber nur ein verschmitztes Grinsen schenkte. Er schien nichts zu bemerken, und falls doch, dann zeigte er es nicht. Ob sie ihn darauf ansprechen sollte?

Es ist sein Schloss. Wenn hier schwarzer Zauber praktiziert wurde, dann wüsste er das bestimmt.

Damian deutete auf die schwere Holztür, die sich am Ende des Ganges befand. Was er ihr wohl zeigen wollte? Unsicher sah sie sich um. Sie waren hier unten vollkommen alleine.

»Bereit?«

Sie schluckte, dann nickte sie schnell. Neugierig wartete sie darauf, dass er die Tür öffnete.

Damian holte einen Bund hervor, an dem drei große Schlüssel hingen. Dann steckte er einen davon in das Schloss, drehte ihn herum und stieß die Tür auf.

Ari trat einen Schritt vor und hielt inne, als sie sah, was sich vor ihr befand.

»Nun, was habe ich gesagt? Keine einzige Gefangene.«

Langsam trat sie durch die Tür und sah sich um. An der Mauer waren Metallringe angebracht. Ketten lagen lose herum. Der Boden war nahezu sauber, nur vereinzelt lagen Strohhalme herum und Ari konnte eine alte, leere Wasserschüssel erkennen. In der Ecke lag eine zerlumpte Decke und ein Nachttopf stand daneben.

Aber das Verlies war leer und es wirkte, als wäre schon länger niemand mehr hier gewesen.

Ari drehte sich im Kreis und sah sich genau um. Überall befand sich Gemäuer. Keine Tür, kein Fenster. Aber sie erkannte den Geruch. So hatte es bei ihrer Ankunft auch gerochen. Außerdem spürte sie, dass sie hier gewesen war.

»Gibt es nebenan noch ein Verlies?«

Damian sah sie einen Augenblick stumm an, dann schüttelte er den Kopf »Nein, nur dieses hier.«

Sie trat an ihm vorbei, um sich selbst ein Bild zu machen, aber er hatte recht. Keine weitere Tür.

Wie konnte das sein? Sie hatte die Gefangene hier gesehen. Sie hatte sich ganz in der Nähe aufgehalten.

Aber ich kann mich doch nicht so getäuscht haben.

»Darf ich dich etwas fragen?«

Noch in Gedanken nickte Ari. Sie hatte sich die Gefangene ganz bestimmt nicht eingebildet. Aber wenn sie sich jetzt auf die Fremde konzentrierte, konnte sie sich nicht mehr an ihre Stimme erinnern.

»Hier gibt es keine Tür und kein Fenster. Nach deinem Verschwinden fand man die Tür verschlossen vor und wie ich bereits erwähnte, befindet sich das Verlies unter dem Schloss. Ich frage mich die ganze Zeit, wie du von hier fliehen konntest.«

Ari starrte ihn mit großen Augen an. »Ich … ich weiß es nicht.« Auch wenn sie sich noch gut an die Fremde erinnerte und die Karte schemenhaft vor Augen sah, wusste sie selbst nicht, was genau geschehen war. Und das jagte ihr eine Heidenangst ein.

13

»Die Nachtstadt wurde vor vielen Jahren vom ersten König des Landes gebaut. Er konnte das Schloss nur bei vollständiger Dunkelheit verlassen, deshalb fanden die Feste immer um Mitternacht statt. Alles Leben spielte sich nachts ab. So war es nur logisch, der Stadt diesen Namen zu geben.«
Bewohner Linneas, »Anonym«

Was auch immer Ari sich vorgestellt hatte, dies übertraf ihre Erwartungen. Damian hatte sie mit auf den Markt genommen, der in den frühen Abendstunden mitten in der Nachtstadt stattfand. Außerdem hatte er aus dem Kleiderschrank seiner Mutter eine braune Hose, Reiterstiefel und einen weißen Pullover gebracht. Königin Eleonora war eine begeisterte Reiterin gewesen und zu Aris Überraschung passten ihr die Sachen sogar. Allerdings fühlte es sich seltsam an, sie zu tragen. Schließlich wusste niemand, was mit der Königin geschehen war. Damian schien sich daran nicht zu stören.

Als sie ihn darauf ansprach, zuckte er nur mit den Schultern.

»Ich kenne meine Mutter nicht, somit verbinde ich nichts mit dieser Kleidung. Außerdem liegt sie seit zwanzig Jahren in einem Schrank. Mir gefällt der Gedanke, dass sie sie dir gerne zur Verfügung stellen würde, wenn sie hier wäre.«

Danach war Aris schlechtes Gewissen nicht mehr ganz so groß gewesen und sie genoss den Spaziergang mit ihm. Schon von weitem hörte sie Stimmen der Händler, die ihre Waren anboten, lautstark um Preise feilschten und der exotische Duft von gebratenem Fleisch und pikanten Gewürzen lag in der Luft. In den kleinen Gassen entdeckte sie Künstler, die Bilder auf Leinwände zauberten, Flöte spielten oder für die Kinder Kunststücke vollführten.

Handwerker knüpften Teppiche und Frauen flochten Körbe aus Stroh. Sie lachten, unterhielten sich, aber sobald Ari und Damian an ihnen vorbeikamen, verstummten die Gespräche und die Bewohner zogen sich zurück. Manche von ihnen begannen zu flüstern, andere packten ihre Kinder und zogen sie in die Dunkelheit. Ari warf einen Blick auf Damian, der stur geradeaus sah. Er wirkte, als würde es ihm nichts ausmachen, aber seine zu Fäusten geballten Hände und sein zusammengepresster Kiefer straften ihn Lügen. *Es ist nur eine Maske, die er sich aufgelegt hat. Das hier ist der Nachtprinz. So will er gesehen werden, damit niemand merkt, wie sehr ihn ihr Verhalten verletzt.*

»Warum haben sie solche Angst vor dir?«

Damian sah sie nicht an. Stattdessen war sein Blick immer noch geradeaus gerichtet, als hätte er Angst, er könnte sich verlaufen, wenn er woanders hinsah. »Ich bin ihr Prinz.«

»Nicht jedes Volk hat Angst vor seinem zukünftigen König. Nur diejenigen, die unter ihm zu leiden haben.« Sie dachte an ihre Mutter und Ari wurde übel. Miranda hatte sich grausam gegenüber ihrem Volk verhalten.

Damian warf ihr einen scharfen Blick zu und Ari spürte, dass sie einen wunden Punkt getroffen hatte. »Es ist meine Aufgabe, für sie zu sorgen. Wenn sie mit meinen Entscheidungen nicht einverstanden sind, dann ist das nicht meine Schuld.«

Ari biss sich auf die Unterlippe und fragte sich, welche Entscheidungen Damian in der Vergangenheit wohl getroffen hatte, dass sein Volk so von ihm dachte. Bestimmt hatte auch dieser grässliche Zauberer etwas damit zu tun.

»Linnea ist ein ungewöhnliches Land.«

Damian schien über ihren Themenwechsel erleichtert zu sein. Er holte tief Luft, dann zauberte sich ein Lächeln auf seine Lippen. »Das ist es. Ich kenne es nur in Schnee und Eis, aber ich habe Bilder vom Frühling gesehen. Dann ist es atemberaubend. Wenn die Vögel zwitschern, Blumen blühen und dieser ständige Nebel verschwindet, muss es herrlich hier sein.«

»Du liebst es sehr, nicht wahr?«

»Es ist mein Land. Natürlich liebe ich es.«

»Beschreibe es mir. Was gefällt dir besonders? Ich will es durch deine Augen sehen.«

»Nun, zum einen läuten um sechs Uhr morgens die Glocken. Aber es ist ein magisches Läuten. Es erklingt im ganzen Land. Genau sechs Schläge.«

»Jeden Tag?«, fragte sie erstaunt.

Damian nickte und Ari zuckte bei dem Gedanken zusammen. Bestand hier denn nie die Möglichkeit auszuschlafen?

»Wer hat sich denn so etwas ausgedacht?«

»Mein Vater. Er war ein Frühaufsteher und jeden Morgen vor Sonnenaufgang startete er in den Tag. Er war der felsenfesten Überzeugung, dass nur ein Land, das gemeinsam in den Morgen startet, zusammen den Feind besiegen kann.«

»Den Feind? Gab es denn Krieg in Linnea?«

Er nickte. »Damals war ich noch nicht geboren, aber man erzählte mir, dass viele Linneaner darin umgekommen sind.«

»Das tut mir leid«, murmelte Ari. Sie wollte sich gar nicht vorstellen, wie es sich anfühlte, in einem Land zu leben, in dem sich die Bewohner gegenseitig bekämpften.

»Wann ist dein Vater denn gestorben?«

»Schon vor vielen Jahren. Vielleicht hätte ich die Tradition abschaffen sollen, aber mir gefällt der Gedanke, dass etwas von ihm noch weiterhin Bestand hat.« Er lächelte, dann zuckte er mit der Schulter. »Außerdem bin ich für die Bewohner der böse Nachtprinz. Es wäre doch schade, wenn sie mich weniger hassen würden, weil ich sie morgens ausschlafen ließe.«

Ari blieb stehen.

»Was ist los?«, fragte Damian und blieb ebenfalls stehen.

»Du bist nicht böse.«

»Du bist noch keine zweiundsiebzig Stunden in Linnea. Du kennst mich nicht. Außerdem hattest du auch Angst vor mir, als wir uns begegnet sind.«

Ari verdrehte die Augen und ging auf ihn zu. Obwohl er natürlich recht hatte, wollte sie ihm doch den Wind aus den Segeln nehmen. Seine Arroganz stieg ihm ein wenig zu Kopf. »Ach bitte, sei nicht so von dir überzeugt. Ich war vielleicht ein wenig eingeschüchtert, aber das lag hauptsächlich an deinem Pferd. Für gewöhnlich verkehre ich nicht mit Monstern.«

Ein verschmitztes Lächeln erschien auf seinem Gesicht.

Es steht ihm so gut. Und es gefällt mir. Woher der Gedanke auch kam, Ari spürte, wie ihr die Röte in die Wangen schoss.

Und obwohl ihr eine Stimme in ihrem Kopf sagte, dass er sie einsperren hatte lassen und als der eiskalte Nachtprinz bekannt war, sagte ihr Bauchgefühl, dass mehr dahintersteckte.

»Du bist Ariana mit dem Auge im Herzen.«

Vielleicht sollte sie dieser Aussage einfach mal Vertrauen schenken.

»Rasmus hat es echt drauf, nicht wahr? Er ist der mutigste Hengst in ganz Linnea.«

Einen Moment dachte Ari an ihr Zuhause und dass sie Damian noch nichts davon erzählt hatte. Obwohl sie Isis' Worte nicht vergessen hatte, spielte sie mit dem Gedanken, ihm etwas anzuvertrauen.

»Dort wo ich herkomme, sind Pferde nichts weiter als gewöhnliche Tiere, die Kutschen ziehen und mit denen man über Wiesen reiten kann. Keine Kreaturen mit übernatürlichen Fähigkeiten, die auf die Jagd gehen.«

Er legte den Kopf zur Seite und grinste sie frech an. »Dann ist dein Land nicht so cool wie meines.« Er fragte nicht weiter nach und Ari war dankbar dafür. Nicht, weil sie ihm nichts erzählen wollte, sondern weil sie befürchtete, ihn vielleicht anlügen zu müssen.

»Hast du Hunger?«

»Ja.« Schon wieder. Die Köchin hatte ihnen ein paar Sandwiches und einen Obstsalat zubereitet, aber es hatte nur vorläufig ihren Hunger gestillt. Wie auf Kommando knurrte ihr Magen, aber Ari schämte sich nicht dafür. Sie hatte es immer gehasst, wenn Rapunzel oder Dornröschen sich Violets leckeren Schokoladenkuchen verkniffen hatten, nur um in eines dieser dämlichen Ballkleider zu passen.

Vielleicht hast du deshalb kein Märchen, weil du nicht wie sie bist.

Woher auch immer dieser Gedanke kam, Ari verdrängte ihn sofort. Was nutzte es, über verschüttete Milch nachzugrübeln? Sie war jetzt in Linnea, solange, bis sie einen Weg in die Menschenwelt fand. Ganz bestimmt würde sie sich nicht weiterhin Sorgen um ihr nicht vorhandenes Märchen machen.

Damian streckte ihr die Hand entgegen und ohne zu zögern, ergriff Ari sie. Sofort prickelte ihre Haut, als sie sich berührten.

Es hatte sich selten etwas so richtig angefühlt. »Ich kenne jemanden, der die besten Maisbrötchen zaubern kann, die es gibt.«

Skeptisch ließ sich Ari von ihm mitziehen. »Ist sie eine Hexe? Dann muss ich leider passen. Eine Freundin von mir hat auch eine Vorliebe für Backwaren und es kam bereits vor, dass sie statt Brot etwas anderes in den Backofen geschoben hat.« Mit Schaudern dachte sie an Hansel und Gretchen. Dieses Trauma würde sie wohl nie losbekommen. Was Isis sich wohl dabei gedacht hatte?

»Ehrlich gesagt will ich gar nicht wissen, wovon du sprichst.« Er lachte und drückte ihre Hand noch ein wenig fester. Fast als würde er sie gar nicht mehr loslassen wollen.

»Aber zu deiner Beruhigung, sie ist eine einfache Bäckerin.«

14

»Jedes Märchen kann geändert werden. Ein talentierter Autor, ein wenig Fantasie und die Originalfassung des Märchens, schon ist es möglich, das Leben der Märchenfigur auf den Kopf zu stellen. Daher ist es unumgänglich, dass die Märchenchroniken sicher aufbewahrt werden. Nicht auszudenken, was geschieht, wenn sie in falsche Hände gelangen. Es wäre eine Katastrophe.«
Vorsitzender des Wächterrats der Märchenstadt Kolis

Aris Magen zog sich zusammen, als sie hinter den Wachen durch den langen Gang schritt. Nach ihrem Aufenthalt auf dem Markt war sie auf ihr Zimmer zurückgekehrt. Sie hatte zum ersten Mal Maisbrötchen gegessen und sich geschworen, niemals wieder etwas anderes essen zu wollen. Noch immer lag ihr der rauchige Geschmack der gerösteten Maiskörner in dem weichen Teig auf der Zunge. Dazu hatten sie gekühlten Eiswein getrunken und Ari musste zugeben, dass sie sich ein wenig berauscht fühlte. Sie konnte sich nicht erinnern, dass es ihr jemals so ergangen war.

Anschließend hatte Damian sein Versprechen wahr gemacht und sie hatten einen Schuster und eine Schneiderin besucht. Damian gab zwei Paar Stiefel für Ari in Auftrag und bat die Schneiderin, im Schloss vorbeizusehen, um Aris Maße nehmen zu können. Obwohl Damian höflich und freundlich gewesen war, hatte sie auch in den Augen des Schusters Misstrauen und Panik entdeckt. Nur die Schneiderin hatte ihm ein unbedarftes Lächeln geschenkt. Ari war sich nicht sicher, warum die Bewohner der Nachtstadt nicht sehen konnten, was für sie völlig offensichtlich war. Hinter Damians Fassade steckte so viel mehr als der eiskalte Nachtprinz.

Seufzend ließ sie sich ins Bett fallen und holte den Zauberspiegel hervor. Ein wenig schämte sie sich, dass sie während ihrer gemeinsamen Zeit mit Damian Poseidys ganz vergessen hatte.

»Na? Wieder zurück?«, sagte Poseidys und schenkte ihr ein breites Grinsen. Dabei wackelte er anzüglich mit seinen Augenbrauen. »Wie war der Ausflug mit dem Prinzen?«

»Woher weißt du davon?«

Wieder verdrehte er die Augen. »In dieser Tasche kann ich zwar nichts sehen, aber meine Ohren funktionieren einwandfrei. Wenn euer Ausflug das nächste Mal geheim bleiben soll, dann rate ich dir, in Zukunft leiser zu sprechen.«

»Du bist nicht beleidigt?«

Nachdenklich legte er den Kopf zur Seite. »Warum sollte ich?«

»Wir waren in einem Gespräch und ich habe dich einfach zurückgelassen.«

Der Geist sah sie verwirrt an. »Na und?«

»Das war nicht besonders höflich von mir.«

Poseidys lachte laut auf. »Du meinst, es macht mir etwas aus, weil du den Prinzen einem Gespräch mit mir vorgezogen hast? Ich habe jahrelang unter der Herrschaft deiner Mutter gedient, Ariana. Glaubt mir, ich bin ganz andere Dinge gewohnt.«

Ari schluckte. Obwohl er es nicht direkt ausgesprochen hatte, so hörte Ari doch heraus, dass ihre Mutter nicht gut zu ihm gewesen war.

»Nur weil einem Schlechteres widerfahren ist, ist das keine Entschuldigung dafür, wenn sich jemand daneben benimmt.«

Einen Moment lang starrte der Spiegel sie an, dann schluckte er. »Du musst dir um mich keine Sorgen machen, Ariana. Ich bin ein großer Geist und kann gut auf mich aufpassen.«

Am liebsten hätte Ari noch etwas dazu gesagt, aber vermutlich war es besser so, wenn sie es erst einmal dabei beließ. Auch wenn sie keine guten Erinnerungen an Poseidys hatte, so standen sie alle in Verbindung mit ihrer Mutter. Vielleicht lag es also nicht nur an dem Geist, dass sie so skeptisch auf ihn reagierte.

»Also, wie war es? Hat er dich geküsst? Dir die Zunge in den Hals gesteckt? Sind seine Hände auf Wanderschaft gegangen?«

Ari spürte, wie ihr die Röte in die Wangen schoss. »Nein. Nichts davon.«

Enttäuschung machte sich auf seinem Gesicht breit. »Wirklich nicht? Nicht einmal ein Kuss auf die Wange?«

Ari schüttelte den Kopf. Diese Unterhaltung war ihr unangenehm. »Wir haben uns nur unterhalten.«

Poseidys stöhnte auf. »Unterhalten! Bei Isis' Buckel, ich muss wirklich mal ein ernstes Wort mit dem Nachtprinzen reden.«

»Du wirst überhaupt nichts tun, verstanden. Sonst steck ich dich in die Tasche und lass dich darin eine ganze Woche lang schmoren.«

Poseidys verzog die Augen zu schmalen Schlitzen. »Du weißt, dass ich die Königshymne von Kolis auswendig kenne. Zweiundzwanzig Strophen und ich bin mir nicht zu schade, sie zu singen und dich damit zu quälen.«

Ari seufzte auf. Sie wusste, dass Poseidys seine Drohung wahr machen würde. Allein der Gedanke, er könnte Tag und Nacht singen, brachte sie jetzt schon an den Rand der Verzweiflung. »Na schön. Wie wäre es mit einem Kompromiss. Sollte der Nachtprinz mich küssen, was er bestimmt nicht tun wird, erzähle ich es dir. Aber du hörst auf, mir Löcher in den Bauch zu fragen.«

Der Geist starrte sie nur stumm an, dann nickte er. »Deal.«

Erleichterung machte sich in ihr breit.

»Aber ich bin mir ziemlich sicher, dass er es versuchen wird.«

Ari verdrehte die Augen. Poseidys musste einfach immer das letzte Wort haben.

»Gut. Dann lass uns von etwas anderem sprechen. Gibt es etwas Neues«, fragte sie schließlich.

»Nein. Der junge Wächter befindet sich immer noch in der Bibliothek.«

Seltsam. Quen hatte noch nie gerne seine Nase in Bücher gesteckt und die schriftlichen Prüfungen, die jeder Wächteranwärter absolvieren musste, eher schlecht als recht bestanden.

»Immer noch?« Irgendwas in ihrem Bauch rumorte. Sie wurde das Gefühl nicht los, dass sie etwas übersah. Als wenn etwas vor ihr lag und sie nur noch zugreifen musste, um es herauszufinden. Aber sie wusste einfach nicht, was.

»Kannst du mir dieses Bild noch mal zeigen? Oder brauchst du dafür wieder eine bescheuerte Frage?«

Poseidys schnaubte beleidigt auf und Ari war sich sicher, dass wenn er die Möglichkeit gehabt hätte, mit dem Fuß aufzustampfen, es sicherlich getan hätte. Aber stattdessen verschwand sein Gesicht und nach einem Nebelschleier tauchte wieder Quentins Gesicht auf. Die vertraute Art, wie er den Kopf zur Seite legte, versetzte ihr einen Stich. Wie auch schon zuvor las er auch diesmal in dem alten Buch, aber an der Art, wie er schwungvoll die Seiten umblätterte, schien es fast so, als würde er gleich die Geduld verlieren. Das sah Quentin gar nicht ähnlich. Was beschäftigte ihn so?

Sie neigte den Spiegel ein wenig zur Seite und ging ein wenig näher mit ihrem Gesicht heran. Plötzlich stutzte sie. Sie konnte das Siegel der Märchenchroniken oben rechts erkennen. Ein rotes Emblem, auf dem die Initialen MC abgedruckt waren. »Das ist eine Ausgabe der Märchenchroniken«, murmelte sie und sah noch mal genauer hin. Aber sie irrte sich nicht. Wie hatte er es in die Finger bekommen? Aber dann fiel ihr ein, dass Quentin als Wächteranwärter ersten Grades vermutlich die Genehmigung erhalten hatte, einen Blick in die Bücher zu werfen. Das musste die einzige logische Erklärung sein.

»Poseidys antworte mir: Spieglein, Spieglein, hör wie ich dich ruf, was sucht Quentin in diesem Buch?«

Nichts. Keine Reaktion. Himmel, war das schwer, die richtige Frage zu stellen.

»Poseidys antworte mir: Spieglein, Spieglein, was für ein Fluch liegt auf diesem Buch?«

Wieder nichts. Genervt ließ Ari den Kopf hängen. Am liebsten hätte sie den Zauberspiegel gegen die Wand geschleudert. Jetzt konnte sie ihre Mutter wirklich gut verstehen.

»Poseidys antworte mir: Spieglein, Spieglein ...«

Noch ehe sie weitersprach, tauchte der Geist wieder auf und kaute auf einem Pfefferminzstängel. »Weißt du, du kannst dir diese dämlichen Reime sparen. Eine einfache Frage wäre vollkommen ausreichend.«

Ari starrte ihm mit großen Augen an. »Meine Mutter meinte, dir gefallen sie.«

Poseidys schnaubte. »Bei deiner Mutter spielte es überhaupt keine Rolle, was mir gefiel. Sie hatte einfach ein Faible für Drama. Glaubst du wirklich, Spieglein, Spieglein an der Wand, wer ist die Schönste im ganzen Land ist ein Spruch, der mir gefallen könnte? Oder ist das nicht eher der Eitelkeit der Mutter zuzuschreiben?«

Wenn Ari es sich recht überlegte, musste sie Poseidys recht geben. Der Narzissmus ihrer Mutter war überall bekannt gewesen und Poseidys schien eher jemand zu sein, der Effizienz bevorzugte.

»Aber ... das sagst du mir erst jetzt?«

»Na ja, es war witzig. Mein Leben ist so trist, da muss ich alles mitnehmen, das ein bisschen Spaß verspricht. Und du warst wirklich zu komisch.« Er grinste und Ari warf ihm einen wütenden Blick zu.

»Kein Wunder, dass meine Mutter in deiner Gegenwart schier ausgeflippt ist.«

Sofort veränderte sich sein amüsierter Gesichtsausdruck und eine Ernsthaftigkeit legte sich um seine Züge, die Ari zurückschrecken ließ. »Deine Mutter war eine grausame Königin. Humor war für sie eine unnötige Charaktereigenschaft und Spaß gehörte definitiv nicht zu ihrem bevorzugten Zeitvertreib.«

Ari wurde bewusst, dass der Geist während seiner Zeit bei ihrer Mutter wohl eher nichts zu lachen gehabt hatte und Mitgefühl kam für ihn auf. Sie hatte immer gedacht, er hätte mit Miranda unter einer Decke gesteckt und gemeinsam hatten sie all die fürchterlichen Vergehen geplant, aber vielleicht war ihm wohl gar keine andere Wahl geblieben und er auch nur ein Opfer von ihr gewesen.

»Na gut«, seufzte sie. »Poseidys, bitte antworte mir: Warum liest Quentin in diesem Buch?«

Der Geist verschwand und sofort tauchte wieder Quen auf, der immer noch über das Buch gebeugt in der Bibliothek saß. Aber auch dieses Mal konnte Ari nicht mehr erkennen.

»Verdammt, Quentin. Gib mir irgendeine Information.« Stattdessen sah sie jetzt Isis, die hinter Quentin im Bild auftauchte. Die alte Hexe beugte sich zu ihrem besten Freund hinab und deutete auf das Buch. Dabei sagte sie etwas und ihre Augen blitzten auf. Bei ihrem Anblick wurde Ari ganz warm ums Herz. Sie vermisste die alte Frau so sehr, dass es schmerzte. Vorsichtig legte sie den Zeigefinger auf das Spiegelglas, als könnte sie Isis damit berühren.

In diesem Moment hob die alte Frau den Kopf und blickte ihr direkt in die Augen. Augenblicklich zuckte Ari zurück. Es war, als könnte Isis sie tatsächlich sehen. Aber vermutlich bildete sie sich das bloß ein. Ihr Heimweh nach Kolis spielte ihr hier wohl einfach einen Streich. Im nächsten Augenblick senkte Isis wieder den Blick und sagte etwas zu Quentin, der sie erschrocken ansah und den Kopf schüttelte. *Was sagen sie nur? Wenn ich sie doch nur verstehen könnte. Lippenlesen wäre jetzt eine wirklich hervorragende Gabe.* Quen klappte das Buch zu und Isis beugte sich nach vorne und schrieb etwas auf ein Blatt. Dann schob sie das Papier über den Tisch.

Ari runzelte die Stirn, zog den Spiegel noch näher an sich heran und erstarrte, als sie las, was Isis aufgeschrieben hatte.

Alma ist verschwunden.

15

Ein Zauberspiegel ist nicht nur ein hübsches Artefakt. Er gehört zu den mächtigsten Gegenständen, die die Zauberkunst zu bieten hat. Wenn man weiß, wie man damit umzugehen hat. Ansonsten ist er nicht weiter als ein gewöhnlicher Spiegel.
1. Kapitel aus dem Handbuch der Zauberkunde

»Ari? Ari, wo steckst du nur? Hörst du mich? Ari, es ist etwas Schreckliches geschehen. Alma ... Lilli ... Ich muss mit dir reden. Ari? Wo bist du?« Während Ari sich den Schlaf aus den Augen rieb, stellte sie entsetzt fest, dass es bereits weit nach Mitternacht war. Sie konnte sich nicht erinnern, eingeschlafen zu sein. Aber vermutlich hatten die letzten Stunden ihren Tribut gefordert.

Alma war verschwunden.

Noch immer wusste sie nicht, was geschehen war und Ari war kurz davor durchzudrehen. Nachdem sie Isis' Nachricht gelesen hatte, war das Bild verblichen und egal, wie sehr Poseidys es auch versucht hatte, es ließ sich nicht wiederherstellen.

Auch wenn Poseidys es nicht zugab, Ari wusste, dass sie den Geist überanstrengt hatte. Statt seinem kräftigen Blattgrün war nur noch ein leichter minzgrüner Schimmer zu sehen und dunkle Schatten hatten sich unter seinen Augen gebildet. Noch dazu hatte er keinen einzigen schnippischen Kommentar mehr von sich gegeben. Nicht einmal, als sie wie eine Verrückte in den Spiegel gebrüllt hatte.

Ein schlechtes Gewissen machte sich in ihr breit. Er half ihr so gut es ging und sie hatte nicht gesehen, wie sehr ihn das alles mitnahm. Also hatte Ari ihn auf ihren Nachttisch gelegt und sich vorgenommen, Poseidys eine Weile in Ruhe zu lassen.

Wenn sie doch Kolis nur nicht verlassen hätte! Hier konnte sie überhaupt nichts ausrichten. Wenn sie nur daran dachte, wie es Lisbeth und Godrick dabei erging, versetzte es sie in Panik. Was, wenn Alma etwas zugestoßen war? Wenn sie einen Unfall gehabt hatte? Wenn sie nicht mehr lebte?

Nein. Entschlossen schüttelte Ari den Kopf. Eine Märchenfigur konnte nicht sterben. Sie musste noch am Leben sein. Aber war ihr etwas zugestoßen?

»Hör auf zu grübeln.« Erschrocken fuhr Ari zusammen, als sie Poseidys' Stimme hörte.

Einen Moment zögerte sie, dann seufzte Ari laut auf und griff nach dem Spiegel. So wie sie Poseidys einschätzte, würde er sowieso keine Ruhe geben. »Ich weiß deine Fürsorge zu schätzen, Ariana, aber du musst dich nicht um mich kümmern.« Poseidys rümpfte dabei beleidigt die Nase. »Ich kann gut auf mich selbst aufpassen.« Noch immer standen dunkle Ränder unter seinen Augen und er sah keineswegs erholter aus.

»Es war zu viel für dich.«

Der Geist verdrehte die Augen. »War es nicht.«

Ari zog skeptisch eine Augenbraue nach oben.

»Ich bin ein Geist, Ari. Es muss mehr als eine nervige Prinzessin geben, dass ich zusammenklappe.« Als er sie bei ihrem Spitznamen nannte, wurde ihr ganz warm ums Herz.

Wenn sie doch nur die Möglichkeit hatte zu überprüfen, ob er die Wahrheit sagte. Er war ein Meister seines Fachs, Lügen zu erzählen, gehörte praktisch zu ihm wie seine krumme Nase.

Er seufzte auf. »Ich mag keine Dunkelheit. Die Jahre im Schrank deiner Schwester waren die Hölle. Wenn ich also lügen muss, um ihr zu entkommen, werde ich es tun.«

Ari lächelte ihn an. Ob beabsichtig oder nicht, er hatte ihr etwas von sich offenbart. Für einen Geist, dessen Stolz größer war als die Spitze von Rapunzels Turm, war dies sowas wie ein Eingeständnis. »Warum hast du bisher nichts davon gesagt?«

»Ich war jahrelang das Eigentum deiner Mutter. Meine Bedürfnisse spielten niemals eine Rolle und so ist es auch heute noch. Dennoch bitte ich dich, mich nicht wieder in diese Tasche zu stecken.«

Ari schluckte, als sie seine Worte hörte. Poseidys tat ihr leid. »Wo soll ich dich denn aufbewahren?«

»Weiß ich nicht. Mir stehen in diesem Spiegel nur begrenzte Mittel zu Verfügung. Du bist es, die auf der anderen Seite steht und alles umsetzen kann, was ihr beliebt.«

Hatte sie Wehmut in Poseidys Stimme gehört. Oder vielleicht sogar Neid? Wollte er vielleicht sogar raus? War das überhaupt möglich?

Sie beschloss, erst mal nicht näher darauf einzugehen. Poseidys schien ihr heute ein wenig verletzlicher zu sein, daher wollte sie ihm nicht zu nahe treten. Aber sie würde in Zukunft besser auf ihn achtgeben und ihn auch nicht mehr in die Tasche zu stecken. »Was hältst du davon, wenn ich dich Posy nenne? Wenn wir uns schon mit Spitznamen ansprechen«, neckte sie ihn.

Er kniff die Augen zusammen. »Auf gar keinen Fall. Nur weil ich dir eine Schwäche von mir verraten habe, und ja, es ist mir durchaus aufgefallen, hat es nichts zu bedeuten.«

»Doch, hat es. Wir sind jetzt Freunde, Posy, ob es dir gefällt oder nicht.«

Sie lachte laut auf und glaubte sogar auf Poseidys' Gesicht ein glückliches Schmunzeln zu sehen.

»Wie ist dein Plan?«, fragte er, während Ari es sich auf ihrem Bett gemütlich gemacht hatte.

Ari zuckte mit den Schultern. »Ich habe keinen.«

Poseidys verdrehte die Augen. »Warum wundert mich das nicht? Dafür habe ich einen. Du solltest den Nachtprinzen einweihen.«

Verständnislos sah Ari ihn an. »Damian?«

Der Geist verdrehte die Augen. So sehr sie diese bescheuerte Eigenart auch nervte, sie passte so gut zu ihm. »Kennst du noch einen anderen?«

»Wieso sollte ich ihm davon erzählen?«

Der Geist sah Ari an, als hielte er sie für begriffsstutzig. »Du könntest jemanden gebrauchen, der dir hilft.« Sie verschränkte die Arme vor der Brust und funkelte ihn an. »Ich habe doch dich.«

»Ich fühle mich geehrt, aber ich dachte an jemanden aus Fleisch und Blut.«

»Aber ...«, Ari schluckte. »Er hat mich in ein Verlies gesperrt.« Irgendwie nahm Ari ihm das immer noch übel.

Auch wenn nicht er, sondern Meister Paelle es getan hatte. Aber letztendlich spielte es auch keine Rolle.

»Er hat sich doch dafür entschuldigt.« Poseidys seufzte auf. »Was sagte Isis zu dir, bevor du Kolis verlassen hast?«

Sie runzelte die Stirn. »Das hast du gehört?«

»Ich bekomme eine Menge mit.«

Ari seufzte. Sie wollte gar nicht wissen, was der Geist sonst noch gehört hatte, was nicht für seine Ohren bestimmt gewesen war. »Das Übliche. Ich bin Ariana aus dem Hause Winter mit dem Auge im Herzen.«

»Genau.«

»Und?«

»Vertraust du ihm?«

Ari dachte eine Weile darüber nach. Sie kannte Damian kaum. Ja, sie hatten Zeit miteinander verbracht und sie wusste, dass es zwei Seiten von ihm gab. Den kühlen Thronfolger und den charmanten Prinzen, aber reichte es, um sich ein Urteil darüber zu bilden?

»Ich weiß es nicht«, flüsterte sie ehrlich. Wie sollte sie auch?

Poseidys sah sie herausfordernd an. »Nun, dann wird es Zeit, es herauszufinden, Ariana.«

***

Nach ihrer Unterhaltung mit Poseidys beschloss sie, sich erst einmal ein wenig im Schloss umzusehen. Allein in ihrem Zimmer zu sitzen und nichts zu tun, machte sie fast wahnsinnig. Sie war sich nicht sicher, ob sie Damian tatsächlich von Almas Verschwinden erzählen sollte. Was sollte er denn schon tun? Vielleicht kam ihr ja durch den Rundgang im Schloss eine Idee, sodass sie Damian gar nichts erzählen musste. Schon in Kolis konnte sie am besten nachdenken, wenn sie sich bewegte, aber da sie hier nicht mit Quentin trainieren konnte, musste ein kleiner Schlossspaziergang ausreichen. Poseidys hatte versprochen, sich umzuhören, auch wenn sie nicht wusste, wie er das anstellen wollte. Aber wer war sie schon, die Fähigkeiten eines Zauberspiegels infrage zu stellen?

Egal, wie sie es drehte und wendete, sie musste sich etwas einfallen lassen, sonst würde sie noch vor Sorge um ihre Schwester durchdrehen. Ari griff sich ein Stück Brot und trank das Glas Eiswein in einem Zug leer. Sie schlüpfte noch mal in die Kleidung der Königin, die neben ihrem Bett lag und öffnete barfuß die Zimmertür. Die Gefahr war zu groß, dass jemand durch das Klappern der Absätze auf sie aufmerksam wurde. Schon in Kolis lief sie zu Hauptmann Arricks Leidwesen die meiste Zeit barfuß herum. Auf Zehenspitzen schlich Ari durch das Schloss. Der kalte Stein unter ihren nackten Füßen sorgte dafür, dass sie fröstelte. Aber hier heiligte der Zweck die Mittel.

Seit ihrer Ankunft im Linnea waren erst drei Tage vergangen und dennoch kam es ihr vor wie eine Ewigkeit. Gab es in Linnea vielleicht ein anderes Zeitempfinden? Sie hatte einmal ein Märchen gelesen, in dem der Märchenfigur ein paar Tage wie ein ganzes Jahr vorgekommen waren. Vielleicht gab es sowas hier auch.

Wann Alma wohl verschwunden war? Direkt nachdem sie Kolis verlassen hatte oder erst später?

Regentropfen prasselte gegen die Fensterscheiben und Ari steckte die Hände in die Hosentaschen. Sie blieb stehen und schloss einen Augenblick die Augen. Der Regen beruhigte sie. Schon als kleines Mädchen hatte sie stundenlang auf dem Schlossbalkon gestanden und fasziniert den Himmel beobachtet. Dabei spielte es keine Rolle, ob es sich um warmen Sommerregen oder ein starkes Frühlingsgewitter gehandelt hatte. Sie hatte den Donner genauso willkommen geheißen wie den Wind.

Ari seufzte, dann öffnete sie die Augen und beschloss weiterzugehen. Die Zeit drängte schließlich.

Dem Regen kann ich noch die ganze Nacht lauschen.

Sie schlich weiter den Gang entlang, bis sie an die Treppen kam, die nach oben zu weiteren Gemächern des Prinzen führten sowie in den unteren Bereich des Schlosses, in dem sich die Küche, der Salon und die Waschräume befanden. Sie würde erst einmal dorthin gehen und sich ein wenig umsehen. Ari strich mit den Fingerspitzen die kalten Wände entlang, griff nach dem Geländer und lief die alte Holztreppe nach unten. Die Stufen knarzten unter ihrem Gewicht, sodass Ari jedes Mal erschrocken stehen blieb und einen Moment verweilte in der Angst, jemand könnte sie bemerken. Seltsamerweise schien kaum jemand im Schloss unterwegs zu sein. Entweder besaß Prinz Damian kaum Bedienstete oder aber das Schloss war weitaus größer, als Ari annahm.

Unten angekommen bog sie um die Ecke, verharrte einen Moment und griff nach einer der Fackeln, die an den Wänden angebracht worden waren. Überrascht stellte sie fest, dass sie sich in der Nähe des Verlieses befand. Ohne groß darüber nachzudenken, hatte sie den Weg herunter gefunden. Vielleicht sollte sie sich noch mal auf die Suche nach der Gefangenen machen. Obwohl sie es mit eigenen Augen gesehen hatte, so wurde sie das Gefühl nicht los, dass etwas nicht stimmte.

Ich kann sie mir nicht eingebildet haben. Wie habe ich es sonst geschafft zu fliehen?

Gerade als sie sich weiter auf den Weg nach unten machen wollte, hörte sie Stimmen, die aus der Küche drangen. Schnell stellte sie die Fackel zurück an ihren Platz. Verzweifelt sah sie sich um. Damian hatte sie als seinen Gast bezeichnet, aber er war bestimmt nicht begeistert davon, wenn sie in seinem Schloss herumspionierte.

Da entdeckte sie einen Mauervorsprung, der von der Treppe nicht einsehbar war. Schnell huschte sie hinüber, presste sich an die Wand und hielt die Luft an.

Gerade noch rechtzeitig, denn kurz darauf tauchten zwei ältere Frauen mit roten Schützen auf, auf denen ein goldener Falke abgebildet war. Ari hatte das Zeichen schon einige Male gesehen, wusste aber nicht, was es bedeutete.

»Ich kann nicht glauben, dass er sie mit aufs Schloss genommen hat«, sagte eine der Frauen und verzog missbilligend das Gesicht. Sie hielt einen braunen Tontopf in den Händen, während die andere einen Stapel Handtücher trug. Wieso arbeiten sie denn noch? Müssten sie nicht schon längst schlafen?

»Wieso nicht? Vielleicht besteht nun endlich die Chance, dass der Fluch gebrochen wird und jetzt wieder Töchter in Linnea geboren werden.«

»Das glaubst du doch wohl selbst nicht, Vesna. Es sind nur noch fünf Tage. Ich denke nicht, dass sich noch etwas ändern wird.«

»Aber was, wenn doch?«

»Sei keine Närrin. Hast du nicht genug Zeit damit verbracht, auf Dinge zu hoffen, die niemals eintreten werden? Linnea ist und bleibt verflucht und das wird auch sie nicht ändern.«

Ari hielt die Luft an, während die Frauen an ihr vorbeigingen und erst als sie schon lange verschwunden waren, traute sie sich aus ihrem Versteck heraus. War es wirklich so? Lag ein Fluch auf Linnea? Ein Schauer rann ihr über den Rücken. Augenblicklich dachte sie an Isis. Sie kannte sich mit Flüchen aus.

Ach, Isis. Ich könnte deine Hilfe hier wirklich brauchen.

Sie lief die Treppe hinunter und ärgerte sich, dass sie nicht mehr an das Licht gedacht hatte. Dort unten war es mit Sicherheit feucht und dunkel.

Also ging sie weiter und atmete erleichtert auf, als sie das Ende der Treppe erreichte. Sogar im unteren Geschoss des Schlosses hingen Fackeln an den Wänden. Ari hob eine von ihnen aus ihrer Halterung, dann ging sie den Gang entlang, bog an einer Abzweigung nach rechts ab und lauschte nach Stimmen. Aber es war nichts zu hören. Niemand schien hier zu sein. Aber egal wie weit sie lief, Totenstille lag in der Luft. Nur der Geruch von Moder und Feuchtigkeit sorgte dafür, dass ihr übel wurde.

Bestimmt gab es noch einen weiteren Gang, den sie übersehen hatte und dort würde sich das Verlies befinden. Sie hatte sich nicht geirrt. Sie war nicht verrückt. Die fremde Frau war dort gewesen und sie hatte mit ihr gesprochen.

Aber je länger Ari darüber nachdachte, desto mehr zweifelte sie daran.

***

Als sie den Gang zurück zu ihrem Zimmer entlang ging, lief ihr Meister

Paelle über den Weg. Ari wäre um ein Haar mit ihm zusammengestoßen und seinem Blick nach zu urteilen, war er nicht gerade begeistert davon, sie zu sehen. Wenn Blicke töten könnten, wäre Ari sicherlich schon mausetot.

Aber Ari nahm ihm die Abneigung nicht übel, beruhte sie doch auf Gegenseitigkeit.

Allerdings wunderte sie sich, dass er sich in diesem Teil des Schlosses aufhielt. Bis auf ihr Zimmer befanden sich hier nur leere Räume. Was hatte er hier also gewollt?

Noch in Gedanken öffnete sie die Tür und erstarrte, als sie das Chaos sah, das vor ihr lag.

Was war denn hier passiert?

Ihr Koffer lag ausgebreitet auf ihrem Bett, die Kleidungsstücke auf dem Boden verteilt. Die Schubladen der Kommode standen sperrangelweit offen. Die Glaskaraffe lag zerbrochen auf dem Tisch, das Wasser hatte bereits einen tellergroßen Fleck auf dem Holz hinterlassen. Es war, als wäre ein Wirbelsturm durch das Zimmer gefegt.

Vollkommen verwirrt schloss Ari die Tür und ihre Augen wanderten durch den Raum.

Irgendjemand hatte etwas gesucht. Das lag offensichtlich auf der Hand. Aber viel mehr interessierte es Ari, ob die Person es auch gefunden hatte.

Auf den ersten Blick schien zumindest nichts zu fehlen. Soweit sie das beurteilen konnte. Aber dann erstarrte sie. Alles Blut wich ihr aus dem Gesicht. Poseidys. Sie hatte den Spiegel auf ihrem Nachttisch zurückgelassen, nachdem sie beschlossen hatte, ihn nicht mehr in ihre Tasche zu stecken. Aber dort befand er sich nicht mehr. Der Kerzenständer, der sich ebenfalls dort befunden hatte, lag auf dem Teppich, die Kerze zerbrochen daneben. Aber von dem Geist fehlte jede Spur.

Nein. Nein, nein, nein.

»Poseidys?«, rief sie, hob die Kleider vom Boden auf und warf sie auf das Bett.

»Verdammt, wo steckst du?« Angst breitete sich in ihr aus. Hatte derjenige, der dieses Chaos veranstaltet hatte, ihren Spiegel gestohlen?

Was sollte sie denn ohne ihn tun? Und warum hatte jemand Interesse an einem Handspiegel?

»Ich bin unter dem Bett«, hörte sie Poseidys' Stimme gedämpft und Erleichterung machte sich in ihr breit. Sie bückte sich, blickte unter das Bettgestell und fand ihn dort tatsächlich unter einem Kissen vor. Ari griff danach, stand auf und setzte sich auf ihr Bett.

Sie war noch nie so froh gewesen, den Geist zu sehen.

»Himmel, Poseidys, du hast mich erschreckt. Was ist geschehen?«

Sie war sich sicher, dass er noch ein wenig grüner im Gesicht war. Außerdem wirkten seine Augen müde. Wut machte sich in ihr breit.

»Dieser verdammte Zauberer ist hier gewesen. Hat alles auf den Kopf gestellt und dabei ständig *Ich weiß, dass es hier ist* gemurmelt.

Ari runzelte die Stirn. »Das ergibt keinen Sinn. Was kann er denn gesucht haben?«

»Das wüsste ich auch gerne. Mir ist fast das Herz stehen geblieben, als er nach mir gegriffen hat. Er hat mich an deine Mutter erinnert.« Poseidys erschauderte.

»Du gehörst zu mir. Er hätte dir nichts antun können.«

»Das sagst du in deinem jugendlichen Leichtsinn. Aber wer weiß, zu was dieser Zauberer fähig ist?« Poseidys schluckte und sah Ari in die Augen.

»Nach dem Tod deiner Mutter habe ich mir geschworen, nie wieder jemandem zu dienen, der böse ist. Aber für einen kurzen Moment dachte ich, ich wäre verloren.«

»Es tut mir leid, dass ich dich ungeschützt zurückgelassen habe. Nachdem du nicht mehr in meine Tasche wolltest, dachte ich mir, so ist es am einfachsten.«

»Mach dir keine Vorwürfe. Tatsächlich war das eine geniale Idee. Er hat mich für einen gewöhnlichen Handspiegel gehalten und weggeworfen. Durch die Wucht bin ich unter das Bett gerutscht. Im Grunde genommen war das sogar mein Glück.«

Sanft strich Ari über die goldene Fassung. »Weißt du, was er gesucht hat?«

»Nein. Aber er war sehr aufgebracht und hat immer nur gemurmelt: Es muss hier irgendwo sein.«

Ari runzelte die Stirn und sah sich in ihrem Zimmer um. Was zur Hölle hatte der alte Zauberer gesucht?

Wenig später klopfte es an ihrer Tür und die Zofe, die sie zuvor im Gang beobachtet hatte, brachte ihr noch weitere Kleidung der Königin. Ein paar Hosen, einen Wollpullover sowie einen grauen Wollmantel.

Anscheinend schienen die Kleider in Linnea eher aus dunklen Farben zu bestehen, während sich in Kolis jeder so kräftig bunt wie möglich kleidete. Aber vielleicht lag es auch daran, dass in Kolis hauptsächlich die Sonne schien, während es in Linnea täglich einen wolkenverhangenen Himmel gab. Ari bedankte sich bei der Frau und hing die Kleidung in den Schrank, als ihr ein Umschlag auffiel, der dazwischen klemmte. Neugierig öffnete sie ihn und fand eine Nachricht.

Mitternacht im Schlosshof. Zieh dich warm an, die Nächte sind kalt in Linnea.
Damian.

16

Magie ist an Körper gebunden. Nur wer einen Fluch ausspricht, ist auch in der Lage, ihn zurückzunehmen.
3. Kapitel aus dem Handbuch der Zauberkunde

Eiskalter Wind blies ihr ins Gesicht, als Ari über den Schlosshof lief und nach Damian Ausschau hielt. Sie zog ihre Kapuze ein wenig tiefer und war dankbar für die Handschuhe, die in die Manteltaschen gesteckt waren. Wann immer sie ausatmete, bildeten sich Dampfwolken vor ihrem Gesicht. Ari verschränkte die Arme vor der Brust und trat von einem Bein auf das andere, in der Hoffnung, Damian würden jeden Moment hier auftauchen.

Allerdings war weit und breit niemand zu sehen. Immer wieder blickte sie sich um, aber bis auf ein paar Wachen, die ihre nächtliche Runde drehten, war niemand zu sehen.

Ob er mich vergessen hat?

Plötzlich hörte sie ein eigenartiges Geräusch. Ein Schlagen. Schwer. Gemächlich. Auf und ab. Wind kam auf und sorgte dafür, dass ihr ein paar Haarsträhnen ins Gesicht fielen. Als Ari den Kopf hob, um nachzuvollziehen, woher das Geräusch kam, tauchte hinter dem Giebel des zweiten Turms etwas auf.

Ein Drache! Ein wahrhaftiger Drache!

Ari blieb der Mund offen stehen und starr vor Schreck beobachtete sie, wie er mit großen Schwingen über das Schloss flog und dann nur wenige Meter vor ihr landete.

Bei allen guten Geistern! Sie hatte noch nie einen wahrhaftigen Drachen gesehen.

Als er den Kopf hob und seine bernsteinfarbenen Augen sie fixierten, stolperte sie vor Schreck zurück. Himmel, war er groß. Doppelt so groß wie das Schlosstor.

Ich stehe direkt vor ihm. Wenn er Feuer speit, dann wird er mich bei lebendigem Leib verbrennen. Verkohlt bis auf die Knochen, noch ehe ich um Hilfe rufen kann.

Der Drache ließ Ari keine Sekunde lang aus den Augen, während sie einfach nur dastand und ihn beobachtete. Er war wunderschön. Seine Drachenschuppen schimmerten schokoladenbraun, nur an seinem Hals befand sich ein Fleck, der wie flüssiges Karamell aussah. Er neigte den Kopf und nickte ihr kurz zu, ehe er den Blick von ihr abwandte.

Hat er mich gerade gegrüßt?

»Alles in Ordnung?«, rief Damian und erst jetzt bemerkte sie ihn auf dem Rücken des Drachens sitzend.

Sie war so sehr erstaunt ihn zu sehen, dass sie im ersten Moment keine klaren Gedanken fassen konnte. *Wie zur Hölle ist er dort raufgekommen? Was, wenn er herunterfällt?*

Sie nickte langsam, blieb aber immer noch in sicherer Entfernung.

»Was machst du dort oben?« Am liebsten hätte sie ihm zugerufen, ob er lebensmüde war, aber da rutsche er auch schon auf der rechten Seite des Drachens herunter. Als er unten ankam, stand er auf und wischte sich den Dreck von der Hose. Der Drache stupste Damian mit seiner Schnauze an, sodass dieser nun lachend nach vorne fiel.

»Ich plane eine Spritztour mit dir. Lust auf ein kleines Abenteuer?«

Es dauerte eine Weile, bis Ari eins und eins zusammenzählte. »Du meinst, wir fliegen? Mit diesem Drachen? Bist du wahnsinnig?«

Er schenkte ihr ein atemberaubendes Lächeln und Ari wusste, dass sie ihm nicht widerstehen konnte, auch wenn sie sich vor Angst fast in die Hose machte.

»Komm schon. Das macht Spaß und es ist nur halb so gefährlich, wie es aussieht.«

»Wie beruhigend«, murmelte Ari und ließ den Drachen keine Sekunde aus den Augen. Dampfwolken schossen aus seinen Nüstern und Ari zuckte zusammen, als er den Kopf hob und genau in ihre Richtung blies.

»Ich weiß nicht …« stammelte sie, aber Damian ging auf sie zu und griff nach ihrer Hand. »Keine Ausflüchte. Glaub mir, du wirst es genießen. Es ist das beste Gefühl, das es gibt.«

Ari war sich da nicht so sicher, aber Damian ließ ihr keine Zeit, ihre Bedenken zu äußern. Stattdessen zog er sie sanft, aber bestimmt zu dem Drachen, der Ari immer noch fixierte.

»Ich glaube, er mag mich nicht«, flüsterte sie ihm zu, als sie vor dem Drachen stehen blieben.

»Er ist eine Sie und glaub mir, sie mag dich. Taja hat nur immer diesen furchteinflößenden Blick, der jeden abschreckt. Man gewöhnt sich dran.«

»Taja?«, wiederholte Ari erstaunt. »Dein Falke?«

Er nickte. »Sie kann sich verwandeln.«

Ari riss die Augen auf. Jetzt ergaben diese stechenden Augen einen Sinn. »Bei Isis' Buckel, das ist verrückt.«

»Ja, nicht wahr?« Sein Lachen drang über den Hof, als er auf den Drachen kletterte und Ari seine Hand entgegenhielt, damit sie aufsteigen konnte. Sie zögerte, dann holte sie tief Luft und griff danach. Augenblicklich merkte sie, wie Taja sich ein wenig nach vorne beugte und ihr damit den Aufstieg etwas erleichterte. Okay, vielleicht hatte Damian recht und der Drache war nicht ganz so furchteinflößend, wie sie vermutet hatte.

Alma wird durchdrehen, wenn ich hiervon erzähle. Aber dann fiel ihr ein, dass ihre Schwester nicht hier war und sie ihr nicht davon berichten konnte und eine tiefe Traurigkeit überkam sie. Sie wusste ja noch nicht einmal, wo sich Alma gerade befand.

Damian schien ihren Stimmungswandel zu bemerken. Er drückte ihre Hand und lächelte sie an. »Lass uns nur ein wenig alles vergessen, okay?«

Zaghaft nickte Ari. Ja, sie würde diese Zeit genießen und sich morgen sofort auf die Suche nach ihrer Schwester machen.

»Bist du denn schon mal auf einem Drachen geflogen?«, schrie Damian, als sie durch die Lüfte segelten. Der Wind peitsche ihnen ins Gesicht, sodass Aris Augen zu Tränen begannen.

Sie klammerte sich ein wenig fester an Damian, presste das Gesicht an seine Schulter. »Noch nie«, rief sie und warf einen Blick nach unten. Sie träumte, etwas anderes konnte sie sich nicht vorstellen. Allerdings fühlte sich dieser Traum so vollkommen real an. Außerdem war da dieses goldbraune Ungetüm, auf dem sie saß und mit dem sie tatsächlich durch die Lüfte flog. Ari konnte es immer noch nicht fassen. Selbst in Kolis, wo es Hexenbesen, sprechende Frösche, verzaubertes Wasser und Stroh gab, das man zu Gold spinnen konnte, lebte nicht ein einziger Drache.

***

»Ich möchte mehr von dir erfahren«, flüsterte Damian, während sie beide zum Himmel hinauf starrten. Ari wusste nicht, wie lange sie hier schon lagen, aber sie konnte sich nicht erinnern, jemals so zufrieden gewesen zu sein. Nachdem Taja ihre Runden gedreht hatte, begann es zu schneien. Der Drache ließ sich wild mit den Flügeln schlagend auf einem Felsvorsprung nieder. Gemeinsam mit Damian war sie von Taja heruntergeklettert und sie hatten Schutz in einer Höhle gesucht. Taja hingegen hatte sich vor die Höhle gelegt und war sofort eingeschlafen. Aber Ari traute dem Frieden nicht. Sie hatte gesehen, wie Tajas rechtes Auge sie beobachtet hatte, als Damian sie an der Hand genommen und in die Höhle gezogen hatte.

Sie dachte an die Wächter, die ihr den Trank des Vergessens gegeben hatten. *Wenn ich sie jemals wiedersehen sollte, muss ich ihnen sagen, dass dieses blöde Elixier nicht funktioniert.*

Es gab so viel, das sie Damian erzählen wollte.

Erzähl ihm von Alma. Vielleicht kann er helfen.

Bei diesem Gedanken schlug ihr Herz noch ein wenig schneller.

»Ich weiß gar nicht, wo ich anfangen soll«, murmelte sie, drehte sich zur Seite und stützte sich auf einen Ellenbogen ab und richtete ihren Blick auf Damian. »Die Stadt, in der ich lebe, heißt Kolis. Wir sind wie eine große Familie. Ich lebe mit meiner Schwester Alma, ihrem Ehemann Godrick und meiner Nichte Lisbeth in einem Schloss.« *Zumindest habe ich das. Und jetzt ist Alma verschwunden. Vielleicht sollte ich Poseidys' Rat befolgen und Damian davon erzählen?*

Fragend hob er eine Augenbraue. »Dann bist du eine Prinzessin?«

Ari seufzte tief auf. »Kann man so sagen.«

»Gefällt es dir nicht, eine zu sein?«

»Es bringt mehr Pflichten als Rechte mit sich. Zumindest in unserem Land.«

»Ja, das kenne ich. Ich wünsche mir manchmal auch, kein Prinz zu sein.«

Ari beugte sich näher zu ihm. »Was willst du dann sein?«

»Ich weiß es nicht. Vielleicht ein Schäfer? Dann könnte ich endlich mein Land und meine Bewohner kennenlernen.«

Überrascht riss Ari die Augen auf. »Was soll das heißen? Hast du die Nachtstadt noch nie verlassen?«

Damian schüttelte den Kopf.

»Warum nicht?«

»Meister Paelle ist der Meinung, es wäre zu gefährlich für mich. Ich bin der Prinz und es gibt niemanden mehr aus meiner Blutlinie. Wenn mir etwas zustößt, hat Linnea keinen König.«

Ari biss sich auf die Unterlippe. »Du wirst bald gekrönt, nicht wahr?«

Damian nickte und blickte in den dunklen Himmel. »Ja, in der Nacht meines zwanzigsten Geburtstags.« Ein trauriges Lächeln umspielte seine Lippen. »In genau fünf Tagen.«

»Der Meister und du, ihr versteht euch gut.«

»Er ist alles, was ich noch an Familie habe. Als mein Vater starb und meine Mutter spurlos verschwand, war er derjenige, der sich um mich kümmerte. Er hat mir geholfen, meine Pflichten wahrzunehmen und dafür gesorgt, dass mich mein Volk respektiert.«

»Was so viel heißt, dass sie Angst vor dir haben.«

Damians Augen wurden zu schmalen Schlitzen. »Meine Aufgabe ist es, ihr König zu sein, nicht ihr Freund.«

»Das eine schließt das andere nicht zwangsläufig aus.«

»Doch, tut es. Ich muss Entscheidungen treffen, die gut für Linnea sind. Dabei kann ich keine Rücksicht auf jeden Bürger nehmen. Es zählt das große Ganze, nicht der Einzelne.«

Damian ballte die Hände zu Fäusten und instinktiv griff Ari danach. Er blickte auf die Stelle, die sie beide verband und atmete scharf ein.

»Weise Worte … aber bestimmt nicht deine.«

Überrascht sah er sie an. »Wie kommst du darauf?«

Ari zuckte mit der Schulter. »Es passt einfach nicht zu dir.« Sie konnte es sich selbst nicht erklären, aber tief in ihr spürte sie, dass ihre Worte wahr waren. In ihrer Gegenwart schien er nicht der kalte Nachtprinz zu sein.

»Du kennst mich doch überhaupt nicht.«

»Das stimmt. Aber ich denke, ich kann andere ganz gut einschätzen.« Damian presste die Kiefer zusammen. »Täusch dich nicht in mir, Ariana. Man nennt mich nicht umsonst den eisigen Nachtprinzen.«

Ari stand auf, klopfte sich den Schmutz von ihrer Hose und kniff die Lider zusammen. »Mag sein. Aber ich weiß, was ich sehe und tief in dir bist du nicht der, der du zu sein vorgibst.« Eine Weile sagte er nichts mehr. Er hatte den Kopf von ihr abgewandt und blickte angespannt in die Ferne.

»Was ist mit deinen Eltern geschehen?«, fragte Ari leise und stupste Damian vorsichtig an.

Sie war sich nicht sicher, ob er darüber reden wollte und ob er ihre Neugier nicht als aufdringlich empfand, aber sie wollte ihn von dort, wo er sich in den letzten Minuten gedanklich befand, zurückholen.

Damian hingegen schien es nichts auszumachen. »Mein Vater ist vor meiner Geburt gestorben. Böse Zungen behaupten, die Schatten hätten ihn für seine früheren Vergehen geholt, aber soweit ich weiß, hat ihn das rote Fieber niedergestreckt. Meine Mutter ist mit dem Tod meines Vaters nicht zurechtgekommen und ist kurz nach meiner Geburt verschwunden.«

»Verschwunden?«

Er zuckte mit den Schultern. »Die Leute sagen, sie ist fortgelaufen. Anderen behaupten, sie wäre im Fluss ertrunken. Und dann gibt es diejenigen, die sich erzählen, sie hätte sich das Leben genommen.«

»Das ist schrecklich.« Wie konnte eine Mutter ihr Kind alleine zurücklassen?

Er zuckte mit den Schultern. Allerdings konnte sie sehen, dass er leicht zitterte. Vermutlich war es ihm nicht so gleichgültig, wie er tat. »Es ist schon sehr lange her und Meister Paelle hat sich gut um mich gekümmert.«

Ja, er hat dich herzlos gemacht.

Er hatte weder seine Mutter noch seinen Vater kennengelernt und war unter diesem grauenhaften Mann von Zauberer aufgewachsen. Es grenzte an ein Wunder, dass er nicht noch viel barbarischer war.

Sie sagte nichts weiter dazu, obwohl ihr so viele Worte auf der Zunge lagen. Sie wollte ihre Wut hinausschreien und dieses Gefühl loswerden, keine Kontrolle zu haben. Denn genau so fühlte sie sich seit ihrer Ankunft in Linnea.

Damian allerdings warf ihr einen scharfen Blick zu. »Du brauchst kein Mitleid mit mir haben. Ich komme gut alleine zurecht.«

Ari erstarrte, dann fing sie sich wieder. »Da bin ich mir sicher. Aber zwischen Mitgefühl und Mitleid ist ein himmelweiter Unterschied.«

Damian starrte sie einen Augenblick lang an, dann umspielte ein Lächeln seine Lippen. »Du hast recht. Tut mir leid. Was ist mit deinen Eltern?«

Ari verspürte einen Stich, wenn sie an ihre Mutter und ihren Vater dachte. Aber nachdem Damian so ehrlich gewesen war, war es nur fair, ihm auch ihre Geschichte zu erzählen.

»Mein Vater ist auch früh gestorben.« Ari schluckte und starrte auf ihre Hände. Die Erinnerung an ihn schnürte ihr die Luft ab. »Für mich war es schlimm, aber ich war noch sehr jung. Für Alma ist es schrecklich gewesen.«

»Hast du ein gutes Verhältnis zu ihr?«

»Das Allerbeste.«

Erzähl ihm von ihrem Verschwinden.

Stattdessen schüttelte sie nur den Kopf. »Nach dem Tod meiner Mutter hat sie sich um mich gekümmert, obwohl sie ihr das Leben zur Hölle gemacht hat.«

»So schlimm?«

»Sie wurde richtig böse. Nicht zu mir, aber zu allen anderen. Sie war zerfressen von Neid und Machtgier.« Ari schluckte. »Sie hat dreimal versucht, Alma zu töten.«

Entsetzen machte sich in seinem Gesicht breit.

»Beim letzten Mal ist es ihr fast gelungen. Danach fühlte sich alles falsch an und meine ganze Welt wurde auf den Kopf gestellt. Alma hat geheiratet und zog weg und ich blieb mit meiner Mutter im Schloss zurück. Und dann wurde sie ermordet.«

»Ich weiß gar nicht, was ich sagen soll. Ich dachte immer, meine Geschichte ist schrecklich.«

Ari zuckte mit den Schultern. »Ich komme damit klar. Alma und Godrick haben mich bei sich aufgenommen. In all den Jahren hat sie kein einziges Mal schlecht über meine Mutter gesprochen. Nie hat sie sich beklagt.« Bis zu meinem Weggang. »Aber ich weiß, dass sie sehr darunter gelitten hat.«

»Vermisst du sie?«

»Schrecklich.« Sie schluckte und sah auf ihre Hände. »Ich hatte nicht gedacht, dass es so furchtbar werden würde.«

»Was?«

»Kolis zu verlassen. Ich dachte, ich würde in der Menschenwelt mein Glück finden«, sie stockte. »Bei uns erhalten die meisten im Laufe ihres Lebens ein eigenes Märchen. Nicht jeder ist damit zufrieden, aber jede Familie ist stolz darauf. Es ist ein Privileg, eine Märchenfigur zu sein. Aber anders als Alma habe ich kein eigenes Märchen bekommen, also dachte ich, ich sollte die Märchenstadt verlassen und woanders von neuem anfangen.«

Damian blicke sie eine Weile stumm an. »Du hast dein Leben selbst in die Hand genommen.«

Ari nickte stumm.

»Das würde ich auch gerne«, seufzte er und ließ den Kopf hängen.

Ari wollte ihn fragen, was ihn daran hinderte, aber sie kannte die Antwort bereits. Er war der Kronprinz von Linnea.

»Du hast deine eigene Geschichte«, sagte Ari. Natürlich nicht so wie die Märchenfiguren in Kolis. Aber in gewisser Weise war auch Damians Leben bereits festgelegt worden, noch bevor er zur Welt gekommen war. Das Schicksal hatte schon einen Plan für den Prinzen von Linnea erstellt.

Damian fuhr sich durch sein schwarzes Haar. »Ich weiß nicht. Vermutlich schon.«

Ari hatte ihre Schwester und die anderen Figuren beneidet, dass ihr Weg vorgezeichnet war. Jeder wusste, was er zu tun hatte, musste nur der Spur folgen, die das Schicksal ihm vorgegeben hatte. Aber jetzt, während sie Damian betrachtete, kam ihr zum ersten Mal der Gedanke, dass dieser Plan vielleicht eine Bürde war. Bestand die Chance für Damian auszubrechen? Konnte er seinen eigenen Weg gehen? Was, wenn er kein König werden wollte?

»Du musst die Dinge aus allen Perspektiven betrachten, Ari. Die Dinge sind nicht immer so, wie sie scheinen.«

Vielleicht hatte Isis recht gehabt und sie war zu lange zu engstirnig gewesen.

»Wie bist du nach Linnea gekommen?« Ari seufzte laut auf. Er würde nicht lockerlassen und im Grunde hatte sie es ihm ja schon verraten.

Damian strafte sie mit einem missbilligenden Blick.

»Du wirst doch nicht kneifen.«

Wehmütig blickte Ari ihn an. Es gab so viel zu erzählen, sie wusste gar nicht, mit was sie beginnen sollte.

Vertraute sie ihm? Ja. Das tat sie. Sie musste es sogar. Wie sonst sollte sie einen Weg aus ihrer aussichtslosen Lage finden?

»Durch ein Portal. Aber es ist wohl etwas schiefgegangen und ich bin hier gelandet.«

»Das nenne ich mal Glück«, meinte er und zwinkerte ihr zu. »Für mich zumindest.«

Für mich vielleicht auch. Aber Ari wagte nicht, den Gedanken laut auszusprechen. »Es tut mir leid, dass ich dich einsperren ließ.«

Damian zuckte mit den Schultern. »Manchmal bin ich einfach so. Dann spüre ich nichts als diese ständige Leere. Es ist so tief in mir verankert, dass ich keine Kontrolle darüber habe. Es fühlt sich an wie ein Wackelkontakt. Ganz unverhofft überfällt mich diese Kälte und ich erkenne mich selbst kaum wieder.«

Ari runzelte die Stirn. »Wie lange geht das schon so?«

»Seit ich mich erinnern kann. Manchmal ist es auch so, dass ich etwas Nettes sagen möchte, aber dann spreche ich genau das Gegenteil aus. Es ist, als hätte ich keine Kontrolle über meine Gefühle und es wird immer schlimmer.« Er verstummte und rieb seine Hände.

»Ich werde nicht umsonst der kalte Prinz genannt. Ich versuche dagegen anzukämpfen und manchmal gelingt es mir auch, aber es ist schwer.« Seufzend ließ er den Kopf hängen. »Manchmal glaube ich, wenn mir jemand sein Schwert in die Brust stechen würde, dann würde ich nichts spüren.« Seine Worte sorgten dafür, dass ihr schwer ums Herz wurde. »Als wäre dort alles leer.«

»Das glaube ich nicht.« Sie legte die Hand auf seine Brust. »Du würdest nicht so davon reden, wenn dort nichts wäre.«

Er senkte den Kopf und blickte auf die Stelle, an der sie ihn berührte. Röte schoss ihr in die Wangen und Ari verspürte den Drang, sie wegzuziehen. Aber dann strich sein Daumen sanft über ihren Handrücken.

Damians Gesicht war nur wenige Zentimeter von ihr entfernt. So nah, dass ihre Nasen sich berührten, würde Ari den Kopf nur etwas anheben. Sein Daumen malte kleine Kreise auf ihre Haut und löste damit eine ganz Invasion an Schmetterlingen in ihrem Bauch aus. Augenblicklich wurde ihr heiß und kalt zugleich und sie konnte den Blick nicht von ihm abwenden. Wie gerne würde sie die Narbe an seiner Wange berühren.

»Darf ich«, flüsterte sie und hob ihre Hand. Damian regte sich nicht und als er ihr keine Antwort gab, sondern nur auf ihre Hand starrte, fühlte sie sich mutig genug. Ganz sanft strich sie die rote Linie entlang, und als sie ihm in die Augen sah, bemerkte sie, dass er ihren Blick erwiderte.

»Jetzt darf ich«, sagte er und seine Stimme klang rau, als hätte er sie schon eine Weile nicht mehr benutzt.

Nervös sah Ari ihn an. Was hatte er denn vor?

Sie schluckte und hielt die Luft an, als er seinen Daumen unter ihr Kinn schob und es anhob. Dann umfasste er ihr Gesicht und küsste sie.

Ari hatte schon viele Geschichten über den ersten Kuss gehört, in fast jedem Märchen wurde er thematisiert und zwischen den Märchenfiguren bis ins kleinste Detail beschrieben. Aber niemals hätte Ari gedacht, dass es sich so anfühlen würde. Anfangs zart und behutsam wie eine Frühlingsbrise, dann stürmisch und wild wie Sommerfeuer. Ihre Lippen lagen aufeinander, berührten einander, als hätte sie sich verloren und nach langer Zeit wieder gefunden.

Damian legte die Hände um ihre Taille und zog sie näher an sich, während Ari die Hände um seinen Hals legte und sie in seinen Haaren vergrub. Erst vorsichtig daran zog und als Damian ein Stöhnen entkam, wurde sie mutiger. Sie presste sich an ihn, umklammerte ihn fester und verspürte den Drang, ihn immer weiter zu küssen.

Himmel, ich habe nicht gewusst, dass es sich so gut anfühlt.

Als er sich von ihr löste, rang Ari nach Luft. Ihr Herz trommelte wild in ihrer Brust.

Atmen, Ari. Atmen.

Langsam beruhigte sie sich und strich sich nervös eine Locke aus dem Gesicht.

Ob es ihm auch gefallen hatte? Aber als sie ihm in die Augen sah, stockte ihr der Atem. Seine Lippen waren geschwollen, seine Wangen gerötet und in seinen Augen glitzerte pures Verlangen. Dann beugte er sich nach vorne und lehnte seine Stirn an ihre. »Ich bin jemandem wie dir noch nie begegnet.«

»Nun, das ist keine Kunst. Schließlich gibt es in Linnea keine Frauen unter zwanzig.«

»Das meinte ich nicht.«

Ari seufzte auf. »Ich weiß.« Mir geht es genauso.

»Du hast keine Ahnung, wie gerne ich damit weitermachen möchte. Ich könnte dich den ganzen Tag über küssen. Aber vielleicht sollten wir es nicht hier tun. Wer weiß, wer uns sieht.«

Zögernd blickte Ari sich um. In seiner Gegenwart fiel es ihr schwer, sich auf seine Worte zu konzentrieren. Erst recht, nachdem sie wusste, wie seine Lippen schmeckten. Sie wollte so viel mehr von ihm spüren. Alles. Sie wollte alles von ihm. »Wir sind in einer Höhle, wer soll uns hier schon entdecken?«, sagte sie mit einer gespielten Leichtigkeit, obwohl im Inneren pures Chaos herrschte. »Außerdem war es nur ein Kuss«, winkte sie ab. Hitze schoss ihr in die Wangen, als sie seinen fragenden Blick bemerkte, aber zu ihrer Erleichterung sagte er nichts weiter dazu. Auf keinen Fall sollte er wissen, dass dies ihr erster Kuss gewesen war. So wie es sich angefühlt hatte, schien er mehr Erfahrung auf diesem Gebiet zu haben. Allein der Gedanke daran machte sie nervös.

Damian ließ sie los und die Stelle, an der er sie berührt hatte, fühlte sich plötzlich kalt an. Bei allen guten Geistern, vielleicht tat ihr ein wenig Abstand tatsächlich gut.

Ari verschränkte die Hände in ihrem Schoß und eine Weile sagte niemand etwas. Sie war noch so in der Erinnerung an die letzte Stunde versunken, dass sie seine Worte fast nicht hörte.

»Kolis also?«

Betreten nickte sie. »Eine schöne Stadt.« »Wie ist es dort? Ich will alles wissen. Von dir. Von deiner Stadt. Von jedem, der dir wichtig ist.«

Und dann erzählte Ari von Alma und ihren Freunden. Von Quentin und Isis, von ihrem Antrag, die Märchenstadt zu verlassen und von Violets Schokoladenkuchen.

»Du liebst also Schokoladenkuchen? Gut zu wissen.«

»Auf jeden Fall. Es gibt nichts besseres.«

»Das notiere ich mir auf meiner Liste.«

»Auf was für einer Liste?«, fragte sie verwundert.

»Zehn Dinge, die Ariana liebt. Der Schokoladenkuchen steht ganz oben.« Dann lächelte er sie an. »Was noch?« Es lag eine Faszination in seiner Stimme, die Ari verwunderte. Als könnte er es nicht fassen, dass jemand zu diesem Gefühl in der Lage war.

»Okay. Lass mich überlegen. Meine Schwester. Quentin, meinen besten Freund. Lisbeth, meine Nichte und auch Godrick, Almas Ehemann, obwohl er mir manchmal ganz schön auf die Nerven geht. Für sie würde ich alles tun. Ich liebe es, barfuß durch das nasse Gras zu laufen. Und Bücher. Es gibt nichts Besseres als schöne Geschichten. Nicht unbedingt Märchen, auch wenn du das niemals Alma verraten darfst, sie würde für ein gutes Märchen sterben. Also, soweit das für eine unsterbliche Märchenfigur möglich ist. Und ich liebe es, mit Isis über den Gewürzmarkt zu schlendern. Obwohl es manchmal wirklich traurig ist, wie sie aufschrecken und sich vor ihr verstecken, wenn sie Isis erkennen. Man kann die Angst in den Augen der Bewohner förmlich sehen.« Ari sog scharf die Luft ein, als ihr bewusst wurde, was sie gesagt hatte. Wie ähnlich seine und Isis' Situation doch waren.

Damian hingegen hatte den Blick von ihr abgewandt, starrte jetzt ins Leere. »Kann ich nachvollziehen.«

Sie hatte ihn nicht verletzen wollen. Unbehaglich sah sie zu Boden. »Tut mir leid.«

Dann schenkte er ihr ein zaghaftes Lächeln, das seine Augen nicht erreichte. »Schon gut. Ich würde diese böse Hexe wirklich gerne einmal kennenlernen.«

Niedergeschlagenheit machte sich in ihr breit. Damian schien es zu bemerken, denn ganz sanft strich sein Daumen über ihre Wange. Die Berührung war so zart, dennoch spürte Ari sie bis zu ihren Zehenspitzen. »Nicht traurig sein. Wir werden einen Weg finden, wie du zurückkehren kannst.«

»Das waren aber nur acht Dinge«, holte Damian sie aus ihren Gedanken.

»Ich schätze, mehr fällt mir im Moment nicht ein.«

»Dein Leben in Kolis hört sich sehr unbeschwert an.«

Ari nickte. »Das war es wohl auch. Es ist ein Vorteil, wenn man ohne Märchen zur Welt gekommen ist. Man ist nicht so wichtig.«

Damian sah sie einen Moment stumm an. Dann tauchte wieder diese Falte zwischen seinen Augenbrauen auf. »Du bist wichtig.«

Es ist nett von ihm, das zu sagen. Aber es stimmt nicht. In Kolis bin ich niemand.

Ari lächelte und wollte die Traurigkeit in seinem Blick vertreiben. »Genug von mir. Jetzt bin ich dran. Was würdest du tun, wenn du kein Prinz wärst?«

Damian runzelte die Stirn. Er schien über ihre Frage überrascht zu sein. »Darüber habe ich noch nie nachgedacht.«

»Warum nicht? Liegt das nicht nahe?«

»Für mich nicht. Wieso sollte ich über etwas nachdenken, das ich nicht ändern kann? Ich werde immer der Prinz bleiben und bald werde ich sogar König sein.«

»Aber ist das nicht der Sinn vom Träumen? Sich Dinge vorzustellen, die man gerne hätte oder die man eben nicht haben kann?«

»Nein«, sagte er und die Entschiedenheit in seiner Stimme überraschte sie. »Träume sind dafür da, sich über das klar zu werden, was man möchte, um sein Leben zu ändern. Warum sollte ich träumen, wenn ich es nicht umsetzen kann?«

Ari verzog das Gesicht. So kamen sie nicht weiter. »Na gut. Dann rein hypothetisch. Wenn du etwas ändern könntest, was würdest du tun?«

Er schien ernsthaft über ihre Worte nachzudenken.

Die Vorstellung, dass Damian sich diese Träume nie erlaubt hatte, versetzte ihr einen Stich.

»Ich möchte Linnea und seine Bewohner kennenlernen, ohne dass sie in mir den Prinzen sehen. Sie sollen lachen, wenn sie mir begegnen und mich in ihr Zuhause einladen. Außerdem möchte ich mein Land kennenlernen. Man sagt, in der Bärenschlucht gibt es einen Wasserfall, der wie ein Regenbogen schimmert und die Bäume sind so hoch, dass man einen Blick über das ganze Land hat.« Wehmütig blickte er in die Ferne. »Das möchte ich mit eigenen Augen sehen.«

»Das hört sich schön an.« Er lächelte sie an.

So ist er viel schöner als mit diesen traurigen Augen.

»Und was hindert dich daran? Du bist bald der König. Dir steht die Welt offen.«

Jetzt verschwand das Lächeln und Ari bereute es fast, die Frage gestellt zu haben. Plötzlich wirkte sein Blick wieder kühl und gefasst.

Ich kann diesen Ausdruck auf seinem Gesicht nicht ausstehen.

»Ich darf die Nachtstadt nicht verlassen.«

Aris Augen wurden riesengroß. »Was? Wie meinst du das? Überhaupt nicht?«

Er schüttelte den Kopf. »Nicht einen Meter.«

»Aber wir sind hier oben.« Sie wedelte mit den Armen und deutete um sich. »Wie kann das sein? Du hast mich doch im Wald aufgelesen.«

»Wir befinden uns hier im Randgebiet der Nachtstadt. Wäre Taja auch nur etwas weiter rechts geflogen, wäre sie zusammengebrochen und wir wären abgestützt. Der Wald, in dem ich dich gefunden habe – beim ersten und auch beim zweiten Mal – gehört zum Schloss.«

»Warum ist das so? Du bist doch der Kronprinz. Du müsstest überall hinreisen dürfen.«

»Damals, zu der Zeit, in der mein Vater starb, herrschte eine grausame Krankheit im Land. Nachdem der König tot war und so viele Bewohner Linneas daran erkrankten, beschlossen die Minister, dass der Thronfolger in der Nachtstadt bleiben müsse, damit nicht auch noch der letzte Monarch starb. Sie konnten keinen Zauberbann über das ganze Land legen, aber über die Nachtstadt ist es ihnen gelungen. So haben sie ausgeschlossen, dass eine erneute Krankheit die Nachtstadt heimsuchen konnte und ihr Prinz daran erkrankt.«

»Aber im Gegenzug kannst du sie auch nicht verlassen.«

Er nickte nur und Ari schluckte, weil sie die Trauer in seinen Augen sah. Die Trauer für den Preis, den er zu zahlen hatte für seine eigene Geschichte.

Was aus ihm wohl geworden wäre, wenn seine Umstände anders gewesen wären? Wenn er andere Eltern gehabt hätte; nicht als Königssohn zur Welt gekommen wäre? Wenn er in der Lage wäre, seine eigene Geschichte zu schreiben? Wenn er in ihrer Welt leben würde?

»Derjenige, der den Bann über die Stadt gelegt hat, könnte ihn auch wieder entfernen. Das Fieber ist doch schon lange vorbei und aktuell scheint es keine Krankheiten in Linnea zu geben. Wir könnten ihn fragen.«

Damian schüttelte den Kopf. »Das geht nicht. Er ist tot.«

Ari erinnerte sich an Almas Worte.

»Magie ist an Körper gebunden. Nur wer den Fluch ausgesprochen hat, kann ihn auch zurücknehmen.«

17

»Ich liebe die Nachtstadt. Ihre verschiedenen Gesichter, je nachdem, aus welchem Blickwinkel man sie betrachtet. Zu gerne würde ich mich in ihr verstecken und in der Menge verschwinden. Aber das bleibt mir wohl für immer verwehrt.«
Interview mit Prinz Damian

»Willst du zurück ins Schloss?«, fragte Ari, als sie wieder im Schlosshof landeten.

Der Abend war so schön verlaufen und sie wollte ihn noch nicht beenden. Es gab noch so viel, das sie sehen wollte, so viel, das sie von Damian erfahren wollte, daher legte sie den Kopf zur Seite und wartete auf seine Antwort. Außerdem schwirrte ihr der Kuss im Kopf herum. Sie wollte ihn wiederholen. Immer und immer wieder.

Er schien eine Weile darüber nachzudenken, aber dann steckte er die Hände in seine Hosentaschen und schüttelte den Kopf. »Nein.«

»Sehr gut. Ich habe nämlich eine Idee.«

Neugierig legte er den Kopf zur Seite. »Wirst du sie mir verraten?«

»Später.« Ari kletterte von dem Drachen, der von ihr allerdings keinerlei Notiz zu nehmen schien. Damian streichelte eine von ihren Schuppen. Sie glitzerten im Mondlicht wie flüssiges Gold. Taja spie ein kleines Feuer und schon im nächsten Moment flatterte der Falke wieder an der Stelle, an der gerade noch der Drache gesessen hatte. Immer noch überrascht von diesem Zauber sah Ari Taja nach, die kräftig mit den Flügeln schlug, einen spitzen Schrei ausstieß und davonflog.

»Ich kann immer noch nicht fassen, dass sie sich verwandeln kann.«

»Glaub mir, ich war genauso überrascht wie du. Es war purer Zufall, dass ich es überhaupt herausgefunden habe. Willst du die Geschichte hören?«

»Sehr gerne.« Als wäre es selbstverständlich, griff er nach ihrer Hand und ging mit ihr durch den Schlosshof, ohne auf die Wachen zu achten, die ihnen mit fragendem Blick folgten. Wenn Damian sich darüber keine Gedanken machte, dann würde sie es auch nicht tun.

»Ich war auf den Weg zu den Ställen, als ich Rasmus auf der Koppel hinter dem Schloss entdeckt habe. Er wieherte, als hätte ihn etwas furchtbar wütend gemacht und plötzlich entdeckte ich dieses andere Pferd, das mir vollkommen fremd war. Sein Fell schimmerte in den allerschönsten Brauntönen und da war diese ungewöhnliche Blässe, die rötlich schimmerte. Sobald ich näher kam, fing Rasmus an, sich aufzubäumen, er war außer sich und ich konnte es mir einfach nicht erklären.«

Damian schüttelte den Kopf, als könne er es immer noch nicht begreifen. »Plötzlich verwandelte sich dieses Pferd zurück in einen Falken und Taja landete auf meinem Arm. Ich habe gedacht, ich träume.« Er drehte den Kopf und sah Ari an. »Das habe ich bisher noch niemanden erzählt.«

Ein wohliges Gefühl machte sich in ihrer Brust breit.

Er vertraut mir.

»Weißt du, warum sie das kann?«

Er fuhr sich durch das struppige Haar. »Ich habe keine Ahnung. All die Jahre dachte ich, sie wäre ein gewöhnlicher Vogel und plötzlich verwandelt sie sich in jedes mögliche Wesen.«

»Was war das Außergewöhnlichste?«, fragte Ari vollkommen fasziniert.

»Du meinst außer, dass sie sich in einen Drachen verwandeln kann? Mal sehen. Sie hat sich schon einmal in einen Seehund verwandelt, einen Ameisenbär und einen Flamingo.«

Ari lächelte bei dem Gedanken, dass der stolze Vogel in einem rosafarbenen Gefieder herumstolzierte. »Entscheidet sie selbst?«

»Manchmal. Aber sie ist nicht zu stolz, um meine Bitten entgegenzunehmen. Allerdings nur, wenn sie einen guten Tag hat. Sie ist ein sehr sturer Vogel.«

Aber auch unglaublich loyal. »Sie passt auf dich auf.«

»Vermutlich. Wobei das auch damit zu tun haben könnte, dass ich ihr zu fressen gebe. Vielleicht macht sie es also nur aus Eigennutz.«

Ari lachte und erst jetzt bemerkte sie, dass sie sich dem Marktplatz näherten, den sie schon Tage zuvor besucht hatten. Sie war so in das Gespräch vertieft gewesen, dass sie ihn direkt in die Nachtstadt geführt hatte. »Lust, die Bewohner von Linnea genauer kennenzulernen?«

Damian runzelte die Stirn. »Was hast du vor?«

Sie stellte sich auf die Zehenspitzen und hielt die Luft an, als sie ihm plötzlich so nah war. Damian erstarrte und sie sah, wie er schluckte. Gebannt starrte sie auf seine Kehle, dann hob sie den Kopf und sah ihm in die Augen. Einen Moment lang verharrten sie so, niemand sagte ein Wort, aber sein stechender Blick fuhr ihr wie ein Blitz durch den Körper. Sie spürte seinen warmen Atem ganz nah an ihrer Haut, ihre Nasenspitzen berührten sich fast.

Nur noch wenige Zentimeter und er küsst dich. Mitten auf dem Marktplatz.

Also räusperte sie sich, ehe sie nach seiner Kapuze griff und sie ihm über den Kopf zog. Langsam trat sie einen Schritt zurück und begutachtete ihn.

»Willst du mir nicht verraten, was du vorhast?« Seine Stimme klang rau.

»Dich tarnen. Zwar werden sie es sowieso herausfinden, aber vielleicht verschafft uns das ein wenig Zeit.«

Damian riss die Augen auf. »Du glaubst wirklich, dass das etwas bewirkt? Sie müssten wohl blind und taub sein, um ihren Prinzen nicht zu erkennen.«

Sie zuckte mit den Schultern. »Einen Versuch ist es wert. Außerdem, hast du nicht vorhin gesagt, du möchtest dein Volk unter sich erleben?«

Damians Blick wurde weich, dann strich er ihr eine Haarsträhne aus dem Gesicht. Die Berührung war so leicht, dass Ari sie kaum spürte. »Danke.«

Lachend winkte sie ab. »Dank mir nicht zu früh. Wer weiß, wie unser kleines Abenteuer ausgehen wird. Nicht, dass sie uns hinausjagen.«

Sie deutete auf einen Gasthof, der hinten ihm lag und auf dessen Fassade ein Schriftzug angebracht war.

Zum goldenen Falken

»Falken scheinen euer Ding zu sein, nicht wahr?«

»Es waren die Lieblingstiere meiner Mutter. Deswegen sind sie auch auf unserem Wappen zu sehen.«

»Es tut mir leid«, murmelte Ari, und obwohl sie nichts Falsches gesagt hatte, so fühlte sie sich schlecht dabei, dass sie mit ihrer Aussage die Erinnerung an seine Mutter hervorgeholt hatte.

»Es ist in Ordnung. Der Falke ist in Linnea allgegenwärtig. Ich bin daran gewöhnt.«

Konnte man das wirklich sein? Sollte ein Kind damit zurechtkommen müssen, dass die eigene Mutter spurlos verschwunden war? Ari wusste, wie es war, beide Elternteile zu verlieren, aber sie wusste, was mit ihnen geschehen war und hatte Abschied nehmen können. Damian hingegen wusste bis heute nicht, was seiner Mutter zugestoßen war. Allein der Gedanke an den kleinen Jungen, der ohne seine Mutter aufwachsen musste, brach ihr fast das Herz.

Damian hielt inne und drückte ihre Hand. Die Berührung spürte sie nicht nur dort, sondern an ihrem ganzen Körper. Kleine Stromstöße, die wie durch Raketen durch ihren Körper schossen und ein Feuerwerk in ihrem Bauch auslösten. »Wir werden uns ganz normal geben müssen«, flüsterte Damian. »Wenn uns der Wirt anspricht, dann verhalten wir uns so wie ganz gewöhnliche Bürger.«

Ari schien kurz verwirrt zu sein. »Ich bin eine ganz normale Bürgerin.«

Damian zog eine Augenbraue nach oben. »Nein, bist du nicht. Jedem in Linnea wird auffallen, wie jung du bist. Es ist offensichtlich, dass du nicht von hier bist. Und ich bin schließlich der Prinz. Nichts an uns ist gewöhnlich.«

Ari biss sich auf die Unterlippe. Wenn er es so darstellte, hatte er wohl recht. »Was machen wir, wenn sie es bemerken?«

»Dann hoffe ich, dass du schnell laufen kannst.«

Ari blieb stehen und sah ihn mit weit aufgerissenen Augen an. »Das ist dein Plan? Weglaufen? Wie wäre es, wenn wir einfach mit ihnen reden würden?«

Er runzelte die Stirn. »Ich glaube nicht, dass sie bereit wären, uns anzuhören. Aber wenn du willst, können wir es auch auf deine Weise versuchen.«

Damian drückte ihre Hand ein wenig fester. Er hatte sie die ganze Zeit nicht losgelassen und ein warmes Gefühl breitete sich in ihr aus. Sie würden das gemeinsam durchstehen und wer weiß, vielleicht täuschte er sich ja. Vielleicht war sein Volk sogar froh, ihn in ihrer Mitte zu sehen.

»In Ordnung. Wagen wir das Abenteuer«, murmelte Ari, und als Damian die Tür zum Gasthof öffnete, ging sie ohne zu zögern hinein.

18

Liebe ist das zentrale Element eines jeden Märchens. Sei es die Zuneigung zu Mutter und Vater, zu Bruder oder Schwester, einem Freund, eines Tieres oder zu einem willkürlichen Partner, für den sich das Herz entschieden hat.

Artikel 4, Absatz 2 – Auszug aus den Märchenchroniken

»Bei allen guten Geistern! Riecht das gut!«, stöhnte Ari, während ihr Magen lautstark knurrte.

Der alte Wirt, der gerade einen Becher Eiswein und gebratenes Hähnchen für Ari und einen Teller Reis mit roten Bohnen und Lammfleisch für Damian auf ihren Tisch abstellte, blickte sie argwöhnisch an und ging wieder zurück hinter seinen Tresen.

Damian sah sie schmunzelnd an und beugte sich zu ihr hinüber. »Wenn du nicht willst, dass wir auffliegen, dann darfst du sein Essen nicht so in den Himmel loben.«

»Warum nicht?«, flüsterte sie und ließ den alten Mann nicht aus den Augen. »Es duftet himmlisch.« »Daran ist er vermutlich nicht gewöhnt. Der goldene Falke ist nicht für sein gutes Essen bekannt.«

Ari runzelte die Stirn.

Natürlich wollte sie nicht auffallen, aber warum sollte sie nicht offen zugeben, wenn es doch so gut roch?

»Für was dann?«

»Für den selbstgebrannten Gin, den er in seiner Küche herstellt. Er glaubt, die Krone weiß nichts davon.«

»Du lässt ihn in dem Glauben?«

Damian zuckte mit der Schulter. »Meister Paelle will schon seit Monaten eine Hausdurchsuchung veranlassen, aber bisher konnte ich ihn davon abhalten. Es tut niemandem weh und der Wirt kann sich damit ein paar zusätzliche Silberlinge verdienen.«

Ari blickte zu dem Wirt, der am anderen Tisch eine Bestellung aufnahm.

»Aber fallen darauf keine Steuern an?«

»Doch, aber wir werden es verkraften.«

Ari dachte über seine Worte nach. »Darf ich dich etwas fragen?«

Er schmunzelte. »Als könnte ich dich davon abhalten.«

»Wie kommt es, dass der Meister diese Macht hat? Ich meine, du bist doch der Prinz von Linnea.«

Damian beugte sich über den Tisch, dann blickte er kurz über seine Schulter, als wollte er sichergehen, dass niemand ihn belauschte. »Alles, was ich bin, verdanke ich ihm. Er hat sich um die Belange des Königreichs gekümmert, als ich noch ein Kind war. Meister Paelle ist als einziger geblieben, als alle anderen gegangen sind. Ich lege großen Wert auf seine Meinung.«

»Alle anderen?«

»Dir dürfte aufgefallen sein, dass es im Schloss nur wenige Bedienstete gibt.« Er schloss für einen Moment die Augen. »Nur die Köchin, die Dienstmagd und ein Paar Wachen sind geblieben.«

Ari schluckte und sah betreten auf ihren Teller. Das war ihr tatsächlich schon aufgefallen.

»Ich finde den Meister ziemlich unheimlich.« Ihr Bauchgefühl täuschte sich nicht.

»Das empfindest du nur so, weil du ihn nicht kennst. Vielleicht solltet ihr einen Tag miteinander verbringen. Er kann sogar richtig witzig sein.«

Das bezweifle ich.

Ari beschloss, nichts mehr dazu zu sagen, sondern lächelte dem Wirt höflich zu. Jetzt war nicht der richtige Zeitpunkt, um mit Damian über ihr Bauchgefühl zu reden.

Hoffentlich erkennt uns der Wirt nicht. Wenn niemand hier zu einem Lob für ein gutes Essen bereit war, würden sie den Prinzen bestimmt nicht willkommen heißen.

An schweren dunklen Tischen saßen mindestens zehn Männer, die sie anstarrten. Aus der Küche drangen Scheppern und Klirren heraus und lautstarke Beschimpfungen.

Vielleicht war es doch keine gute Idee gewesen, hier aufzutauchen.

Damian beugte sich über den Tisch. »Vielleicht solltest du deine Begeisterung für das Essen etwas im Zaum halten. Man beobachtet dich.«

»Das sehe ich selbst«, zischte Ari und konzentrierte sich auf den Hähnchenflügel, der sich vor ihr befand und der noch dazu herrlich duftete. Ihr Magen knurrte und forderte sie auf, ein Stück davon abzubeißen. Seufzend gab Ari nach, griff nach einem Schenkel und biss hinein.

Himmel, schmeckt das gut.

Während des gesamten Essens spürte sie die Blicke der anderen Wirtsgäste auf sich und besonders Damians bohrten sich wie der Stachel einer Hornisse in sie, während er den Reis auf seinem Teller aß. Irgendwann schob er ihn zur Seite, stand auf und sprach mit dem Wirt, während Ari sich die Finger ableckte. *Wenn Alma mich so sehen könnte. Sie würde den Kopf schütteln und mir klarmachen, dass eine Prinzessin sich nicht so benehmen sollte.*

Sie kicherte bei dem Gedanken daran und nahm einen kräftigen Schluck von ihrem Eiswein, als Damian zurück an ihren Tisch kam.

»Ich habe den Wirt nach einem Zimmer gefragt. Für eine Nacht steht noch eines zur Verfügung. Was meinst du? Bleiben wir?« Damian sah sie erwartungsvoll an.

Ari verschränkte die Arme vor der Brust und sah Damian überrascht an. Damit hatte sie nicht gerechnet. Nervös griff sie nach einer Serviette und säuberte ihren Mund, um etwas Zeit zu schinden. »Wirst du nicht vermisst?«

Damian zuckte mit den Schultern. »Du hast mich auf diese Idee gebracht. Wenn ich schon einmal hier bin, kann ich es gleich ausprobieren.«

Der Gedanke, mit ihm hierzubleiben, brachte sie ein wenig aus der Fassung. Zwar war es ihr Gedanke gewesen, ihm die Bewohner näherzubringen, aber gleich mit ihm hier zu übernachten? »Du und ich in einer Kammer? Du glaubst, das funktioniert?«

»Nun, es ist nicht nur die Kammer. Wir werden uns auch ein Bett teilen müssen.« Sie sah ein Funkeln in seinem Blick und augenblicklich begann sie zu schlucken.

»Was?« Unbehagen machte sich in ihr breit. Sie hatte bisher noch nicht einmal mit Quentin in einem Bett geschlafen und er war ihr bester Freund. »Du willst tatsächlich hierbleiben?«

»Warum nicht? Es mag lächerlich klingen, für mich ist es ein Abenteuer.«

Er hat gegen ein Dutzend Eiswölfe gekämpft, aber findet die Nacht in einem Gasthof aufregend?

Sofort stoben die Schmetterlinge in ihrem Bauch wieder auseinander. »Die Leute werden reden.«

Er zuckte mit den Schultern. »Ich denke nicht, dass mich jemand erkannt hat. Aber du hast recht, wir sollten auf Nummer sicher gehen. Wenn uns jemand fragt, werde ich sagen, du seist meine Schwester.«

Ari riss die Augen auf. »Was?«

Er zuckte mit den Schultern. »Sie werden uns glauben, keine Sorge.«

»Darüber mache ich mir keine Gedanken«, murmelte sie verlegen. Etwas ganz anderes ging ihr durch den Kopf.

Egal, wie sehr sie sich bemühte, immer wieder dachte sie an den Kuss. Die Erinnerungen daran jagten Blitze durch ihren Körper und sie bemerkte, wie ihre Wangen erröteten. Augenblicklich spürte sie wieder seine weichen Lippen, dachte an seine warme Haut, seinen Atem auf ihrer Wange, das leise Keuchen, das er von sich gegeben hatte und an den Blick, mit dem er sie angesehen hatte, als wäre sie etwas ganz Besonderes.

Damian fixierte sie, dann beugte er sich über den Tisch und kam ihr damit noch näher. Ein spöttisches Grinsen umspielte seine Lippen. Sie spürte seinen Atem an ihrer Wange und hätte schwören können, dass seine Lippen ihre Haut berührten. Ein Schauer jagte ihr über den Rücken. »Mach dir keine Gedanken. Es war doch nur ein Kuss.«

Ari schluckte und sah, wie seine Augen gefährlich aufblitzten. Ganz langsam zog er beide Augenbrauen nach oben.

»Deine Worte, nicht meine.«

Wie war sie denn nur in diese Situation geraten? Sie konnte es leugnen, aber kein Wort kam über ihre Lippen und ihr Körper strafte sie sowieso Lügen. Und als seine Mundwinkel sich zu einem Grinsen verzogen, wusste sie, dass er sie durchschaut hatte. Dass er die ganze Zeit gewusst hatte, wie sie tatsächlich für ihn empfand und ein stolzes Glitzern war in seinen Augen zu sehen.

Sie kratzte noch das letzte bisschen Würde, das sie besaß, zusammen und reckte das Kinn. »Ich möchte nicht für deine Schwester gehalten werden.«

»Weil ich dich noch einmal küssen soll und wir beide dann am besten nackt sein sollten?«

Bei seinen Worten zog Ari scharf die Luft ein. Er brachte sie vollkommen durcheinander. Damian grinste und seine Augen funkelten sie ebenso belustigt an.

»Nein, weil du ein arroganter, eingebildeter Kerl bist und mit so jemandem möchte ich nicht verwandt sein.« Außerdem höllisch attraktiv, verführerisch und witzig. Aber das sprach sie nicht aus. Sein Ego war schon aufgeblasen genug.

Wissend nickte er. »Natürlich.« Er glaubte ihr kein Wort und Ari konnte ihm das noch nicht einmal verübeln. Ihr ganzer Körper sprach eine ganz andere Sprache.

»Keine Sorge, ich werde nichts dergleichen zu ihm sagen und dank der Silberlinge in meiner Tasche wird er auch nicht danach fragen.«

Ari verzog ihre Augen zu schmalen Schlitzen. »Du hast mich auf den Arm genommen.«

Er grinste sie an. »Ja, und es war sehr aufschlussreich.« Dann lehnte er sich zurück und murmelte etwas vor sich hin. Ari war sich sicher, noch mal die Worte Kuss und nackt zu hören, aber ganz sicher war sie sich nicht. Gerade als sie darauf etwas sagen wollte, kam der Wirt aus der Küche, trocknete seine Hände an der Schürze ab und deutete auf die alte Holztreppe, die in den ersten Stock führte. »Kommt, ich zeige Euch, wo Ihr die Nacht verbringen könnt.« Er stampfte die Treppe nach oben, während Ari und Damian hinter ihm herliefen. Oben angekommen, blieb er an der ersten Kammer stehen. Die alte Holztür knarzte, als er sie öffnete und die beiden traten ein.

»Wenn Ihr etwas wünscht, dann meldet Euch. Ich bringe Euch später noch eine Kanne Wasser und frische Handtücher.«

»Danke«, sagte Damian und drückte ihm einen kleinen Beutel in die Hand. Er lächelte wissend, nickte und verließ das Zimmer.

Schweigegeld, dachte Ari und fühlte sich dabei etwas seltsam. Damian hatte ihr den Rücken zugedreht und bewegte sich nicht.

»Alles in Ordnung?«, fragte sie leise. Sie betrachtete ihn genauer. Sein Brustkorb hob und senkte sich ein wenig schneller als sonst, beide Hände hatte er in seinem Haar vergraben und den Kopf in den Nacken gelegt.

Einen Moment schwieg er, drehte sich um und ein Lächeln tauchte auf seinem Gesicht auf, das seine Augen nicht erreichte. »Natürlich.«

Er sagt nicht die Wahrheit. Irgendetwas belastet ihn. Wenn er es mir doch nur verraten würde.

Aber Ari hakte nicht weiter nach. Er würde ihr erzählen, was ihn bedrückte, wenn er dazu bereit war. Und vielleicht war es jetzt an der Zeit, ihn etwas abzulenken.

Langsam trat sie auf ihn zu und ließ ihn dabei nicht aus den Augen. Seine Atmung beschleunigte sich, aber auch er folgte jeder ihrer Bewegungen. Ihr gefiel der Gedanke, dass er vielleicht genauso aufgeregt war wie sie. Das alles war so neu für sie und sie konnte es gar nicht erwarten, ihm näher zu kommen.

»Ari«, flüsterte er, bevor sie die Arme um seinen Hals schlang und sich auf die Zehenspitzen stellte.

»Was machst du?«

»Weitermachen, wo wir aufgehört haben.«

Sie öffnete den Mund und leckte sich mit der Zunge langsam über die Unterlippe. Sie sah, wie seine Augen ihr folgten. Wie gebannt starrte er auf ihre Lippen.

»Bist du dir sicher? Ich weiß nämlich nicht, ob ich dann noch aufhören kann.«

Ihr Herz polterte wild in ihrer Brust. Sie schluckte und nahm ihren ganzen Mut zusammen. »Wer hat etwas von aufhören gesagt?«

Als hätte sie ihm damit die Erlaubnis gegeben, beugte er sich nach vorne, legte beide Hände auf ihre Wangen und küsste sie. Seine Lippen waren rau, schmeckten nach dem Eiswein, den er getrunken hatte. Er biss in ihre Unterlippe, saugte daran und ein kehliges Stöhnen drang aus seiner Brust. Damian fasste nach ihren Handgelenken, legte sie auf ihren Rücken und hielt sie in seinem Griff gefangen. Ungestüm drängte er sie nach hinten, sodass sie mit dem Rücken gegen die Wand stieß und ein kurzer Schmerz sie durchzuckte, den sie aber ignorierte. Für nichts auf der Welt würde sie damit aufhören wollen. Er ließ sie los und langsam wanderte seine Hand von ihrem Kinn über ihre Kehle nach unten.

Seine Zunge glitt zwischen ihre Lippen und forderte sie auf, sie zu öffnen. Als sie sich berührten, explodierte ein Feuerwerk in ihrer Brust und sie schmiegte sich noch ein wenig fester an ihn. Alles, wonach sie sich verzehrte, war, ihm noch näher zu kommen. Sie wollte ihn so sehr.

Tausend verschiedene Gedanken wirbelten durch ihren Kopf, aber nur einer davon war wichtig.

Nicht aufhören. Bitte nicht aufhören.

Noch hatte sich etwas so gut angefühlt. Alles, was bisher eine Rolle gespielt hatte, wurde in den Hintergrund gedrängt. Jetzt würde sie nur noch diesen Moment genießen. Es gab nur noch sie beide. Heiße Münder, die aufeinandertrafen. Hände, die sich berührten. Körper, die miteinander verschmolzen.

Ari bäumte sich auf, keuchte, als sich ihre Hände in sein Haar krallten. Er nahm alles von ihr und raubte ihr damit den Atem.

»Ich habe mich so sehr danach gesehnt«, flüsterte Damian, als er sich langsam von ihr löste. Es fühlte sich an wie ein Verlust. Ihr Herz hämmerte wild in ihrer Brust, während sie ihn ansah. »Bist du dir wirklich sicher?«

Langsam nickte sie, ließ ihn dabei nicht aus den Augen.

»Ich muss es hören.«

»Ja, ich bin mir sicher. Ich will das hier. Ich will alles«, flüsterte sie, als könnte sich der Moment in Luft auflösen, wenn sie zu laut sprach.

Seine Augen funkeln, als er sie weiterhin betrachtete. Langsam hoben seine Finger ihr Kinn an, und schon lagen seine Lippen wieder auf ihren. Die Wildheit war verschwunden, es war, als hätte er sich jetzt ein wenig mehr unter Kontrolle. Leidenschaftlich küsste er sie. Intensiver. Bedeutungsvoller. Seine Hände gruben sich in Aris Haar, und er drückte sie fest an sich. Sanft drängte er ein Bein zwischen ihre und Ari schnappte nach Luft, als sie etwas Hartes an ihrem Bauch spürte.

Bei allen guten Geistern. Er will mich.

Sie schloss die Augen und konzentrierte sich auf seine Erektion, die sich fest an sie presste. Stöhnend zog er Küsse an ihrem Kinn, über ihren Hals entlang bis zu ihrem Schlüsselbein. Ehrfürchtig glitten seine Hände über ihren Körper, schlüpften unter ihren Pullover und Ari erschauderte, als er Stellen an ihrem Körper berührte, die außer ihr noch niemand bislang angefasst hatte.

Himmel, fühlt sich das gut an. Er will mich. Mich. Ariana. Niemanden sonst.

Noch während er sie weiter küsste und seine Fingerspitzen auf Wanderschaft über ihren Körper gingen, bewegte er sich, drehte sie um und führte Ari durch den Raum, bis sie mit ihren Kniekehlen das Bettgestell spürte. Er beugte sich über sie und legte sie langsam ab, während er sich mit der Hand neben ihrem Kopf abstützte. Einen Moment hielt er inne, dann sah er ihr tief in die Augen und unzählige Emotionen explodierten in ihrem Herz.

Fühlt es sich so an? Ist es das, was Alma meint, wenn sie mir erzählt, was sie und Godrick füreinander empfinden? Ist das Verlangen? Lust? Oder vielleicht sogar Liebe?

Ari schnappte nach Luft, als sie seine Hände spürte, die über ihren Körper wanderten. Ganz langsam hatte er ihr den Pullover über den Kopf gezogen und strich nun mit den Fingerspitzen über den violetten Spitzen-BH, den Isis ihr mitgegeben hatte.

Danke, Isis. Du hast etwas gut bei mir.

Damian malte Kreise auf ihre Haut, berührte ihre Brüste und Ari keuchte auf, als er mit der Zunge über ihre rechte Brustwarze leckte. Das alles war so neu für sie und dennoch fühlte es sich so leicht an. Als hätte sie ihr ganzes Leben nichts anderes gemacht. Einen Moment fühlte sie sich unwohl, so spärlich bekleidet vor ihm zu liegen, aber sein ehrfürchtiger Blick gab ihr das Gefühl, wunderschön zu sein.

»Ich finde es ein wenig unfair, dass du noch bekleidet bist, während ich mir hier den Hintern abfriere.«

Ein spitzbübisches Grinsen umspielte seine Lippen, ehe seine Hand an ihrem Schlüsselbein, über ihre Brüste, ihren Bauch entlang glitt. »Du könntest Abhilfe schaffen, weißt du.«

Sie schluckte, dann schloss sie einen Moment die Augen. Ihr Herz trommelte wild in ihrer Brust. Das alles war so neu, so aufregend für sie, dass sie sich einen Moment sammeln musste. Unsicherheit und Verlangen führten einen unerbittlichen Kampf in ihrem Inneren, ehe sie begann, ihm das Hemd aufzuknöpfen. Damian zog scharf die Luft ein, als sie es ihm von den Schultern strich und mit den Fingerspitzen über seine Haut fuhr. Sie wollte diesen Moment genießen und ihn sich einprägen, damit sie ihn niemals wieder vergaß.

Wieder trafen seine Lippen auf ihre, diesmal langsamer, und Ari spürte, wie sehr auch er diesen Moment genoss. Behutsam zog er eine Spur über ihr Kinn und über ihren Hals entlang, sodass sie den Kopf in den Nacken legte, um ihm Zugang zu gewähren. Dann hob er den Kopf und sah ihr einen unsagbar langen Augenblick in die Augen.

Himmel, er ist wunderschön. Aber ich kann die Dunkelheit, die ihn umgibt, in seinen Augen sehen. Sie verschlingt ihn.

Aber Ari hatte keine Angst davor. Im Gegenteil. In diesem Moment wollte sie nichts so sehr, als mit Damian in seiner Dunkelheit zu verschmelzen. Das war das einzige, das zählte.

Mit den Fingerspitzen fuhr sie seine Narbe entlang. Dann beugte sich sie vor und hauchte einen Kuss an die Stelle. Damian erschauderte und seine Hände umgriffen ihre Taille, krallten sich in ihre Haut.

Sie keuchte auf, sah ihm in die Augen, die nun einen Tick dunkler geworden waren. Dann spürte sie nichts mehr außer seine Hände, die ihren Körper berührten und huldigten, als wäre sie das Kostbarste auf der Welt. Er strich an ihrer Wirbelsäule entlang und ein Schauer jagte ihr über den Rücken. Immer weiter wanderten seine Hände, umfassten ihren Hintern, glitten über ihre Schenkel und zogen sie immer näher an ihn heran. Sie spürte seine Erregung zusammen mit ihrer eigenen. Damian beugte sich über sie, seine Lippen erforschten jeden Zentimeter ihres Körpers, und als er langsam in sie eindrang, bis sie ihm vor Verlangen in die Schulter. Es gab nur sie beide – Haut an Haut – und niemals würde sie seinen dunklen Blick vergessen, als die erste Welle sie verschlang.

19

»Der erste Kuss ist etwas Besonderes, Ari. Du wirst ihn niemals vergessen, egal ob er gut oder schlecht gewesen war, er wird dir immer in Erinnerung bleiben.«

Alma zu Ari vor vielen Jahren

So viele Gedanken gingen ihr durch den Kopf, als sie weit nach Mitternacht neben Damian lag. Zum einen spürte sie Sehnsucht, die sich wie ein Schwarm Fische in ihrer Brust ausbreitete und Glück. Ari wusste nicht, wie sie seinen Gesichtsausdruck einordnen sollte, denn obwohl sie sich sicher war, dieselben Gefühle in seinen Augen sehen zu können, war da auch noch etwas anderes.

Ein kleiner Teil von ihr beruhigte sich, während sie ihm so nah war, aber ein weitaus größerer Teil war kurz davor, in ihrer Brust zu explodieren. Damian hob die Hand und zögerte kurz, ehe er sanft nach einer Haarsträhne griff und sie um seinen Finger wickelte. Er betrachtete sie, als hätte er noch nie etwas Schöneres gesehen.

»Es ist verrückt«, sagte er leise. »Ich dachte immer, so etwas zu fühlen, würde mir verwehrt bleiben.«

Ari wusste nicht, was genau er damit meinte. »Warum dachtest du das?«

Er schluckte und Ari sah die Verletzlichkeit in seinem Blick.

»Weil ich der Nachtprinz bin.« Er ließ sie los und rieb sich nervös den Nacken. »Jeder, der mir wichtig ist, verschwindet eines Tages aus meinem Leben.«

»Also dachtest du, dass du niemanden mehr an dich heranlässt, damit es nicht so schmerzt, wenn dich jemand verlässt?«

Er presste die Lippen zusammen und nickte. »Mein Vater starb, meine Mutter verließ mich und sogar die Bediensteten im Schloss gingen weg und …« Er sprach nicht weiter, sondern seufzte laut auf. »Es ist mein Schicksal.«

Als Ari ihn näher betrachtete, fiel ihr auf, wie sein Atem schneller ging. Sein Blick wirkte gehetzt. Irgendwas stimmte nicht.

»Ich sollte nicht darüber sprechen. Lass uns schlafen.«

»Doch, natürlich. Du kannst es mir sagen.«

Vehement schüttelte er den Kopf, seine Hände glitten zu seiner Brust. Er stockte. Fast als bekäme er keine Luft mehr.

»Damian? Was ist los?«

Er schüttelte den Kopf, Panik war in seinen Augen zu sehen.

»Es geht nicht.«

Ari griff nach seiner Hand und drückte sie. Irgendetwas quälte ihn.

»Es ist in Ordnung«, murmelte sie, nahm seine Hand und legte sie an ihren Körper, direkt auf die Stelle, an der ihr Herz schlug. Genau wie Ari gehofft hatte, schien ihr Herzschlag ihn zu beruhigen.

Sein Atem wurde ruhiger, der gehetzte Ausdruck in seinen Augen verschwand.

Ihr schwirrten so viele Fragen im Kopf herum, auf die sie einfach keine Antwort zu bekommen schien.

Was hatte das eben zu bedeuten? Damian wirkte fast so, als konnte er ihre Frage gar nicht beantworten, selbst wenn er gewollte hätte. Und warum wurde sie das Gefühl nicht los, dass sie irgendetwas übersah?

»Habe ich schon mal erwähnt, dass meine Schwester die schreckliche Gabe hat, sich überall einzumischen? Es vergeht kein Tag, an dem sie nicht einen furchtbar klugen Ratschlag von sich gibt. Das ist unglaublich anstrengend. Ich bin mir ziemlich sicher, wäre sie jetzt hier, würde sie einen ihrer ganz besonderen schlauen Sprüche von sich geben.«

Sein zaghaftes Lächeln sorgte dafür, dass Ari sich ein wenig beruhigte. Es wirkte ein wenig aufgesetzt, fast schon gequält, trotzdem seufzte sie erleichtert auf.

»Und was würde sie jetzt sagen?«

Ari verzog das Gesicht. »Mal sehen, ich denke, sie würde sagen: *Hör auf, dir darüber Gedanken zu machen. Alles kommt, wie es kommen muss. Warum sich den Kopf über etwas zerbrechen, das man sowieso nicht ändern kann?«* Sie gab sich alle Mühe, ihre Stimme zu verstellen, sodass sie sich ein wenig wie ihre Schwester anhörte. »Oder aber sie würde nur den Kopf schütteln und sagen: *Nichts wird so heiß gegessen, wie es gekocht wird. Manchmal muss man einfach nur abwarten, dann löst sich das Problem von ganz allein.«*

Ihr Blick wanderte zu Damian, der sie ansah. Sanft strich er ihr über die Wange. Erst jetzt bemerkte sie, dass sie geweint hatte.

»Du vermisst sie«, flüsterte er.

»Ganz schrecklich sogar.« *Jetzt wäre der geeignete Zeitpunkt, von Almas Verschwinden zu erzählen.*

Aber sie wollte ihn nicht mit ihren Problemen belasten und er würde ihr sowieso nicht helfen können.

Er nickte nur, als verstünde er ihren Schmerz, dann hob er die Arme, legte sie um ihre Schulter und zog Ari dicht an sich heran.

Dankbar für diese Berührung schmiegte sie den Kopf an seine Brust und ließ ihren Tränen freien Lauf. »Ich habe mir so sehr gewünscht, von zu Hause wegzugehen, etwas anderes kennenzulernen und jetzt heule ich deswegen. Ich bin so erbärmlich.«

»Nein, bist du nicht«, murmelte er ganz dicht an ihrem Haar. Ein Schauer jagte über ihren Rücken. Ganz vorsichtig atmete Ari seinen Duft ein. Sie schloss die Augen und genoss den Moment, ihn so nah bei sich zu haben. Aber plötzlich stockte sie. Sie drehte den Kopf ein wenig mehr zur Seite, konzentrierte sich auf das nicht vorhandene Geräusch und hielt den Atem an.

Nein, sie irrte sich nicht.

Kein Herzschlag.

Du bist einfach nur zu aufgewühlt, um ihn zu hören. Aber je mehr sie sich darauf konzentrierte, desto mehr wurde ihr bewusst, dass sie nichts hörte.

Gar nichts.

Sein Brustkorb hob und senkte sich, sie spürte seinen Atem auf ihrer Haut, aber sie hörte sein Herz nicht schlagen.

Weil es nicht existierte. Starr vor Schreck hielt Ari die Luft an. Wie hatte sie das nicht sehen können? Himmel, wie dumm war sie gewesen?

... riss ihm das Herz aus der Brust und ersetzte es durch einen Stein.

Nein. Nein, nein, nein.

Sie hatte es nicht gesehen. Die ganze Zeit lag es praktisch vor ihrer Nase und es war ihr nicht in den Sinn gekommen.

Der Nachtprinz.

Ihr Lieblingsmärchen – es war Damians.

20

»Ich wollte nie ein eigenes Märchen besitzen. Viel lieber wäre mir gewesen, mein Schicksal selbst bestimmen zu können.«
Interview mit Prinz Damian

Ruckartig setzte Ari sich auf. Ihr Puls raste.

»Alles in Ordnung?« Damians fragender Blick machte alles nur noch schlimmer.

Tausende Gedanken wirbelten durch ihren Kopf. Sollte sie ihm davon erzählen? Vielleicht wusste er es ja bereits? Aber falls nicht, musste sie behutsam sein. »Ich muss dir etwas sagen.«

Er setzte sich auf. »Du machst es aber spannend.«

»Ich erinnere mich.« Noch immer konnte sie nicht glauben, dass sie noch nicht daran gedacht hatte, obwohl es doch so offensichtlich war.

Damian zog eine Augenbraue nach oben, als wartete er, dass sie weitersprach.

»An dein Märchen.«

Verständnislos sah Damian sie an und Ari haderte mich sich. Das, was sie ihm zu sagen hatte, würde nicht leicht werden. In Gedanken formte sie die Worte und fragte sich einen kurzen Moment, ob sie das Richtige tat. Aber was blieb ihr denn anderes übrig?

»Du wurdest verflucht und ich glaube, es war Meister Paelle.« Okay, in ihrem Kopf hatte es sich weniger dramatisch angehört.

Sie beobachtete Damian, der sie stumm ansah. Sie hatte keine Ahnung, was ihm durch den Kopf ging.

»Bist du verrückt?«, sagte er plötzlich langsam und schüttelte den Kopf.

»Das sind schwere Anschuldigungen, Ari, die dir in Linnea das Leben kosten können.«

Sie wollte ihm sagen, dass sie es erklären konnte, aber Damians Augen wirkten genauso kalt wie bei ihrer ersten Begegnung. Ari holte tief Luft. »Hör mich doch erst einmal an, bevor du urteilst.«

Damian lehnte sich zurück und verschränkte die Arme vor seiner Brust. Ein spöttisches Grinsen umspielte seine Lippen, aber seine Augen wirkten weiterhin wach und kalt. »Dann los. Erzähl mir meine Geschichte. Ich kann es kaum erwarten.«

Er wird mir nicht glauben. Es war ein Fehler gewesen, davon anzufangen. Aber sie wollte ihm helfen und das funktionierte nur, wenn er die Wahrheit erfuhr.

»Hör zu«, flüsterte sie nun und nahm ihren ganzen Mut zusammen. »Ich habe mich die ganze Zeit gewundert, warum mir deine Geschichte so bekannt vorkam. Du hast immer von dem Nachtprinzen gesprochen, aber ich habe es nicht mit dir in Verbindung gebracht. Himmel, ich war so dumm. Auf jeden Fall gibt es ein Märchen, das mir Alma immer vorgelesen hat. Darin geht es um ein Königspaar, der König stirbt und die Königin kommt über seinen Verlust nicht hinweg und bittet einen Zauberer, ihrem neugeborenen Sohn den Schmerz eines gebrochenen Herzens zu ersparen. Sie will nicht, dass er sich verliebt und dann diese Trauer spüren muss, wenn seine Liebe stirbt. Der Zauberer verlangt im Gegenzug, dass die Königin ihn heiratet, damit er neuer König werden kann. Sie willigt ein, aber als der Zauberer dem Kind das Herz aus dem Leib reißt und es durch einen Stein ersetzt, weigert sie sich, den Zauberer zu heiraten. Da legt er einen Fluch auf das Kind. Erst wenn es jemandem gelingt, das Herz aus Stein zu brechen, würde sich das Herz wieder verwandeln. Dies muss bis zu seinem zwanzigsten Geburtstag geschehen, sonst kann der Fluch nicht mehr aufgehoben werden.«

Sie sah ihn an, konnte aber seinen Gesichtsausdruck nicht recht deuten. »In Linnea gibt es keine Märchen, Ari. Warum glaubst du, dass es sich hier um mich handelt? Es könnte jeder Königssohn sein.«

Er hatte recht. Es gab keine Märchenfiguren außerhalb Kolis'. Trotzdem war sie davon überzeugt, dass sie richtig lag. Sie brauchte nur Beweise.

»Ich weiß nicht, warum dir eines zugewiesen wurde und warum du hier lebst und nicht in der Märchenstadt. Aber ich bin mir ziemlich sicher, dass du der Königssohn bist, von dem dort gesprochen wird. In dem Märchen heißt es noch, nach dem Fluch verwandelte sich das Land in Eis und Stein. Hast du dich schon mal in Linnea umgesehen?«

Er zog eine Augenbraue nach oben. »Wir haben Winter.« Als wäre das Erklärung genug.

Jetzt war es Ari, die ihn spöttisch ansah. »Linnea sieht aus, als wäre die Apokalypse nahe. Wie lange geht das schon so?«

Damian zuckte mit den Schultern. »Vermutlich schon mehr als zwanzig Jahre. Hör zu, Meister Paelle ist ein mächtiger Zauberer, aber er ist ganz sicher nicht in der Lage, einen Fluch auszusprechen.«

»Woher willst du das wissen?«

»Ich kenne ihn mein ganzes Leben lang, schon vergessen?« Dann fuhr er sich über das Gesicht. »Ich schätze, du täuschst dich in ihm.«

»Was ist mit deiner Mutter?«, fragte sie.

Damians Blick wurde hart und wenn es vorhin Kälte gewesen war, die sie in seinen Augen gesehen hatte, dann waren es jetzt Eiszapfen, die sie darin erkennen konnte. »Was meinst du?«

»In dem Märchen wird erwähnt, dass sie verschwunden ist.« Sein Körper versteifte sich. »Weißt du auch, wohin?«

Betrübt schüttelte Ari den Kopf.

»Wie schade«, sagte er sarkastisch.

»Damian, ich weiß, dass es sich unglaubwürdig anhört, aber ...«

»Es ist verrückt, Ari. Total durchgeknallt. Ich wurde nicht verflucht. Meine Mutter hat mich alleine zurückgelassen, weil sie den Tod meines Vaters nicht überwinden konnte. Das mag eine Tragödie sein, aber es ist kein Fluch.«

Herausfordernd funkelte sie ihn an. »Ich weiß, dass ich richtig liege und wenn du mich lässt, dann zeige ich es dir auch.« Ihr Herz trommelte wild in ihrer Brust. Sie war sich nicht sicher, ob sie damit nicht einen Fehler machte, aber sie musste ihn irgendwie überzeugen.

Misstrauisch sah er sie an. »Was willst du mir zeigen?«

Vorsichtig nahm Ari seine Hand und legte sie auf seine Brust. Genau an die Stelle, an der sein Herz hätte schlagen müssen.

»Was tust du?«, flüsterte er.

Ari schluckte und sah ihm in die Augen. Ihre Stimme zitterte, als sie sagte: »Dann riss ihm der Zauberer das Herz aus der Brust und ersetzte es durch einen Stein.«

Alma hatte ihr das Märchen so oft vorgelesen, dass sie es mühelos auswendig kannte.

Seine Augen weiteten sich und ein entsetzter Ausdruck breitete sich auf seinem Gesicht aus. Damian riss die Hand herunter.

»Du irrst dich«, sagte er kühl.

»Aber ...«

»Hör auf damit, Ari!«

»Ich will dir helfen, verdammt.«

»Indem du mir Hoffnungen machst?«, rief er jetzt und sie zuckte erschrocken zurück. Seine Augen funkelten sie wütend an. Er atmete tief ein, dann schloss er die Augen.

Einen Moment lag bedrückende Stille über ihnen. »So viele Jahre habe ich mir den Kopf darüber zerbrochen, was mit meiner Mutter geschehen ist. Warum sie mich verlassen, mich alleine zurückgelassen hat. Es gab eine Zeit, da gab es nur Dunkelheit um mich herum, Ari. Das hätte ich nicht einmal meinem schlimmsten Feind gewünscht. Aber ich habe es geschafft, darüber hinwegzukommen. Habe mich damit abgefunden. Nicht jede Mutter liebt ihr Kind.« Er atmete tief aus und Ari konnte den Schmerz in seiner Stimme förmlich spüren. »Ich habe alles hinter mir gelassen und ich werde nicht zulassen, dass mich diese Dunkelheit wieder einholt, verstehst du das? Noch einmal würde ich es nicht überleben.«

Bei allen guten Geistern, Ari konnte seinen Schmerz förmlich spüren und alles, was sie wollte, war, ihm diesen zu nehmen.

»Was, wenn es diesmal das Licht ist, das du sehen wirst?«

Er schluckte schwer. »Das weißt du nicht.«

»Du auch nicht.«

»Himmel, Ari.«

Sie griff nach seiner Hand und zog sie an ihre Brust. »Bitte, Damian. Ich möchte dir helfen und ich glaube, dass ich richtig liege.« Der Blick, den er ihr zuwarf, war trauriger als alles, was sie bisher gesehen hatte. »Bitte«, flüsterte sie.

Langsam schüttelte er den Kopf. »Ich kann das nicht«, wiederholte er. »Und ich möchte, dass du dem auch nicht weiter nachgehst.«

Das kann ich nicht. Aber die Worte kamen ihr nicht über die Lippen. Nicht, wenn er sie weiter so ansah.

Langsam nickte sie, auch wenn sich alles in ihr sträubte.

»Versprich es mir.«

Damian hatte keine Ahnung, was er da von ihr verlangte. Sie wusste ganz sicher, dass sie richtig lag. Aber er verstand es nicht und egal, wie sehr sie jetzt mit ihm darüber stritt, er würde seinen Standpunkt nicht ändern.

Plötzlich kam ihr ein Gedanke. Himmel, wo hatte sie nur ihren Kopf. Warum war ihr das nicht schon früher eingefallen? Sein Märchenbuch. Alma hatte es ihr mitgegeben.

Sie erinnerte sich plötzlich an ein Gespräch mit ihrer Schwester, das sie vor vielen Jahren geführt hatten

»Aber wenn man die Geschichte ändern kann, warum suchen wir nicht das Buch und ändern Mutters Geschichte? Sie könnte noch leben, Alma.«

Betrübt schüttelte ihre Schwester den Kopf. »Jede Änderung erfordert ihren Tribut, Ari.«

»Das weißt du nicht, vielleicht …«

»Doch.« Almas Stimme klang fest und viel energischer, als sie es sonst tat. Ari sah ihre Schwester mit großen Augen an. So hatte sie noch nie mit ihr gesprochen.

Sofort wurden Almas Züge weicher, sie bückte sich und legte ihre Hände auf Aris Schultern. »Es tut mir leid, aber es ist zu gefährlich. Ich werde auf keinen Fall zulassen, dass dir etwas geschieht, Ari.«

Es ist zu gefährlich. Obwohl schon so viele Jahre vergangen waren, erinnerte sie sich noch gut an Almas Worte.

Jede Änderung erfordert ihren Tribut.

War sie imstande, dieses Risiko für Damian einzugehen?

»Versprich es mir«, wiederholte er.

Ari atmete scharf ein. »Ich verspreche es.«

Die Worte fühlten sich wie Kohlestücke in ihrem Mund an.

Damian starrte sie an und Ari fragte sich, ob er wusste, dass sie log. Aber dann lächelte er und Ari konnte die Erleichterung in seinem Blick erkennen. Sofort machte sich das schlechte Gewissen in ihr breit und Damians Worte von ihrer ersten Begegnung fielen ihr ein.

»Weißt du, was mit Lügnern in unserem Land geschieht? Die Schatten holen sie ein und wollen ihre Rache.«

Rache.

Das Wort hallte in ihrem Kopf nach.

Sie fragte sich, wie wohl Damians Rache aussehen würde, wenn er erfuhr, dass sie ihn hintergangen hatte.

Denn genau das würde passieren. Sie würde herausfinden, was es mit seinem Märchen auf sich hatte und es ändern.

Damian streckte den Arm aus und seine Hände umfassten ihre Wangen. Eiskalte Fingerspitzen strichen über ihre Haut und Ari widerstand dem Drang, sie zu nehmen und sie aneinanderzureiben und leicht hineinzupusten, wie ihre Mutter es immer nach langen Schneeballschlachten getan hatte. Dies gehörte zu Aris schönsten Erinnerungen.

»Weißt du, was ich glaube?«

Ari schnaufte. »Was denn?«

»Dass du dein eigenes Märchen bereits hast. Du musst nicht mehr danach suchen.«

Ari schüttelte den Kopf. »Das denke ich nicht. Für mich gibt es keines.«

»Woher willst du das wissen?«

»Ich weiß es einfach. In meiner Welt hat man mir kein Märchen zugewiesen.« *Deswegen bin ich ja fortgegangen und letztendlich hier gelandet.*

Er legte den Kopf zur Seite und sah sie so lange an, dass Ari schon dachte, er würde nichts mehr sagen. Aber dann lächelte er. »Wer weiß.«

21

Sollte der König sterben, tritt anschließend sofort der Kronprinz provisorisch das Erbe an, bis es an seinem 20. Geburtstag zur Krönung kommt.
Falls kein Nachfolger vorhanden ist, wird der persönliche Berater vorübergehend, bis ein geeigneter Thronfolger gefunden ist, als Regent die verfassungsmäßigen Pflichten des Königs übernehmen. Niemand kennt schließlich den König besser als sein treuer Diener.
Artikel 8, Absatz 1 – Auszug aus dem Gesetz von Linnea

»Du hättest mir Bescheid gegen müssen«, sagte Meister Paelle und schnalzte mit der Zunge, während er in Damians Arbeitszimmer auf und ab lief.

»Es war eine spontane Entscheidung.«

Der alte Zauberer hielt inne und starrte ihn mit einem ungläubigen Blick an. »War es deine Idee?«

Damian betrachtete ihn misstrauisch. »Spielt das eine Rolle?«

»Nun, wenn es deine Entscheidung war, dann würde ich dich bitten, in Zukunft vernünftiger zu handeln. Sollte es aber die Idee des Mädchens gewesen sein, bin ich mir sicher, dass mir für sie eine geeignete Strafe einfällt.«

Damian setzte sich auf und ließ den alten Mann nicht aus den Augen. »Du glaubst, dass ich das zulassen würde?«

»Ich bin dein Berater und war der beste Freund deines Vaters. Es ist meine Pflicht, mich um dich zu kümmern. Und auf dich aufzupassen, wie es scheint.«

Damian seufzte und lehnte sich in seinem Arbeitssessel zurück. »Ich weiß deinen Einsatz zu schätzen, aber du übertreibst. Ich hatte eine Menge Spaß.«

Feurige Wut zeichnete sich auf dem Gesicht des Magiers ab, aber so schnell sie erschien, so schnell verschwand sie auch wieder. »Spaß ist nicht eines Königs würdig. Es sind nur noch ein paar Tage, dann wirst du gekrönt. Willst du wirklich das Erbe deiner Eltern aufs Spiel setzen?«

»Mir wäre schon nichts geschehen.«

»Woher weißt du das? Die Bewohner der Nachtstadt haben Angst vor dir. Nichts ist unberechenbarer als ein Lebewesen getränkt voll Angst und Zorn.«

Wessen Schuld ist das? Es liegt nicht an mir, dass sie mir aus dem Weg gehen und in mir ein Monster sehen.

»Wie du bereits sagtest, bald bin ich König. Ich kann eigene Entscheidungen treffen.«

Der Zauberer schluckte und öffnete den Mund, als wollte er etwas erwidern, schloss ihn dann jedoch wieder, als würde er die Worte runterschlucken …

»Natürlich.« Meister Paelle drehte sich um und öffnete die Tür, doch Damian war noch nicht fertig mit ihm.

»Warte!«

Der Zauberer hielt inne, drehte sich allerdings nicht um. Einen Moment zögerte Damian. Aris Worte ließen ihm keine Ruhe mehr. Was, wenn sie recht hatte? Nervös rieb er sich den Nacken. Meister Paelle war sein engster Vertrauter. Sein Berater und in gewisser Weise sogar so etwas wie ein Vater. Ari musste sich irren. Ganz sicher. Dennoch ließ es ihm keine Ruhe.

»Glaubst du, dass meine Geschichte aufgeschrieben wurde?«

Langsam drehte Meister Paelle sich um. »Was meinst du?«

»Ich frage mich einfach, ob es sein kann, dass es ein Märchen über mich gibt?«

Ungläubig starrte der Zauberer ihn an, dann lachte er lauthals.

»Wie kommst du denn auf diesen Unsinn? Du bist der Thronfolger von Linnea. Hier existieren keine Märchen.« Damian rieb sich den Nacken. »Das weiß ich. Aber in Vaters alter Bibliothek gibt es unzählige Bücher. Vielleicht …«

Der Meister seufzte und schüttelte den Kopf. »Ich weiß, worauf du hinauswillst, Damian. Aber du solltest dir keine Hoffnungen machen. Das ist alles Unsinn.«

»Aber kann es nicht sein, dass ich ein Märchen besitze und es niedergeschrieben wurde? Stell dir doch nur vor, ich könnte endlich herausfinden, was mit meiner Mutter geschehen ist. Was das Schicksal für mich vorgesehen hat. Wie …«

»Nein.« Die kalte Stimme des Zauberers ging ihm durch Mark und Bein. »Ganz gewiss bist du keine Märchenfigur.«

»Wie kannst du dir da so sicher sein?«

»Weil ich auch schon mit dem Gedanken gespielt habe. Glaubst du, ich habe nicht alles mir Mögliche getan, um herauszufinden, was mit deiner Mutter geschehen ist? Tag und Nacht habe ich Linnea nach ihr abgesucht. Ich habe mir den Kopf zerbrochen, warum in Linnea seit Jahren keine Mädchen mehr geboren werden und warum das rote Fieber das Land überschwemmt hat. Aber ich habe keine Antwort darauf gefunden. In keinem einzigen Buch.«

»Ariana hat es gelesen.«

Für einen Moment blitzte etwas in Meister Paelles Augen auf, dann beugte er sich zu Damian hinunter. Er stützte seine Hände auf den Mahagonischreibtisch und legte den Kopf zur Seite. »Was hat sie gesagt?«

Damian zuckte mit den Schultern. »Nicht viel. Nur, dass ihre Schwester ihr dieses Märchen als Kind immer vorgelesen hat. Es muss also existieren.«

Einen Moment lang starrte der Zauberer Damian an, dann schüttelte er den Kopf. »Das ist unmöglich.«

»Vielleicht weiß jemand anderes darüber Bescheid. Ich könnte …«

»Ich bin der mächtigste Zauberer in Linnea. Glaubst du nicht, ich wüsste es?« Einen Moment lang starrten sie einander an, dann senkte Damian den Blick und nickte. »Du hast recht. Vermutlich täuscht sie sich. Ich sollte das Ganze vergessen.«

Der alte Mann trat an Damian heran und legte ihm eine Hand auf die Schulter. »Es tut mir leid, mein Junge. Aber es ist besser, wenn du dich nicht weiter damit beschäftigst. Ich wünschte wirklich, ich könnte dir deine Mutter zurückbringen.« Dann trat er einen Schritt zurück. »Ich würde alles dafür tun. Glaub mir. Alles.«

22

»Alle Märchen spielen verrückt. Jetzt ist es auch noch geschehen, dass der Froschprinz in seinem Hybridkörper feststeckt. Ganz zu schweigen, dass Ronja ihre Großmutter schon eine ganze Woche nicht mehr im verwunschenen Wald besucht hat. Der Wolf steht sich seit Tagen die Beine in den Bauch. Es ist zum aus der Haut fahren.«
Hauptmann Arrick, Königswache der Märchenstadt Kolis

Ari war sich ziemlich sicher, dass sie sich falsch entschieden hatte. Sie hätte Damian von Almas Verschwinden erzählen sollen und nicht von seinem Märchen. Ari wusste selbst nicht, warum sie es nicht getan hatte. Traute sie ihm noch nicht so recht? Oder es lag daran, dass sie die Annäherung, die zweifellos zwischen ihnen stattgefunden hatte, nicht kaputtmachen wollte? Als sie am Morgen zurück im Schloss gewesen waren, hatte Damian sich in sein Arbeitszimmer zurückgezogen und Ari war sofort in ihr Zimmer gelaufen. Sie hatte unter ihrer Matratze nach Damians Märchenbuch gesehen und erleichtert festgestellt, dass es immer noch dort lag. Das schlechte Gewissen nagte an ihr, weil sie Damian nichts von dem Einbruch in ihr Zimmer erzählt hatte. Aber schließlich hatte sie keine handfesten Beweise. Was auch immer der Zauberer gesucht hatte, es musste sehr wichtig für ihn sein. Wenn sie nur wüsste, was es war.

Seufzend ließ sie sich ins Bett fallen und holte den Zauberspiegel hervor.

»Poseidys«, murmelte sie und wartete. Es dauerte mehrere Anläufe, bis das grüne Gesicht vor ihr auftauchte. »Warum bist du so früh schon wach? Bist du aus dem Bett gefallen?«

»Viel mehr würde mich interessieren, warum du noch schläfst. Die Sonne ist bereits aufgegangen.«

Beleidigt rümpfte er die Nase. »Auch ein Geist benötigt ab und zu seinen Schönheitsschlaf.« Dann runzelte er die Stirn. »Hast du mir etwas zu erzählen?«

Ari legte den Kopf zur Seite. »Sieht man mir das etwa an?«

»Ha! Ich wusste es. Du hast dieses Glitzern in den Augen.«

Ari schob sich eine Haarsträhne aus dem Gesicht. »Was soll das sein?«

»Ein *Der-Prinz-hat-mich-geküsst-Glitzern*.«

Röte schoss ihr in die Wangen und Ari verfluchte sich dafür, dass sie ihren Gefühlszustand nicht zurückhalten konnte.

»Du brauchst deswegen nicht gleich rot zu werden.«

Ari biss sich auf die Unterlippe. Sie würde Poseidys ganz sicher nicht mehr erzählen. Aber leider konnte der Geist eins und eins zusammenzählen.

»Oh, *deswegen* wirst du nicht rot. Es ist mehr passiert, stimmt's?«

Es war ihr zwar unsagbar peinlich, aber Ari hatte Poseidys versprochen, ihm davon zu erzählen und daran würde sie sich halten.

»Wir hatten eine schöne Zeit.«

»Das kann ich mir vorstellen. Ich bin froh, dass du mich zu Hause gelassen hast. Nicht auszudenken, wie nervtötend es gewesen wäre, euch zuzuhören.«

Ari schluckte und ihr Gesicht wurde noch einen Tick dunkler. Daran hatte sie gar nicht gedacht.

»Vielleicht sollten wir über etwas anderes reden. Hast du noch etwas herausgefunden?«

»In der Tat, doch …« Er gähnte und kniff dabei die Augen zusammen. »… es wird dir nicht gefallen. Wenn man es genau nimmt, ist es doch recht seltsam.«

Sofort richtete Ari sich auf. »Spuck's schon aus.«

»Du musst dich wahrlich in Geduld üben.«

Genervt zog Ari eine Augenbraue nach oben.

»Nun, es ist so, dass nicht nur deine Schwester verschwunden ist. In der Märchenstadt scheint etwas ganz und gar nicht zu stimmen.«

Angst durchflutete ihren Körper. »Was ist geschehen?«

»Soweit ich das richtig verstanden habe, ist Liliana aus ihrem Turm gefallen. Die Arme liegt seitdem im Koma.«

Vor Schreck fiel Ari fast der Spiegel aus der Hand. Poseidys keuchte auf, während Ari schnell eine Entschuldigung murmelte. Mit zitternden Händen legte sie ihn vor sich auf das Bett und beugte sich darüber. »Außerdem wurde die gute Fee seit über einer Woche nicht mehr gesehen. Niemand weiß, wo sie sich aufhält. Sie reagiert weder auf Rufe, Bitten oder ihren Zauberstaub. Gerüchten zufolge wurde sie entführt.«

Bei dieser Information wurde Ari unruhig. Jeder in Kolis wusste, dass jeder Zauberstab mit seinem Herrn Kontakt aufnehmen konnte. Was war ihr nur zugestoßen? »Woher weißt du das alles?«

Er rümpfte die Nase, dabei sah er noch ein wenig arroganter aus. »Ich habe meine Quellen.« Als Ari den Mund öffnete, fügte er spitz hinzu: »Die ich nicht preisgeben werde.«

»Ich dachte, wir wären ein Team?«

»Oh, das sind wir. Dennoch bin ich nicht bereit, dir meine Informanten zu nennen.«

Ari schüttelte den Kopf. »Wie dem auch sei, das hört sich alles schrecklich an.«

»Na, du wirst darüber hinwegkommen. Du hast keine Ahnung, wie viele Gefallen ich dafür einfordern musste.«

»Was? Nein. Ich meinte, es ist schrecklich, was in Kolis vor sich geht.«

Poseidys verdrehte die Augen. »Das ist es in der Tat. Hinzu kommt, dass die Chroniken mit dem Märchen deiner Schwester gestohlen wurden.«

Ari sah den Spiegel fragend an. »Es gibt nur einen Grund, Almas Märchenbuch zu stehlen.«

»Ein Silberling für deine Gedanken«, murmelte der Geist.

»Jemand will es ändern«, flüsterte Ari. Sie traute sich fast nicht, die Worte auszusprechen.

»Warum sollte jemand so etwas tun?«

»Was weiß denn ich? Es gibt niemanden, der etwas gegen Alma hat.«

»Nur deine Mutter.«

Erschrocken sah Ari ihn an. »Ja, aber sie ist tot.« Poseidys nickte. »Du hast recht. Das war dumm von mir.«

»Schon gut.«

Das alles war noch viel schlimmer als angenommen. Ari wusste nicht, wie sie mit diesen Informationen umgehen sollte. »Niemand hat von Alma gehört?«

Poseidys schüttelte den Kopf. »Tut mir leid. Keiner weiß, was mit ihr geschehen ist. Es heißt, sie wurde mit den sieben Zwergen gesehen, aber solange es keine handfesten Beweise gibt, würde ich sagen, das sind nichts weiter als Gerüchte.«

Das war alles ein absoluter Albtraum. Sie konnte nicht einmal zurück nach Kolis. Wie also sollte sie Alma helfen? Sie konnte die Wächter fragen, vielleicht würden sie eine Ausnahme machen, aber genau da lag das nächste Problem. Wie sollte sie Kontakt zu ihnen aufnehmen? Ihr Blick blieb an Poseidys hängen, der sofort den Kopf schüttelte.

»Tut mir leid, Ariana. Ich habe mich in der Vergangenheit ein paar Mal mit den Wächtern angelegt, ich schätze, sie werden sich nicht mehr bereit erklären, uns zu helfen. Mir nicht, weil ich in ihren Augen als Enfant terrible gelte. Es hat nicht nur seine Vorteile, der Zauberspiegel der gefürchtetsten Königin zu sein. Dir werden sie auch nicht helfen, weil du nicht mehr ein Bewohner Kolis' bist. Ich befürchte, es wird noch nicht einmal ein Verbindungsaufbau möglich sein.«

Ari ließ den Kopf hängen. Das alles war vollkommen aussichtslos.

»Du könntest es immer noch Prinz Damian erzählen.«

Ari sah den Geist misstrauisch an. »Woher weißt du, dass ich es ihm noch nicht erzählt habe? Und sag jetzt nicht, du kannst vielleicht nichts sehen, aber umso besser hören. Du warst nicht einmal dabei.«

»Ich wusste es nicht. Aber deine Reaktion beweist mir, dass du es nicht getan hast.«

»Das war ein Test?«

»Ich gebe zu, nicht sehr subtil, aber äußerst effektiv.«

Ari schnaubte. »Wie soll Damian uns helfen? Er ist noch nicht einmal in der Lage, die Nachtstadt zu verlassen. Glaubst du wirklich, er kann etwas ausrichten, um Alma zu finden?«

Poseidys zuckte die Schultern. »Wer weiß? Er ist schließlich bald der König. Wenn nicht er, wer dann?«

»Na schön«, seufzte Ari. »Ich werde ihn fragen.«

»Jetzt gleich?«

Überrascht sah Ari ihn an. »Jetzt?«

Poseidys grinste sie an. »Es findet gleich eine Audienz für die Bewohner der Nachtstadt statt. Du könntest daran teilnehmen.«

Ari runzelte die Stirn. »Woher weißt du das?«

»Ich weiß alles. Es kommt nur …«

»… auf die richtige Frage an. Schon klar«, seufzte Ari.

»Genau. Dann weißt du ja, was du zu tun hast.«

Ari nickte, aber sie war sich nicht sicher, ob es eine gute Idee war. Aber spielte das eine Rolle? Ihre Ideen waren alle fehlerhaft gewesen. Ganz besonders, Kolis zu verlassen.

23

Ein König ist nichts ohne seinen persönlichen Berater.
Artikel 3, Absatz 1 – Auszug aus dem Gesetz von Linnea

Als Ari den Thronsaal betrat, spürte sie, dass etwas nicht stimmte. Die drückende Atmosphäre sorgte dafür, dass sich ein mulmiges Gefühl in ihrem Magen ausbreitete. Nicht nur, dass der Thronsaal dem düsteren Äußeren in nichts nachstand, es fühlte sich auch falsch an, hier zu sein. Ihre Absätze klapperten über den schwarzen Fliesenboden und sie wischte sich den Schweiß an den Händen an ihrem Kleid ab. Vielleicht irrte sich Poseidys und es war eine ganz schlechte Idee gewesen, an dieser Audienz teilzunehmen. Einen Moment blieb sie stehen und ließ den Saal auf sich wirken. Während im Schloss ihrer Mutter alles in Gold getaucht war, wirkte das Nachtschloss wie sein Name versprach. Mattes Sonnenlicht fiel durch die hohen Fenster und verlieh dem Raum spärliches Licht.

Ein Dutzend Wachen hatte sich im Thronsaal entlang positioniert. An den Wänden hingen Porträts von Königen, die Ari nicht kannte. Als sie das Gemälde von König Tychon und Königin Elenora sah, blieb sie stehen. Der König sah aus wie eine ältere Version von Damian. Königin Elenora lächelte anmutig. Ihr karamellbraunes Haar war zu einem Zopf geflochten und hing ihr über die Schulter. Aber Ari zuckte zusammen, als sie sie genauer betrachtete. Ihre Augen wirkten so klar und eindringlich. Irgendwie kamen sie Ari bekannt vor. Hatte sie sie schon einmal gesehen? Aber sie verwarf den Gedanken sofort wieder. Wie sollte ihr die Königin begegnet sein, wenn sie schon vor so langer Zeit verschwunden war? Vorsichtig sah Ari sich um. Kein einziger der Wachen bewegte sich. Jeder von ihnen sah stur geradeaus.

Ein Schnalzen drang durch die Stille und Ari zuckte zusammen. Damian saß auf einem massiven, mit Saphiren bestückten Thron und betrachtete eine Frau, die nur wenige Meter vor ihm stand. Ari fühlte sich vollkommen fehl am Platz.

Damian beugte sich nach vorne und Ari konnte eine tiefe Furche zwischen seinen Augenbrauen erkennen. Er ließ die Frau keine Sekunde aus den Augen. Himmel, was hatte sie verbrochen, dass er sie so ansah?

Hatte sie sich so in ihm getäuscht? Verschwunden war der junge Mann, mit dem sie den gestrigen Abend und die Nacht verbracht hatte. Stattdessen saß dort jener arrogante Prinz, den sie bei ihrer Ankunft kennengelernt hatte. Das war die Version von ihm, die er den Linneanern zeigte. Wie würden sie wohl reagieren, wenn sie den echten Damian kennenlernten?

Einen Moment spielte Ari mit dem Gedanken, sich zurückzuziehen. Wenn sie sich leise hinausstahl, würde niemand der Anwesenden etwas bemerken. Vielleicht wäre es jetzt sogar die richtige Zeit, sich noch ein wenig im Schloss umzusehen. Aber gerade, als sie den Rückzug antreten wollte, hob Damian den Kopf und ihre Blicke trafen sich. Für einen Moment hielt er seine kühle Fassade aufrecht, aber dann legte er die Maske ab. Sie konnte es regelrecht beobachten, wie sich seine Lippen zu einem leichten Lächeln verzogen, Damian sich entspannte und ihr in diesem Moment zuzwinkerte. Zum einen verfluchte sie sich dafür, dass sie nicht schneller reagiert hatte, zum anderen freute es sie, dass er ihr gegenüber die Fassade des bösen Nachtprinzen fallen gelassen hatte. Damian gab einer der Wachen ein Zeichen und noch ehe Ari reagieren konnte, zog er einen Stuhl heran und stellte ihn neben Damian ab. Er drehte sich zu Ari um und gab ihr zu verstehen, dass sie sich hinsetzen möge.

Zögerlich trat Ari vor und spürte die Blicke der Anwesenden auf sich, als sie sich setzte.

Das war eine schlechte Idee, Poseidys. Ich werde ihm ganz sicher nicht hier von Alma erzählen. Was sich der Geist dabei gedacht hatte? »Nun, sprich. Was willst du?« Wie ein Donnerschlag hallte Damians Stimme durch den Thronsaal. Erschrocken sah Ari zu ihm, doch sein Blick war auf die Frau gerichtet, die nur wenige Meter vor ihm stand.

Sie hielt den Kopf gebeugt, spielte nervös mit dem Saum ihres Kleides. Früher musste der Stoff blütenweiß gewesen sein, jetzt wirkte er vergilbt. Auf der rechten Seite entdeckte Ari einen Riss, vermutlich war die Frau an einem Ast oder einem Nagel hängen geblieben. Ihre Schuhe waren für die Jahreszeit zu dünn und ohne Fell ausgestattet, sodass sie sich bei einer Wanderung durch den Schnee Frostbeulen holen würde.

An ihrem Handgelenk befand sich nicht das Zeichen der Nachtstadt. Sie musste also von außerhalb kommen.

»Meine Schwester ist schwerkrank und die Medizin ist teuer.«

»Wie kannst du es wagen, den Prinzen nach solchen Belanglosigkeiten zu fragen?« Ari zuckte zusammen, als Meister Paelles Stimme wie ein Donnerknall durch den Thronsaal hallte.

Weil es für sie nicht belanglos ist. Wut schoss durch Aris Adern. Sie blickte zu Damian, aber dieser zuckte nicht einmal mit der Wimper. Stattdessen starrte er die junge Frau weiter unverändert an. Wie konnte er nur so ruhig bleiben?

Damian ist verschwunden und hat diesen kalten Nachtprinzen zurückgelassen.

»Was hast du zu bieten?«

Ari wurde eiskalt, als sie Damians Stimme hörte. Im Ernst? Die Frau stand hier vor ihm, legte ihren Stolz ab, um ihn um Hilfe zu bitten und er feilschte mit ihr?

Zitternd griff die Frau in ihren Rock und holte ein Stück Papier heraus. »Meine Mutter ist eine gute Näherin. Sie könnte neue Uniformen für die Wachsoldaten nähen und mein Mann könnte euch im Schloss helfen. Er hat sehr geschickte Hände.«

»Nicht nötig«, donnerte Meister Paelles Stimme durch den Saal. »Mehr hast du nicht?«

Die Hände der jungen Frau zitterten.

Ari schüttelte den Kopf, stand auf und eilte zu ihr hinab. Sie hielt den Kopf leicht gesenkt und Stolz flackerte in ihren Augen, aber ihr Körper konnte die Traurigkeit nicht verbergen. Ari konnte sie so gut verstehen. Sie selbst würde auch alles für Alma tun. Ari legte ihr den Arm um die Schultern. Ohne große Worte begann diese zu weinen und Ari warf Damian einen bösen Blick zu, den dieser ebenso eisig quittierte.

»Wie kannst du nur so unbarmherzig sein? Siehst du nicht, dass sie sich Sorgen um ihre Schwester macht? Wie kannst du ihr nicht sofort helfen? Ist das Königreich Linnea so arm, dass du nicht einmal in der Not jemanden unterstützt, ohne eine Gegenleistung zu erwarten?«

Während Damian sie immer noch wütend anfunkelte, erhob sich Meister Paelle von seinem Platz und schlenderte langsam die Treppe hinab. »Nur die Starken überleben, heißt es nicht so? Jeder Gefallen kostet seinen Tribut, hat man das Euch nicht beigebracht, Ariana aus dem Hause Winter?«

Ari reckte das Kinn. »Lieber bin ich schwach, als dass ich ein Herz aus Stein besitze.«

Ari sah, wie Damian erstarrte. Der Zauberer verengte allerdings die Augen zu schmalen Schlitzen und eine grausame Fratze erschien auf seinem Gesicht, die Ari zurückschrecken ließ. Aber so schnell wie sie gekommen war, verschwand sie auch wieder.

»Sagt nichts, womit Ihr nicht umgehen könnt«, knurrte der Zauberer, nahm der jungen Frau das Stück Papier aus der Hand und ging zurück zu seinem Platz.

»Na schön«, sagte Damian und setzte sich auf. »Nennt den Wachen Eure Adresse. Ich werde einen Heiler zu Euch schicken.«

Die Frau riss die Augen auf, dann nickte sie und schluckte gleichzeitig. »Vielen Dank, Eure Hoheit. Ihr werdet es nicht bereuen. Meine Mutter wird gleich morgen vorbeikommen, um Maße zu nehmen und mein Mann ist Euch den ganzen Winter über eine Hilfe.«

»Nein. Ich gebe Euch Bescheid, wenn es nötig ist.«

Die junge Frau stutzte, dann griff sie nach Aris Händen und drückte sie. »Ich weiß nicht, wie ich Euch danken kann.«

Ari schüttelte lächelnd den Kopf. »Ich müsst mir nicht danken. Alles Gute für Eure Schwester.«

Die Frau nickte, dann drehte sie sich um und lief aus dem Saal. Fast als hätte sie Angst, Damian könnte seine Entscheidung zurücknehmen.

Einen Moment fühlte Ari sich unwohl. Vielleicht war es unklug gewesen, ihren Standpunkt dermaßen vor Publikum zu vertreten. Meister Paelle schenkte ihr ein böses Grinsen, ehe er an ihr vorbeiging und die Tür des Thronsaals hinter der Frau schloss. Dann drehte er sich langsam zu ihr um.

Ari blickte zu Damian, der sie immer noch anstarrte. Sein Blick war noch genauso kalt.

Er ist wirklich wütend.

Meister Paelle trat vor. »Wie könnt Ihr es wagen?«

»Ich? Habt Ihr die Frau gesehen? Sie wollte Prinz Damians Hilfe und er hat einen Handel mit ihr abgeschlossen.«

»Wie bereits gesagt, erfordert jeder Gefallen eine Gegenleistung.«

»Nun, bei mir nicht.«

Zornig blickte der Zauberer zu Damian, der das Gespräch stumm verfolgte. Sein Gesicht wirkte vollkommen unbeteiligt, aber Ari wusste, dass es hinter seiner Maske brodelte. »Herr, Sie wird die Bewohner gegen uns aufhetzen. Nicht auszudenken, wenn die Leute davon erfahren.«

»Geht«, sagte Damian, während er Ari nicht aus den Augen ließ. Ein Schauer jagte ihr über den Rücken.

Ari riss die Augen auf. »Ich? Aber warum?«

Damian schloss die Augen und presste Zeigefinger und Daumen auf seine Nasenwurzel. »Nicht du. Meister Paelle! Geht.«

»Aber Herr? Dieses Mädchen ...«

Ari lagen unzählige Beleidigungen auf der Zunge, aber sie riss sich zusammen. Sie war wütend und die Gefahr groß, dass sie Dinge sagte, die sie später bereuen würde.

»Geht!«, wiederholte Damian diesmal mit Nachdruck. »Wir sprechen später darüber.« Einen Moment lang sahen sich Damian und Meister Paelle in die Augen, dann drehte sich der Zauberer um und verließ den Saal. Als die Tür ins Schloss fiel, drehte sie sich zu Damian um.

»Wie kannst du ...«

»Schweig!«

Ari riss die Augen auf. Wie konnte er es wagen, sie derart herumzukommandieren?

Er stand auf und bedeutete seinen Wachen, den Thronsaal ebenfalls zu verlassen. Kurz darauf waren Ari und er vollkommen allein. In Gedanken überlegte sie sich bereits, wie sie ihm ihren Standpunkt klar machen konnte, aber dann bemerkte sie seine müden Augen und wie er sich mit der Hand über das Gesicht wischte. »Hör zu, am Hof gelten Regeln. Eine davon besagt, wenn man etwas von der Krone möchte, dann muss man dafür auch etwas geben.«

»Aber die Frau hatte nichts. Verstehst du das nicht? Sie will dich nicht um Hilfe bitten, aber ihr blieb keine andere Wahl. Wie kannst du so grausam sein und ihr diesen Wunsch verwehren?«

»Weil ich der letzte Thronfolger bin. Wenn ich jedem, der vor mir steht, ohne Vorbehalte seine Wünsche erfülle, was glaubst du, was dann geschieht? Sie werden in Scharen kommen und ich werde nicht mehr in der Lage sein, dieses Land zu regieren, sondern bin nichts weiter als eine Witzfigur.«

»Das stimmt nicht. Du wärst ein König, der ihnen hilft. Zu dem sie aufschauen und dem sie vertrauen können.« Damian schüttelte den Kopf. »Ich muss grausam sein, Ari, und tief in mir drin bin ich es auch. Sie müssen Angst vor mir haben.« Er fuhr sich mit der Hand durch die Haare und ging einen Schritt auf sie zu. »Ich fordere einen Gefallen, damit sie nur zu mir kommen, wenn sie so verzweifelt sind, dass sie sich nicht mehr anders zu helfen wissen. Aber ich habe noch keinen Gefallen eingefordert. Noch kein einziges Mal.«

»Aber ...«, murmelte Ari. »Warum verlangst du es dann?«

»Ich lasse sie in dem Glauben, damit sie nicht übermütig werden. Heute ist es eine kranke Schwester, morgen ein verletzter Hund und ein Sack voll Gold. Verstehst du, Ari? Nur wenn jemand bereit ist, für seine Bitte etwas herzugeben, dann ist es ihm auch etwas wert.«

Ari nickte langsam. Sie verstand seine Beweggründe. »Tut mir leid«.

Er nickte nur. »Schon in Ordnung.«

»Und ihr Mann muss sicherlich nicht im Winter hier arbeiten?«

Er lächelte sie wehmütig an. »Ganz bestimmt nicht.« Damian zuckte mit den Schultern. »Vielleicht ist es dir schon aufgefallen, aber ich kann Fremde auf dem Schloss nicht ausstehen.« Es war eine Art Friedensangebot, das Ari gerne annahm.

»Vielleicht sollte ich jetzt gehen«, murmelte sie und zeigte mit dem Daumen über ihre Schulter.

»Wollen wir heute gemeinsam zu Abend essen?«

»Gerne. Ich bleibe noch ein wenig. Königliche Pflichten, du verstehst?« Er zwinkerte ihr zu.

»In Ordnung. Dann sehen wir uns später.« Sie drehte sich um, aber noch ehe sie die Tür erreicht hatte, wurde sie aufgerissen und ein Mann stürzte herein. Im ersten Moment dachte Ari, er wäre betrunken, aber dann sah sie die blutende Wunde an seinem Handgelenk und auch sein Gesicht wirkte, als hätte er mit einer Faust Bekanntschaft gemacht. Einen Moment verharrte er, dann wurden seine Augen groß, als er sie betrachtete. Ari trat einen Schritt zurück, um ihn vorbeizulassen.

Aris Blick legte sich auf Damian. Würde er einen verletzten Mann wegschicken?

Damian saß allerdings wie erstarrt auf seinem Thron. Seine Hände krallten sich in den samtigen Stoff, seine Augen waren zu Schlitzen verzogen wie bei einem Tier, das angegriffen wurde. Kannte er ihn?

Langsam stand Damian auf und fixierte den Fremden mit kalten Augen. Bei Isis' Spucke, was auch immer Damian für eine Vorgeschichte mit diesem Mann hatte, sie war nicht gut ausgegangen.

»Damian«, murmelte der Fremde und nickte ihm zu.

»Prinz Damian«, murmelte dieser scharf.

Der Mann schluckte. »Prinz Damian. Natürlich. Verzeih.«

Ari blickte zwischen dem Fremden und Damian hin und her. Es folgte ein stummer Schlagabtausch zwischen den beiden. Bis der Fremde tief einatmete. »Ich bitte um deine Hilfe. Glaub mir, ich hätte einen anderen Weg gewählt, wenn ich eine andere Möglichkeit gesehen hätte. Aber du bist meine letzte Chance.« Der Fremde holte tief Luft. »Meine Verlobte ist spurlos verschwunden und keiner der Hinweise, die ich gesammelt habe, halfen mir weiter.«

Damian schluckte und Ari sah die Überraschung in seinem Blick, ehe er sich wieder fing. »Deine Verlobte?«

Der Fremde schluckte, dann nickte er. »Magda. Ich habe das ganze Königreich nach ihr abgesucht, aber ich kann sie nicht finden.« Ari betrachtete den Fremden genauer. Sein zimtbraunes Haar war im Nacken etwas zu lang, auf seiner Stirn befand sich eine dünne, rotwulstige Narbe und seine Nase wirkte, als hätte er sich diese schon ein paar Mal gebrochen. An seinem Handgelenk entdeckte sie den goldenen Falken, das Zeichen der Nachtstadt.

»Wie kommst du darauf, dass ich dir helfen werde? Soweit ich weiß, ist es dir untersagt, die Nachtstadt zu betreten.« *Seltsam. Wieso darf er sie nicht betreten, wenn er doch von hier kommt?*

»Es ist ein Notfall.«

Damian legte den Kopf zur Seite und betrachtete den Fremden eine Weile. »Bist du schon auf die Idee gekommen, dass sie vielleicht nicht gefunden werden will? Vielleicht war es ihr Wille zu verschwinden?«

Ari keuchte auf.

Der Blick des Fremden verhärtete sich, dann lachte er laut auf. »Warum wundert es mich nicht, dass du ausgerechnet diese Worte gegen mich richtest? Glaub mir, ich bin damals nicht absichtlich gegangen, Damian.« Angewidert verzog er das Gesicht. »Ich hatte keine Wahl.«

»Man hat immer eine Wahl.«

»Du wolltest meinen Vater hängen lassen.«

Damian schluckte und der eiserne Blick, mit dem er ihn bedachte, verunsicherte sie. »Er war ein Mörder.« Erschrocken zog Ari die Luft ein.

»Warum hast du ihn dann nicht den Schatten überlassen? Jeder weiß, dass sie besessen von Gerechtigkeit sind.«

Als Damian nichts dazu sagte, lachte der Fremde höhnisch. »Weil du auf den alten Mann gehört hast, nicht wahr? Er hat deinen Verstand vergiftet.«

»Genug«, brüllte Damian und Ari zuckte zusammen. Himmel, was war damals nur vorgefallen?

Der Mann schluckte und hob beschwichtigend die Hände. »Hör zu, ich weiß, dass du wütend auf mich bist. Aber ich habe damals nur meinen Vater retten wollen. Ich weiß, an meiner Stelle hättest du dasselbe getan.«

»Bei mir gab es nichts zu retten.« Damians Stimme klang so kalt und teilnahmslos, dass Ari übel wurde.

Er hat keine Chance. Egal, was er für eine Bitte hat, Damian wird sie ihm nicht gewähren. Dafür trägt er noch zu viel Groll in sich.

»Ich bin nicht hier, um mit Damian, meinem alten Freund zu sprechen, sondern mit dem Nachtprinzen. Ich bitte um deine Hilfe. Ich komme um vor Sorge um Magda.«

Damian zog eine Augenbraue nach oben. »Tatsächlich?«

Ari fragte sich, warum er so überrascht war. Er klang, als könnte er es sich auf keinen Fall vorstellen, dass der Fremde sich um seine Verlobte sorgte.

»Ja. Mit jeder Faser meines Seins.« Er kramte in seiner Manteltasche und zog ein zerknittertes Papier hervor. »Hier, ein Bild von Magda.« Er streckte die Hand aus und hielt sie Damian entgegen.

Einen Augenblick reagierte er nicht, aber dann trat er vor und nahm es an sich. Er betrachtete die Zeichnung in seinen Händen und Ari brannte darauf zu sehen, wie sie wohl aussah. Als sie Damians Blick sah, glaubte sie schon, dass er sich dazu bereit erklären würde, ihm zu helfen, aber Enttäuschung machte sich in ihr breit, als er den Kopf schüttelte. »Es tut mir leid, ich kann dir nicht helfen.«

Ari konnte nicht glauben, was sie hörte. Er war wohlhabend, er wäre sicher in der Lage, jemanden zu bezahlen, der nach dieser Frau suchte. Falls sie wirklich von alleine fortgelaufen war und sich versteckt hielt, dann konnte ein Fremder viel mehr ausrichten als ihr Verlobter.

Der Mann nickte, als hätte er mit dieser Antwort gerechnet. Aber Ari sah die Enttäuschung in seinem Gesicht. Dann nahm er die Zeichnung wieder an sich, warf Ari einen kurzen Blick zu und ging zur Tür.

Meinte Damian das wirklich ernst?

»Warte«, rief Ari und ignorierte Damians bohrenden Blick.

»Wie heißt du?«

Der Fremde blieb stehen. »Ridon.«

»Ich bin Ari, eine Freundin des Prinzen.« Sie drehte sich um und warf Damian einen kurzen Blick zu. »Du kommst aus der Nachtstadt, nicht wahr?«

Er schüttelte den Kopf. »Ich habe eine Weile hier gelebt, aber ich bin vor vielen Jahren in den Norden gezogen. Dort habe ich Magda kennengelernt.«

»Die Frau auf dem Bild? Zeigst du es mir? Damit ich sie erkenne, falls ich ihr begegne?«

Ridons Blick sagte ihr, dass er daran nicht glaubte, aber er lächelte und hielt ihr das Bild hin. Ari nahm das zerknitterte Papier entgegen, sah aber zu Damian, der sie immer noch nicht aus den Augen ließ.

»Danke, dass weiß ich sehr zu schätzen. Du kannst es behalten.« Leise seufzte er und ließ den Kopf hängen. »Prinz Damian war meine letzte Hoffnung. Ich brauche es nicht mehr.«

Ari griff nach seiner Hand. »Warte. Gib nicht auf. Vielleicht findest du sie ja noch.«

Ein trauriges Lächeln umspielte seine Lippen. »Ich suche schon so lange nach ihr. Vielleicht hat der Nachtprinz ja recht und sie will nicht von mir gefunden werden.« Nickend drehte er sich um und verließ den Saal.

Ari sah ihm noch eine Weile nach, dann drehte sie sich zu Damian um.

»Wie kannst du es wagen?« Seine Stimme klang gefährlich leise. Viel leiser als vorhin. Himmel, sie hatte ihn wirklich wütend gemacht.

Ari riss die Augen auf. »Ich? Du hast ihm noch nicht einmal richtig zugehört. Wieso veranstaltest du diese Wünsch-dir-was-Stunde, wenn du sowieso alle Bitten abschlägst oder Gefallen einforderst, die vollkommen unnötig sind?«

»Hatten wir diese Diskussion nicht schon? Es geht dich nichts an.«

Ari schnaubte und verschränkte die Arme vor der Brust. »Oh, du machst es dir ziemlich leicht. Aber vielleicht hast du recht, es geht mich nichts an. Es ist dein Königreich. Aber hier geht es um lebendige Wesen und ich werde nicht dulden, dass du sie so behandelst.«

Spöttisch sah Damian sie an. »Du wirst es nicht dulden? Was hast du vor? Willst du dich selbst auf die Suche nach ihr machen?«

»Vielleicht ist das gar keine schlechte Idee.«

»Viel Erfolg. Aber nimm einen Kompass mit, damit du dich nicht wieder verläufst.«

Wut brodelte in ihr. Aber obwohl sie es nie zugeben würde, hatte er natürlich recht. Sie kannte sich hier nicht aus. Die Gefahr war zu groß, dass sie sich hier tatsächlich verlaufen würde.

»Er war mein bester Freund«, murmelte Damian und Ari sah ihn unverwandt an, damit er weitersprach. »Der einzige, den ich je hatte. Und anstatt an meiner Seite zu sein, hat er sich wie ein Dieb davongeschlichen und ist nicht mehr wiedergekommen. Zehn Jahre lang habe ich auf ihn gewartet und plötzlich steht er vor mir und das Einzige, was er will, ist meine Hilfe.« Damian atmete schwer, dann stand er auf und lief die Treppen hinab, ehe er vor ihr stehen blieb. »Er ist nur gekommen, weil er den Prinzen sehen wollte. Du verzeihst also, wenn sich meine Freude, ihn wiederzusehen, in Grenzen hält.«

Sein Blick ging ihr durch Mark und Bein. Sie verstand seine Wut und auch die Enttäuschung in seinem Blick, aber natürlich konnte sie auch Ridons Bitte nachvollziehen. Die Tatsache, dass er so lange nach ihr gesucht hatte und erst jetzt Damian um Hilfe bat, zeigte ihr, dass er keinen anderen Weg mehr wusste.

»Es tut mir leid«, murmelte sie, dann warf sie einen Blick auf das Bild in ihren Händen und erstarrte. Mit Schrecken betrachtete sie die junge Frau mit dem sonnenblonden Haar, das ihr locker auf den Schultern lag, der hellen Haut mit den vielen Sommersprossen und den leuchtend grünen Augen und der Schreck fuhr ihr in die Knochen.

Bei allen guten Geistern, das konnte nicht sein.

»Ari? Alles in Ordnung? Du bist ganz blass?«

Erschrocken sah Ari auf. Dann schüttelte sie den Kopf.

»Diese Frau … ich kenne sie.«

24

»Unterschätzen Sie den Nachtprinzen nicht. Auch wenn es auf den ersten Blick nicht so scheint, so spielt er manchmal nichts weiter als eine Rolle. Die wenigsten kennen den wahren Damian. Ich möchte sogar behaupten, ich auch nicht.«
Interview mit Ridon da Silva

Ridon hatte es versucht. Er hatte alle Möglichkeiten ausgeschöpft und nun musste er wohl aufgeben. Auch wenn er wirklich gehofft hatte, dass Damian ihm helfen würde, so hatte er tief in seinem Inneren mit einer Ablehnung gerechnet. Die Geschichten, die man sich um den Nachtprinzen erzählte, schienen tatsächlich wahr zu sein, aber Ridon hatte immer gehofft, dass er seinen Freund unter der kalten Maske noch erkennen konnte.

Vor dem Schloss blieb er stehen und atmete die eisige Luft ein. Nun war er an einem Punkt, an dem er nicht mehr weiterwusste. Er hatte nicht mal mehr ein Pferd, mit dem er zurück nach Lamos reisen konnte. Was hatte das alles noch für einen Sinn?

»Ridon? Warte.«

Überrascht seinen Namen zu hören, drehte er sich um und bemerkte die junge Frau, die er bei Damian gesehen hatte. Als Ari hatte sie sich vorgestellt, doch ihre ganze Erscheinung hatte Fragezeichen bei ihm ausgelöst – schließlich war sie zu jung für eine Bewohnerin Linneas. Dennoch hatte er nicht nachgefragt. Nicht, wenn er Damian um etwas bitten wollte. Sie lief die Treppen hinunter und blieb keuchend vor ihm stehen.

»Deine Verlobte.« Sie hielt ihm die Zeichnung von Magda vor die Nase.

Erst jetzt fiel ihm auf, dass Damian ihr gefolgt war. Er blieb ein paar

Schritte hinter ihr stehen, aber Ridon entging nicht die Schärfe in seinem Blick.

Aber sie galt nicht ihm, sondern ihr.

Er wollte die junge Frau vor ihm beschützen.

Das war ihm neu. Zwar war zwischen ihrer letzten Begegnung einige Zeit vergangen, aber noch nie zuvor hatte Damian jemanden so angesehen.

»Magda«, keuchte Ari. »Ich kenne sie.«

Seine Kehle wurde trocken, als er Ari anstarrte. Im ersten Moment begriff er ihre Worte nicht. So lange hatte er nach ihr gesucht und jedes Mal waren seine Hoffnungen in tausend Scherben zersprungen, wenn er wieder enttäuscht wurde.

»Du hast sie schon mal gesehen?« Die Worte blieben ihm im Hals stecken.

Ari nickte. »Ja, aber es ist schon lange her. Wann hast du sie das letzte Mal gesehen?«

»Vor vierzehn Monaten.«

Ari runzelte die Stirn. »Soweit ich weiß, ist sie vor über zehn Jahren verschwunden. Das ergibt keinen Sinn. Sie ist eine Freundin meiner Schwester. Ihr Name ist Lana.«

»Ich schätze, dann ist es nicht meine Verlobte. Danke, dass ihr euch die Mühe gemacht habt. Aber ich denke, hier liegt eine Verwechslung vor.« Er warf Damian einen letzten Blick zu, dann drehte er sich um.

»Nein, ich täusche mich nicht. Die Frau, die ihr Magda nennt, ist die gleiche. Ganz bestimmt. Und ich kann es dir auch beweisen.«

Ridon blieb wie erstarrt stehen. Er drehte sich um und sah Damian, der nach Arianas Hand griff.

Er verfolgte die Berührung und sah den Blick, den Damian ihr zuwarf. Er war voller Zuneigung.

»Wie?«, flüsterte er. Er wollte es nicht. Den Schmerz fühlen, den ihr Verschwinden in ihm ausgelöst hatte. Die Hoffnung, die sich in seiner Brust breitmachte. Die Angst, sie zu finden und wieder zu verlieren. Und diese unglaubliche Freude, die mit kleinen Flügeln in seiner Brust zu schlagen begann.

»Komm mit. Ich zeige es dir.«

25

Die Familie steht an erster Stelle.
Artikel 5, Absatz 2 – Auszug aus dem Gesetz von Linnea

Vielleicht war es doch keine gute Idee.

Was habe ich mir nur dabei gedacht?

Ihre Schritte hallten durch die Gänge, als Ari zusammen mit Ridon und Damian die Treppen zu ihrem Zimmer hochlief. Ihr war der Gedanke gekommen, Poseidys nach Lana zu fragen, aber jetzt, als sie vor ihrer Kammer stand, zweifelte sie an ihrem Vorhaben. Ari spürte Damians Blicke in ihrem Rücken, aber er hatte den ganzen Weg kein einziges Wort gesagt. Ridon hingegen hatte gar nicht mehr aufgehört, ihr Fragen zu stellen. Vielleicht hätte sie erst in Ruhe mit dem Geist sprechen sollen. Sie hatte nicht die geringste Ahnung, wie er wohl auf Fremde reagierte.

Die Furche zwischen seinen Augen war tiefer geworden, seine Lippen waren schmal zusammengepresst. So viel stand in seinem Gesicht geschrieben. Wut, Neugier, Angst, Misstrauen.

Als sie das Zimmer betraten, warf sie beiden Männern einen entschuldigenden Blick zu. Ihre Kleider lagen am Boden, die Vorhänge waren noch zugezogen und das Bett ungemacht. Vielleicht hätte sie erst einmal aufräumen sollen.

Sie griff nach dem Spiegel, der auf ihrem Nachttisch lag.

»Setzt euch bitte.«

Misstrauisch beobachtete Damian, wie sie den Spiegel hervorholte. Vielleicht hätte sie ihm früher davon erzählen sollen.

»Ihr müsst mir versprechen, es niemandem zu erzählen.«

Ridon nickte, dann schluckte er. »Ich verspreche es.«

Ihr Blick wanderte zu Damian, der die Hände vor der Brust verschränkt hatte und sie weiterhin nur anstarrte.

»Beide«, flüsterte sie und warf ihm einen bittenden Blick zu.

Damian sah sie überrascht an, dann verfinsterte sich sein Blick wieder. »Natürlich.« Seine Stimme klang belegt. Sie hatte ihn verletzt.

»Das hier ist ein Zauberspiegel. Ich habe ihn von meiner Mutter, er war zuvor in ihrem Besitz.«

Damian zog scharf die Luft ein, doch Ridon kam einen Schritt näher. Neugier spiegelte sich in seinen Augen. »Was kann er?«

Ari schluckte. Hoffentlich klappte es. »Er sieht alles. Vielleicht kann er uns sagen, wo sich Magda aufhält.«

Lass es bitte funktionieren.

Ari ignorierte den Blick des Prinzen und konzentrierte sich auf den Spiegel.

Er misstraut mir.

Später würde sie Damian alles erklären und sich bei ihm entschuldigen.

»Poseidys, antworte mir: Zeig mir, wo sich Magda aufhält.«

Eine Totenstille lag in der Luft, während alle drei gebannt auf den Spiegel achteten.

Wie üblich tauchten dicke Nebelschwaden auf, die aber sogleich verschwanden. Stattdessen blieb der Spiegel schwarz.

Nein. Nein, nein, nein.

»Poseidys, bitte antworte mir: Kannst du mir sagen, wo sich Ridons Verlobte Magda aufhält?«

Sie hielt die Luft an und starrte auf den Spiegel. Wieder tauchten Nebelschwaden auf, aber genau wie zuvor erschien weder der Geist, noch konnte sie etwas sehen.

»Das verstehe ich nicht«, murmelte Ari. »Es funktioniert nicht.«

Sie blickte auf und sah Enttäuschung in Ridons Blick, während Damian mit zusammengekniffenen Augen auf den Spiegel starrte.

»Ich weiß nicht, warum ich es nicht sehe. Bisher hat es immer geklappt.«

»Schon gut«, sagte Ridon und legte Ari eine Hand auf die Schulter. »Ehrlich gesagt habe ich nicht mehr daran geglaubt. Aber ich danke dir für deine Hilfe.«

Verzweifelt starrte Ari auf den Spiegel. Wie konnte es sein, dass Poseidys nicht erschienen war? War er vielleicht kaputt? Panik überkam sie. Wie sollte sie denn weiterhin etwas über Alma erfahren, wenn der Spiegel nicht mehr funktionierte?

»Der Spiegel hat deiner Mutter gehört?«, hörte sie Damians Stimme. »Du hast ihn geerbt?«

Ari sah zu Damian, der an der Wand lehnte. Er hatte sich keinen Zentimeter bewegt.

»Ja.«

»Dann bist du sein neuer Besitzer. Vielleicht kann er nur Dinge sehen, die mit dir in Verbindung stehen.«

Ari runzelte die Stirn. Aber noch ehe sie etwas sagen konnte, hörte sie eine vertraute Stimme.

»Der zukünftige König von Linnea scheint ein kluger Mann zu sein.« Ari ließ fast den Spiegel fallen, als Poseidys' Gesicht im Spiegel erschien.

Ridon stieß ein paar Flüche aus, ehe er einen Schritt zurückwich, als hätte er Angst vor dem grünen Geist. Damian hingegen schenkte ihr ein wissendes Lächeln.

»Das will ich wohl meinen«, murmelte er.

Verblüfft starrte Ari auf den Spiegel. »Wieso kommst du nicht, wenn ich dich rufe?«

»Verzeih, aber ich war beschäftigt. Außerdem hat der Prinz recht. Ich kann niemanden sehen, der nicht mit dir in Verbindung steht. Es sei denn, du stellst die richtige Frage.«

»Die richtige Frage?«, fragte Ridon.

»Poseidys ist sehr pingelig, was das angeht«, antwortete Ari und sah zu Damian. Sein Blick war unergründlich. Nahm er ihr übel, dass sie Poseidys bisher nicht erwähnt hatte?

In der nächsten Stunde gingen sie alle möglichen Fragen durch, aber bei jeder schüttelte der Geist den Kopf.

»Es hat keinen Sinn«, sagte Ridon resigniert.

»Es tut mir leid, ich hätte dir gerne geholfen.«

»Schon gut. Es wird Zeit, dass ich nun gehe.« Er blickte zu Damian, der nur stumm nickte, dann nahm er Aris Hand und drückte sie. »Wenn du einmal Hilfe benötigst, dann komm zu mir. Ich werde mich revanchieren.«

»Ich habe dir doch gar nicht geholfen.« Tränen schimmerten in ihren Augen, so sehr tat es ihr leid.

»Aber du wolltest. Das alleine zählt.«

***

Als Ridon ihr Zimmer verlassen hatte, sah Ari auf den Spiegel und seufzte tief. Damian hatte noch kein Wort gesagt, seit sie alleine waren und die Anspannung setzte ihr zu.

»Wie viele Geheimnisse hast du noch, Ariana aus dem Hause Winter?«

Ari schluckte. Vielleicht war es jetzt an der Zeit, ihm von Alma zu erzählen? »Es ist kompliziert.«

»Dein Spiegel hat es bereits erwähnt: Ich bin ein kluger Prinz. Ich werde dir bestimmt folgen können.«

Ari stand auf und tausend Gedanken wirbelten durch ihren Kopf. Wo sollte sie nur anfangen? Aber dann entschied sie sich, ihm einfach alles zu erzählen. Von Almas Verschwinden und wie sie davon erfahren hatte.

Damian hörte ihr zu, stellte keine Fragen, sondern ließ sie ausreden und Ari war ihm dankbar dafür. Als sie ihm von Almas Verschwinden erzählte, setzte sie sich neben ihm auf das Bett.

»Was wirst du jetzt tun?«

»Ich weiß es nicht. Ich befürchte fast, dass ich von hier nichts ausrichten kann.«

»Wenn ich mich hier kurz einschalten dürfte?« Ari war so in das Gespräch vertieft, dass sie gar nicht mehr an den Geist gedacht hatte. Sie griff nach dem Spiegel und wich überrascht zurück, als sie sah, wie er in einen glänzenden roten Apfel biss.

»Du isst?«, fragte sie überrascht.

»Natürlich.«

Irritiert sah Ari ihn an. »Ich dachte, du bist ein Geist.« »Meinst du, wir leben von Luft und Liebe? Ausreichende Vitaminzufuhr ist notwendig, ganz besonders, wenn man solch eine anstrengende Besitzerin hat wie dich.«

Damian lachte und Ari wurde warm ums Herz, als er nach ihrer Hand griff und sie sanft drückte. Er schien ihr die Geheimnisse nicht übel zu nehmen.

»Hast du Neuigkeiten?«

»In der Tat.« Er biss noch mal in seinen Apfel, dann verschwand sein Bild und Nebelschwaden tauchten auf. Gespannt blickten sie in den Spiegel, als Ari plötzlich ein bekanntes Gesicht entdeckte.

»Isis«, flüsterte sie.

Damian runzelte die Stirn. »Die Hexe?«

Ari nickte und freute sich, dass er offenbar gut zugehört hatte.

Ari erkannte die alte Hütte, die Isis im verwunschenen Wald bewohnte. Im Hintergrund sah sie alte Schüsseln, Pfannen und einen großen Kessel. Uma, Isis' Enkelin, stand lachend am Herd und rührte in einem Kochtopf.

Plötzlich hielt Isis inne, reckte den Kopf und ihre Nasenlöcher blähten sich auf. Sie wirkte wie ein Tier, das etwas witterte.

Gespannt beobachtete Ari, wie Isis den Kopf drehte und ihr direkt ins Gesicht sah. Erschrocken zuckte Ari zusammen. Es fühlte sich an, als könnte Isis sie sehen.

Isis bewegte ihre Lippen, aber natürlich verstand Ari sie nicht.

»Was sagt sie?«, fragte Damian.

»Ich weiß es nicht. Aber es sieht so aus, als würde sie einen Zauberspruch aufsagen.« Plötzlich leuchteten Isis' Augen rot auf. Keuchend wich Ari zurück und wie erstarrt verfolgte sie die Szene im Spiegel. Isis' Augen bewegten sich wie ein Kaleidoskop. Im nächsten Tag wurde der Spiegel kohlrabenschwarz.

»Was passiert hier?«, flüsterte Damian. Ari schüttelte nur den Kopf. Sie wagte nicht, auch nur ein Wort zu sagen. Spielte der Spiegel verrückt? Das alles war so unheimlich, dass Ari sich nicht einmal traute, nach Poseidys zu rufen.

»Funktioniert es?« Umas Stimme riss Ari aus ihrer Starre.

»Ich schätze schon«, hörte sie Isis und dann tauchte das Gesicht der alten Hexe wieder auf.

»Glaubst du, sie kann dich hören, Granny?«

»Wir werden sehen. Wir müssen uns auf jeden Fall beeilen. Der Zauber hält nicht lange.«

Ari wusste nicht, wie ihr geschah. Sie konnte Isis hören?

»Ari? Hörst du mich?«

»Ja«, rief Ari fast ein wenig zu laut und als Isis' Augen sich weiteten, wusste sie, dass auch Isis sie hörte.

»Bei allen guten Geistern. Wie geht es dir, mein Kind?«

Sie sah zu Damian, dem der Schreck ins Gesicht geschrieben stand. »Es geht mir gut.« Sie war so verblüfft, mit Isis sprechen zu können, dass sie sich erst sammeln musste. »Was geschieht hier?«

»Ich habe einen Zauber angewandt. Es ist dringend, wir haben nicht viel Zeit und ich muss unbedingt mit dir sprechen.«

»Geht es um Alma?«

Ein Schatten legte sich über Isis' Gesicht. Sie nickte. »Du weißt anscheinend schon Bescheid. Sie ist verschwunden. Kein Wächter kann sie aufspüren. Sie haben herausgefunden, dass ein Bannzauber bei deiner Abreise aufgehoben wurde. Zudem wurde in die verbotene Abteilung eingebrochen. Hier ist gerade eine Menge los. Ich vermute, dass du nicht in der Menschenwelt gelandet bist?«

Ari schüttelte den Kopf. »Nein. Es ist etwas schiefgelaufen. Ich bin in Linnea.«

Überrascht riss Isis die Augen auf. »Verdammt! Hättest du nicht an einem anderen Ort landen können? Dort frierst du dir noch den Hintern ab.«

Ari lachte auf. »Es ist wirklich ziemlich kalt hier.« Dann stutzte sie. »Momentan mal, du kennst es?«

»Natürlich. Das verfluchte Land und das Märchen um die verschollene

Königin und den Nachtprinzen.« Isis schnalzte mir der Zunge. »Der arme Junge, welch ein Schicksal.«

Sie hatte recht gehabt. Glücklich blickte sie zu Damian, der mit einem seltsamen Ausdruck den Spiegel betrachtete.

Ob sie Isis erzählen sollte, dass besagter Junge neben ihr saß?

Aber noch bevor sie etwas dazu sagen konnte, sprach Isis schon weiter. »Wir müssen uns beeilen, darüber können wir uns ein anderes Mal unterhalten. Ich glaube, dass Alma dir gefolgt ist.«

»Warum hätte sie das machen sollen?« Warum sollte ihre Schwester Lisbeth und Godrick alleine zurücklassen?

Isis' Augen verdunkelten sich. »Nicht freiwillig. Wir haben Spuren gefunden. Die Wächter glauben, dass sich jemand unbefugt in Kolis aufgehalten hat.« Ihr wurde eiskalt bei diesem Gedanken. Die Märchenstadt verfügte über strenge Sicherheitsvorkehrungen. Dass es jemandem gelungen war, diese zu übergehen, zeigte, wie ernst die Lage war.

»Du hast gesagt, in die verbotene Abteilung wurde eingebrochen?«

»Ja, aber seltsamerweise wurde nichts gestohlen. Die Wächter stehen vor einem Rätsel.« Dann wurde Isis' Blick noch eindringlicher. »Ari, du musst Alma in Linnea suchen. Aber du hast nicht mehr viel Zeit. In weniger als achtundvierzig Stunden schließt sich das Portal. Dann kann sie nicht mehr zurück.«

»Das ist an meinem Geburtstag«, murmelte Damian.

Überrascht sah Ari ihn an. »Der Tag der Krönung. Ist das Zufall?«

Isis runzelte die Stirn, dann trat sie nach vorne und starrte intensiver in den Spiegel. Es war, als hätte sie Damian erst jetzt bemerkt. »Wer ist das?«

So viel dazu, dass sie nicht viel Zeit hatten.

»Ich bin Damian. Prinz von Linnea.«

Isis legte den Kopf zur Seite. »Der Nachtprinz. Interessant.« Dann funkelte sie Ari beleidigt an.

»Du hättest mir sagen können, dass er neben dir sitzt.«

»Du sagtest, wir hätten nicht viel Zeit.«

»Für derart wichtige Informationen ist immer Zeit. Aber ich denke, du irrst dich. Das ist kein Zufall. Es hängt bestimmt damit zusammen.«

Damian versteifte sich. Ari griff nach seiner Hand und drückte sie.

Ihr lagen noch so viele Fragen auf der Zunge. Sie wollte alles über Kolis wissen, über Quentin und die anderen Märchenfiguren, aber sie wusste, dass der Zauber jeden Moment verschwunden sein konnte. »Isis, ich habe Lana gesehen.«

Die alte Hexe riss die Augen auf. »Wie meinst du das, du hast sie gesehen?«

»Ich glaube, sie hat all die Jahre hier in Linnea gelebt. Bei ihr muss also auch schon etwas schiefgelaufen sein.«

Isis presste die Lippen zusammen. Sie schien über ihre Worte nachzudenken.

Die Zeit lief ihnen davon, aber Ari brauchte mehr Informationen.

»Isis, weiß man, warum die Märchen verrücktspielen?«

»Poseidys hat dir also davon erzählt. Nein, aber wir vermuten, dass es ein Ablenkungsmanöver gewesen sein muss.«

»Du meinst, damit jemand unbemerkt durch das Portal hinein- und hinausschlüpfen konnte?«

»Richtig. Wir waren alle so verängstigt über die Änderung der Märchen und den Einbruch in die verbotene Abteilung, dass niemand darauf geachtet hat, ob die Bannzauber weiterhin bestehen oder nicht. Das hat sich jemand zu Nutzen gemacht.«

»Aber warum? Was kann jemand von Alma wollen?«

Isis blickte sie einen Augenblick stumm an. »Ich glaube«, sagte sie leise, »... es geht nicht wirklich um Alma.«

»Aber ... um wen denn dann?«

Isis öffnete den Mund, aber plötzlich wurde der Spiegel schwarz.

»Isis?«, rief Ari, aber im nächsten Moment tauchte Poseidys wieder auf. »Diese verdammte Hexe. Sie hat mich einfach weggesperrt.« Er schnalzte mit der Zunge und zog die Augen zu Schlitzen zusammen.

»Hättest du nicht noch ein wenig warten können?«

»Das ist mein Spiegel. Ich bestimme, wen ich hineinlasse und wen nicht.«

Ari legte den Kopf in den Nacken und schloss die Augen. Wen meinte Isis wohl damit? Wenn es nicht wirklich um Alma ging, um wen dann? »Was hast du jetzt vor?«, fragte Poseidys nachdrücklich.

»Keine Ahnung. Ich schätze, ich muss Alma finden.«

»Nun, das dürfte ja kein Problem sein.« Sarkastisch verdrehte er die Augen.

»Einen Versuch ist es wert. Und nachdem du mein Gespräch mit Isis sabotiert hast, wirst du wohl einen Teil der Arbeit übernehmen dürfen. Also, Poseidys, antworte mir: Wo ist Alma?«

»Das hatten wir doch bereits. Du kannst Alma auf diesem Weg nicht finden.«

»Poseidys, antworte mir: Wo ist meine Schwester Alma?«, wiederholte Ari die Frage nun ein wenig lauter.

Wieder nichts. Egal, wie Ari den Spiegel drehte und wendete, er blieb kohlrabenschwarz. Sie ließ den Spiegel sinken.

Damian griff nach ihrer Hand und drückte sie. »Wir werden sie ganz bestimmt finden.«

»Wartet mal«, hörte sie plötzlich Poseidys' Stimme, dann verschwand er und an seiner Stelle trat Nebel auf. Genau wie beim letzten Mal konnte Ari nichts erkennen.

Isis, du hast dich getäuscht. Alma ist nicht in Linnea.

Aber plötzlich verzog sich der Nebel, das Bild veränderte sich und Ari erkannte einen dunklen Raum, auf dessen Boden etwas lag. Ihr Herz schlug schneller, als sie den Spiegel genauer betrachtete.

»Sind das Beine?«, sagte Damian und erschrocken zuckte sie zurück.

Tatsächlich, er hatte recht.

»Bei allen guten Geistern«, flüsterte Ari und schlagartig wurde ihr eiskalt. »Das ist sie.« Sie erkannte Almas blaues Kleid mit den gelben Puffärmeln und dem weißen Kragen. Unter ihrem Rock konnte sie ihre roten Lackpumps entdecken. »Da ist noch jemand«, sagte Damian und deutete auf das schwarze Bündel, das sich daneben befand. Ari griff nach dem Spiegel und sah sich das Bild genauer an. Nackte Füße tauchten auf, ein zerrissenes Kleid kam zum Vorschein. Ari entdeckte blonde Locken, die im starken Kontrast zu Almas schwarzem Haar standen. Dann runzelte sie die Stirn. »Das könnte Magda sein.«

Nur ein kleines Licht war zu sehen, aus weiter Entfernung flackerte es in unregelmäßigen Abständen. Daher konnte Ari sich auch nicht ganz sicher sein.

»Wo sind sie?«

»Das könnte der Leuchtturm von Lamos sein. Es ist der einzige im Land. Ridon hat mir oft davon erzählt. Die Stadt grenzt direkt ans Meer.«

»Ist das weit von hier?«

»Mit einem Pferd dauert es sicherlich zwei Wochen.«

Ari verließ der Mut. »Das ist zu lange.«

»Aber mit einem Drachen bist du vor Mitternacht dort.« Ari riss die Augen weit auf und starrte Damian an.

»Taja«, wisperte sie. »Das würdest du tun?«

»Natürlich. Du brauchst Hilfe …« Ari spürte einen Kloß im Hals und umarmte ihn. »Danke.«

Seine Hände strichen über ihren Rücken und drückten sie fest an sich. »Du kannst nicht alleine reisen, Ari. Es ist zu gefährlich.«

Sie ließ ihn los und sah ihm ins Gesicht. »Ich kann dich nicht begleiten, aber du musst jemanden mitnehmen.« »Wer sollte das sein? Ich kenne hier doch niemanden. Außerdem weiß ich nicht, was mich dort erwartet. Ich will niemanden in Gefahr bringen.« Angespannt biss Damian die Zähne zusammen.

»Ridon. Ich werde ihn bitten, dich zu begleiten. Er wird sowieso nach Lamos zurückreiten. Für ihn ist es kein Umweg.«

Ari konnte sehen, dass er nicht froh darüber war, Ridons Hilfe in Anspruch zu nehmen. Er tat es nur für sie, damit sie Alma finden konnte.

»Ich würde alles dafür geben, dich begleiten zu können.« Er strich ihr eine Haarlocke aus dem Gesicht.

»Ich hätte dich auch sehr gerne an meiner Seite.«

Aber so war es beschlossene Sache. Sie würde sich zusammen mit einem Drachen auf die Suche nach ihrer Schwester machen.

26

»Wir hatten eine tolle Kindheit. Damian hat mir nie das Gefühl gegeben, dass er der Thronfolger ist. Im Gegenteil, in seiner Gegenwart habe ich mich immer gut gefühlt. Besser. Glücklicher. Ich denke, das ist es, was Freundschaft ausmacht. Jemand anderen das beste Gefühl zu vermitteln, gut genug zu sein.«
Interview mit Ridon da Silva

Mit allem hatte Ridon an diesem sonnigen Tag gerechnet, als er den Gasthof Zum goldenen Falken verließ, aber ganz bestimmt nicht mit den Wachen, die auf ihn warteten und ihn zurück zum Schloss eskortierten. Nun befand er sich abermals im Thronsaal und blickte von Damian, der sich nun von seinem Thron erhoben hatte, zu Ariana, die neben ihm stand und ihn anlächelte.

Was auch immer ihre Worte bedeuteten, er war sich sicher, er hatte sie falsch verstanden. »Du willst, dass ich dich begleite?«

Ari nickte und so sehr sie sich auch wünschte, dass er mit ihr kam, so fühlte sich ihr Lächeln doch gezwungen an. »Es wäre mir eine große Hilfe.«

Er sah zu Damian, der den Kiefer zusammenpresste, aber nichts dazu sagte. Stattdessen fixierte ihn sein Blick, als würde er ihn am liebsten aufspießen.

Interessant. Er ist besitzergreifend und eifersüchtig.

Wenn Ridon es sich recht überlegte, hatte Damian noch nie auf etwas Anspruch erhoben. Wenn sie als Kinder mit etwas gespielt hatten, gab es nichts, das Damian von Bedeutung war. Nicht einmal bei Rasmus hatte er ein Problem damit gehabt, ihn mit Ridon zu teilen.

Aber bei Ariana schien er ernsthaft mit sich zu hadern, ihre Sicherheit in seine Hände zu legen.

»Warum ich? Warum nimmst du keine Wärter der Königswache mit?«

»Ihnen fehlt die nötige Ausbildung.« Damians schroffe Stimme klang durch den Saal. »Sie können gegen Krieger kämpfen, wenn es zu einem Angriff kommt, aber sie reichen nicht für die offensichtlichen Gefahren.«

Langsam zog Ridon eine Augenbraue nach oben. Er wusste, was Damian damit sagen wollte. Eiswölfe. Schatten. Für gewöhnlich musste die Wache des Königs sich nicht damit auseinandersetzen. Der Bann, der die Stadt vor Krankheiten beschützte, sorgte auch dafür, dass keine Raubtiere die Stadt passieren konnten.

»Ich weiß, dass Prinz Damian dir die Hilfe verwehrt hat, aber …«, sie verstummte und sah zu Boden. »Meine Schwester ist in großer Gefahr und wie du sicher weißt, kann Damian die Stadt nicht verlassen.«

Entsetzt sah Ridon zu Damian, der die Hände nun zu Fäusten geballt hatte. »Du wolltest sie begleiten?«

»Natürlich«, presste er heraus.

»Bist du wahnsinnig? Du bist der Thronfolger. Selbst wenn es dir möglich wäre, kannst du nicht einfach hinaus spazieren und dich in Gefahr bringen.«

»Das hat dich nicht zu kümmern.«

Wut machte sich in ihm breit. Damian war schon immer aufbrausend und risikobewusst gewesen, aber er besaß einen klugen Verstand und war in der Lage, sein Temperament zu zügeln. Aber das passte nicht zu ihm.

Ridon trat einen Schritt vor. »Wie kannst du alles aufs Spiel setzen? Reicht es nicht, dass wir unseren König und unsere Königin verloren haben? Musst du auch noch den Helden spielen und das Land ins Unglück stürzen?«

Aus den Augenwinkeln sah Ridon, wie Ari die beiden neugierig im Blick behielt.

»Es spielt sowieso keine Rolle. Außerdem ist es immer noch meine Entscheidung.« »Ist es nicht«, widersprach Ridon. Zorn pulsierte in seinen Adern und er presste so heftig die Zähne aufeinander, dass es schmerzte. Wie konnte er nur so ein Narr sein?

»Nur noch zwei Nächte und du wirst König sein. Du weißt genau, was geschieht, wenn es keinen Thronfolger mehr gibt. Du willst wirklich das Risiko eingehen, dass der alte Mann über Linnea herrscht?«

Denselben Zorn, der in Ridon brodelte, konnte er auch in Damians Augen sehen. Er wartete darauf, dass der Nachtprinz seine Wache rief und ihn in ein Verlies stecken ließ. Ridon schluckte, aber er bereute seinen Ausbruch nicht. Während ihrer langjährigen Freundschaft hatte Ridon es sich stets zur Aufgabe gemacht, Damian die Wahrheit zu sagen. Jetzt, wo sie nicht mehr als Fremde waren, hatte er nicht vor, damit aufzuhören.

Zu seiner Überraschung rief Damian allerdings nicht die Wache. Stattdessen drehte er sich um und setzte sich zurück auf seinen Thron.

Er legte den Kopf in den Nacken und schloss die Augen. Ridon blickte zu Ari, die ebenfalls zwischen den beiden hin- und hersah. Dann umspielte ein kleines Lächeln ihre Lippen, als wüsste sie von etwas, das jedem anderen verborgen war.

»Wirst du sie begleiten?« Damians Stimme zerriss die Stille. »Bitte«, fügte er leise hinzu.

Er hatte Damian um Hilfe gebeten und er hatte abgelehnt. Vielleicht sollte er ihm dasselbe antun. Aber Ridon war dazu nicht bereit. Rache hatte bei ihm noch nie für Genugtuung gesorgt.

Sein Zuhause lag weit von der Nachtstadt entfernt und bisher hatte er Magda nicht gefunden. Was hatte er schon zu verlieren? Außerdem besaß er kein Pferd mehr, um nach Hause zu reiten und das Geld war ihm auch ausgegangen.

Er atmete tief ein, dann nickte er langsam und wandte sich an Ari. »Pack deine Sachen, in einer Stunde geht es los.«

Ruckartig hob Damian den Kopf und ein seltsamer Gedanke wirbelte Ridon durch den Kopf.

Er hat nicht damit gerechnet. Damian ist davon ausgegangen, dass ich ihn im Stich lasse. Weil ich es schon einmal getan habe.

Vielleicht hatte er gerade seinen Freund ein kleines bisschen zurückgewonnen.

27

Ein guter Krieger weiß, wann er das Schwert senken muss.
Altes Sprichwort aus Linnea

»Es war ein Fehler«, murmelte Damian, der am Fenster stand und den Himmel betrachtete. Er hatte ihr den Rücken zugewandt und Ari hielt einen Moment inne, hob die Matratze an und zog das Buch heraus, das sie immer noch dort versteckt hielt.

Ich kann es auf keinen Fall hierlassen.

Sie steckte das Buch in ihre Tasche, dann griff sie nach ihrem Dolch und schob ihn in den Bund ihrer Hose.

Als sie sich zu Damian umdrehte, stand er immer noch am Fenster. Angespannt betrachtete er den Schlosshof.

»Es war ein verdammter Fehler«, wiederholte er wieder.

»War es nicht. Vertrau mir.« Sanft legte Ari ihm die Hand auf die Schulter. Sofort ließ seine Anspannung ein wenig nach.

Ich habe diese Wirkung auf ihn. Es beruhigt ihn.

Mit jeder Berührung hatte sie das Gefühl, dass sie sich danach noch mehr zu ihm hingezogen fühlte.

Damian sah sie über seine Schulter hinweg an. »Wie kannst du das behaupten? Du kennst Ridon nicht.«

Ari zuckte mit der Schulter. »Aber ein wenig kenne ich dich und du hättest diesen Vorschlag nicht gemacht, wenn du kein Vertrauen in ihn hättest.«

»Vielleicht doch … jeder trifft falsche Entscheidungen«, brummte er und Ari lächelte ihn an. Sie würde ihm gerne sagen, dass noch mehr dahintersteckte. Tief in ihrem Herzen spürte sie, dass Ridons Erscheinen eine Bedeutung hatte. Zwar konnte sie jetzt noch nicht richtig sagen, welche, aber sie fühlte, dass sie es bald herausfinden würde.

Sehr bald sogar.

Aber erst einmal musste sie Alma finden.

»Hast du mit Meister Paelle schon wegen Magda gesprochen?«, fragte sie vorsichtig. Damians Reaktion auf den alten Zauberer verursachte immer noch ein beklemmendes Gefühl in ihr. Ari wusste einfach nicht, warum er so sehr an dem Mann festhielt. Dabei war er in ihren Augen einfach nur unheimlich und gruselig.

Damian schüttelte den Kopf. »Er ist verreist.«

»Weißt du, wohin er wollte?«

Damian zog eine Augenbraue nach oben. »Er ist mir keine Auskunft schuldig. Warum willst du das wissen?« »Ich traue ihm nicht.«

»Komm schon, Ari. Nur weil er dich in das Verlies stecken ließ? Das ist doch Schnee von gestern.«

Sie biss sich auf die Lippen und schloss für einen Moment die Augen. Dann holte sie tief Luft. »Er ist in mein Zimmer eingebrochen.«

Damian starrte sie stirnrunzelnd an. »Warum hast du mir das nicht erzählt?«

Ari zuckte mit den Schultern. »Ich habe nicht mehr daran gedacht.«

Damian trat einen Schritt nach vorne. »Hör mal, ich weiß, dass du ihn nicht magst. Aber warum sollte er das tun?«

»Was weiß ich? Vermutlich sucht er etwas und glaubt, dass ich es habe. Er hat den ganzen Raum auf den Kopf gestellt.«

Ari ließ den Kopf sinken. »Ich habe ihn vor der Tür gesehen, als ich zurück in mein Zimmer gekommen bin. Poseidys hat es mir bestätigt, er hat ihn gesehen.«

Damian wurde ganz blass um die Nase, aber er schüttelte den Kopf. »Vielleicht hat er ihn verwechselt.«

Ari sah ihn skeptisch an. »Poseidys irrt sich nicht. Glaub mir, es ist wirklich nervtötend, dass er immer recht behält.« Damian schluckte und Ari hatte

Mitleid mit ihm. Meister Paelle war stets an seiner Seite gewesen. Damian hatte ihm vertraut.

»Na schön. Dann müssen wir herausfinden, was er gesucht hat.« Damian reckte das Kinn und sah sich im Zimmer um. »Hast du eine Idee?«

»Ich habe mir schon den Kopf darüber zerbrochen, aber ich komme zu keinem Ergebnis. Erst dachte ich, er will den Zauberspiegel, aber er hat Poseidys einfach weggeworfen.« Dann atmete Ari tief aus. »Was auch immer er sucht, es muss enorm wichtig für ihn sein.«

Damian griff nach ihrer Hand. »Ich werde mich darum kümmern.«

»Das ist keine gute Idee. Er ist gefährlich.«

»Du vergisst, dass ich schon mein ganzes Leben lang an seiner Seite bin. Ich bin wie ein Sohn für ihn. Mir wird er nichts tun.«

»Und wenn doch? Ich könnte dir nicht helfen, wenn ich mit Ridon auf der Suche nach Alma bin.«

Er grinste sie an und kam langsam auf sie zu. »Glaubst du, du musst mich retten? Wie willst du das anstellen?« Langsam fuhr er mit den Fingerspitzen über ihre Arme. Obwohl so viel Stoff darunter lag, spürte sie die Berührung deutlich und ein Schauer jagte ihr über den Rücken.

»Willst du ihn mit deinen dünnen Armen packen und festhalten?« Dann trat er näher, griff nach einer Haarlocke und wickelte sie sich um den Finger. Langsam drängte er sie nach hinten und Ari legte den Kopf in den Nacken, um ihn besser ansehen können. Hitze breitete sich in ihr aus, als er sie nicht aus den Augen ließ. Noch ein Schritt und sie stieß mit dem Rücken gegen die Wand. »Oder mit deinem Haar erdrosseln?« Er trat noch ein wenig näher, ließ ihr Haar los und seine Hand wanderte nach unten, über ihr Schlüsselbein und strich über ihre Brüste.

Ari schluckte und ließ ihn dabei keine Sekunde aus den Augen. Damian beugte sich nach vorne, seine rechte Hand stützte sich über ihr an der Wand ab, während seine linke weiter nach unten über ihren Bauch wanderte, direkt an den Bund ihrer Hose, an der sich ihr Dolch befand. Er kam noch etwas näher, presste sich an sie.

Ari keuchte auf, als sie die Erektion spürte, die sich an ihren Bauch drückte. Damian beugte sich nach vorne, sie spürte seinen warmen Atem an ihrer Wange und seine Lippen, die sanft darüberstrichen. »Oder willst du ihn mit deinem Dolch aufschlitzen?« Ari keuchte auf und schloss die Augen. Ihr Kehle fühlte sich trocken an und sie war nicht mehr in der Lage, einen vernünftigen Satz herauszubringen. Leise stöhnte sie auf.

»Verdammt, der Gedanke ist ziemlich heiß«, murmelte Damian, dann spürte sie seine Lippen auf ihrem Hals und ein tiefes Stöhnen entkam ihm, als er mit der Zungenspitze über ihre Haut leckte. Ari stieß einen erstickten Seufzer aus, als seine Hand nach unten wanderte, unter den Bund ihrer Hose glitt und zwischen ihren Beinen verschwand. Als er mit einem Finger in sie eindrang, keuchte Ari laut auf.

»Fuck«, murmelte er. »Ich weiß nicht, was antörnender ist. Dass du so feucht für mich bist oder dass ich die Klinge deines Dolchs an meiner Hand spüre.«

Ari biss sich auf die Lippen und legte den Kopf in den Nacken. Worte lagen ihr auf der Zunge, aber sie war nicht in der Lage, auch nur eines davon auszusprechen. Stattdessen kamen nur wimmernde Laute aus ihrem Mund.

Immer mehr Feuchtigkeit breitete sich zwischen ihren Beinen aus und sie spürte das Verlangen bis in ihre Zehenspitzen.

Seine Bewegungen wurden schneller und als Ari die Augen öffnete, sah sie, wie er sie beobachtete. Ihr Atem stockte, als sie seinem Blick begegnete. Er ließ sie nicht aus den Augen, während er einen zweiten Finger hinzunahm und als sein Daumen über ihre empfindliche Stelle strich und ein wenig mehr Druck ausübte, explodierte ein Feuerwerk in ihr. Als ihr Herzschlag sich beruhigt hatte und sie wieder ein wenig zu Atem gekommen war, schluckte Ari und bemerkte, dass seine Hand immer noch in ihrer Hose steckte. Aber der liebevolle Blick, mit dem er sie ansah, verursachte ein Kribbeln in ihrem Bauch.

Langsam legte sie die Hände auf seine Brust und begann sein Hemd aufzuknöpfen. Ihre Hände zitterten, als sie einen Knopf nach dem anderen öffnete. Damian schluckte schwer und sie sah, wie sich sein Adamsapfel bewegte.

»Was tust du da, Ari?«

Sie ließ ihn nicht aus den Augen, während sie sein Hemd öffnete und ihre Hände über seine Brust nach unten wanderten.

»Mich verabschieden.« Lächelnd beugte sie sich vor und küsste ihn auf die Mundwinkel, während ihre linke Hand langsam über seinen Bauch strich. Sie hatten bereits eine Nacht im Goldenen Falken verbracht, aber dort war es dunkel gewesen. Jetzt hier im hellen Licht fühlte sich alles noch viel intensiver an. Als ihre Finger über den dunklen Flaum strichen, der sich einen Weg von seinem Nabel in seinen Hosenbund bahnte, keuchte er scharf auf. Ihre Finger strichen über seine Härte und der Gedanke, dass sie diese vor wenigen Minuten an ihrem Bauch gepresst gespürte hatte, ließ sie erschaudern.

Mutig schob sie eine Hand in seine Hose, als plötzlich Tajas lautes Kreischen sie zusammenzucken ließ.

»Fuck!«, murmelte Damian und ließ den Kopf gegen ihre Schulter fallen. »Ganz mieses Timing, Taja.«

Ari kicherte, dann umfasste sie seine Erektion und Damian stöhnte auf. »Ich schätze, wir werden später weitermachen müssen.«

»Du bist grausam«, murmelte er und drückte ihr einen Kuss auf das Schlüsselbein. Innerlich verfluchte sie den blöden Vogel, aber sie wusste, dass sie aufbrechen musste. Ihnen blieb kaum noch Zeit.

»Ich verspreche, dass wir das nachholen werden«, flüsterte Ari.

Damian wich zurück und betrachtete sie mit zusammengekniffenen Augen. »Du weißt schon, dass Versprechen in Linnea eingehalten werden müssen.«

»Aber natürlich. Nichts anderes hatte ich vor.«

»Gut.« Dann beugte er sich vor, legte beide Hände um ihre Wangen und küsste sie. Es war kein leidenschaftlicher Kuss, sondern einer voller Versprechen.

»Du musst dir keine Sorgen machen. Ich kann gut auf mich selbst aufpassen. Du musst nur gut auf dich aufpassen. Wenn dir etwas zustößt …« Er schluckte und Ari sah die Verletzlichkeit in seinen Augen. »Das könnte ich nicht ertragen.«

Ari hob die Hand und strich ihm lächelnd durch sein tintenschwarzes Haar. »Ich werde auf mich aufpassen. Außerdem ist Ridon bei mir, er wird …«

Er ließ sie nicht ausreden. »Er wird sterben, wenn dir etwas zustößt. Das schwöre ich!«

Ari schüttelte den Kopf und legte ihren Zeigefinger auf seine Lippen. »Sag so etwas nicht. Er war dein bester Freund. Er wird sein Bestes geben, da bin ich mir sicher. Aber falls nicht …«

Sofort legte Damian ihr die Finger auf die Lippen. »Nein. Sprich es nicht aus. Ich will es nicht hören.«

Er hat in seinem Leben alle verloren, die ihm wichtig waren. Sanft küsste Ari seine Fingerspitzen.

»Ich werde zurückkommen.«

Ari lächelte ihn an, dann fuhr sie mit der Hand über seine Wange.

»Versprich mir, dass du nichts Unüberlegtes tust. Nur weil du mit ein paar Eiswölfen gekämpft hast, bedeutet es nicht, dass du auch mit einem Zauberer fertig wirst.«

Damian seufzte und strich ihr eine Haarlocke hinter das Ohr. »Er ist ein alter Mann.«

»Ein gefährlicher alter Mann. Versprich es mir.«

Damian presste die Lippen zusammen, dann nickte er.

Erleichterung machte sich in Ari breit. »Gut. Wir sehen uns spätestens in zwei Tagen.« Mit oder ohne Alma. Sie würde an seinem Geburtstag zurück sein. »Ich werde deinen Geburtstag um nichts in der Welt verpassen.«

Ein dunkler Schleier, den Ari nicht so recht zuordnen konnte, legte sich über sein Gesicht.

»Alles in Ordnung?«

»Ja.« Langsam streckte er die Hand aus, zog sie an sich heran und seufzte, als er sie küsste. Es war ein inniger Kuss und Ari schmeckte die Traurigkeit, die darin steckte. Der Abschied. Und noch etwas anderes. Was verschwieg er ihr?

Damian ließ sie los, drückte ihr noch einen letzten Kuss aufs Haar und trat einen Schritt zurück. Mit einem Lächeln auf den Lippen verließ sie ihr Zimmer.

28

»Als die Königin verschwand, lag eine geheimnisvolle Dunkelheit über Linnea. Danach hat sich etwas verändert. Als hätte Linnea sein Herz verloren. Das Land war danach nie mehr dasselbe.«
Bewohner Linneas, »Anonym«

Es herrschte Stille im Schlosshof, als Taja sich vor ihren Augen in einen Drachen verwandelte.

Ihre Schuppen glänzten im matten Sonnenlicht in unterschiedlichen Brauntönen, die an ihr Gefieder als Falke erinnerten. Sie senkt den Kopf und stupste damit gegen Damians Schulter.

»Ich kann nicht glauben, dass Taja sich in einen Drachen verwandeln kann.« Mit weit aufgerissenen Augen starrte Ridon den Drachen ehrfürchtig an.

»Sie ist unglaublich, nicht wahr?« Ari griff nach ihrer Tasche und wartete, bis der Drache sich von Damian verabschiedet hatte.

»Ich habe ihr Anweisungen gegeben. Sie wird alle deine Befehle ausführen«, sagte Damian, als Taja sich nach unten beugte, damit Ari und Ridon aufsteigen konnten.

Überrascht sah Ari zu Damian. »Daran wird sie sich halten?«

»Sie weiß, dass ich die Stadt nicht verlassen kann und versteht den Ernst der Lage. Taja kennt den Weg nach Lamos. Es dürfte keine Probleme geben.«

»Danke«, murmelte sie und griff nach seiner Hand. In den vergangenen Stunden hatten sich die Ereignisse überschlagen und sie kaum Zeit allein verbracht. Schweren Herzens dachte sie an ihren Abend im Gasthof zurück und wünschte sich, sie könnte die Zeit zurückdrehen.

Als hätte er ihre Gedanken gehört, strich er ihr über die Wange. »Wenn du zurück bist, machen wir da weiter, wo wir aufgehört haben.«

Damian legte die Hand um ihre Taille und zog sie sanft an sich heran.

»Dann werden wir uns um dein Märchen kümmern.«

Ein Lächeln umspielte seine Lippen. »Ich kann es kaum erwarten.«

Sie schluckte, stellte sich auf die Zehenspitzen und küsste ihn. Damian erwiderte den Kuss, drückte sie näher an sich heran und stöhnte, als sie die Arme um seinen Hals legte.

Aber dann löste er sich von ihr und legte seine Stirn an ihre. »Es wird Zeit. Taja wird ungeduldig.«

Erst jetzt bemerkte sie, dass der Drache mit der Vorderpfote scharrte und Rauchwolken aus ihren Nüstern kamen.

Ridon saß bereits auf ihrem Rücken. Ari hatte keine Ahnung, wie er dort hinaufgekommen war. »Ich werde auf sie aufpassen.«

Damian nickte. »Darauf vertraue ich. Du weißt, was dich erwartet, falls ihr etwas zustößt.« Ari schnaubte. »Ich kann ganz gut alleine auf mich aufpassen.«

Spöttisch zog Damian eine Augenbraue nach oben. »Hast du deinen Kompass dabei? Du weißt schon … du könntest dich verlaufen …«

»An Eurem Humor müsst Ihr noch arbeiten, Euer Hoheit.«

Damian lachte, als Ari sich an Taja Vorderpfote festhielt und auf den Drachen kletterte.

Taja öffnete die Flügel, dann erhob sie sich und stieg augenblicklich in die Luft. Ari drehte sich noch einmal um. Etwas regte sich in ihrer Brust, als sie Damian in die Augen sah, ein Gefühl, das sie sich nicht erklären konnte und das ihr Angst bereitete.

***

»Wie habt ihr euch kennengelernt? Der Prinz und du?«, fragte Ari, als sie am Waldesrand Rast machten, damit Taja sich auf die Jagd begeben konnte. Sie hatte sich Sorgen gemacht, was ein ausgewachsener Drache wohl fressen würde, aber kaum waren sie gelandet, hatte Taja sich in einen Falken zurückverwandelt und war davongeflogen.

Ihr eigener Magen knurrte ebenfalls, außerdem schmerzte ihr Rücken und Ridons Gesichtsfarbe ähnelte ein wenig Poseidys'. Ari war froh darüber, dass sie an ein paar belegte Brote gedacht hatte, ehe sie aufgebrochen waren. Ridon hatte ein paar Äste gesucht und sich um ein Lagerfeuer gekümmert, damit sie sich ein wenig aufwärmen konnten, während sie auf Tajas Rückkehr warteten.

»Wir sind zusammen aufgewachsen.«

Überrascht sah Ari ihn an. »Im Schloss?«

Er nickte. »Mein Vater war der erste Leibwächter von König Tychon. Anfangs haben wir in einem Haus in der Nachtstadt gelebt, aber schon bald hat uns der König ins Schloss geholt. Ich war damals gerade drei Jahre alt und ehrlich gesagt kann ich mich daran kaum noch erinnern. Aber ich weiß, dass die Königin ein paar Wochen später ein Kind zur Welt brachte und nur Tage später starb der König.«

»Das muss schrecklich gewesen sein.«

Langsam nickte Ridon. »Das war es. Das ganze Land stand unter Schock. König Tychon wurde überall verehrt. Als bekannt wurde, dass er und die Königin ein Kind erwarten, wurde tagelang im Land gefeiert. Die Menschen liefen ins Schloss, um dem Königspaar ihre Glückwünsche zu übermitteln. Sie schlachteten ihr Vieh, backten Kuchen und brachten dem König Felle und andere Geschenke, nur um ihm zu zeigen, wie sehr sie sich auf das Kind freuten.« Ridon beugte sich vor und griff nach einem Stock.

»Es war schlimm für sie zu hören, dass ihr König am roten Fieber gestorben war, aber dann ging das Gerücht über den Tod der Königin herum. Das brach vielen das Herz.«

»Aber was ist zwischen dir und Damian geschehen. Ich dachte, ihr wart Freunde?«

»Das waren wir auch. Aber im Laufe der Jahre wurde er immer versessener auf die Meinung von Meister Paelle. Es war ihm fast hörig. Ganz egal, was ich zu ihm gesagt habe, meine Worte waren nicht von Bedeutung.« Er stockte und Ari sah, wie er schluckte.

»Eines Tages lag ein totes Pferd im Stall. Es war Sinclope, die Stute der Königin. Man hatte ihr den Bauch aufgeschlitzt.«

Entsetzt stieß Ari ein Keuchen aus.

»Es war ein regelrechtes Massaker. Jemand hatte sie hingerichtet. Aber zwischen all dem Stroh lag nicht nur das tote Tier, sondern auch ein Messer.«

Vor lauter Furcht hielt Ari die Luft an. Ein mulmiges Gefühl machte sich in ihr breit.

»Es war das Messer meines Vaters.« Ridon hob den Kopf. Trotz der Dunkelheit konnte Ari die Wut in seinen Augen sehen.

»Jemand hatte es ihm gestohlen und wollte ihm den Mord anhängen. Niemals wäre mein Vater in der Lage gewesen, ein unschuldiges Tier zu töten. Aber Damian ließ nicht mit sich reden.« Sein Blick wurde einen Tick härter. »Ich weiß, dass Meister Paelle dahintersteckte. Er und mein Vater hatten schon immer Meinungsverschiedenheiten gehabt. Für meinen Vater war Damian immer wie ein Sohn und er versprach dem König auf seinem Totenbett, sich um Damian zu kümmern. Meister Paelle hat das Pferd getötet und Damian eingeredet, meinen Vater dafür zu bestrafen.«

»Hast du dafür Beweise?«

Er schüttelte den Kopf. »Nein. Aber mein Vater hat es mir gesagt und ich glaube ihm.«

»Aber Damian nicht?«

Ridon lachte höhnisch auf. »Natürlich nicht. Er war so verblendet von dem alten Mann, dass er mir nicht einmal zuhören wollte.«

Ari schluckte. »Was ist mit deinem Vater geschehen?«

»Meister Paelle hatte Damian geraten, an meinem Vater ein Exempel zu statuieren. Er wollte ihn hängen lassen.«

Ridon atmete scharf ein. »Das konnte ich nicht zulassen. Also habe ich mich an seiner statt angeboten.«

Ari sah ihn entsetzt an. »Du hast was?«

Ridon lachte auf. »Ich hatte gehofft, dass ihm unsere Freundschaft etwas bedeuteten würde und habe alles auf eine Karte gesetzt. Und siehe da, ich hatte Glück. Sein Herz mag zwar zu Stein geworden sein, aber sein Verstand war scharf wie eh und je. Er wusste genau, dass er sein Volk noch mehr gegen sich aufbrachte, wenn er mich oder meinen Vater hinrichtete. Also hat er uns befohlen, die Nachtstadt für immer zu verlassen.«

»Dieser verdammte Meister Paelle. Ich kann nicht fassen, dass Damian ihm tatsächlich vertraut.«

Ridon schnalzte mit der Zunge. »Du erinnerst mich an meine kleine Schwester. Ihr liegt das Herz auch auf der Zunge.«

»Wo ist deine Schwester jetzt?«

»In Lamos bei meiner Mutter.«

»Also bist du alleine losgeritten, um Magda zu suchen?«

»Was blieb mir auch anderes übrig? Ich konnte doch keinem zumuten, dass er alles stehen und liegen lässt, um mir zu helfen.«

Seine Stimme verlor sich und Ari war sich sicher, dass er nicht alles ausgesprochen hatte. »Nur deshalb?«

»Was meinst du?«

»Na ja, meine Schwester ist verschwunden und jeder in der Märchenstadt sucht nach ihr. Keiner von ihnen würde tatenlos zusehen und nichts tun. Deshalb frage ich mich, ob nicht noch etwas vorgefallen ist, dass du dich alleine auf den Weg gemacht hast.«

Einen Moment sagte er nichts und Ari glaubte schon, dass er nicht antworten würde, aber dann antwortete er doch.

»An Damians Worte ist schon etwas Wahres dran. Sie glauben auch, dass sie absichtlich gegangen ist. Dass sie mich verlassen hat.«

Ari konnte den Schmerz in seiner Stimme hören und obwohl sie sich nicht kannten, war sie sich sicher, dass Ridon jemanden brauchte, der ihm zuhörte. »Gibt es dafür einen Grund?«

Nun war er es, der mit der Schulter zuckte. In diesem Moment kam er ihr unglaublich verletzlich vor. »Sie war unglücklich. In Lamos, meine ich. Sie wollte in der Nachtstadt leben. Ihr gefielen die Feste, die man in der Stadt feierte. Die Musik, die Ausgelassenheit. Magda wollte ihre Backkünste auf dem Markt an reiche Händler bringen und nicht an arme Bauersleute.«

»Aber du wolltest Lamos nicht verlassen und in die Nachtstadt zurückkehren«, schlussfolgerte sie.

»Ich konnte nicht. Nach der Sache mit meinem Vater wurde es mir verwehrt, die Nachtstadt wieder zu betreten.« Er atmete tief aus.

»Aber jetzt bist du zurückgekommen.«

»Ich würde gerne sagen, dass es nur wegen Magda war, aber das wäre eine Lüge. Ich habe Damian nicht vergessen und mir Sorgen um ihn gemacht. So manche Gerüchte erreichen auch Lamos und nichts davon hat sich gut angehört.«

»Was für Gerüchte?«

»Über die Krone und den königlichen Berater. Die Leute glauben, es wäre besser, den Nachtprinzen zu stürzen. Sie haben Angst, dass der alte Zauberer einen zu großen Einfluss auf den Prinzen haben könnte. Ich wollte mir ein eigenes Bild darüber machen.«

»Und hast du dir eines gemacht?«

Er sah sie einen Moment stumm an. »Ja. Es scheint, als wäre Linnea vergiftet.«

Ari sah ihn verwirrt an. »Was meinst du damit?«

»Ich weiß nicht genau, was es ist. Aber es liegt ein Zauber auf Linnea. Im Norden, hinter den trauernden Witwen, ist es am schwächsten. Aber je mehr man sich der Nachtstadt nähert, desto düsterer werden die Gedanken. Sie fressen dich fast auf.«

Die schwarze Magie, die über der Nachtstadt hängt. Sie war Ari bei ihrer Ankunft auch aufgefallen. »War es schon immer so?«

»Nein. Erst nach dem Verschwinden der Königin. Aber so schlimm wie jetzt war es noch nie.«

Das hatte Ari sich schon gedacht. Aber irgendwas ergab keinen Sinn. Aber was war es nur?

»Vielleicht hat das tatsächlich mit Damians Märchen zu tun«, murmelte sie, während sie in das Feuer starrte. »Was hast du gesagt?«

Ari hob den Kopf und blickte in Ridons entsetztes Gesicht.

Verwirrt zuckte sie mit den Schultern. Sie hatte gar nicht vor Ridon davon sprechen wollen. »Ach nichts. Ich habe nur laut gedacht.«

Aber Ridons Blick sagte ihr, dass etwas ganz und gar nicht stimmte.

29

Ein Märchen zu besitzen, bedeutet nicht automatisch Glück. Diejenigen, die ein eigenes Märchen erhalten, haben das Pech, sich nur mit den gegebenen Umständen auseinandersetzen zu müssen. Ein Märchenloser hat es hier vielleicht einfacher. Er kann frei entscheiden.
Auszug aus Aris Tagebuch

»Du weißt etwas darüber, richtig?« Ari sah ihn neugierig an.

Ridon seufzte und stand auf. Er sah sich um, fast, als befürchte er, jemand könnte ihnen zuhören. Dann verschränkte er die Arme vor der Brust. »Ja, aber viel entscheidender ist, dass du anscheinend über das Märchen auch informiert bist.« Abwartend legte er seinen Kopf zur Seite.

Einen Moment lang überlegte sie, ob sie ihm die Wahrheit sagen sollte. Konnte sie ihm vertrauen? Ja, er war Damians Freund gewesen, aber das war lange her. Die beiden waren sich mittlerweile fast fremd. Woher sollte sie wissen, dass er auf ihrer Seite stand?

Aber was habe ich denn für Alternativen? Vielleicht kann er mir ja helfen?

Sie atmete tief durch, griff nach ihrer Tasche und holte das Buch heraus. *Dem Himmel sei Dank, dass ich es mitgenommen habe.*

»Meine Schwester ...« Sie drehte das Buch, sodass er die Initialen der Märchenchroniken lesen konnte. »... hat mir als Kind immer daraus vorgelesen.«

Ridons Augen weiteten sich, als er sich neben Ari setzte und fast ehrfürchtig über den Ledereinband strich.

»Bitte sag mir nicht, dass dieses wertvolle jahrhundertalte Buch, von dem das Leben des Prinzen abhängig ist, in deinem Besitz ist und du es einfach so mit dir herumträgst?«, fragte er ungläubig.

Allerdings schien er gar nicht auf eine Antwort zu warten, stattdessen stand er auf und tigerte wieder auf und ab.

»Mein Vater hat mir davon erzählt. Es ist schon einige Jahre her, ich war damals noch ein Kind, aber er nahm mir das Versprechen ab, niemandem davon zu erzählen. Nicht einmal Damian.« Ridon rieb sich den Nacken, ehe er stehen blieb und sie ansah. Dann seufzte er. »Was weißt du über das Märchen?«

Ari zuckte mit den Schultern. »Die Kurzfassung? Der Zauberer hat Damian verflucht und die Königin verschwand spurlos. Ende.«

»Und weiter?«

»Nichts. Da hört die Geschichte auf.« Ari schlug das Buch auf und vorsichtig blätterte bis zur letzten Seite. Schlagartig fielen ihr die Momente ein, in denen sie mit Alma abends im Bett gesessen hatte. Wehmut überkam sie, aber sie verdrängte die Erinnerungen. Damit konnte sie sich später beschäftigen.

Als sie das Ende der Seiten erreicht hatte, hielt sie Ridon das Buch entgegen. »Siehst du? Die letzte Seite wurde herausgerissen. Ich weiß nicht, wie es zu Ende geht.«

Ridon nickte und kniete sich vor Ari auf den Boden. Vorsichtig strich er über die vergilbten Seiten.

Plötzlich riss er den Kopf hoch. »Kannst du nicht deinen Zauberspiegel fragen, ob er etwas darüber weiß?«

Bedauernd schüttelte Ari den Kopf.

»So läuft das nicht. Ich kann Poseidys nicht mit Fragen bombardieren und auf die richtige Antwort hoffen. Er kann mir nur Dinge zeigen, wenn ich die richtige Frage stelle.«

»Einen Versuch wäre es wert. Wen könntest du sonst fragen?«

Er hat recht. Warum bin ich nicht selbst darauf gekommen?

Sie ärgerte sich, dass sie bisher keinen Gedanken daran verschwendet hatte. Ihre Hände zitterten, als sie den Zauberspiegel herausnahm. Taja war noch nicht von der Jagd zurück, sodass sie die Zeit ein wenig nutzen konnten.

Als hätte er auf sie gewartet, erschien auch schon das grüne Gesicht des Geistes. Sie hörte, wie Ridon scharf die Luft einzog und warf ihm einen beruhigenden Blick zu. »Du brauchst dir wirklich keine Sorgen zu machen, er beißt nicht.«

»Da wäre ich mir nicht so sicher, Ariana aus dem Hause Winter«, murmelte der Geist.

Ridons Augen wurden noch einen Tick größer und sein Mund klappte auf. »Tut mir leid, aber für mich ist er wirklich unheimlich.«

»Er hat einen Namen«, murmelte Poseidys beleidigt.

»Verzeihung«, sagte Ridon schnell und blickte zu Ari, die sich das Kichern nicht verkneifen konnte.

»Er ist nur ein wenig empfindlich«, flüsterte Ari und verdrehe die Augen.

»Das habe ich gehört.« Poseidys' Augen funkelten, aber Ari wusste, dass er ihr das nicht übelnahm. Der Geist mochte ein wenig schnippisch reagieren, aber Ari hatte ihn mittlerweile ins Herz geschlossen. Verrückt, wenn man bedachte, wie viel Angst sie als Kind vor ihm gehabt hatte. »Wir brauchen deine Hilfe.«

»Natürlich«, sagte er ein wenig selbstgefällig und rümpfte die Nase. Für einen Geist, der in einem Spiegel gefangen war, schien er erstaunlich eitel zu sein.

»Was weißt du über das Märchen des Nachtprinzen?«

Nun blickte Poseidys von Ari zu Ridon, ehe er missbilligend den Kopf schüttelte. »Bin ich hier ein Auskunftsbüro?«

»Bitte«, flüsterte Ari und sah Poseidys flehend an. »Es ist wirklich wichtig.«

Der Geist schnaubte, dann schloss er genervt die Augen. »Du weißt, dass die Fragen mit dir im Zusammenhang stehen müssen. Nicht jeder Beliebige kann hier aufkreuzen und Antworten von mir erhalten.«

Ari hielt die Luft an. »Du glaubst also, dass es keinen Zusammenhang zwischen Damian und mir gibt?«, fragte sie.

Es war also purer Zufall, dass sie in Linnea gelandet war? Anfangs hatte sie das noch geglaubt, aber jetzt war sie sich nicht mehr sicher.

Poseidys verdrehte die Augen. Dann seufzte er tief. »Wenn du mich so fragst.«

»Dann müsste es also einen Zusammenhang zwischen uns geben, oder nicht?«

»Du bist ein kluges Kind mit der Gabe, mich zu manipulieren.«

»Ich bin nur das Kind meiner Mutter.«

Sofort wurden seine Gesichtszüge weich und er lächelte sie an. »Nein, das bist du nicht.« Poseidys holte tief Luft.

»Na schön. Ich kann dir nur sagen, was ich weiß. Prinz Damians Geschichte sollte eigentlich gar kein Märchen sein.«

Verwirrt sah Ari zu Ridon. »Das verstehe ich nicht.«

»Kommt es dir nicht seltsam vor, dass alle Märchenfiguren in Kolis leben? Dass die Märchenchroniken dort aufbewahrt werden? Warum sollte also in Linnea ausgerechnet der Nachtprinz ein Märchen erhalten?«

»Du hast recht. Das ergibt keinen Sinn. Hat denn nur er in Linnea ein Märchen?«

»Es sieht so aus«, murmelte Poseidys.

Das war äußerst seltsam.

»Für gewöhnlich entscheidet der Rat der Wächter, wer ein Märchen erhält. Wer auch immer den Prinzen verflucht hat, besaß so viel Macht, um dieses Verfahren zu manipulieren und einen Zauber anzuwenden, der aus Damians Geschichte ein Märchen erschuf.«

»Aber mit welchem Zweck?«, fragte Ari ratlos.

Der Geist rieb sich nachdenklich das Kinn. »Da wollte wohl jemand kein Risiko eingehen. Einen Fluch oder eine Verwünschung zu brechen ist eine Sache, aber zudem noch ein Märchen zu ändern? Das kommt mir wie eine doppelte Sicherheitsmaßnahme vor.«

»Du glaubst, das war der Grund? Aber funktioniert das denn?«

»Um es einfach auszudrücken: Ja. Um ein Märchen ändern zu können, benötigt man nur die Originalfassung. Warum glaubst du, spielten alle verrückt, als deine Mutter sie gestohlen hat? Danach wurden alle möglichen

Zauberer nach Kolis geladen, um den effektivsten Bannzauber auf die verbotene Abteilung zu legen. Die Märchenchroniken sind lebenswichtig für die Märchenfiguren. Mit ihnen steht und fällt ihre Geschichte. Wenn es in falsche Hände gerät, dann …«

Ari kaute auf ihrer Unterlippe. »Das ist auch der Grund, warum die anderen Märchen durcheinandergeraten sind, richtig?«

»Ja, aber in diesem Fall ist der Schaden sehr gering. Die Wächter kümmern sich bereits darum. Aber stell dir nur mal vor, jemand hat wirklich böse Absichten. Er könnte damit die ganze Märchenstadt vernichten.«

Ein Schauer jagte Ari über den Rücken. »Das hört sich schrecklich an.«

»Na ja, ich würde einfach mal sagen: No risk, no fun, nicht wahr?« Poseidys lachte, aber Ari ignorierte seinen Witz.

Beleidigt verdrehte der Geist die Augen. »Du bist heute eine ziemliche Spaßbremse, Ariana.«

»Das hier ist ernst, Poseidys. Ich versuche wirklich, eine Lösung zu finden.« »Wenn ich deine Hand halten könnte, würde ich es jetzt tun«, sagte Poseidys ernst. »Wir werden das schon schaffen.«

Ari sah ihn an und eine Welle der Zuneigung überkam sie. Wir. Gemeinsam. Dass der sonst mürrische Geist ihr gut zusprach, bedeutete ihr viel.

Sie lächelte und strich mit den Fingerspitzen über den Rand des Spiegels. »Danke.«

Poseidys schluckte. »Um noch mal auf das Thema zurückzukommen. Einen Fluch zu brechen ist eine Sache, dazu allerdings noch ein Märchen zu ändern, eine ganz andere. Irgendetwas muss dem Verfasser des Märchens enorm wichtig gewesen sein, dass er sich doppelt abgesichert hat.

Bevor du allerdings jetzt protestierst, musst du dir bewusst sein, dass ein Fluch sich nicht so einfach brechen lässt. Erinnere dich an die anderen Geschichten, es ist …«

Ari stutzte. Wie hatte sie das übersehen können? »Moment mal, was hast du gesagt?«

Poseidys zog beide Augenbrauen nach oben. »Soll ich jetzt alles noch mal wiederholen?

Ari schüttelte den Kopf. »Nein. Du sagtest, dass sich der Fluch nicht einfach so brechen lässt.«

»Richtig. Morgen ist Damians Geburtstag, der Tag, an dem er König wird. Im Grunde genommen hast du zwei Optionen …«

»Zwei?« »… du findest die verlorene Seite, nimmst das Buch und schreibst die Geschichte um, noch ehe die Glocke zwölfmal läutet. Oder aber …«

Die bedeutungsvolle Pause machte Ari fast wahnsinnig. »Himmel, lass dir doch nicht jedes Wort aus der Nase ziehen, Posy.«

Er ignorierte den Spitznamen und klimperte mit den Wimpern.

»… oder aber du sorgst dafür, dass ihm das Herz gebrochen wird. Ehrlich gesagt bin ich mir nicht sicher, was von beiden die größere Herausforderung darstellt.«

Ridon rieb sich den Nacken und begann auf und abzulaufen. »Das ist komplett verrückt.«

»Wie soll ich das denn anstellen?«, fragte Ari leise.

»Da kann ich dir leider nicht helfen.« Bedauern lag in Poseidys' Stimme. Ari schluckte und blickte auf ihre Hände.

Du sorgst dafür, dass ihm das Herz gebrochen wird.

»Es tut mir leid, aber …«, murmelte Poseidys. »… es gibt da noch ein anderes Problem.« Ari war immer noch so in Gedanken versunken, dass sie stumm nickte.

Plötzlich verschwand der Geist im dichten Nebel.

Ari hörte, wie Ridon zischend die Luft einzog, als kurz darauf ein klares Bild auftauchte.

Alles war dunkel, nur der Schein einer schwachen Kerze war zu sehen.

»Bin ich der Einzige, der das gruselig findet?«, flüsterte Ridon und starrte auf das Glas des Spiegels.

»Man gewöhnt sich dran«, antwortete Ari. Augenblicklich wechselte das Bild und Ari sah jemanden regungslos am Boden liegen. »Da ist Alma. Warum zeigt Poseidys uns das? Wir wissen doch, wo sie sich befindet.«

Das Bild wurde schwächer und Ari konnte nur noch schemenhaft das weiße Gemäuer des Leuchtturms entdecken. Schließlich verschwand das Bild ganz und ein anderes tauchte auf. Es flackerte wie die Flamme einer Kerze und Ari kniff die Augen zusammen. Aber egal, wie sehr sie sich anstrengte, sie konnte nichts Genaues erkennen.

»Hast du eine Ahnung, wo das sein soll?«

Ridon blickte ihr über die Schulter und sah in den Spiegel. Aber noch ehe er etwas sagen konnte, verschwand das Bild auch schon wieder.

»Verdammt. Was war das?«, murmelte Ridon.

Plötzlich tauchte wieder dieser Nebel auf und das Gesehene verschwand. Im nächsten Moment sahen sie wieder den Leuchtturm mit dem schlafenden Körper ihrer Schwester. »Das Ding spielt verrückt«, hörte sie Ridon sagen, aber dann keuchte er auf. Ari wusste, was er sah. Genau dieses Bild war ihr zusammen mit Damian erschienen.

Seine Hand bildete sich zu einer Faust und alles an ihm erstarrte.

»Das ist sie.« Seine Stimme war so leise, dass sie nicht sicher war, ob sie ihn auch richtig verstanden hatte, aber Ari wusste es auch so. Zaghaft nahm er ihr den Spiegel aus der Hand und starrte wie gebannt auf das Bild.

»Magda.«

30

Er hat sie endlich gefunden.
Auszug aus Aris Tagebuch

Ihr Herz schlug bis zum Hals, als sie wieder auf Tajas Rücken saß und sie sich auf den Weg nach Lamos machten.

Das ist Magda.

Sie hatte noch mal nach Poseidys gerufen, aber der Geist war nicht noch mal erschienen. Vielleicht war er müde. Aber ein mulmiges Gefühl in ihrem Magen rumorte.

Sie wurde den Gedanken nicht los, dass sie einen Fehler begangen.

Ari blickte sich um und sah in Ridons lächelndes Gesicht. »Wie kannst du nur so ruhig sein?«, brüllte sie.

»Ich habe sie gefunden«, schrie er zurück.

»Genau. Warum bist du deshalb nicht genauso aufgeregt wie ich?«

Ridon schüttelte den Kopf. »Ich habe sie schon so lange gesucht. Du glaubst gar nicht, wie glücklich ich bin, sie endlich gefunden zu haben.«

»Ich werde das Gefühl nicht los, dass hier etwas nicht stimmt.«

»Es ist mir egal, Ari. Ich habe sie gesehen und sie ist am Leben. Das ist alles, was zählt.«

Oh, Ridon. Mit dem Spiegel stimmte etwas nicht. Ari konnte nicht sagen, warum, aber dass Poseidys nicht mehr auftauchte, verunsicherte sie. Allerdings wollte sie Ridon die Freude nicht nehmen, also nickte sie nur und sah geradeaus.

Aber ihre Gedanken ließen ihr keine Ruhe.

Ari befahl Taja, auf der Wiese im Wald zu landen. Der Drache fauchte und machte damit eindeutig klar, dass er mit ihrer Entscheidung nicht einverstanden war, aber darüber konnte Ari jetzt nicht diskutieren. Sie wollte auf keinen Fall auffallen, weil sie mit einem Drachen hier ankam.

»Verwandle dich«, flüsterte sie ihr ins Ohr, nachdem Taja sie abgesetzt hatte. »Die Leute hier sind vermutlich nicht gut auf einen Drachen zu sprechen. Flieg weg, wir sehen uns später.« Ihr Schwanz wirbelte durch die Luft und peitschte lautstark zu Boden, während sie ihre Flügel ausbreitete, sich vom Boden abstieß und davonflog. Ari schaute ihr einen kurzen Moment nach, dann verwandelte sich der Drache in einen Falken und verschwand hinter den Bäumen. Ari atmete tief aus. Sie hatte gar nicht gemerkt, dass sie die Luft angehalten hatte.

»Wir müssen ein wenig laufen. Taja hätte sonst zu viel Aufmerksamkeit auf sich gerichtet.«

»Schon gut«, sagte Ridon.

Gemeinsam durchquerten sie den Wald, der sich kurze Zeit später lichtete und den Blick auf den Leuchtturm freigab. In der Ferne konnte man die Lichter von Lamos sehen. Der Geruch nach Salz und verdorbenem Fisch lag schwer in der Luft. Wind peitschte ihr ins Gesicht und hinterließ ein unheimliches Zischen. Die Tür zum Leuchtturm stand weit offen und einen Augenblick lang zögerte Ari. Ridon warf ihre einen fragenden Blick zu.

»Was ist?«

Ari blickte sich um. Weit und breit war niemand zu sehen. »Ich werde das Gefühl nicht los, dass hier etwas nicht stimmt.«

»Du bist viel zu pessimistisch. Lass uns einfach nachsehen!« Ohne weiter auf sie zu warten, hastete Ridon die Stufen nach oben. Frustriert atmete Ari aus, dann folgte sie ihm. Ihr Herz schlug wild in ihrer Brust, als sie oben ankamen und es dauerte einen Moment, bis Ari die Situation wahrnahm. Weit und breit war niemand hier. Was auch immer sie im Spiegel gesehen hatte, es war nicht hier gewesen. So verlassen wie der Leuchtturm wirkte, befanden sich hier weder Alma und Magda.

»Ich befürchte, wie haben uns geirrt«, murmelte Ari und drehte sich im Kreis. Aber wie konnte das sein? Poseidys täuschte sich nie. Wenn er eine falsche Information gab, dann immer bewusst. Konnte das auch hier der Fall gewesen sein? Sie musste die Wahrheit wissen. Auf Ridons Gesicht war die Enttäuschung geschrieben und auf keinen Fall würde sie zurückfliegen, ohne zu wissen, wo Alma sich tatsächlich befand. Ridon raufte sich das Haar und schüttelte den Kopf. Ari öffnete ihre Tasche, holte Poseidys heraus und wartete diesmal gar nicht, bis der Geist erschien. »Poseidys, antworte mir: Wo genau befindet sich Alma in diesem Moment?« Einen Augenblick dauerte es, dann wurde der Spiegel schwarz und wieder erschien das Bild von Alma und Magda im Leuchtturm. Stirnrunzelnd betrachtete sie es genauer, als es plötzlich verschwand und Poseidys auftauchte. Dunkle Ringe umspielten seine müden Augen. Er sah aus, als hätte er viel zu wenig geschlafen.

»Alles in Ordnung?«

Poseidys verzog das Gesicht. »Ich weiß es nicht. Irgendwas stimmt nicht.«

Ihr Bauchgefühl hatte sie nicht getäuscht. »Was meinst du?«

»Alles fühlt sich seltsam an. Ich kann mich an nichts mehr erinnern. Vielleicht ist etwas schiefgelaufen. Es ist, als hätte jemand die Wiederholungstaste in meinem Kopf gedrückt.«

Wie seltsam. »Der Spiegel wurde manipuliert«, sagte Ridon plötzlich.

Verwirrt sah Ari ihn an. »Wie kommst du denn darauf?«

»Das Bild von Alma und Magda im Leuchtturm ist genau das gleiche wie schon vor Stunden, als wir aufgebrochen sind. Es ist eins zu eins dasselbe. Aber das kann nicht sein, oder? Sie müssten sich doch zumindest einmal bewegt haben?«

Ari dachte über seine Worte nach. »Du hast recht. Das ist wirklich merkwürdig.«

»Man hat uns auf eine falsche Fährte gelockt, verstehst du? Wir sollten annehmen, dass Alma und Magda sich hier aufhalten.« Die Worte drehten ihr den Magen um.

»Du meinst, um uns loszuwerden?«

Ridon nickte und sah sich um. »Derjenige hat dafür gesorgt, dass wir uns möglichst weit weg von der Nachtstadt aufhalten. Vielleicht hat derjenige auch ganz gezielt Lamos als Ort gewählt, weil er wusste, dass ich mich auf den Weg nach Hause machen würde.«

»Du glaubst, das alles hängt mit dir zusammen?«

»Nein, aber Damian konnte dich nicht begleiten und derjenige wusste anscheinend, dass er dich nicht alleine gehen lassen würde.«

»Folglich hat er uns ans andere Ende von Linnea geschickt, damit wir uns nicht mehr im Schloss aufhalten.«

»Und eine ganze Weile auch nicht mehr zurückkommen werden.«

Ari dachte einen Moment über seine Worte nach. »Aber wer sollte etwas im Schilde führen?«

»Im Ernst? Das fragst du noch? Für mich ist ganz klar, dass der alte Zauberer seine Finger im Spiel hat.«

»Aber er hält sich derzeit nicht in der Nachtstadt auf.«

Ridon zog die Augen zu schmalen Schlitzen zusammen. »Das hat er behauptet und vielleicht stimmt das auch. Denn irgendwo muss er deine Schwester und Magda ja versteckt halten. Aber er hat ganz sicher damit zu tun.«

»Und was machen wir jetzt?«, fragte Ari.

»Wir brauchen den Drachen und müssen uns auf den Weg zurück machen. Vielleicht …«

»Ariana?«

Sie hielt inne und warf einen Blick auf Poseidys, dessen Gesicht noch einen Tick grüner geworden war. Zusammen mit Ridon lief sie die Treppe des Leuchtturms wieder hinunter. Aris Blick war auf den Spiegel gerichtet, während Ridon Ausschau nach Taja hielt.

»Was ist los?«

Plötzlich verschwand der Geist und Nebelschwaden tauchten auf.

»Es scheint ihm wirklich schlecht zu gehen«, sagte Ridon, der mit den Armen wedelte, um Taja, die gerade in ihrer Drachenversion im Anflug war, auf sich aufmerksam zu machen.

»Ich mache mir Sorgen um ihn.« Angespannt betrachtete Ari den Spiegel, als der Nebel sich lichtete und eine Gestalt erschien, die nach vorne gekrümmt auf einem Stuhl saß. Seine Hände schienen auf dem Rücken zusammengebunden zu sein. Sie konnte sein Gesicht nicht sehen, aber die tintenschwarzen Haare und seine Statur ließen sie zusammenzucken.

Ari keuchte auf, als sie eine weitere Person sah, die nun im Raum auf und ab ging. Aber so sehr sie auch jemandem glich, den Ari kannte, so sehr wirkte derjenige auch verändert. Das Humpeln war verschwunden, ebenso der Buckel, und seine heruntergekommene Kleidung war durch einen schicken schwarzen samtigen Umhang ersetzt worden. Ein Schauer jagte ihr über den Rücken, als sie die Person genauer betrachtete. Sie wollte Ridon Bescheid geben, aber er kam ihr zuvor.

»Das ist Meister Paelle«, flüstere Ridon, griff nach ihrer Hand und drückte sie. »Er hat Damian.«

31

»Ein Krieg gilt in Linnea als verloren, wenn alle Beteiligten einer Seite gestorben sind. Oder den Verstand verlieren.«

1. Kommandant der Königswache von Linnea

Ari keuchte auf, als Taja mit den Flügeln schlagend hinter dem Schloss landete. Noch ehe der Drache auf dem Boden gelandet war, sprang Ridon bereits herunter, hielt Ari seine Hand hin und half hier abzusteigen. Ari blieb stehen und blickte sich um. Aber niemand war zu sehen. Eine Totenstille lag in der Luft. »Hörst du das auch?«

Ridon sah sie fragend an. »Was meinst du?«

»Diese Stille. Es ist unheimlich. Es sind noch nicht einmal Wachen auf ihrem Rundgang unterwegs.«

»Bestimmt gibt es dafür eine einfache Erklärung. Los komm, wir dürfen keine Zeit verlieren.«

Ari betrachtete ihre Schuhe, die mit Schlamm bespritzt waren.

»Erkläre mir noch mal, warum wir nicht durch die Tür ins Schloss gelangen?«, keuchte sie, während sie hinter Ridon herlief. Immer wieder sah sie sich um, während sie über die Wiese lief, die um das Schloss herumführte. Er hatte ihr während des Flugs seinen Plan erklärt, aber Ari hatte nur die Hälfte verstanden.

Ridon warf ihr einen scharfen Blick zu. »Meister Paelle ist gefährlich und wir wissen, dass er Damian festhält. Ich bin mir sicher, dass er uns bereits erwartet.« Ridon warf einen Blick auf Aris Tasche. »Geht es ihm schon besser?«

Nachdem sie Meister Paelle im Spiegelbild gesehen hatte, war Poseidys verschwunden und hatte sich nicht mehr bemerkbar gemacht.

Vermutlich muss er sich ein wenig ausruhen. Er war schon ziemlich grün um die Nase.

»Ich weiß es nicht. Ich schätze, er braucht eine Auszeit.« Auf keinen Fall wollte sie Poseidys überanstrengen, obwohl sie seine Hilfe schon gebrauchen könnte.

»Ich kann nicht glauben, dass der alte Mann die ganze Zeit ein falsches Spiel gespielt hat. Wie kann es sein, dass niemandem etwas aufgefallen ist?«

»Noch wissen wir nicht, was geschehen ist. Aber er ist ein Meister der Manipulation. War er schon immer. Wer weiß, ob er Damian nicht die ganze Zeit schon mit einem Zauber belegt hat.«

Ruckartig blieb Ari stehen. »Daran habe ich gar nicht gedacht.« Der Gedanke, dass Damian sie vielleicht nicht aus eigenen Stücken geküsst haben könnte, schnürte ihr die Luft ab.

Konnte das sein? War alles gar nicht echt gewesen?

»Er ist zu allem fähig.«

Ridon schenkte ihr einen warmen Blick. Er schien ihre Gedanken lesen zu können, denn er schüttelte den Kopf. »Es war nur ein Gedanke. Vermutlich sehe ich einfach nur alles schwarz.«

»Du hast ihn doch gesehen. Er ist gefesselt und sitzt auf diesem dämlichen Stuhl. Vielleicht ist er sogar bewusstlos.«

»Das meinte ich nicht. Meister Paelle mag ihn überrumpelt haben, aber ich glaube, Damians Gefühle konnte er nicht manipulieren. Damian ist stark. Er kann seine eigenen Entscheidungen treffen und hat sich gut unter Kontrolle. Ich denke, daran wird auch Meister Paelle nichts ändern und das gefällt ihm ganz und gar nicht.«

Ari kaute auf ihrer Unterlippe. Er hatte recht. Isis hatte ihr gesagt, sie sollte an sich selbst glauben und das beinhaltete auch ihre Fähigkeit, andere einzuschätzen. Sie war Ariana mit dem Auge im Herzen. Sie konnte andere einschätzen und ihr Gefühl sagte ihr, dass Damian sehr wohl etwas für sie empfand.

Aber sie hatte noch etwas anderes gesagt, das ihr keine Ruhe mehr ließ.

Manche Gelegenheiten bieten sich an, um zwei Fliegen mit einer Klappe zu schla-

gen. Was hatte sie damit gemeint? Himmel, wie sie die alte Hexe und ihre Wortspiele verfluchte. Warum konnte sie nicht einfach sagen, was sie sich dabei dachte? Dieses ständige Rätselraten machte sie noch verrückt.

***

Zu ihrer Verwunderung liefen ihnen keine Wachen über den Weg. Sie wurde langsamer und blickte sich immer wieder um, aber es waren tatsächlich keine zu sehen. Wo steckten sie denn nur alle?

»Hier entlang.« Ridon lief voraus, hielt Ari bei der Hand und zusammen betraten sie das Schloss. Eine Tür schlug zu und Ari zuckte vor Schreck zusammen.

»Wohin jetzt?«, flüsterte sie, trat etwas nach vorne und warf einen Blick in den Gang. Aus der Küche drangen Stimmen, die sie nicht zuordnen konnte.

Ihr Herz pochte wild in ihrer Brust, ihr Atem ging schwer.

Schwere Schritte hallten durch die Gänge und keiner von ihnen sagte ein Wort. Ein spärliches Kerzenlicht an den Wänden spendete ein wenig Licht. Was, wenn sie falschlagen?

Poseidys' missmutiges Gemurmel drang durch die Dunkelheit und ließ Ari zusammenschrecken. Sie öffnete ihre Tasche und holte den Spiegel heraus.

»Hey, wie geht es dir?« »Es ging mir schon mal besser. Aber bevor ihr euch hier die Beine in den Bauch steht, der alte Mann hat die Gemächer der Königin erwähnt.«

»Du belauschst ihn?«

»Einer von uns muss ja den Überblick behalten. Also, weiß jemand von euch, wo die Königin sich früher aufgehalten hat?«

Ridon nickte. »Der Nordturm. Der König hat damals dort die Zimmer der Königin errichten lassen, damit er dort seine Schwiegermutter unterbringen konnte.«

»Weißt du, wie man dorthin kommt?«

Ridon deutete den Gang entlang. »Ich schätze schon. Es ist schon eine Weile her, dass ich hier unterwegs war.«

»Danke, Posy«, flüsterte sie und lächelte, als der Geist die Augen verdrehte. Zu ihrer Überraschung widersprach er ihr diesmal nicht. Noch ehe sie ihn zurück in ihre Tasche stecken konnte, war der Geist schon verschwunden.

Ridon und Ari liefen gemeinsam den Gang entlang. Immer wieder drehte sie sich um und hielt nach den Wachen Ausschau, aber sie waren wie vom Erdboden verschluckt. Nur vereinzelte Stimmen hallten durch das Schloss.

Als sie oben ankamen, blieb Ari einen Moment stehen und holte tief Luft. Sie mussten vorsichtig sein. In einem der Zimmer hielt der alte Mann Damian gefangen. Auf keinen Fall konnte sie riskieren, dass Meister Paelle ihnen auf die Schliche kam.

»Links entlang«, sagte Ridon und ging voraus, während Ari ihm folgte. Sie sprachen kaum ein Wort miteinander. Die Anspannung war zum Greifen nah.

»Du kennst dich hier gut aus«, flüsterte sie.

Ridon schenkte ihr ein kleines Lächeln. »Damian und ich haben als Kinder im ganzen Schloss gespielt. Es gibt keinen Winkel, den ich nicht kenne.«

Ari betrachtete die Gänge, die links und rechts parallel von ihnen verliefen. Würden sie einen Weg nach draußen finden, sollte es zu einem Kampf kommen und sie würden fliehen müssen?

»Mach dir nicht so viele Gedanken«, flüsterte Ridon und zwinkerte ihr zu. Ein wenig nahm ihre Anspannung sogar ab. »Es wird schon alles gut gehen. Bestimmt werden wir auch bald herausfinden, wo er Alma und Magda versteckt hält.«

Dankbar für seine Worte lächelte Ari ihm zu, aber insgeheim fragte sie sich, was geschah, wenn er sich täuschte.

Was, wenn Alma und Magda sich ganz woanders befanden? Wenn sie vielleicht sogar verletzt waren?

Keine Panik. Das hilft mir jetzt nicht weiter.

»Glaubst du, er hat ihn schwer verletzt?« Vor ihrem geistigen Auge tauchte das Bild auf, wie er kopfhängend auf dem Stuhl saß. Ari hatte kein Blut gesehen, aber das hatte nichts zu bedeuten. Hatte Meister Paelle ihm Schmerzen zugefügt?

»Nein, dafür ist er zu wertvoll.« Ari konnte ein wenig Zorn in seiner Stimme hören.

»Warum bist du immer noch wütend auf ihn? Ich dachte, es täte dir leid, was damals geschehen ist.«

»Das ist auch so.« Er seufzte tief. »Vielleicht braucht es einfach nur ein klärendes Gespräch. Es gibt so viele Dinge, die noch nicht besprochen wurden.« Dann warf er ihr einen Blick zu. »Du scheinst keine Probleme mit ihm zu haben.«

Ari zuckte mit der Schulter. »Ich mag ihn.«

Ridon zog fragend eine Augenbraue nach oben. »Man muss kein Genie sein, um das zu erkennen. Du sabberst ja, wenn du ihn siehst.«

Schnaubend boxte Ari Ridon auf die Schulter. »Das ist nicht wahr.«

»Ist es.«

Ari spürte, wie ihre Wangen rot anliefen. Aber Ridon winkte nur ab. »Hör auf, dich dafür zu genieren. Ich würde alles dafür geben, Magda noch mal zeigen zu können, wie verliebt ich in sie bin.«

Ari schnaubte. »Wie kommst du darauf, dass ich verliebt bin?« »Red dir das nur selbst ein, dass du es nicht bist.«

Ari war kurz davor, mit ihm darüber zu diskutieren, entschied sich aber dagegen. Sie hatten jetzt wichtigere Dinge zu erledigen. Warum gab sie es nicht einfach zu? Ridon hatte ja recht.

Er grinste und zuckte mit den Schultern. »Solange du es leugnest, brauchen wir nicht darüber zu sprechen. Aber nur für das Protokoll: Er empfindet mit Sicherheit genauso.«

Ari schluckte laut. Nervosität machte sich in ihr breit. »Glaubst du wirklich?«, flüsterte sie und blieb stehen. Ridon schenkte ihr ein warmes Lächeln.

»Ganz bestimmt. Aber bevor du dir darüber den Kopf zerbrichst, lass uns erst einmal einen Plan schmieden. Wir retten Damian, kümmern uns um den alten Zauberer und machen uns dann auf die Suche nach Magda und deiner Schwester.«

»Bei dir hört sich das so einfach an.«

Aber noch ehe sie den Satz ausgesprochen hatte, hörten sie einen ohrenbetäubenden Schrei.

***

»Was, wenn wir kämpfen müssen?«, fragte Ari. Ihr Puls raste, während sie immer noch durch die Gänge streiften. Der Schrei ging ihr nicht mehr aus dem Kopf. Aber danach war kein weiterer mehr erklungen. Es war ganz eindeutig eine Frauenstimme gewesen.

Immer wieder blieben sie stehen, öffneten die Türen und warfen einen Blick in die Zimmer, aber in keinem von ihnen konnten sie einen der drei entdecken.

»So weit wird es nicht kommen.«

Die Anspannung war Ridon deutlich ins Gesicht geschrieben. Eine tiefe Falte hatte sich auf seiner Stirn gebildet und sein Kiefer war enorm zusammengepresst. Sie konnte es ihm nicht verübeln. Er hatte so lange nach Magda gesucht, jetzt war er seinem Ziel so nah.

»Wie willst du das wissen?« Ari tastete nach ihrem Dolch. Augenblicklich dachte sie an Damian und wie er sie berührt hatte. Sie spürte, wie ihre Wangen rot wurden und hoffte, dass Ridon nichts davon bemerkte.

Denk jetzt nicht daran, Ari. Dafür ist jetzt keine Zeit.

»Meister Paelle kann zaubern. Er ist in der Lage, dich mit einem einfachen Satz außer Gefecht zu setzen. Glaub mir, er wird ganz sicher nicht kämpfen.«

»Das beruhigt mich ungemein«, murmelte sie, als Ridon plötzlich stehen blieb.

»Dort vorne ist es«, murmelte er und zeigte auf eine alte Holztür, die sich am Ende des Ganges befand.

Erinnerungen wirbelten durch ihren Kopf und augenblicklich sah Ari wieder das dunkle Verlies vor sich. Es kam ihr vor, als wären schon Monate seitdem vergangen.

Sie blieben vor der Holztür stehen und Ridon trat einen Schritt näher und lauschte. Aber kein Ton kam vom Inneren der Kammer.

Ari holte Poseidys aus ihrer Tasche und sofort zeigte sich der Geist.

»Eines Tages ersticke ich noch in dieser Tasche. Du bist schuld Ariana aus dem Hause Winter, wenn ich einen qualvollen Tod sterbe«, dramatisierte er und wäre die Situation nicht so angespannt, hätte Ari laut losgelacht. »Du übertreibst. So schnell stirbt man nicht.«

Er rümpfte die Nase. »Du wirst es schon sehen und bittere Tränen über mein schnelles Dahinscheiden vergießen. Aber gut. Stell deine Frage, damit wir den Prinzen retten können.« Ari atmete tief ein. »Poseidys, antworte mir: In welchem Zimmer befindet sich Meister Paelle?« Der Geist verschwand und ein klares Bild erschien. Sie gab ein ersticktes Keuchen von sich, als sie ihre Schwester erkannte. »Da sind sie.«

»Siehst du Damian?«, flüsterte Ridon. Ari schüttelte den Kopf, aber ihre Augen wanderten über das Spiegelbild. Sie runzelte die Stirn, als sie in der Ecke etwas entdeckte.

»Ist er das?«

Ridon beugte sich über ihre Schulter und betrachtete das Bild genauer. »Sieht so aus, als wäre er bewusstlos.«

»Weißt du, wo sie sein könnten?«

Ridon betrachtete das Bild genauer. »Wir müssen noch etwas höher. Das Zimmer befindet sich ganz oben.«

Er sprang auf, aber Ari hielt ihn zurück. »Warte.«

Sie beugte sich etwas näher an den Spiegel heran. Irgendwas stimmte hier nicht. »Warum ist Meister Paelle hier nicht zu sehen?«

»Wahrscheinlich ist er nicht im Raum. Das ist unsere Chance.«

Ari sah auf. »Aber ich habe Poseidys nach ihm gefragt. Wieso sollte er mir dann dieses Bild zeigen?«

Ridon verschränkte die Arme vor der Brust. »Vielleicht hat er sich geirrt.«

Misstrauisch begutachtete sie wieder das Spiegelbild. »Poseidys irrt sich nicht. Irgendwas läuft hier falsch.« »Was, wenn er wieder manipuliert wurde?«

»Mit mir ist alles in Ordnung«, hörte sie Poseidys' Stimme, das Bild verschwamm und augenblicklich tauchte der Geist auf.

Ari kaute auf ihrer Unterlippe herum. Das alles schien ihr zu einfach zu sein.

»Aber …«

»Wir haben nicht viel Zeit. Lass es uns einfach versuchen«, sagte Ridon und lief den Flur entlang, bis er auf eine Treppe stieß, die nach oben führte. Ari zögerte.

»Du täuschst dich nicht«, flüsterte Poseidys und als sie seinem Blick begegnete, erschrak sie vor der Ernsthaftigkeit in seinem Blick.

Sie nickte, stand auf und griff nach ihrem Dolch. Zögerlich folgte sie Ridon nach oben.

Ari schluckte und knetete nervös ihre Hände. Was, wenn Meister Paelle noch etwas viel Schlimmeres geplant hatte?

»Ich kann mir nicht vorstellen, dass er sie hier alleine gelassen hat«, sagte Ari und spähte über ihre Schulter nach unten. »Meister Paelle ist davon überzeugt, der Überlegene zu sein. Er wiegt sich in Sicherheit.«

»Das glaube ich nicht.« Dann sah sie nach vorne. »Er weiß, dass wir ihn suchen. Bestimmt hat er sich versteckt. Wir müssen vorsichtig sein«, flüsterte Ari und steckte den Spiegel in ihre Tasche. Ridon lief die Stufen nach oben und blieb vor einer schwarzen Holztür stehen. Noch ehe Ari oben angekommen war, erstarrte sie. Genau wie vor dem Schloss hing auch hier ein Schleier von schwarzer Magie.

»Du überschätzt den alten Mann«, murmelte Ridon, griff nach der Türklinke und öffnete sie. Laut knarzend glitt sie auf und Ari fragte sich die ganze Zeit, ob sie nicht gerade in eine Falle tappten.

32

»Der Nachtprinz wird ein hervorragender König sein. Und ich werde dafür sorgen, dass alles so eintritt, wie es sich die Königin gewünscht hätte.«
Interview mit Meister Paelle wenige Wochen vor Prinz Damians Krönung

Sie hatte recht gehabt. Allerdings kam diese Erkenntnis zu spät. Viel zu spät, wenn man bedachte, dass Ridon ihr offenbar nicht zugehört hatte. Der Blick, den er ihr zuwarf, als sie Alma und Magda am Boden liegen sahen, sagte eindeutig: Na, was habe ich dir gesagt?

Ari hatte noch nicht einmal Zeit, Erleichterung oder Freude zu empfinden. Kaum hatten sie den Raum betreten, trat Meister Paelle aus der Dunkelheit hervor und schleuderte die Tür hinten ihnen zu. Funken sprühten aus den Fingerspitzen des Zauberers und mit einer schnellen Handbewegung schleuderte er Ridon gegen die Wand. Mit einem lauten Knall krachte er dagegen und Ari schrie auf, als Ridons Körper in sich zusammenfiel, die Wand nach unten rutschte und mit einem dumpfen Geräusch auf dem Boden aufkam. Sein Mund stand offen und ein Rinnsal aus Blut rann über seinen linken Mundwinkel. Panik überkam sie.

»Nein!« Ari stürzte zu ihm, aber Meister Paelle trat ihr in den Weg. Als wäre sie gegen eine unsichtbare Wand gelaufen, prallte sie zurück. »Spar dir das Drama. Sie leben alle.« Dann schnalzte er mit der Zunge. »Noch.«

Sie schluckte und ihr Blick hastete durch den Raum. In der Ecke sah sie ihre Schwester, die zusammen mit Magda immer noch auf dem Boden lag.

Flüche lagen ihr auf den Lippen, aber sie konnte sich gerade noch im Zaum halten. Sie durfte den alten Zauberer auf keinen Fall verärgern. Fieberhaft suchten ihre Augen den Raum weiter ab, bis sie Damian erkannte, der im Schatten auf einem Stuhl saß. Sein Kopf befand sich in einem seltsamen Winkel, die Augen waren geschlossen, die Arme hingen leblos an ihm herab. Er war bewusstlos, aber auch auf seinem Gesicht konnte sie Blutspuren sehen.

Ari erhob sich und blickte dem Meister in die Augen.

»Es ist mir immer wieder ein Vergnügen, Ariana aus dem Hause Winter.« Meister Paelle griff nach ihrem Handgelenk und zog sie dicht an sich heran. Sein Kiefer war vor Wut angespannt, seine Augen funkelten sie an. »Ich habe schon auf dich gewartet.«

Ari reckte das Kinn. »Ihr habt gewusst, dass wir nach Euch suchen.«

»Nun, ich habe es mir gedacht.« Der Druck um ihr Handgelenk wurde ein wenig stärker. Ari sah, wie seine Fingerknöchel weiß wurden. Es war, als würde sich der Abdruck seiner Finger in ihre Haut brennen. Wie ein Schraubstock umklammerte er sie und Ari hatte keine Chance, dem Griff zu entkommen.

Das ist ein Zauber. Er kann niemals so stark sein.

Ihr Herz zog sich zusammen, als sie von Damian eine Bewegung wahrnahm.

»Damian«, rief sie, aber er reagierte nicht weiter.

Meister Paelles kam ihr immer näher und sie roch seinen fauligen Atem. Angewidert drehte sie das Gesicht zur Seite. »Ich habe es dir schon mal gesagt, du kannst schreien, so viel du willst, aber es wird dir nichts nutzen. Er kann dich nicht hören.« Sie rief noch mal seinen Namen, aber wieder reagierte Damian nicht.

»Was habt Ihr ihm angetan?«, fauchte Ari, zerrte an ihrem Arm und zu ihrer Überraschung gab der alte Mann sie frei. Sie verlor das Gleichgewicht und fiel zu Boden. Ohne weiter auf den Zauberer zu achten, stand sie auf und lief zu Damian, doch Meister Paelles lautes Schnalzen hielt sie zurück. »Das würde ich deiner Stelle nicht tun. Es sei denn, du bist dir seiner Anwesenheit bereits zuwider und verspürst das dringende Bedürfnis, ihn loszuwerden.

Dann bitte.« Er streckte die Hand aus und deutete auf Damian, der sich nun noch mal regte.

Er lebt. Egal, was er mit ihm gemacht hat, er lebt.

Damian hob leicht den Kopf und sah Ari benommen an. Ob er sie wohl erkannte? Er atmete schwer, sein Mund öffnete sich, aber kein Wort kam über seine Lippen. Stattdessen glitt ein verzweifelter Ausdruck über sein Gesicht.

Er hat ihn auch verzaubert. Es ist der gleiche Zauber, mit dem er mich bei unserer ersten Begegnung zum Schweigen gebracht hat.

Wut brodelte in ihr. *Vermutlich ist er gar kein so mächtiger Magier. Das ist wohl der einzige Zauber, den er beherrscht.* Aber sie wagte nicht, dem Meister diese Worte an den Kopf zu werfen. Ihr Blick fiel auf Ridon, der immer noch bewusstlos auf dem Boden lag. Ihm konnte sie jetzt nicht helfen.

»Was wollt Ihr?«

Meister Paelle lachte laut auf. »Das weißt du nicht? Ich dachte, du wärst schon auf mein Geheimnis gestoßen.«

Sie funkelte ihn herausfordernd an. »Nun, ein paar Dinge machen keinen Sinn.«

»Nun, ich werde etwas Licht in deine Dunkelheit bringen, aber im Gegenzug gibst du mir die Märchenchroniken mit Damians Märchen, die sich in deiner Tasche befinden.«

Ari runzelte die Stirn. Woher wusste er, dass sie es bei sich trug? Sie verfluchte sich dafür, dass sie es nicht zurückgelassen hatte. Augenblicklich presste sie die Tasche an ihre Brust. »Auf keinen Fall. Ohne die fehlende Seite hat es für Euch keinen Nutzen.«

Spöttisch grinsend legte er den Kopf zur Seite. »Wer sagt, dass ich die Seite nicht habe?«

Bei seinen Worten machte sich Panik in ihr breit. Bluffte er vielleicht nur?

Meister Paelle blickte zu ihrer Schwester und stieß ein tiefes Seufzen aus. »Du bist ein kluges Kind. Wenn du willst, dass ihr nichts zustößt, wirst du tun, was ich sage.« Dann drehte er sich um und machte es sich auf einem roten Samtsessel bequem.

»Hast du dich noch nicht gefragt, warum er für sein Volk der kalte Nachtprinz ist, aber für dich etwas empfindet? Noch hat sich der Fluch nicht ganz entfaltet. Aber seine kalte Seite wird immer stärker und sobald es Mitternacht ist, wird sein Herz endgültig zu Stein.« Dann zog er eine Taschenuhr aus seiner Tasche und warf einen Blick darauf. »Tick, tack. Tick, Tack. Was in genau zwei Stunden der Fall sein wird.«

Ari wich erschrocken zurück. Das konnte sie nicht zulassen. Sie musste sich etwas überlegen. Was hatte Poseidys noch zu ihr gesagt?

Du hast zwei Optionen … »Ihr seid es gewesen, nicht wahr? Ihr habt den Fluch ausgesprochen. Warum nehmt Ihr ihn nicht einfach zurück?«

»Nun, du kennst anscheinend nicht die ganze Geschichte. Ich bin es nicht gewesen. Die Königin hat damals meinen Bruder Parus um Hilfe gebeten. Aber er starb genau wie der König nur wenige Tage, nachdem die Königin verschwunden war, an rotem Fieber. Ich habe seine Rolle übernommen. Wer hätte mich auch daran hindern können? Die Königin war weg und Damian noch ein Säugling. Also habe ich die Rolle des fürsorglichen Beschützers übernommen.«

Meister Paelle kam immer näher. »Parus war ein törichter, arroganter Esel, der mir in der Stunde seines Todes von seinem Fluch erzählt und mir auf seinem Totenbett diese Seite in die Hand gedrückt hat.« Mit einem breiten Grinsen hielt der Zauberer ihr das Stück Papier entgegen. Ari verspürte den Drang, es an sich zu reißen, aber der Zauberer war schnell und steckte es zurück in seine Manteltasche.

»Du kannst dir vorstellen, wie überrascht ich war, als mir bewusstwurde, was das bedeutete. Aber noch bevor er mir sagen konnte, wie ich die Herrschaft Linneas an mich reißen konnte, starb er. Du kannst dir sicherlich denken, wie ärgerlich es für mich war, mich auf die Suche nach diesem verdammten Buch zu machen und herauszufinden, was es damit auf sich hat.« Er schnaubte laut auf. »Mein Bruder mag ein Schwachkopf gewesen sein, aber er war ein genialer Zauberer. Viel besser als ich. Anhand seiner Magie ist es ihm gelungen, Damian und seine Familie in ein verdammtes Märchen zu verwandeln.«

Ari hielt die Luft an. »Wieso hat er sich die Mühe gemacht und ihn nicht nur einfach verflucht?«

»Parus hatte schon immer einen Hang zum Drama.« Meister Paelle neigte den Kopf zur Seite. »Wie gesagt, er war ein herausragender Zauberer. Er wusste, dass ihm in Linnea niemand auf die Schliche kommen würde. Sobald er den Zauber ausgesprochen hatte, wurde das Märchen geschrieben und festgehalten ...«

»... in den Märchenchroniken, die sich in Kolis befinden.« *Weil Märchen nur in Kolis geschrieben werden. Deshalb ist es auch niemandem aufgefallen, dass seine Geschichte verschwunden ist, denn offiziell gibt es dieses Märchen gar nicht.*

»Du bist ein schlaues Kind. Er hat diese Seite herausgerissen, damit niemand auch nur auf die Idee kommen kann, das Märchen noch mal zu ändern.«

»Damit er doch noch König von Linnea werden kann.« Langsam nickte Ari. »Er ist auch schuld daran, dass in Linnea keine Mädchen geboren wurden.«

»Natürlich. Er wollte ja auf Nummer sichergehen, dass sein Plan funktionierte und niemand das Herz des Prinzen brechen wird. Er wäre wirklich König geworden, wenn das Fieber ihn nicht niedergestreckt hätte.«

»Und nun wollt Ihr an seiner Stelle König werden?«

Meister Paelle lachte laut auf. »Wie ich bereits sagte: Du bist ein kluges Kind. Es hat eine Ewigkeit gedauert, bis ich herausgefunden habe, wo sich dieses verdammte Buch versteckt.« Er sah zu Magda und Ari folgte seinem Blick.

»Eines Tages traf ich sie im Wald. Nur wenige Meter von der Stelle entfernt, wo du auch angekommen bist. Sie bat mich um Hilfe und sagte mir, dass sie eine Märchenfigur sei, die ihrem Land entflohen sei. Ich nahm sie auf, gab ihr Kleidung und etwas zu essen. Eines Abends nach ein paar Gläsern Eiswein erzählte sie mir von den Märchenchroniken und ich wurde hellhörig. So kam ich auf die Idee, dass sich vielleicht Prinz Damians Märchen dort ebenfalls befand.«

»Ihr wolltet sein Märchen ändern und statt Eurem Bruder Euch als König hineinschreiben.«

»Ganz recht, aber dafür musste ich erst nach Kolis reisen. Allerdings machte mir das Mädchen einen Strich durch die Rechnung. Sie verschwand einfach. Verließ nachts meine Hütte und war wie vom Erdboden verschwunden. Es hat Jahre gedauert, bis ich sie wiederfand. Aus purem Zufall auf dem Gewürzmarkt in Lamos.«

Ein Kloß bildete sich in ihrer Kehle. »Ihr habt Magda entführt?«

»Wie sonst hätte ich nach Kolis reisen sollen? Jedes Kind weiß, dass nur eine Märchenfigur die Märchenstadt betreten kann. Ich legte einen Zauber um sie, nahm sie mit und gemeinsam durchquerten wir das Portal.« Er beugte sich näher an Ari heran. »Ich suchte nach dem Buch und brach in die verbotene Abteilung ein und fand dort alle Ausgaben der Märchenchroniken bis auf ...«

»Damians Märchen.« Ari keuchte auf. Isis' Worte fielen ihr wieder ein.

»Hier ist gerade ziemlich die Hölle los. Es wurde in die verbotene Abteilung eingebrochen. Seltsamerweise fehlt allerdings nichts.«

»Genau. Denn wie es der Zufall will, hattest du dieses Buch bei dir. Ich kam gerade noch rechtzeitig am Götterhain an, als deine Schwester es dir übergab. Und dann warst du verschwunden.«

Er blickte zu Alma. »Ich beschloss, dir zu folgen, aber für den Fall, dass du es mir nicht freiwillig übergeben wolltest, brauchte ich ein Mittel, um dich davon zu überzeugen.«

»Meine Schwester.«

»Du bist wirklich ein schlaues Kind.«

»Warum der ganze Aufwand? Wenn Ihr doch gewusst habt, dass ich es bei mir trage, warum habt Ihr es mir dann nicht einfach weggenommen?«

Meister Paelle schnaubte auf. »Magie scheint nicht deine Stärke zu sein, nicht wahr? Alle Ausgaben der Märchenchroniken sind mit einem Zauberbann belegt. Man kann sie nur an sich nehmen, wenn der momentane Besitzer es zulässt.«

Das Märchen war in Almas Besitz gewesen. Am Götterhain hatte sie es mir übergeben. Folglich war Ari seine derzeitige Besitzerin.

Wie es ihrer Mutter wohl gelungen war, das Buch zu stehlen? Aber vielleicht war Miranda doch eine mächtigere Hexe gewesen, als Ari bislang angenommen hatte. Letztendlich spielte es auch keine Rolle mehr. Meister Paelle funkelte sie wütend an.

»Also musste ich eine falsche Fährte legen. Zufällig begegnete ich diesem jungen Mann, der sich als sehr hilfsbereiter Wächteranwärter herausstellte. Das Glück war ganz und gar auf meiner Seite, denn zu meinem Erstaunen hatte er drei Ausgaben der Märchenchroniken bei sich. Unter anderem das Märchen deiner Schwester. Also nahm ich das Buch, änderte ein paar wesentliche Punkte ab und überließ ihm seinem Schicksal.«

Ari keuchte laut auf. »Quentin.« Sie hatte ihn in der Bibliothek mit Almas Märchenbuch gesehen. Hatte Meister Paelle ihn danach abgefangen? Wut sammelte sich in ihrem Bauch und in Gedanken überlegte sie sich unzählige Möglichkeiten, den Zauberer dafür zu bestrafen.

»Wie hattet Ihr die Bücher an Euch nehmen können? Ich dachte, ein Buch muss weitergegeben werden?«

»Oh, er hat sie mir übergeben. Zwar nicht ganz freiwillig, aber letztendlich spielt das keine Rolle. Alles nur Wortklauberei.«

Seine Augen wurden einen Tick dunkler. »Ich änderte also die Märchen, nahm deine Schwester und kehrte nach Linnea zurück. Dass du dort auf Damian triffst, gehörte nicht zu meinem Plan, also musste ich ein wenig umdisponieren und steckte dich ins Verlies, in der Hoffnung, dass du ausbrechen und davonlaufen würdest.«

»Das verstehe ich nicht. Warum habt Ihr mich befreit?«

»Na ja, die Nächte in Linnea sind kalt. Die Chance war groß, dass du dich verläufst und erfrierst oder ein paar Eiswölfen zum Fraß fällst.« »Aber ... die Frau im Verlies. Sie hat mir den Weg gezeigt. Wie ...?«

»Glaub mir, Ariana, es war ein leichtes, dich zu verwirren.« Ari keuchte entsetzt auf, als plötzlich die Stimme der Gefangenen aus dem Mund des alten Mannes kam. Sie taumelte einen Schritt zurück. »Das seid Ihr gewesen?«

»Es war ein Kinderspiel. Ich musste dich loswerden, um dir das Buch abnehmen zu können. Ich hatte ja nicht ahnen können, dass dieser Trottel dir folgt.« Wieder ahmte er die Stimme der Frau nach und Ari wurde schwindelig. Damian hatte recht gehabt. Es gab keine Gefangenen in Linnea.

»Was habt Ihr davon? Erklärt es mir!«

Der Zauberer legte den Kopf zur Seite. »So ein schlaues Kind und doch so dumm.« Er streckte die Hand aus und wie von Zauberhand erschien die herausgerissene Seite in seiner Hand.

»Ich habe die verlorene Seite und das Buch. Jetzt ist es mir endlich möglich, das Märchen zu ändern.«

Dafür braucht er das Buch. Alma hatte erwähnt, dass man die gesamte Originalfassung des Märchens benötigt, um es ändern. Die einzelne Seite nutzt ihm nichts.

Deshalb hatten sie auch das Schicksal ihrer Mutter nicht ändern können, weil Miranda kein eigenes Märchen besaß.

Fieberhaft versuchte Ari, sich an Damians Märchen zu erinnern. Vielleicht übersah sie ja etwas. So oft hatte sie es als Kind gehört, aber jetzt kostete es sie alle Kraft, sich die Worte zusammenzureimen. Leise begann sie zu flüstern:

»… Da wurde er sehr wütend und der Zauberer legte einen Fluch über das Kind. Erst wenn es jemandem gelingen sollte, das Herz aus Stein zu brechen, würde der Fluch von ihm abfallen und der Stein würde sich in sein wahres Herz verwandeln. Bis dahin würde das Land nur aus Eis und Stein bestehen, so kalt und hart wie das Herz des Prinzen. So soll es sein, rief er aus und noch ehe er die Worte gänzlich ausgesprochen hatte, verfiel das Land in Dunkelheit und eine Eiseskälte legte sich darüber. Kein Mensch, kein Tier, kein Lebewesen, das die Nacht unter freiem Himmel verbrachte, überlebte die Nacht.«

Ari wurde das Gefühl nicht los, dass sie etwas übersah. Aber was war es nur? Verzweiflung machte sich in ihr breit.

»Möchtest du wissen, wie es weitergeht?« Der Meister warf ihr ein spöttisches Lächeln zu. »Es spielt zwar keine Rolle mehr, aber wenn du willst, lese ich es dir vor.«

Ari schluckte und warf einen Blick auf Ridon, der immer noch bewusstlos am Boden lag. Alleine konnte sie nichts gegen den Zauberer ausrichten. Ihr blieb also nichts anderes übrig, als Zeit zu schinden.

Sie nickte und wich einen Schritt zurück, als der Meister sie anfunkelte.

Himmel, er macht mir Angst.

»Da nahm der Magier seinen Zauberstab, richtete ihn auf die Königin und verfluchte auch sie. *Euer ganzes Leben lang sollt Ihr an der Seite Eures Sohnes sein. Aber kein Kuss, keine Berührung, kein einziges Wort werdet Ihr mit ihm wechseln können. Das soll Eure Strafe sein. Erst wenn sein Herz bricht, dann auch dieser Fluch.* Die Königin schrie auf und warf sich auf ihren Sohn, aber der Zauberer lachte laut auf. *Aus dem Kind soll der Nachtprinz werden. Jeder Mann, jede Frau, jedes Kind soll ihn fürchten und sobald die Kirchturmuhr an seinem zwanzigsten Geburtstag zwölfmal läutet, wird er sterben und ich werde neuer König von Linnea sein.*«

Ari keuchte auf. Tränen liefen ihr über die Wangen und sie wischte sie mit ihrem Handrücken fort.

Meister Paelle wandte ihr mit einem breiten Grinsen den Rücken zu. »Du verstehst also, dass ich ein wenig unter Zeitdruck bin.« Er warf einen Blick auf seine Taschenuhr. »Es ist nur noch eine Stunde bis Mitternacht und ich habe noch ein Märchen zu ändern.«

Fieberhaft überlegte Ari, wie ihre Chancen standen. Aber als hätte Meister Paelle ihre Gedanken gehört, blieb er stehen. Er drehte sich nicht zu ihr um, trotzdem verstand Ari jedes Wort.

»Du musst dich jetzt entscheiden, Ariana aus dem Hause Winter. Rettest du deine Schwester oder den Nachtprinzen?«

Ihr Herz schlug ihr bis zum Hals. Verzweifelt versuchte Ari einen klaren Kopf zu bekommen, aber die Ereignisse wirbelten ihr durch den Kopf. Nur noch eine Stunde bis Mitternacht. Wie sollte es ihr gelingen, Meister Paelle die Seite zu stehlen und Damians Geschichte zu ändern und gleichzeitig Alma zu retten? Sie war immer noch bewusstlos und Ari hatte keine Ahnung, wo sich ihr Märchenbuch befand.

Ich legte einen Zauber um das Märchen deiner Schwester.

Isis hatte erwähnt, das Portal schließe sich um Mitternacht. Bis dahin musste Alma zurück nach Kolis, sonst wäre sie hier in Linnea gefangen.

Was soll ich denn nur tun?

Ihr Blick fiel zu Damian, der sie mit einem stillen Blick bedachte. Noch immer lag der Zauber auf ihm.

Plötzlich fielen ihr Isis' Worte wieder ein.

»Wenn du es geschickt anstellst, kannst du zwei Fliegen mit einer Klappe schlagen.« Und plötzlich fiel ihr ein, was ihr die ganze Zeit keine Ruhe gelassen hatte. Himmel, wie konnte sie nur so blind sein? Sie hatte die ganze Zeit die Antwort vor ihrer Nase gehabt.

Damians Märchen.

»… riss ihm das Herz heraus und ersetzte es durch einen Stein …«

Ihr Herz schlug ihr bis zum Hals, als sie den Kopf hob und den Meister anfunkelte.

»Ich hätte mich niemals für den Prinzen entschieden. Mein Herz gehört ihm nicht. Sobald ich die Möglichkeit habe, werde ich zurück nach Kolis reisen. Es stand von Anfang an fest, dass ich in diesem Königreich nicht bleiben werde. Gib Alma und ihre Freundin frei.«

Der Meister lachte, dann nickte er. »Darauf lasse ich mich gerne ein. Es hätte mich auch gewundert, wenn du tatsächlich etwas für den Prinzen empfunden würdest. Wo doch alle davonlaufen, die ihm nahekommen. Aber einen Moment wirst du dich noch gedulden müssen.« Langsam trat er vor. »Gib mir das Buch. Jetzt. Ansonsten wird deine Schwester für immer in Linnea bleiben müssen und ich glaube nicht, dass sie glücklich darüber sein wird. Ganz zu schweigen von ihrer kleinen Tochter, die ihre Mutter dann niemals wiedersehen wird. Das willst du doch nicht, oder?«

Ihr Herz setzte einen Moment aus, als der erste Glockenschlag ertönte und sie sah, wie das Leuchten in Damians Augen erlosch, als hätte jemand eine Flamme ausgeblasen.

Zittern holte sie Luft. Gut so. Dann schluckte sie.

»Nein, das will ich nicht.« Sie griff nach ihrer Tasche und holte das Buch heraus. »Ändert es!«

33

Mein Körper stirbt heute nicht, aber meine Seele.
Gedanken von Prinz Damian

Erster Glockenschlag.

Was auch immer hier mit ihm geschah, er würde es überleben. Sein einziger Gedanke galt Ari, die ihn mit diesem eigenartigen Blick ansah. Sah er Schmerz darin? Natürlich. Sie vermisste ihre Schwester. Niemals wollte sie in Linnea bleiben.

Hatte er wirklich geglaubt, sie empfände etwas für ihn? Er war ein Narr. *Vermutlich geschieht es dir ganz recht und jetzt sieh zu, was aus dir wird. Dummheit wird bestraft. Wer verschenkt sein Herz denn so leichtfertig?*

Ach Moment. Falsch. Ich besitze gar kein Herz. Ha! Welch Ironie. Wie habe ich das nur verwechseln können? Himmel, hat er mich unter Drogen gesetzt? Wie bin ich nur auf den Gedanken gekommen, ihr Herz schlägt für mich?

Hatte er wirklich geglaubt, er könnte dem alten Mann vertrauen? Meister Paelle hob den Arm und Magie schleuderte Damian zu Boden, sodass sein Kopf auf dem Boden aufschlug und er für einen Moment benommen die Augen schloss. Sein Mund öffnete sich zu einem stummen Schrei, als er einen heißen Schmerz spürte, der ihm in den Rücken fuhr. Wie brennende Kohlestücke brannte es auf seiner Haut.

Zweiter Glockenschlag.

»Ich will es hören«, donnerte Meister Paelles Stimme durch den Raum, aber Damian wagte nicht, die Augen zu öffnen.

Der Schmerz machte ihn fast wahnsinnig.

Bald ist es vorbei. Er sehnte es fast herbei. Dabei war er sich nicht sicher, ob der Gedanke, Ari könnte nicht dasselbe für ihn empfinden, diese Schmerzen auslöste oder die glühenden Fingerspitzen des alten Mannes.

Wenn er nur ein wenig schlafen könnte.

Dritter Glockenschlag.

Erinnerungen wirbelten durch seinen Kopf. Dunkle Augenblicke, die er verdrängt hatte, aber auch helle. Das Lachen seiner Mutter. Wie konnte er sich daran erinnern? Er war noch ein Säugling gewesen, als sie verschwunden war.

Die Worte seines Vaters. Ganz deutlich, dabei hatte er ihn nie kennengelernt. Aris Augen.

Vierter Glockenschlag.

Schmerz kroch durch seinen Körper. Nicht mehr lange. Nur noch ein paar Minuten, dann war es vorbei. Endlich. Konnte man den Tod herbeisehnen? War das seine Strafe? Oder nun eine Erlösung?

Fünfer Glockenschlag.

Das Stechen in seiner Brust wurde stärker. Was auch immer sich darin befand, rebellierte in ihm. Vielleicht gefror nun sein Innerstes zu Eis.

Ich spüre nichts mehr.

Sechster Glockenschlag.

Schreie klangen an sein Ohr. Krachend fiel etwas zu Boden. Er öffnete die Augen und sah Lichtblitze, die durch die Luft geschleudert wurden.

Siebter Glockenschlag.

Vielleicht sollte er schlafen. Seinem Körper ein wenig Erholung schenken, bis es so weit war. Dann war es endlich vorbei.

Achter Glockenschlag.

Jemand strich ihm über die Wange. Federleicht, zart wie Schmetterlingsflügel. Er blinzelte und blickte in eisblaue Augen. Tränen rannen ihr über die Wange.

Neunter Glockenschlag.

Dunkle Nebelschwaden schwebten über dem Boden, kräuselten sich um einen leblosen Körper. Er schloss die Augen. Der Schmerz holte ihn ein.

Zehnter Glockenschlag.

Er bekam keine Luft mehr. Alles in ihm zog sich zusammen. Langsam legte sich der Schmerz in seiner Brust über ihn.

Gleich war es vorbei. Nur noch ein Atemzug.

Elfter Glockenschlag.

Etwas brach.

34

»Ariana braucht kein eigenes Märchen. Sie ist eine Heldin. Wir sollten uns von Prinzessinnen, Prinzen auf weißen Rössern und dem Kuss der wahren Liebe verabschieden. Alles, was dieses Land braucht, sind starke Frauen und natürlich mich.«
Interview mit Poseidys

Es muss einfach geklappt haben.

»Du könntest etwas Schlaf gebrauchen.« Poseidys sah sie mit einem weichen Blick an, während Ari seit Stunden an Damians Bett saß. Sie hatte jegliches Zeitgefühl verloren. Alma hatte ihr ein paar Weintrauben, geröstetes Brot und etwas warmen Käse zubereitet, aber Ari brachte keinen Bissen herunter.

»Was, wenn es nicht funktioniert hat? Er ist jetzt schon seit Stunden bewusstlos.«

Poseidys verdrehte die Augen. »Sein Herz schlägt, nicht wahr?«

Ari nickte schnell und wischte sich mit dem Handrücken die Tränen von der Wange. Sie konnte sich nicht erinnern, wann sie das letzte Mal so viel geweint hatte.

»Der Nachtprinz ist zäh. Den haut so schnell nichts um.«

Poseidys wollte ihr Mut zusprechen, aber Ari konnte nur daran denken, dass sie vielleicht versagt hatte.

Zum wiederholten Male legte sie die Hand auf Damians Oberkörper und konzentrierte sich auf das sanfte Klopfen in seiner Brust. Anfangs hatte sie es kaum wahrgenommen, aber nachdem Poseidys ihr befohlen hatte, ein paar Mal tief ein- und auszuatmen, hatte sie sich so weit beruhigt, um seinen

Herzschlag wahrzunehmen. Noch nie hatte sie etwas Schöneres gehört. Dann hatte sie den Kopf auf seine Brust gelegt und war für ein paar Minuten eingedöst. Erst nachdem Poseidys ihren Namen gerufen hatte, war sie aufgewacht.

»Du solltest dir nicht so viele Gedanken machen. Flüche beanspruchen den Körper. Manche benötigen Wochen, um zu Kräften zu kommen.«

»Was, wenn er nicht mehr aufwacht?« Ihre Stimme stockte. Allein der Gedanke daran schnürte ihr die Luft ab.

Poseidys schnaubte. »Hör auf, den Teufel an die Wand zu malen. Seit wann bist du so pessimistisch?«

Ich habe einfach nur Angst, ihn zu verlieren.

Ari hatte dem Meister das Buch übergeben und kurz darauf hatte er Alma und Magda frei gelassen. Ridon hingegen war aus seiner Bewusstlosigkeit erwacht und hatte den alten Mann angegriffen. Als der einen Zauber aussprach, war Ari dazwischen gegangen. Dann ging alles so schnell, dass sie sich kaum daran erinnerte. Dank dem Zauberspiegel ihrer Mutter prallte dieser an ihr ab und wurde auf den Magier zurückgeschleudert, der bewusstlos in sich zusammengesackt war. Nur kurze Zeit später waren die Schatten aufgetaucht und hatten den Magier mit sich genommen. Mit Schaudern erinnerte sich Ari an seine Schreie. Sie würden sie bis in ihre Träume verfolgen. Es war kein Blut geflossen, aber Ari hatte noch nie etwas so Schreckliches erlebt.

»Hab ein wenig Vertrauen.«

Es klopfte an der Tür zu Damians Schlafgemach. Augenblicklich erschienen Nebelschwaden und Poseidys verschwand. Alma öffnete die Tür und streckte ihren Kopf herein. »Störe ich?«

»Nein«, seufzte Ari. »Komm ruhig herein.«

Leise trat Alma ein, schloss die Tür und ließ sich neben Ari auf einem Stuhl nieder. »Du hast nichts gegessen.«

»Ich bin nicht hungrig.«

Alma legte die Hand auf ihre und drückte sie. »Keine Besserung?«

Ari schüttelte den Kopf. Sie wurde das Gefühl nicht los, dass etwas schiefgelaufen war.

Was, wenn sie sich geirrt hatte? Almas Blick glitt zu Damian, der auf seinem Bett lag, nachdem Ridon und ein paar Wachen ihn in sein Zimmer getragen hatten.

»Ridon hat mir erzählt, was geschehen ist. Du warst sehr mutig.«

»Oder leichtsinnig.«

»Sei nicht so streng mit dir. Du hast es versucht.«

»Was nützt es mir, wenn es nicht funktioniert hat?«

»Du musst Geduld haben. Ich bin mir sicher, sein Körper braucht Zeit, um sich zu erholen. Schlaf kann Wunder bewirken.«

»Poseidys hat dasselbe gesagt.«

Ari lachte laut auf. »Ich kann nicht glauben, dass du dich tatsächlich mit Mutters Zauberspiegel angefreundet hast? Ich fand ihn ja immer ein wenig gruselig. Nicht umsonst habe ich ihn all die Jahre im Schrank aufbewahrt.«

»Das nimmt er dir auch übel. Aber schlimm ist er gar nicht.«

»Ich habe mich noch gar nicht bei dir bedankt«, sagte Alma nach einer Weile. »Ohne dich würde ich wohl für immer hier festsitzen.« Sie schüttelte den Kopf. »Nicht, dass es hier schlecht wäre, aber ich vermisse meine Familie.«

»Du musst dich nicht bedanken. Du hättest dasselbe für mich gemacht.«

Ein leises Stöhnen ließ Ari aufhorchen. Sie beugte sich nach vorne und griff nach Damians Hand. Er hatte die Augen halb geöffnet und ein schmerzhaftes Keuchen entkam ihm.

Er runzelte die Stirn und versuchte sich aufzusetzen, aber Ari legte ihm sanft die Hand auf die Schulter, um ihn daran zu hindern. »Nicht. Du musst dich noch ausruhen.«

Sie hörte, wie ein Stuhl zurückgeschoben wurde, dann legte sich eine Hand auf ihren Rücken. »Ich lass euch mal alleine. Wir reden später weiter«, flüsterte Alma. »Ruf mich, wenn du Hilfe benötigst.«

Ari nickte und schenkte ihr ein dankbares Lächeln.

Damian öffnete den Mund und einen Moment lange glaubte Ari, dass er immer noch nicht in der Lage war zu sprechen. Schließlich hatte Meister Paelle den Zauber nicht aufgehoben, bevor die Schatten ihn mitgenommen hatten. Aber dann drang leise ihr Name von seinen Lippen und Erleichterung machte sich in ihr breit. »Ari.«

»Ich habe mir Sorgen gemacht. Du hast ziemlich lange geschlafen.«

Sein Blick wanderte zur Tür, aus der Alma gerade verschwunden war. »Deiner Schwester geht es gut?«

»Ja. Ihr Große-Schwester-Modus nervt ein wenig, aber damit komm ich schon klar.«

Ein Lächeln umspielte seine Lippen. »Das ist gut. Wie geht es Ridon? Hat er seine Verlobte gefunden?«

»Magda und er packen gerade ihre Sachen zusammen. Sie wollen die Nachtstadt so schnell wie möglich verlassen und nach Lamos zurückkehren.«

Damian nickte, aber Ari bemerkte, wie sein Lächeln ein wenig nachließ. »Aber Ridon fragte, ob du seine Strafe aussetzen kannst. Er würde gerne öfter zu Besuch kommen.«

»Wenn es sein muss.« Seine genervte Miene täuschte ihn Lügen. Ari wusste, wie froh Damian darüber war. Vielleicht gab es eine Möglichkeit, die Freundschaft der beiden wieder aufleben zu lassen. »An was kannst du dich erinnern?«

Damian runzelte die Stirn. »Meister Paelle hat mich in meinem Arbeitszimmer besucht. Er meinte, er hätte endlich den Aufenthaltsort meiner Mutter aufgespürt. Natürlich bin ich ihm gefolgt und dann hat er mich mit diesem Zauber belegt.« Stöhnend setzte Damian sich auf. »Plötzlich war ich in meinem eigenen Körper gefangen. Ich konnte weder etwas sagen noch mich bewegen. Dann hat er mir von seinem Plan erzählt.« Damian verzog schmerzlich das Gesicht. »All die Jahre hat er mir nur etwas vorgemacht.«

»Ich weiß,« flüsterte Ari. »Es tut mir so leid.«

Er zuckte mit den Schultern. »Es ist ok, glaube ich. Ich hätte es viel früher bemerken müssen. Jedes seiner Worte sagte er, um mich zu manipulieren. Nichts davon ist wahr gewesen.«

Ari wusste, wie sehr ihm der Schmerz zusetzte. Nach dem Tod ihrer Mutter hatte sie sich ähnlich gefühlt. Der Schmerz war unerträglich.

»Und jetzt? Wie fühlst du dich?« Ari hielt die Luft an. Die Worte waren ihr so herausgerutscht. Ehrlich gesagt war sie sich nicht sicher, ob sie mit der Antwort klarkäme.

Damian sah sie an und Ari konnte ein Glitzern in seinen Augen sehen. Aber diesmal nicht vor Kälte. »Ich kann es nicht erklären. Es ist, als hätte ich nach all den Jahren eine Maske abgelegt. Als wäre ich zum ersten Mal wirklich ich. Das ist gut, oder?«

Ari lächelte ihn an. »Das ist sogar sehr gut.« »Was ist wirklich geschehen? Ich kann mich an kaum etwas erinnern.« Ari schluckte, dann lächelte sie. »Das ist eine ziemlich lange Geschichte.«

»Nun, ich habe heute nichts mehr vor.«

Nervös rieb Ari sich den Unterarm. »Na schön. Lange Rede, kurzer Sinn: Meister Paelle wollte die Herrschaft Linneas an sich reißen und ich habe dich gerettet.«

»Wow«, murmelte Damian und starrte Ari an. »Was ist mit deiner Schwester?«

»Ihr geht es gut. Sie und Magda habe ich übrigens nebenbei auch gerettet.«

»An deiner Bescheidenheit musst du definitiv noch arbeiten.« Ein Schmunzeln umspielte seine Lippen.

»Was soll ich machen? Ich hab's eben drauf.«

Damian griff nach ihrer Hand und drückte sie. »Das stimmt. Du hast es wirklich drauf. Du bist eine Heldin.«

Ari winkte ab. »Ach was. Ich bin nur die Nebenrolle in deinem Märchen. Aber soll ich dir was sagen? Ich bin vollkommen zufrieden damit. Das ganze Drama ist zu viel für mich.«

Damian lachte, dann zog er sie zu sich hinunter und küsste sie. Ari schloss die Augen und genoss den Moment. Sie hatte solche Angst gehabt, dass Meister Paelle seine Gefühle für sie tatsächlich manipuliert hatte. Angst, dass er sterben könnte. Angst, ihn niemals wiederzusehen.

Damian löste sich von ihr und strich ihr eine Haarsträhne aus dem Gesicht. »Ich erinnere mich gerade an unseren Abschied. Ist es ein schlechter Zeitpunkt, wenn wir dort weitermachen, wo wir aufgehört haben?«

Röte schoss ihr in die Wangen. »Dein Körper sollte sich wohl noch ein wenig erholen.« »Glaub mir, meinem Körper geht es hervorragend.« Dabei zwinkerte er ihr zu.

Gerade als sie etwas darauf erwidern wollte, klopfte es an der Tür.

Ein Lächeln huschte über ihr Gesicht, als Damian sie fragend ansah.

»Ich denke, du bekommst Besuch.«

»Geh nicht«, murmelte er und griff nach ihrer Hand.

Bedauernd löste sie sich von ihm. »Wir sprechen später. Glaub mir, dieser Besuch wird dir gefallen. Aber es ist besser, wenn du alleine mit ihr sprichst.«

Sie winkte ihm zum Abschied, dann öffnete sie die Tür und ließ seinen Gast hinein.

35

»Es war fürchterlich. Ihm Tag und Nacht nahe zu sein, ohne sich erkenntlich zu zeigen. Seinen Schmerz zu sehen, die Wut, die Angst und ihm nicht helfen zu können. Ich konnte ihn nur beschützen und dafür sorgen, dass er nicht alleine war.«
Interview mit Königin Elenora

Er kannte die Frau nicht, die in diesem Moment sein Zimmer betrat. Sie wirkte schüchtern, fast ein wenig verängstigt und sah ihn mit großen eisblauen Augen an. Ihr kurzes Haar glänzte in verschiedenen Brauntönen und stand wirr wie Gefieder in alle Richtungen ab. Sie kam ihm bekannt vor, aber so recht konnte er sie nicht einordnen. Vielleicht hatte ihm der Zauber doch mehr zugesetzt als gedacht.

»Damian«, flüsterte die Frau und augenblicklich stellten sich seine Nackenhaare auf. Entweder er war in großer Gefahr oder die Frau stand ihm näher, als er dachte.

Aber sie wirkte so zerbrechlich, dass er sich Ersteres kaum vorstellen konnte.

»Kennen wir uns?«, fragte er und setzte sich auf.

Die Frau nickte und kam in kleinen Schritten auf ihn zu. Fast als hätte sie Angst, ihm zu nahe zu treten. Damian betrachtete sie ein wenig genauer.

Ihre Augen waren einen Tick zu groß für ihr schmales Gesicht. Über ihrem Mund befand sich eine kleine Narbe, die auf den ersten Blick kaum ersichtlich war und an ihrer rechten Hand fehlte ein Finger.

»Damian …« wiederholte sie, dann entdeckte er eine Träne, die an ihrer

Wange herabrollte. Unruhig wartete er ab.

Sie schluckte, starrte auf ihre Hände hinab und hob langsam den Kopf, als hätte sie genug Mut gesammelt. »Ich bin deine Mutter.«

Verwirrt schüttelte er den Kopf. Das konnte nicht möglich sein. Sie zögerte einen Moment, dann kam sie an sein Bett und setzte sich auf den Stuhl, auf dem Ari eben noch gesessen hatte. Wie sehr er Ari vermisste. Er brauchte sie hier an seiner Seite.

»Ich weiß, es ist schwer zu verstehen, aber du sollst wissen, dass ich dich nie verlassen habe. Keinen einzelnen Tag.« Sie hob den Kopf und der Ausdruck in ihren Augen ließ ihn aufkeuchen. Er kannte diesen Blick. Hatte ihn in den letzten Jahren täglich gesehen. Plötzlich ergaben ihre Worte einen Sinn. »Taja«, flüsterte er und schluckte, als sie ihn weiterhin anstarrte. Entsetzen machte sich in ihm breit. Sie musste nichts dazu sagen, er sah es in ihrem Gesicht.

»Er hat dich verwandelt?«

Seine Mutter nickte und verschränkte die Hände in ihrem Schoß. »Es war seine Strafe, weil ich ihn nicht heiraten wollte. *Euer ganzes Leben lang sollt Ihr an der Seite Eures Sohnes sein. Aber kein Kuss, keine Berührung, kein einziges Wort werdet Ihr mit ihm wechseln können. Das soll Eure Strafe sein. Erst wenn sein Herz aus Stein bricht, dann auch dieser Fluch.* Das waren seine Worte.«

Damian konnte es nicht fassen. All die Jahre hatte er Zorn auf seine Mutter verspürt, weil sie ihn alleine zurückgelassen hatte.

»Ich war die ganze Zeit bei dir, mein Sohn.«

Er erinnerte sich, dass er nie verstanden hatte, dass Taja ihm kaum von der Seite gewichen war. Nachts, wenn er schlief, war sie auf die Jagd gegangen und kam in den frühen Morgenstunden zurück.

»Es tut mir so leid, Damian.«

Er wusste nicht, was er sagen sollte. Unzählige Gefühle überkamen ihn und keines davon konnte er fassen. Es war, als würde sein Herz in tausend Teile zerspringen. Die Erkenntnis raubte ihm den Atem.

Sein Herz.

Es schlug.

Ari hatte eine Entscheidung getroffen.
Sie hatte ihn gerettet, indem sie ihm das Herz gebrochen hatte.

36

Ich habe einen Mann an meiner Seite, der mich liebt, wie ich bin, eine Schwester, die immer für mich da ist und einen Zauberspiegel, den besten Freund, den man sich wünschen kann. Wer braucht schon ein verdammtes Märchen?
Auszug aus Aris Tagebuch

Da der Fluch der Vergangenheit angehörte, erschien auch das Land in einem neuen Licht. Das Eis und die Kälte waren verschwunden, stattdessen drang das Gezwitscher der Vögel von den Dächern und warme Sonnenstrahlen fanden einen Weg durch das Dickicht der Bäume. Die ganze Nachtstadt erstrahlte in leuchtenden Farben.

»Ich habe es so noch nie gesehen.« Die Ehrfurcht in Damians Stimme ließ Ari lächeln. Zusammen auf Rasmus trabten sie durch die Stadt und immer wieder liefen Kinder durch die Gassen, die stehen blieben und lautstark den Namen des Königs riefen.

Durch den Fluch hatte die Krönung nicht stattgefunden, aber schon bald würden sie sie nachholen. Damian hatte beschlossen, in wenigen Wochen ein großes Fest zu geben und jeden Bürger der Nachtstadt einzuladen. Schließlich gab es eine Menge zu feiern.

Mit dem Fluch war auch die Angst der Bewohner vor dem Nachtprinzen verschwunden. Als hätte Meister Paelle der Nachtstadt ganz bewusst einen Zauber auferlegt, um sie gefügig zu halten. Zwar konnte Ari das nicht beweisen, aber das war auch nicht nötig. Über verschüttete Milch sprach man bekanntlich nicht mehr.

»Es ist Euer Land, zukünftiger König. Sollte Euch das nicht bekannt sein?«

Damian drückte ihr einen Kuss auf die Stirn. »Es gibt für alles ein erstes Mal und ich gebe zu, ich bin ehrfürchtig.«

»Du kannst stolz auf Linnea sein und die Linneaner auf ihren König.« Damian zog Ari noch dichter an seine Brust, strich mit seiner Nasenspitze sanft über die Stelle direkt unter ihrem Ohr und sie erschauderte. Vielleicht war ein Ausflug in die Nachtstadt doch keine so gute Idee gewesen. Sie konnte es gar nicht erwarten, wieder zurück im Schloss zu sein. Da Meister Paelle nicht mehr lebte, Alma zurück nach Kolis gereist war und Ridon zusammen mit Magda auf dem Weg nach Lamos war, lebten sie beide zusammen mit einer Handvoll Bediensteten und ein paar Wachen auf dem Schloss. Ari konnte die Ruhe und Zweisamkeit gar nicht erwarten.

»Könnt ihr zwei Turteltäubchen euch mal beeilen? Ich habe Hunger.« Ari kicherte, als sie Poseidys' Stimme hörte. Sie hatte ihre Tasche an Rasmus Sattel gebunden und offenstehen gelassen, damit der Geist genügend Tageslicht zu sehen bekam.

»War er die ganze Zeit schon so nervtötend? Wenn man unter einem Fluch steht, wirkt er nicht so schlimm«, fragte Damian und sein Atem wärmte ihre Wange.

Sie erschauderte und lehnte sich nach hinten an seine Brust. Seine Hände lagen auf ihrer Taille und sein rechter Daumen malte beruhigend kleine Kreise auf ihre nackte Haut.

»Das habe ich gehört«, brummte Poseidys beleidigt. »Wenn ihr meine Anwesenheit nicht zu schätzen wisst, dann werde ich das Angebot Eurer Mutter annehmen und bei ihr um Zuflucht bitten.«

Ari holte den Spiegel heraus und sah ihn beleidigt an. »Du würdest mich verlassen?«

»Wenn es sein muss.« Dabei deutete er mit seinem spitzen Kinn auf Damian, als würde er ihm alleine die Schuld daran geben.

»Du würdest es keine drei Tage ohne Ariana aushalten. Gib es zu, sie ist dir ans Herz gewachsen«, erwiderte Damian.

Poseidys reckte das Kinn. »Ich bin nicht zu stolz, das zuzugeben.« Ari wurde warm ums Herz. »Ich würde dich auch niemals hergeben wollen, Poseidys.«

»Aber ihn schon?«, fragte der Geist hoffnungsvoll und ließ Damian nicht aus den Augen.

Ari reckte den Kopf, streckte die Hand aus und strich Damian über das Kinn. Augenblicklich verspürte sie den Drang, ihn vor Glück zu küssen, aber dann kam Ari ein Gedanke. Hatte sie vielleicht ihr eigenes Märchen geschrieben? Schließlich ritt sie jetzt gerade mit einem Prinzen in den Sonnenuntergang. Aber dann ignorierte sie den Gedanken. Damian hatte sie nicht gerettet. Im Gegenteil. Sie hatte ihn gerettet und sie würde es auch immer wieder tun.

Ari legte ihm die Hand in den Nacken und zog ihn zu sich herab.

»Auf keinen Fall«, murmelte sie und drückte ihre Lippen auf seine. Und in diesem Moment wurde ihr eines bewusst: dass es egal war. Sie besaß bereits eine eigene Geschichte.

Und wenn sie nicht gestorben sind, dann leben sie noch heute.

ENDE von Band 1

Playlist

I need you to hate me – JC Stewart
Afterglow – Ed Sheeran
Perfectly Imperfect – Declan J Donovan
Don't Ask – Blood Red Shoes
Wonderful life – Remady, Ane
Broken – Isak Danielson
You broke me first – Tat McRae
I believe in a thing called love – the Darkness
Someone to you – Banners
Scars to your Beautiful – Alessia Cara
Hold on – Chord Overstreet
Me and my Broken Heart – Rixton
Chasing Cars – Snow Petrol
Kiss me – Sixpence None The Richer
The Monster – Eminem, Rihanna
Before you go – Lewis Capaldi
Superheroes – The Skript
Sister – S!sters

Danksagung

2018 kam ich zum ersten Mal auf die Idee, ein Märchen zu schreiben. Allerdings wollte ich keines neu erzählen, sondern mir gefiel der Gedanke, Schneewittchens kleiner Schwester ein eigenes Märchen zu widmen. Eine ganze Weile befanden sich die ersten Kapitel unangetastet auf meinem Laptop, bis ich mich 2023 dazu entschlossen habe, das Manuskript meiner Agentin vorzustellen.

Daher möchte ich mich von ganzem Herzen bei meiner Agentin Beate Riess bedanken, die von Anfang an von dieser Geschichte begeistert war und mich dabei sehr unterstützt hat.

Ganz lieben Dank auch an Nicole Wellner und Pia Cailleau von Carlsen Impress. Danke für Euer großes Verständnis (ich sage nur Kaffeetasse!) und die tolle Zusammenarbeit. Ich freue mich riesig, dass die Märchenchroniken bei Carlsen Impress einen Platz gefunden haben.

Einen megagroßen Dank auch an Emilia Laforge für all deine Mühe und das tolle Lektorat! Du hast mich und die Geschichte gerettet! Außerdem vielen Dank, dass du Poseidys so in dein Herz geschlossen hast!

Last, but not least ein riesengroßes Danke an meinen Mann und meine Kinder, die mich immer unterstützen und zusammen mit mir brainstormen. Nur durch Euch wurde Poseidys zu diesem liebenswerten Sidekick!

Personenverzeichnis

Alma aus dem Hause Winter
Stieftochter der bösen Königin und Halbschwester von Ariana
Märchenname: Schneewittchen
Status: Priorität 1

Ariana »Ari« aus dem Hause Winter
Leibliche Tochter der bösen Königin, Halbschwester von Schneewittchen
Märchenlos
Status: unbedeutend

Damian Corras, Prinz von Linnea
Einziger Sohn von König Tychon und Königin Elenora
Märchenname: Nachtprinz
Status: Priorität 1

Isis
Hexe aus Hansel und Gretchen
Märchenname: Böse Hexe
Großmutter von Uma
Status: Nebenrolle, Priorität 2

Miranda aus dem Hause Winter
Leibliche Mutter von Ariana, Stiefmutter von Alma
Märchenname: Böse Königin
Status: Nebenrolle Priorität 2

Ridon da Silva, bester Freund von Damian

Verlobter von Lana »Magda«

Märchenlos

Status: unbedeutend

DIE MACHT DER GEFÜHLE
TAUCH EIN IN ROMANTISCH-FANTASTISCHE GESCHICHTEN.
IMPRESS
#IMPRESSBOOKS
ALLES VON IMPRESS HIER:
IMPRESSBOOKS.DE

MAGISCHE WELTEN VOLLER LIEBE, KAMPF UND INTRIGEN

Bianka Behrend
THE CROW QUEEN 1: MAGISCHE GABEN
ISBN 978-3-551-30484-1
Broschur
Auch als E-Book erhältlich

ELAINIA WIRD ZUR MAGIERIN AUSGEBILDET als die Königsfamilie vergiftet wird. Entschlossen, sie zu retten, lässt die Magierin nichts unversucht, ein Heilmittel zu finden. Zusammen mit Elf Avis begibt sich Elainia auf eine schicksalhafte Reise, nicht ahnend, dass der attraktive Mann an ihrer Seite eigene Absichten verfolgt …

Francesca Peluso
LIES OF GLASS AND MAGIC
ISBN 978-3-551-30506-0
Broschur
Auch als E-Book erhältlich

ARISSAS GILT ALS SCHANDE FÜR IHRE GILDE, denn sie kann keine Magie wirken. Und so lässt sie sich zur Soldatin ausbilden. Als ihr kleiner Bruder spurlos verschwindet, verlässt sie den Königshof. Dabei trifft sie auf den geheimnisvollen Raz, der ihr zwar seine Hilfe anbietet, aber auch den Frieden des Landes für immer zerstören könnte …

Liz Skadi
BLOOD MOON RISING. KAMPF UM DIE KRONE (BLOOD MOON RISING 1)
ISBN 978-3-551-30594-7
Broschur
Auch als E-Book erhältlich

MELINOÉS EXISTENZ GLEICHT HOCHVERRAT. Denn sie trägt Magie in sich, die nur Frauen der Königsfamilie besitzen sollen. Um am Leben zu bleiben, soll sie auf Geheiß der Königin den Prinzen Astello töten, der um die Krone kämpfen will. Allerdings ist diese Aufgabe schwerer als Gedacht und Astello weckt ihr Interesse …

WWW.CARLSEN.DE

CARLSEN

Knisternde Spannung

und dunkle Geheimnisse

Anna Lukas
HADES & BONES: TOCHTER DER UNTERWELT
ISBN 978-3-551-30556-5
Softcover
Auch als E-Book erhältlich

Malison Hades ist die beste Kopfgeldjägerin der Unterwelt. Doch als sie auf den mysteriösen Wandler Ethan Bones angesetzt wird, kommen ihr erstmals Zweifel an den Aufträgen ihres Vaters, dem Gott des Todes. Zwischen ihrer menschlichen und dämonischen Seite hin- und hergerissen, spürt sie eine magische Verbindung zu Ethan …

Cosima Lang
FAUNENFLUCH 1: HEART OF LILAC
ISBN 978-3-551-30550-3
Softcover
Auch als E-Book erhältlich

Jede Frau in Ophelias Blutlinie ist dazu verdammt, an ihrem 21. Geburtstag zu Stein zu erstarren. Um dem zu entgehen, sucht Ophelia nach dem Erschaffer des Fluchs, dem Faun Andros. Als sie ihn schließlich findet, spürt sie sofort eine unwiderstehliche Anziehung. Doch da ist noch der geheimnisvolle Kyros, der sie vor Andros warnt …

P.J. Ried
DISTANT HORIZONS 1: A DARK BETRAYAL
ISBN 978-3-551-30492-6
Softcover
Auch als E-Book erhältlich

Um ihre totgeglaubte Mutter zu finden, ist Alizea jedes Mittel recht. Auch wenn sie dafür ein Schiff stehlen, eine Crew anheuern und sich als Piratin beweisen muss. Doch ausgerechnet Kian, der ihr Herz schon früher zum Stolpern gebracht hatte, ist jetzt ein berüchtigter Piratenjäger und wird von ihrer Crew gefangen genommen …

IMPRESS

WWW.IMPRESSBOOKS.DE

Impress

Die Macht der Gefühle

Wir produzieren nachhaltig

- Klimaneutrales Produkt
- Papiere aus nachhaltigen und kontrollierten Quellen
- Hergestellt in Europa

FSC
www.fsc.org
MIX
Papier | Fördert gute Waldnutzung
FSC® C083411

Rechtlicher Hinweis § 44b UrhG:
Wir behalten uns eine Nutzung der von uns veröffentlichten Werke für Text und Data Mining im Sinne von § 44b UrhG ausdrücklich vor.

Impress
Ein Imprint der Carlsen Verlag GmbH,
Völckersstraße 14–20, 22765 Hamburg
November 2024
© der Originalausgabe by Carlsen Verlag GmbH, Hamburg 2024
Text © Birgit Loistl, 2024
Lektorat: Emilia Laforge
Umschlagbild: stock.adobe.com / © Victor / © irissca / © Nabodin / © gertrudda / © yurko_gud / © artemkutsenko / © Wit.Siri
Umschlaggestaltung: inspirited books Grafikdesign, Formlabor
ISBN 978-3-551-30614-2
www.impressbooks.de

Werde Teil der Impress-Community, folge uns auf Instagram oder Facebook.
Abonniere unseren Newsletter und erhalte kostenlose Lesetipps per E-Mail!
Unsere Bücher gibt es überall im Buchhandel und auf impressbooks.de.

Benedikt Peters
Geöffnete Siegel